ANGÉLIQUE
ET
LA DÉMONE

1re partie

ANNE ET SERGE GOLON

ANGÉLIQUE ET LA DÉMONE

1re partie

roman

FRANCE LOISIRS
123, boulevard de Grenelle, Paris

Edition du Club France Loisirs, Paris
avec l'autorisation des Editions Opera Mundi

ISBN 2-7242-0211-2

GOULDSBORO
OU
LES PRÉMICES

CHAPITRE PREMIER

UN PETIT CHAT DE NAVIRE, UN PETIT CHAT DÉBARQUÉ LÀ ON NE sait comment, un petit chat oublié, se tenait devant Angélique. Il était maigre et sale, mais ses yeux d'or pathétiques réclamaient secours d'une façon à la fois impérieuse et confiante.

Angélique ne le voyait pas. Assise au chevet de la duchesse de Maudribourg, dans la chambre haute du fort, elle se laissait aller à des pensées mélancoliques.

Le chaton la regardait intensément. Comment avait-il pu parvenir jusque-là? Malade, couvert de croûtes, à peine sevré, jeté sur la grève, qui sait, par la main d'un mousse impatient, il avait dû errer longtemps, minuscule bestiole sans feu, ni lieu, abandonné dans un monde indifférent à son existence chétive, menacé par la mer, le sable, les habitations humaines, le pas des hommes, trop faible pour trouver sa pitance et la disputer aux autres chiens et chats de Gouldsboro, d'étape en étape, il avait réussi à se glisser dans le fort, puis dans cette chambre silencieuse, cherchant peut-être seulement l'ombre et le calme pour y mourir.

Maintenant, il regardait cette femme assise et semblait s'interroger sur le suprême recours qu'il pouvait en attendre. Il rassembla ses dernières forces pour miauler. Le son qu'il avait réussi à émettre était enroué, presque inaudible. Mais cependant ce miaulement plaintif tira Angélique de sa rêverie. Elle releva la tête et considéra un instant le chaton. Il était si peu vivant déjà qu'elle crut à quelques fantasmes de son esprit fatigué, comme ces visions d'animaux diaboliques qu'elle avait eues durant ces derniers jours.

Une fois encore, il essaya de miauler et une sorte de désespoir traversa son regard d'or. Alors, elle se pencha vers lui.

— Mais d'où sors-tu, petit malheureux? s'exclama-t-elle en l'enlevant entre ses mains, aussi léger qu'une plume. Le chat s'agrippa aussitôt au velours de sa robe de ses petites griffes fragiles et il se mit à ronronner avec une force inattendue pour un corps aussi frêle. « Ah! tu m'as vu », semblait-il dire. « Ne me rejette pas, je t'en prie. »

« Un navire a dû l'abandonner », songea-t-elle. « Celui de Vanereike ou bien des Anglais... il meurt de faim et de faiblesse. »

Elle se leva et alla jusqu'à la table. Un peu du lait de poule que l'on avait porté pour réconforter la duchesse restait au fond d'un bol. Le chat but, mais non pas avidement car il était sans forces.

— Il grelotte. Il a froid.

Elle revint s'asseoir au pied du lit et le tint au creux de ses genoux pour le réchauffer. Elle songeait à sa petite fille Honorine qui aimait tant les bêtes et qui aurait soigné le petit chat avec tant de passion.

Ces réminiscences lui firent le cœur plus lourd. Elle revoyait le fort de bois de Wapassou, où elle avait laissé la jeune Honorine aux mains de dévoués serviteurs et il lui semblait qu'elle évoquait un paradis à jamais perdu. Elle avait connu des jours de tels bonheurs là-bas, avec son époux bien-aimé Joffrey de Peyrac.

Et aujourd'hui il lui semblait que tout était brisé, en miettes.

Il lui semblait qu'elle était en morceaux, qu'elle ne pourrait jamais se rebâtir tout entière.

Que s'était-il fomenté au cours de ces affreuses dernières semaines, qui avait fini par les dresser l'un contre l'autre, séparés par un terrible malentendu. Un doute taraudant la traversait : Joffrey ne l'aimait plus.

« Mais pourtant il y a eu l'hiver entre nous », se redit-elle avec désespoir. « L'hiver de Wapassou [1]. Et ses dangers sans nombre qu'il fallait traverser ensemble sans faiblir, les moments de famine, les moments de triomphe du printemps. Je ne sais si nous avons vécu tout cela comme deux époux ou comme deux amants liés par une lutte commune. Mais c'était bon, chaleureux et je le sentais si proche... quoique toujours un peu imprévisible, un peu dangereux. Toute une partie de lui-même m'échappe... »

Elle se leva avec agitation. Il y avait certaines choses pour lesquelles elle en voulait terriblement à son mari, par exemple : quand il était parti à la poursuite de Pont-Briand, la laissant plusieurs jours dans une mortelle angoisse, et puis quand, sur le *Gouldsboro*, il lui avait caché que ses fils, leurs fils, étaient vivants et récemment cet espionnage inique dans l'île du Vieux Navire. Ainsi donc il la méconnaissait, il doutait de son amour! Il la prenait pour une femme sans cœur, préoccupée de ses seules ambitions.

« Et pourtant quel charme émane de lui », se dit-elle, « au point que je ne puisse vivre et respirer sans percevoir la chaleur de son amour sur moi. Il ne ressemble à aucun autre et c'est peut-être sa

1. Cf. *Angélique et le Nouveau Monde*, t. VII.

singularité qui m'a attaché à lui avec tant de force. Moi aussi, j'ai péché contre lui et je l'ai méconnu ».

Maintenant elle allait et venait dans la pièce, tenant machinalement le petit chat contre elle, qui se blottissait sur son épaule dans une étrange attitude d'amour et d'abandon, les yeux clos. On sentait que la vie revenait en lui au contact des mains d'Angélique.

— Ah! Tu es heureux toi, lui dit-elle à mi-voix, tu n'es qu'une petite bête innocente et courageuse qui ne demande qu'à vivre. Ne crains rien, je te soignerai et je te guérirai.

Le chat ronronna de plus belle et elle caressa d'un doigt son crâne chétif et doux. En cet instant, cette petite présence affectueuse et vivante lui apportait consolation.

Était-il possible qu'elle et Joffrey fussent devenus si étrangers l'un à l'autre [1].

« Moi aussi, j'ai manqué de confiance envers lui. J'aurais dû lui parler aussitôt de Colin, quand je suis revenue l'autre jour, que redoutais-je? Il aurait été plus simple d'expliquer comment les choses s'étaient passées, que Colin m'avait surprise dans mon sommeil. Mais ma conscience n'était peut-être pas tout à fait pure... et il y a toujours en moi cette peur de le perdre... de le perdre une seconde fois, ce refus de croire au miracle... »

Elle était parvenue à définir l'angoisse insurmontable qui l'étreignait et paralysait ses élans et à découvrir que la source en venait de plus loin que la tension de ces derniers jours. C'était quelque chose d'ancien, une peur tapie, lovée au fond d'elle-même, et prête à se lever et à crier avec désespoir : « Voilà, c'est fini! c'est fini! Mon amour! Mon amour! jamais plus je ne te reverrai. « Ils » l'ont pris, « ils » l'ont emmené... et *jamais plus je ne le reverrai.* »

Et quelque chose en elle, subitement, s'indignait et renonçait à la lutte.

« Oui, c'est cela », s'avoua-t-elle. « C'est *cela* qui ne va pas. J'étais très jeune quand la chose est arrivée. Une enfant gâtée au fond, qui avait tout reçu de la vie... et puis brusquement plus rien. »

Ce grand soleil sur ses dix-huit ans, ce soleil de l'amour, découvert, révélé, partagé dans l'éblouissement des fêtes de Toulouse, cette aurore de la vie baignant tout son être, chaque jour, chaque heure amenant comme une promesse. « Son pas inégal, sa voix, son regard sur moi... Je m'étais mise à croire à l'enchantement de la vie; et puis tout à coup le grand froid, la solitude. Je n'ai jamais, au fond, accepté cela. J'ai gardé ma peur... et un peu de rancune envers lui. « Ils » le prendront, « ils » le vaincront, et il s'éloignera de moi

1. Cf. *Angélique, Marquise des Anges*, t. I.

sans se préoccuper de ma douleur. Nous nous sommes retrouvés, mais ma confiance n'est pas entière, ma confiance en lui, en la vie, en la joie. »

PEUT-ÊTRE restait-il encore entre eux quelque chose de cette obscurité de l'absence, des traces de blessures trop profondes. A Wapassou, la tâche presque inhumaine de survivre avec les leurs les avait aidés à renouer entre eux les liens de la vie. Une complicité d'action telle qu'ils n'en avaient pas connu jadis. Mais cette union chaleureuse leur avait caché des aspects différents de leur personnalité née de leur longue séparation et aussi la hantise de cet inconnu de quinze années d'absence, les rendant vulnérables à de subites révélations.

Elle songea à la colère terrible de Joffrey, mais aussi à son geste ce matin quand il lui avait offert ce magnifique présent, ces pistolets espagnols, qui reposaient sur la table dans leur coffre ouvert. Et il l'avait serrée dans ses bras avec passion.

Mais la bienfaitrice des Filles du Roy, la duchesse de Maudribourg, sauvée des eaux, avait été annoncée.

Il avait fallu se porter à sa rencontre et la soigner car elle s'était évanouie sur la grève.

Tout l'après-midi Angélique avait essayé de la faire revenir à elle. Maintenant elle semblait mieux et reposait depuis une heure avec calme dans le grand lit. Angélique avait écarté les suivantes, dont le désespoir devant l'état de leur maîtresse risquait de compromettre ce repos enfin bienfaisant. Mais maintenant elle regrettait de ne pouvoir s'éloigner. Joffrey n'était pas venu prendre de ses nouvelles, ne lui avait fait parvenir aucun message. Elle aurait voulu partir à sa recherche.

Elle regrettait aussi d'avoir, dans un premier mouvement de pitié, fait transporter la bienfaitrice dans leur appartement du fort.

« J'aurais dû demander à Mme Manigault de l'hospitaliser. Ou bien à Mme Carrère? Je crois qu'on a construit quelques chambres pour des seigneurs officiers de passage au-dessus de l'auberge. Il est vrai que c'est assez inconfortable et bruyant. Cette malheureuse avait besoin de soins vigilants. J'ai cru qu'elle ne sortirait jamais de son étrange prostration. »

ELLE revint vers le lit, mais elle ne savait pourquoi, ses yeux évitaient de s'attarder sur le visage de la femme qui dormait là, reposant sur l'oreiller de dentelles.

Visage si jeune, d'une beauté si fragile, et comme meurtrie qu'on en retirait une impression de malaise.

« Pourquoi m'étais-je représenté cette duchesse de Maudribourg sous les traits d'une vieille femme corpulente dans le genre de sa duègne Pétronille Damourt », s'interrogea Angélique. « Cela a l'air d'une mauvaise plaisanterie. »

Mme Carrère, qui l'avait aidée à dévêtir la duchesse de Maudribourg, avait dû partager la même perplexité devant le corps de déesse de la « bienfaitrice » car Angélique l'avait entendue marmonner des choses indistinctes en hochant sa coiffe rochelaise.

Mais elle et Mme de Peyrac, en femmes du Nouveau Monde, habituées à faire face à toutes sortes de situations soudaines, s'étaient tues. On en avait tant vu depuis quelques jours! On ne pouvait pas passer son temps à s'étonner et à jeter les bras au ciel. Mme Carrère avait seulement murmuré en considérant les vêtements de la naufragée, la jupe de satin jaune, le manteau de robe bleu canard, le plastron rouge, le corsage azuré.

— Biglez-moi ces affutiaux! C'est pas une femme ça, c'est un perroquet.

— Peut-être la nouvelle mode à Paris? avait suggéré Angélique. Mme de Montespan, qui y régnait quand j'ai quitté la cour, aimait l'éclat.

— Possible, mais pour une dame d'œuvres, comme on dit qu'elle est, celle-ci!...

Les jupes et le manteau de robe étaient déchirés et salis. Mme Carrère les avait emportés dans l'intention de les nettoyer et de les ravauder.

Les bas rouges, à baguette d'or, jetés au sol, mettaient près du lit une tache écarlate. Précisément le petit chat, attiré, sauta des bras d'Angélique, et après avoir examiné la chose avec circonspection, s'y installa en boule d'un air de propriétaire.

— Mais non, mon petit, tu ne peux pas te coucher là-dessus, protesta Angélique.

Derechef, elle s'agenouilla près de lui et eut beaucoup de peine à le convaincre que cette délicate couche de soie n'était pas faite pour son poil grisâtre de chaton malade, mais enfin, quand elle l'eut elle-même installé sur un morceau de couverture douillette dans un coin, il consentit à l'échange, la regardant de ses yeux obliques à demi clos qui semblaient dire :

« Du moment que tu t'occupes de moi et que tu comprends mon importance et te donnes du mal pour moi, je renoncerai à ces bas rouges ».

Elle ramassa les bas et les fit couler entre ses mains, rêveusement...

— Je les ai achetés à Paris, dit une voix, chez le Sieur Bernin. Vous savez, Bernin, le mercier de la Galerie du Palais.

CHAPITRE II

La duchesse de Maudribourg s'était éveillée et, appuyée sur un coude, elle observait Angélique depuis quelques instants.

Se tournant vers elle, au son de sa voix, Angélique reçut, comme naguère sur la plage, le choc du regard magnifique de la « bienfaitrice ».

« Quel charme y a-t-il dans ce regard? », s'interrogea-t-elle en se rapprochant.

Les prunelles sombres semblaient dévorer le visage au teint lilial et presque juvénile et lui conférer une sorte de maturité tragique, comme le regard de certains enfants trop graves, mûris par la souffrance.

Mais cela passa très vite.

Comme Angélique se penchait vers la duchesse de Maudribourg, l'expression de celle-ci était déjà différente. Il émanait de ses yeux une lumière douce, apaisée et elle semblait examiner avec sympathie la comtesse de Peyrac, tandis que ses lèvres affichaient un sourire mondain de bienvenue.

— Comment vous sentez-vous, Madame? questionna Angélique, en s'asseyant au chevet de la naufragée.

Elle prit la main qui reposait sur le drap, la trouva fraîche, sans fièvre aucune. Mais la pulsation du sang, au poignet fragile, demeurait agitée.

— Vous admiriez mes bas, demanda Mme de Maudribourg. N'est-ce pas qu'ils sont beaux?

Sa voix harmonieuse paraissait un peu affectée.

... Leur soie est entremêlée de poils de chèvre des Afghans et de fils d'or, expliqua-t-elle. C'est pourquoi ils sont si doux et si brillants.

— C'est, en effet, une fort jolie chose élégante, convint Angélique. M. Bernin, que j'ai connu jadis, a gardé sa réputation.

— J'ai aussi des gants de Grenoble, compléta avec empressement la duchesse, parfumés à l'ambre. Où sont-ils? J'aimerais vous les montrer...

Tout en parlant, son regard errait autour d'elle et elle ne semblait pas très bien imaginer où elle se trouvait ni qui était cette femme, assise là auprès d'elle, avec sa paire de bas rouges entre les mains.

— Vos gants n'auraient-ils pas été perdus avec le reste de vos bagages..., interrogea avec précaution Angélique, voulant l'aider à prendre conscience de la vérité.

La malade la fixa vivement, puis une expression d'angoisse traversa son regard très expressif, qui s'éteignit aussitôt sous les paupières retombées. Elle se laissa aller en arrière les yeux clos. Très pâle, elle respirait précipitamment. Elle porta la main à son front et murmura :

— Oh! oui, c'est vrai. Cet affreux naufrage! Maintenant, je me souviens. Pardonnez-moi, Madame, je suis stupide...

Elle resta un moment silencieuse, puis reprit :

... Pourquoi ce capitaine nous a-t-il dit que nous arrivions à Québec? Nous ne sommes pas à Québec, n'est-ce pas?

— Tant s'en faut!... Par bon vent, il vous faudrait trois semaines pour y parvenir.

— Alors où sommes-nous donc?

— A Gouldsboro, sur les côtes du Maine, un établissement de la rive septentrionale de la Baie Française.

Angélique s'apprêtait à donner des explications plus précises afin de situer Gouldsboro par rapport à Québec, mais son interlocutrice poussa un cri d'effroi :

— Que me dites-vous! Le Maine, la Baie Française. Mais alors il faudrait croire qu'au-delà de Terre-Neuve nous nous sommes égarés, contournant toute la presqu'île d'Acadie au sud au lieu de gagner au nord le golfe du Saint-Laurent?...

Elle au moins connaissait sa géographie ou bien elle avait pris soin de consulter les cartes avant de se lancer dans l'aventure américaine. Elle paraissait atterrée.

— Si loin! murmura-t-elle. Qu'allons-nous devenir maintenant! Et ces pauvres filles que j'emmenais se marier en Nouvelle-France?...

— Elles sont vivantes, Madame, c'est déjà beaucoup. Pas une n'a péri, quelques-unes ont été sérieusement blessées, mais toutes se remettront de leur épreuve, je peux m'en porter garante.

— Dieu soit loué! murmura Mme de Maudribourg avec ferveur.

Elle joignit les mains et, fermant les yeux, parut s'abîmer dans la prière.

Un rayon bas du soleil qui déclinait vers l'horizon vint éclairer son visage et lui donner une surprenante beauté. Une fois encore, Angélique eut l'impression d'avoir été le jouet des facéties du destin. Où était la lourde et vieille bienfaitrice des Filles du Roy qu'elle s'était imaginée? A sa place, cette jeune femme en prière ne semblait pas tout à fait réelle.

— Comment vous remercier, Madame? dit la duchesse revenant à elle. Je comprends que vous êtes la châtelaine de ces lieux et que sans doute nous vous devons la vie, à vous et à Monsieur votre époux.

— C'est un devoir sacré sur ces rivages perdus que de s'entraider.

— Me voici donc en Amérique! Ah! quelle découverte écrasante! Que Dieu me soutienne!

Puis se ressaisissant :

... Pourtant c'est là que la Vierge qui m'est apparue m'a dit de me rendre. Alors je dois me résigner à sa Sainte Volonté! Ne croyez-vous pas que c'est déjà un signe de protection du ciel qu'aucune d'entre les filles n'ait péri?

— Oui, certes.

Le soleil couchant se faisait plus rose et inondait la pièce d'une lueur pourpre. Ce reflet de feu glissa sur la chevelure sombre de la duchesse. De ces cheveux très beaux, amples et fournis, émanait un parfum subtil qu'Angélique n'arrivait pas à définir. Ce parfum, dès l'instant où elle s'était penchée sur la duchesse, avait causé à Angélique la même sorte de sourde inquiétude indéfinissable. La certitude qu'il y avait en tout cela un signe et qu'elle aurait dû comprendre lequel.

— C'est le parfum de mes cheveux qui vous intrigue, interrogea la duchesse, devinant ses pensées avec une prescience toute féminine. N'est-ce pas qu'il est à nul autre pareil? Je le fais composer spécialement pour moi. Je vous en céderai quelques gouttes afin que vous puissiez voir s'il vous convient.

Puis se souvenant des malheurs qui lui étaient advenus et que le flacon de son précieux parfum devait jouer maintenant les bouteilles à la mer, elle s'interrompit et soupira profondément.

— Désirez-vous que je fasse chercher votre dame de compagnie Pétronille Damourt, suggéra Angélique qui désirait partir à la recherche de son mari.

— Non, non, fit précipitamment Mme de Maudribourg. Oh! je vous en prie, pas elle! Ce serait au-dessus de mes forces. Cette pauvre femme... elle est très dévouée mais tellement fatigante!... Et je me sens si lasse. Je crois que je vais dormir... un peu.

Elle s'allongea sous les draps dans une pose hiératique, les bras le long du corps, la tête rejetée en arrière, et elle parut aussitôt s'endormir.

Angélique se leva pour aller rabattre le volet de bois afin d'épargner la lumière trop vive à la malade. Elle resta un instant à regarder la grève empourprée par le crépuscule, perçut l'animation de la fin du jour qui venait à la fois du fort et du village. C'était l'heure où, dans la chaleur tombante, s'élevaient les fumées des âtres dans les maisons où se réchauffait le repas du soir, où s'allumaient les foyers des mariniers et des Indiens, au long des plages et sur les falaises.

Il lui parut qu'on avait boulangé ce jour-là à Gouldsboro, ce que l'on faisait une fois par mois, dans des fours creusés à même la terre et que l'on chauffait avec des braises et des pierres rougies. L'odeur du pain chaud, délicieuse, montait comme un encens subtil et familier, et elle aperçut des enfants qui remontaient vers les maisons en portant sur des brancards de grosses miches dorées.

Malgré les combats récents qui avaient secoué la petite colonie, la vie continuait.

« Joffrey en a voulu ainsi », se dit-elle. « Quelle force dans sa volonté de survie, de maintenir la vie! Chacun en est comme possédé à son contact. Il est terrible... terrible d'énergie... »

CHAPITRE III

BRUSQUEMENT, ANGÉLIQUE MIT SON VISAGE DANS SES MAINS ET LA houle d'un sanglot la secoua comme une vague de fond venue de très loin.

A nouveau, à la seule évocation de son mari, ce comte de Peyrac qui tenait en main avec tant de force et d'audace à la fois leur destinée à tous, la catastrophe qui avait déferlé sur eux, en ces derniers jours, sur leur couple si passionnément uni, lui remontait au cœur.

Le calme du soir la rendait plus sensible à ce désastre, comme après un cataclysme auquel on n'a échappé que de justesse, et dont on vient contempler les ruines... C'était fini!

Certes les apparences étaient sauves, mais quelque chose restait détruit...

Une amère déception la tenaillait.

Pourquoi ne l'avait-il pas fait appeler?

Pourquoi n'était-il pas venu prendre de ses nouvelles?

Tout au long de cette journée qu'elle avait passée dans la chambre du fort, au chevet de la duchesse de Maudribourg, elle n'avait cessé d'espérer sa venue, un signe de lui...

Rien! Il était donc encore fâché contre elle. Certes, ce matin, elle avait pu, un trop court instant, l'aborder, lui parler, lui crier son amour!... Et, tout à coup, il l'avait étreinte avec une violence qui, lorsqu'elle l'évoquait, la laissait encore bouleversée. Elle ressentait ses bras autour d'elle comme de l'acier, l'emprisonnant avec une fièvre si farouche que tout son être s'en était ému d'un sentiment charnel et profond, indescriptible. Le sentiment de lui appartenir et à lui seul jusqu'à la mort... Une mort douce ainsi, dans ses bras, sans pensée autre que le bonheur, le bonheur sans limites de savoir son amour pour elle.

Mais voici qu'après cet instant de rémission la crainte revenait.

Également au cours de ce drame récent, beaucoup de réactions intimes de Joffrey de Peyrac lui avaient échappé. Elle croyait le connaître, le deviner, mais maintenant elle ne savait plus!... Il avait eu des mots, des gestes, des cris d'homme en colère, d'amant jaloux, qu'elle ne lui eût pas prêtés auparavant.

Mais ce n'était pas cela qui l'avait le plus blessée car elle avait senti confusément que cet aspect inconnu de son caractère avait été suscité par elle et ne pouvait l'avoir été que par elle seule, ne s'était révélé en somme que parce que c'était elle qui se trouvait en jeu et qu'il avait trahi, sans le vouloir, par ces éclats terribles, lui qui gardait en tout une telle maîtrise, combien elle lui était chère, unique entre toutes les femmes. Elle n'était plus très sûre de cela. Elle aurait voulu le lui entendre dire. Mais, de toute façon, elle avait préféré cette violence, cette brutalité, à certaines de ses ruses, à certains pièges qu'il semblait lui avoir tendus pour la faire trébucher. Ainsi l'attirer dans l'île du Vieux Navire avec Colin, afin de pouvoir les surprendre dans les bras l'un de l'autre... N'était-ce pas inique, indigne de lui?... Elle retournait la question en elle-même et chaque fois souffrait mille morts. Le coup dont il l'avait frappée au visage n'était rien à côté de ce coup-là. Il faudrait qu'elle comprenne. Qu'elle parvienne à le rejoindre au-delà de cette chose, car la peur de l'avoir perdu à jamais la torturait affreusement.

Comment cela avait-il pu arriver si vite entre eux, comme un cyclone dévastateur, s'abattant sans que rien ait pu le faire prévoir, et ravageant tout? Subitement, mais aussi d'une façon fourbe et insidieuse qui avait surpris leur vigilance. Elle s'interrogeait, essayant de retrouver le fil, de discerner quand est-ce que cela avait commencé, comment en si peu de jours tant de hasards funestes avaient pu s'accumuler pour les amener, eux si tendres complices, si fervents amis, si fougueusement amoureux l'un de l'autre, à trembler l'un devant l'autre. Cela tenait de la magie et du cauchemar!...

Il semblait que cela eût commencé à Houssnock, lorsque Joffrey l'avait envoyée reconduire la petite Anglaise Rose-Ann, chez ses grands-parents, des colons de Nouvelle-Angleterre aux frontières du Maine. Appelé pour un traité par un chef indien qui lui avait fait transmettre ses directives par Cantor, lui donnant rendez-vous à l'embouchure du Kennébec.

Et ensuite les événements s'étaient déclenchés comme une avalanche dramatique.

L'attaque du village anglais par les Canadiens et leurs alliés Indiens Abénakis et qui semblait préméditée pour la capturer, elle, la femme du comte de Peyrac.

Angélique leur échappant grâce à Piksarett, le chef des Patsuikett, parvenant à la baie de Casco, retrouvant dans le pirate Barbe-d'Or qui y rôdait son amant de jadis Colin Paturel, le Roi des Esclaves de Miquenez, celui qui l'avait sauvée du harem de Moulay Ismaël, peut-être le seul de tous les hommes qui l'avaient aimée jadis, ayant laissé dans son souvenir et dans sa chair un regret, une vague nostalgie, une tendresse particulière.

Évidemment, aucune comparaison avec la grande flamme dévorante, le tourment, la passion, le désir impérieux, l'attachement un peu fou, impossible à raisonner, à analyser, qu'elle éprouvait pour Joffrey, une tunique de Nessus parfois, mais aussi des bonheurs éblouissants, comme des soleils brillant au fond d'elle-même, réchauffant, comblant sa vie, répondant aux aspirations, aux exigences secrètes de son cœur, de ses rêves, de son être entier.

Cela rien ne pouvait y être comparé. Mais elle avait aimé Colin, jadis, elle avait été heureuse dans ses bras, et le retrouvant en une heure de solitude, de désarroi et de fatigue, quelque chose avait tressailli en elle, d'heureux, de doux et de sensuel, de sensuel surtout. Elle ne voulait pas se leurrer, ni se chercher des excuses. Elle avait failli succomber à un instant de vertige, la foudre du désir s'abattant sur elle dans le demi-sommeil où elle était plongée lorsque Colin l'avait prise contre lui, la couvrant de baisers et de caresses.

Elle était fautive. Elle aimait trop l'amour et ses extases secrètes et paradisiaques.

Sauf en une courte période de sa vie, après qu'elle eut été victime d'un viol par les mousquetaires du Roy, pendant la Révolte du Poitou, époque où elle ne pouvait supporter qu'un homme la touchât — et qu'elle avait si bien oubliée aujourd'hui — elle avait toujours trouvé aux ébats amoureux une saveur, un plaisir constant qui paraissaient chaque fois, lui semblait-il, la combler de révélations nouvelles.

Elle aimait trop l'amour! Voilà où se situait le mal, sa faiblesse et son enchantement.

Joffrey — toujours Joffrey le Magicien — lui avait ouvert les portes du domaine enchanté, révélant le premier, à sa jeunesse, le plaisir, c'était lui aussi qui, la retrouvant après quinze années de séparation où elle l'avait cru mort, c'était lui qui l'avait guérie des blessures intimes infligées à sa féminité, la ramenant à la vie des sens, la ressuscitant à l'Amour avec une délicatesse, un soin, une patience infinis...

Comment oublier cela? Elle lui devait tout en ce domaine. L'initiation et l'épanouissement, la guérison et comme une seconde naissance à la vie amoureuse qui, la surprenant dans sa maturité, alors que tout en elle, par l'expérience et la souffrance, s'était enrichi, affiné, la comblait d'un sentiment exaltant de pouvoir en savourer pleinement la miraculeuse réalité.

Trop facilement heureuse, c'était cette faiblesse qui l'avait fait trembler de fièvre un instant dans les bras vigoureux de Colin, lorsqu'il était venu la surprendre la nuit, sur son bateau, *le Cœur de Marie*. D'un effort, elle s'était arrachée à lui, l'avait fui...

Pourquoi avait-il fallu que le soldat Kurt Ritz, s'enfuyant du navire, les aperçût en cet instant, par la fenêtre du château-arrière, alors « qu'elle était nue dans les bras de Barbe-d'Or »?...

Pourquoi avait-il fallu que cet homme, mercenaire de Joffrey de Peyrac, mais ignorant qui était la femme qu'il avait aperçue ainsi, relatât le fait devant le comte lui-même, et non seulement devant lui mais devant tous les principaux notables de la colonie de Gouldsboro?

Quelle horreur! Quel moment terrible pour chacun! Et pour LUI ! Bafoué ainsi par elle à la face de tous.

Elle comprenait sa violence à son égard lorsqu'elle s'était retrouvée devant lui. Mais maintenant que faire pour apaiser son courroux? Comment lui faire comprendre qu'elle n'avait jamais aimé vraiment, qu'elle ne pourrait jamais aimer d'autres hommes que lui!... Que s'il ne l'aimait plus, elle en mourrait, oui, elle en mourrait...

Tout à coup elle se décida. Elle ne resterait pas là à attendre bêtement. Elle irait de nouveau à lui ce soir, elle le supplierait, elle essaierait de lui expliquer. Tant pis s'il lui disait encore des choses blessantes. Tout, plutôt que d'être ainsi séparée de lui! Tout plutôt que sa froideur.

Qu'il la reprît à nouveau dans ses bras. Même en la serrant à l'étouffer, à la briser, dans sa rancune.

Elle se précipita vers sa coiffeuse, et voyant dans le miroir qu'elle avait des larmes sur ses joues, elle se poudra un peu.

Elle défit son chignon, dénoua la lourde tresse, et prenant sa brosse en écaille de tortue incrustée d'or — un cadeau de lui, encore — elle démêla rapidement ses cheveux. Elle se voulait belle, non pas traquée et tendue comme elle l'avait été ces derniers jours.

Le chat n'avait point bougé depuis qu'elle l'avait installé sur la couverture, pelotonné, dans la béatitude d'un confort qu'il n'avait point goûté depuis longtemps et peut-être jamais sur la terre. Immobile, doux, patient, presque immatériel dans sa petitesse et sa fragilité malade, il semblait à peine exister. Mais quand elle lui parla, il se mit à ronronner avec force, traduisant de son mieux sa gratitude et son bonheur.

Par choix, après une dure errance, il l'avait rencontrée, elle était devenue son ciel, son horizon, sa certitude. Il attendait tout d'elle, la créature humaine, qui l'avait pris en pitié, et savait qu'il ne serait point déçu.

— Je m'en vais, lui confia-t-elle, sois bien sage. Je reviendrai... Elle jeta encore un dernier regard vers le lit. La duchesse reposait toujours très droite dans son lit. Angélique, sa brosse en main, s'interrogea sur un souvenir qu'elle ne précisait pas.

— Pourquoi m'examinez-vous ainsi? Y a-t-il en moi quelque chose qui vous inquiète? demanda la malade sans ouvrir les yeux.

— Excusez-moi, Madame... Rien de grave, je crois que c'est la façon dont vous reposez qui a attiré mon attention. N'avez-vous pas été élevée au couvent depuis votre plus tendre enfance?... Quand j'étais moi-même pensionnaire, je me souviens, il nous était interdit de dormir autrement que très droites, sur le dos, les bras et mains sur la couverture... même l'hiver. Inutile de vous dire que je n'en faisais rien. J'étais très indisciplinée.

— Vous avez deviné juste, fit Mme de Maudribourg avec un sourire. J'ai passé toute ma jeunesse au couvent, et, j'avoue, je ne saurais encore aujourd'hui dormir dans une autre attitude que celle que vous me reprochez.

— Ce n'est pas un reproche. Où étiez-vous pensionnaire?

— Aux Ursulines de Poitiers.

— Au couvent de la rue des Montées.

— Il n'y a que ces Ursulines de la rue des Montées, à Poitiers.

— Mais moi aussi j'ai été élevée là-bas, s'exclama Angélique. Quelle coïncidence! Seriez-vous Poitevine?

— Je suis née à Mallenay.

— Près de la forêt de Mervan.

— A la sortie du vallon de Janot. Vous savez il y a le Roué qui coule là-bas, dit la duchesse de Maudribourg s'animant subitement. Notre château était à l'orée de la forêt! Des châtaigniers énormes. L'odeur des châtaignes et des glands tombés là-bas c'est comme une nourriture ce parfum. A l'automne j'aurais marché des heures pour les entendre craquer sous mes pas.

Ses yeux brillaient et une onde rose était montée à ses joues.

— De l'autre côté du Roué, il y a le château de Machecoul, dit Angélique.

— Oui, dit la jeune femme. Et, baissant la voix : Gilles de Retz? chuchota-t-elle.

— Le Maudit.

— L'Homme du Diable.

— Celui qui tuait les petits garçons pour obtenir de Satan la pierre philosophale!...

— Et qui fut pendu pour ses crimes au gibet de Nantes.

— Lui-même! Gilles de Retz!...

Elles se mirent à rire ensemble. On aurait dit qu'elles venaient d'évoquer un ami commun.

Angélique vint s'asseoir au chevet de la duchesse.

— Ainsi donc nous sommes de la même province. Je suis née à Sancé, près de Monteloup au-dessus des Marais.

— Vous me voyez ravie. Mais continuez donc de vous coiffer, je vous prie, dit Ambroisine en reprenant la brosse qu'Angélique avait jetée sur le lit. Continuez, je vous prie. Vous avez une chevelure tellement extraordinaire. On dirait une chevelure de fée.

— En Poitou, lorsque j'étais enfant, les gens du pays aimaient dire que j'étais une fée.

— Et je parie qu'ils vous soupçonnaient d'aller danser autour d'une pierre druidique dans la forêt, les nuits de pleine lune?

— Tout juste. Comment devinez-vous si bien?

— Il y a toujours une quelconque pierre-aux-fées, dans le voisinage, par chez nous, dit Mme de Maudribourg d'un ton rêveur.

Et il y eut quelque chose de chaleureux et de doux dans le regard qu'elle posa sur Angélique.

— C'est étrange, murmura-t-elle. On m'avait prévenue contre vous. Et, tout à coup, je vous découvre si proche, presque une sœur. Vous êtes Poitevine, madame de Peyrac. Quel bonheur!

— Qui vous avait prévenue contre moi? interrogea Angélique.

Son interlocutrice détourna les yeux. Elle eut une sorte de frisson léger et dit :

— Oh! vous savez, désormais quand on parle à Paris des affaires du Canada, le nom de votre mari est souvent mentionné. Disons... à titre de voisin trop proche... des possessions du roi de France. Et je gage qu'on parle aussi de lui à Londres.

Elle entoura de ses bras ses genoux qu'elle avait relevés sous la couverture en s'asseyant. Dans cette attitude, elle paraissait très jeune, une femme sans apprêt, débarrassée de ses titres, du lourd fardeau de ses prérogatives. Angélique remarqua qu'elle serrait ses deux mains l'une contre l'autre, geste qui trahissait peut-être le contrôle d'une émotion intense, mais elle continuait à regarder Angélique en face avec sérénité.

« On dirait qu'elle a de l'or au fond des yeux », songea celle-ci. « De loin, ils semblent très noirs, d'un noir de jais. Mais, de près, on voit qu'ils sont comme de l'ambre; avec, positivement, une clarté d'or tout au fond qui rayonne. »

Elles s'observaient en silence. La duchesse relevait un peu le menton et souriait à demi. Sa hardiesse et sa désinvolture mondaine avaient quelque chose d'acquis, de volontaire. Comme si elle se fût imposé de tenir la tête haute afin de ne pas céder au réflexe de la courber et de fuir les regards.

— Eh! bien, moi, je vous trouve très sympathique, conclut-elle comme répondant à un réquisitoire intérieur.

— Et pourquoi ne vous le serais-je pas? fit Angélique, réagissant avec vivacité. Qui a donc pu me décrire à vous sous de noires couleurs?

Et qui peut me connaître à Paris, et savoir qui je suis? J'ai débarqué ici à l'automne dernier et passé tout l'hiver au fond des forêts...

— Ne vous fâchez pas, dit Ambroisine en posant avec douceur la main sur son poignet. Écoutez, ma chère, je trouve pour ma part merveilleux d'aborder le Nouveau Monde en vous rencontrant, vous et Monsieur votre mari. Je ne suis pas sensible aux ragots, aux médisances ou aux calomnies. J'attends, en général, de me faire une opinion par moi-même, sur les personnes contre lesquelles on essaie de me prévenir, et peut-être par esprit d'indépendance ou tout simplement de contradiction — je suis un peu têtue comme toute Poitevine — leur accorderai-je d'avance une certaine préférence.

« Je vais vous avouer quelque chose. De Paris, l'Amérique me semblait immense, sans fin, et elle l'est en vérité. Et pourtant j'étais persuadée qu'un jour ou l'autre je vous rencontrerais... Une sorte de prescience, oui... Maintenant cela me revient. Une certitude... Le jour où l'on a prononcé votre nom devant moi, c'était un peu avant notre embarquement, une voix a dit en moi : « Tu la connaîtras! » Et voici... Peut-être tout cela, Dieu l'a-t-il voulu. »

Elle parlait avec un certain charme dans l'hésitation. Le timbre de sa voix était doux, légèrement voilé, avec parfois une défaillance, comme si le souffle lui eût manqué. Angélique se surprenait à écouter avec attention. Elle eût voulu déceler derrière l'apparence la personnalité cachée.

L'affectation de la duchesse, un peu maniérée, un peu théâtrale, ne venait-elle pas d'un certain effort qu'elle accomplissait pour se relier avec ses semblables.

« Une femme à part, une femme solitaire », se surprit-elle à penser.

Un tel diagnostic ne convenait pas à la jeunesse éclatante et à la beauté d'Ambroisine de Maudribourg. Joints à cela, il y avait également en elle quelque chose d'enfantin, une certaine puérilité, ou bien, se dit Angélique, non c'est à cause de ses dents. Les dents de la mâchoire supérieure, petites, belles et très bien rangées saillaient légèrement, soulevant la lèvre bien ourlée, rose, et par instants cela lui donnait fugitivement l'expression d'une petite fille qui a pleuré. Et quand elle souriait aussi c'était avec une sorte d'innocence confiante qui émouvait. Mais le regard était sagace, mûr et rêveur. « Quel âge peut-elle avoir réellement? Trente ans? Moins? Plus? »

— Vous ne m'écoutez pas, dit tout à coup la duchesse.

Et elle eut précisément ce sourire désarmant et communicatif, tandis qu'elle rejetait en arrière sa lourde chevelure noire qui avait glissé le long de sa joue.

— Madame, demanda mystérieusement la duchesse, puisque vous

êtes Poitevine, avez-vous entendu crier la mandragore, lorsqu'on la déterrait par une nuit de Noël?

Et Angélique perçut un sentiment de complicité naître en elle à l'énoncé de cette question étrange. Son regard chercha celui d'Ambroisine de Maudribourg pour y voir briller comme dans l'obscurité d'un étang forestier des reflets d'étoiles.

— Oui, fit-elle à son tour à mi-voix, mais c'était en septembre. Chez nous c'est en septembre que l'on va quérir un chien noir pour arracher la racine magique de la terre.

— Et il faut immoler le chien aussitôt en holocauste aux divinités souterraines..., continua Ambroisine.

— Et il faut la vêtir d'écarlate pour écarter les puissances démoniaques qui voudraient s'en emparer, renchérit Angélique.

Elles éclatèrent de rire ensemble.

— Comme vous êtes belle! dit subitement Mme de Maudribourg. Oui, vraiment tous les hommes doivent être fous de vous.

— Ah! ne me parlez pas des hommes, fit Angélique avec humeur. Je viens d'avoir une querelle épouvantable avec mon mari...

— C'est sain, approuva la duchesse. Je crois qu'entre époux se quereller de temps à autre est une bonne chose. C'est le signe que la personnalité de chacun reste en bonne santé.

Son commentaire révélait un caractère mûri. Angélique commençait à comprendre l'influence qu'elle avait sur ses gens. Elle éprouva l'envie subite de se confier à cette femme, tout à l'heure étrangère et qu'elle sentait maintenant très proche d'elle. Peut-être en recevrait-elle un conseil qui l'aiderait à voir clair en elle-même. Au fond du regard de la duchesse de Maudribourg il y avait quelque chose de tendre et de doux et comme une sagesse sans âge. Angélique se reprit et détourna la conversation.

— Est-ce un fragment de mandragore que vous portez là dans un reliquaire, interrogea-t-elle en posant un doigt sur une chaînette d'or que la duchesse avait au cou.

Celle-ci sursauta.

— Oh! non, j'aurais bien trop peur. C'est maudit! Non! ce sont mes médailles protectrices.

Elle retira de l'échancrure de la chemise de dentelle trois médailles d'or et les posa sur la paume d'Angélique.

— Saint Michel archange, sainte Lucie, sainte Catherine, énonça-t-elle.

Les médailles étaient tièdes du contact de la chair féminine et Angélique en éprouva une sensation ambiguë.

— Je les porte depuis que je me suis approchée pour la première fois de la Sainte Table, continua la duchesse d'un ton de confidence.

Lorsque je ne peux pas dormir la nuit, je les sens là et cela calme ma peur.

— De quoi avez-vous peur?

La duchesse ne répondit pas. Elle ferma les yeux et une expression de souffrance passa sur ses traits. Avec un soupir elle se laissa aller contre les oreillers, la main posée sur ses médailles.

— A propos de la mandragore, reprit Angélique, n'avez-vous pas voulu m'éprouver tout à l'heure? Peut-être désiriez-vous savoir si je suis sorcière comme on le raconte bêtement à Québec ou même à Paris? Eh bien! apprenez, ma chère, qu'en effet j'utilise la racine de mandragore pour fabriquer une médecine d'origine arabe qu'on appelle « éponge soporifique ». Mélangée à un peu de ciguë et de jus de mûres, elle calme la douleur. Mais je ne me suis jamais préoccupée de la rechercher et de la faire déterrer. Les quelques éclats que je possède m'ont été procurés par un apothicaire anglais.

Ambroisine de Maudribourg l'avait écoutée en l'observant à travers ses longs cils. Elle remarqua vivement :

— Ainsi, c'est donc vrai? Vous fréquentez les Anglais?...

Angélique haussa les épaules.

— Il y a des Anglais partout dans la Baie Française. Nous ne sommes pas en Canada ici mais en Acadie, c'est-à-dire proches voisins de la Nouvelle-Angleterre. Les traités ont été si bien faits que les possessions du roi de France et les comptoirs anglais s'entrelacent en un réseau inextricable.

— Et le domaine dont vous êtes la châtelaine est indépendant au sein de ces deux influences?

— Vous semblez bien informée.

Angélique eut un demi-sourire, un peu désenchanté. Lorsqu'elle avait abordé pour la première fois à Gouldsboro, il lui avait semblé que c'était la côte la plus perdue, le point le plus ignoré du monde. Mais la main des hommes et des rois modelait déjà ces territoires semi-vierges. Joffrey de Peyrac devenait un pion d'importance, un obstacle ou un allié. Brusquement elle sursauta. Que faisait-elle là? N'avait-elle pas décidé tout à l'heure de courir à sa recherche? On aurait dit qu'un charme subit l'avait immobilisée, retenue... Elle se précipita derechef à la fenêtre.

Le soir tombait. Dans l'ombre commençante un navire franchissait le goulet et entrait dans le port.

« Encore une visite, un étranger quel qu'il soit, français, anglais, ou hollandais ou pirate, ou je ne sais quoi, et qui va persuader Joffrey de le suivre je ne sais où et je ne sais pour quelle expédition policière ou justicière. Ah! non, cette fois il ne va pas partir à mon nez, sans m'avertir, en me laissant me morfondre... »

Elle attrapa son manteau de loup-marin et le jeta sur ses épaules.

— Veuillez m'excuser, Madame, dit-elle à la duchesse, je dois vous laisser. Quoi que vous en disiez, je vais vous envoyer une de vos filles. Elle allumera les chandelles et si vous vous sentez mieux on vous fera monter à souper. Demandez tout ce qui est nécessaire.

— Vous partez? interrogea la duchesse d'une voix sans timbre. Oh! je vous en prie, ne m'abandonnez pas!

— Mais vous êtes en toute sécurité ici, affirma Angélique, percevant l'anxiété qui vibrait dans la voix de la femme étendue!

Sous une apparence courageuse, elle était frêle et se remettait mal des terreurs du naufrage. Ne racontait-elle pas qu'elle avait eu des visions comme une chose naturelle!...

— J'envoie aussitôt quelqu'un à votre chevet, insista Angélique, la rassurant comme une enfant. Soyez calme!

Subitement mise en alerte, elle tendit l'oreille à un bruit de pas masculins qui montaient l'escalier. Enrico le Maltais surgissait dans l'entrebâillement de la porte qu'elle ouvrait.

— Madame la Comtesse, Mgr le Rescator vous demande!

CHAPITRE IV

QUAND IL SE RETROUVAIT SUR LES RIVAGES, ENRICO SE REPRENAIT à désigner son maître du titre du Rescator.

Angélique le suivit, le cœur battant, partagée entre l'appréhension et le soulagement. Ainsi « Il » l'avait quand même fait mander.

Elle se hâtait derrière le Maltais. Ils étaient sortis du fort et montaient en direction des arbres. Comme ils parvenaient à l'extrémité du village dont la dernière maison se trouvait un peu en retrait, Angélique entendit le ressac frapper contre les récifs, et il lui revint le souvenir d'une parole semblable qui l'avait entraînée dans un piège. C'était quelques soirs auparavant lorsqu'un matelot inconnu au teint pâle et aux yeux étranges était venu lui dire : « M. de Peyrac vous demande », et l'avait attirée dans l'îlot du Vieux Navire.

D'instinct, elle porta les mains à sa ceinture. Elle avait oublié ses pistolets. Quelle sottise! Tournée vers le Maltais, elle s'écria malgré elle :

— Est-ce bien M. de Peyrac qui t'envoie? Toi aussi me trahis-tu?

— Que se passe-t-il?

Le comte se tenait sur le seuil de la dernière maison de bois. Sa haute silhouette se détachait sur la lumière d'un feu flambant dans la rustique cheminée de galets.

Angélique poussa un soupir de soulagement.

— Ah! j'ai craint de tomber encore dans un piège, la dernière fois c'était un démon blanc qui était venu de la mer...

— Un démon blanc?!...

Peyrac la regarda d'un air intrigué.

Il descendit à sa rencontre et la prit par le bras pour lui faire franchir le seuil de pierre.

D'un geste il congédia le Maltais et referma la porte dont le grossier vantail de bois étouffa le fracas des flots.

Le craquement du feu, seul, emplit la petite pièce. Angélique s'approcha de l'âtre et tendit ses mains à la flamme. Sous le coup de l'émotion, elle grelottait. Le comte l'observait.

— Comme vous êtes nerveuse! fit-il avec douceur.

Elle tourna vers lui son beau regard que l'anxiété et le tourment assombrissaient jusqu'à donner à ses prunelles une teinte d'eau marine agitée par la tempête.

— On le serait à moins après ces journées terribles. Et je craignais que vous n'ayez oublié ce que nous nous étions dit ce matin.

— Comment pourrais-je l'oublier, surtout lorsque vous me regardez avec de si beaux yeux!

Sa voix familière, aux tendres inflexions, la traversa toute, et elle le considéra éperdument, ne pouvant croire à son entière rémission. Il sourit.

— Ça, mon cœur, expliquons-nous, fit-il avec gentillesse, il en est temps et nous n'avons que trop tardé. Asseyez-vous.

Il lui désignait un des deux escabeaux qui, avec une table grossière, un bat-flanc et des objets de pêche, composaient l'ameublement de la cabane.

Lui-même s'assit de l'autre côté de la table. Il l'examinait avec attention et un sentiment passionné faisait briller son regard sombre tandis qu'il détaillait sur ses traits, qu'encadrait la somptueuse chevelure d'or pâle, les traces que le chagrin y avait laissées et celles du coup qui l'avait meurtrie. Le souvenir de sa propre violence le bouleversa.

— Oh! ma bien-aimée! murmura-t-il d'une voix sourde. Oui, vous avez raison; ne laissons pas nos ennemis prévaloir contre nous. Aucune offense ne mérite de voir détruire entre nous ce qui nous lie.

— Je ne vous ai pas offensé, balbutia-t-elle..., ou à peine.

— J'aime la restriction, dit Peyrac.

Et il éclata de rire.

... Ma chérie, vous êtes merveilleuse. Vous m'avez toujours égayé, ravi par votre spontanéité. Asseyez-vous donc.

Elle ne savait s'il se moquait, mais la chaleur de sa voix apaisa la tension qui la faisait souffrir.

Elle s'assit comme il le lui intimait. Déjà sous son regard amoureux tout s'effaçait de sa peur et de cette horrible impression de l'avoir perdu et d'être à nouveau seule au monde.

— Peut-être avons-nous été trop longtemps solitaires? fit-il comme répondant à son impression secrète. Peut-être, jadis, lorsque l'ostracisme du Roi nous a séparés, n'avions-nous pas assez mesuré la force de notre amour et peut-être, nous retrouvant, n'avons-nous pas assez mesuré la profondeur de nos blessures? Vous avez été longtemps accoutumée à vous défendre seule, à vous défier de tous, à craindre la malignité du sort qui vous avait déjà une fois accablée si terriblement.

— Oh! oui, dit-elle dans une sorte de sanglot. J'avais dix-huit ans. Vous étiez mon ciel, ma vie, et je vous avais perdu à jamais. Comment ai-je pu survivre à cela?...

— Oui, pauvre petite fille! J'ai mésestimé la puissance des sentiments que vous m'aviez inspirés, et surtout la valeur de ceux que vous me portiez. Je voulais croire qu'une fois disparu vous m'oublieriez.

— Cela vous arrangeait pour rejoindre votre première maîtresse, la Science... Oh! je vous connaissais... Vous étiez capable d'accepter de mourir pour savoir si la Terre tournait et, séparé de moi, vous avez pu survivre, mordre à tous les plaisirs de votre vie aventureuse...

— Oui, vous avez raison... Cependant, écoutez, voici ce que j'ai découvert au cours de ces derniers jours, au cours de cette tempête qui vient de nous secouer, tous deux. Certes, vous m'avez séduit jadis et j'étais fou de vous, cependant, comme vous venez de le dire, j'ai pu survivre. Mais aujourd'hui *je ne le pourrais plus*. Voilà ce que vous avez fait de moi, Madame, et certes, un tel aveu ne m'est pas facile.

Il sourit, mais sur ces traits burinés, que la vie avait marqués de son sceau cruel par les grandes cicatrices qui pâlissaient son hâle, elle voyait transparaître la force du sentiment authentique qu'il lui dédiait. Son regard brûlant s'attachait à elle avec une sorte d'étonnement.

— C'est une chose étrange que l'Amour, reprit-il comme se parlant à lui-même, une plante surprenante. La jeunesse croit la cueillir dans son épanouissement et que son destin sera de s'étioler ensuite. Alors qu'il ne s'agit, en vérité, que des prémices d'un fruit plus savoureux qui n'est donné qu'à la constance, à la ferveur, à la connaissance mutuelle. Bien des fois, au cours de ces derniers jours, je vous ai revue arrivant à Toulouse, belle, fière, neuve, à la fois enfantine et sagace. Peut-être en ce temps-là ai-je voulu ignorer que votre fraîche personnalité me fascinait plus encore que votre beauté. Sait-on ce qu'on aime dans ce premier regard qui lie deux êtres l'un à l'autre? Souvent sans le savoir, les richesses cachées, les forces contenues, et que seul l'avenir révélera... ce que les puissants de ce monde ne m'ont pas laissé le temps de découvrir en vous... Même en ce temps-là je restais sur la défensive. Je pensais : elle changera, elle deviendra comme les autres, elle perdra cette intransigeance exquise, cette ardeur de vivre, cette finesse intelligente... et puis non... je vous ai retrouvée, vous et, en même temps, autre... Ne me regardez pas avec ce regard-là, mon amour. Je ne sais où vous allez chercher sa séduction, mais il me bouleverse jusqu'aux moelles.

» Ce sont vos yeux, ce regard nouveau, inconnu que vous m'avez révélé à La Rochelle, lorsque vous avez surgi de la nuit et de la tempête pour venir me demander de sauver vos amis huguenots [1] — c'est de là que vient tout le mal, c'est ce regard qui a fait de moi un homme que je ne reconnais plus. Ah! je crains d'avoir trop d'attachement pour vous. Vous me rendez faible. Différent de moi-même... Oui, c'est de là que mon mal est né. Vos yeux au regard inconnu, dont je ne parviens pas encore à percer le secret. Savez-vous ce qui est arrivé, mon cœur, lorsque vous êtes venue me trouver cette nuit-là, à La Rochelle, savez-vous ce qui est arrivé?... Eh! bien, je suis tombé amoureux de vous. Amoureux fou. Amoureux éperdu, et d'autant plus que je n'ai pas voulu comprendre, sachant *qui* vous étiez, ce qui arrivait. C'était une confusion, et ce fut souvent une torture.

» Sentiment étrange, vraiment! Quand je vous voyais sur le *Gouldsboro*, votre petite fille rousse dans les bras, parmi vos amis huguenots, j'oubliais que vous étiez cette épouse que j'avais reçue jadis en mariage. Vous n'étiez plus que cette femme presque étrangère que je venais de rencontrer par les hasards de la vie et qui me fascinait, me séduisait jusqu'à la moelle des os et qui me tourmentait par sa beauté, sa tristesse, le charme de ses rares sourires, une femme mystérieuse et qui m'échappait, et qu'il me fallait conquérir à tout prix.

» Ainsi, dans ma situation ambiguë d'époux tombé amoureux fou de sa propre femme, essayais-je de me raccrocher à ce que j'avais connu de vous dans le passé, pour vous amener jusqu'à moi, vous exiger plus proche, et si je me suis senti parfois maladroit de brandir mon titre de mari, pour vous enchaîner à moi, c'est que je voulais vous avoir à ma merci, près de moi, ma maîtresse, ma passion, vous, ma femme qui pour la seconde fois, mais par des artifices nouveaux et inattendus, m'enchaînait sous son joug. Alors je commençais à craindre la découverte amère de votre désaffection pour moi, de discerner en votre cœur l'indifférence et l'oubli pour un époux depuis trop longtemps banni, et dans l'appréhension où je me trouvais de tout cet inconnu qu'il y avait en vous — ah! que vous étiez insaisissable et difficile à captiver, ma petite mère abbesse! — peut-être n'ai-je pas su mener à bien ma conquête. Je commençais à comprendre que j'avais pris trop légèrement la vie en ce qui concernait les femmes et vous en particulier, mon épouse. Et quel bien précieux j'avais négligé. »

Angélique l'écoutait retenant son souffle; elle l'écoutait avidement et chaque mot lui rendait vie. Elle était devant lui comme l'oiseau

1. Cf. *Angélique se révolte.*

captif devant l'oiseleur qui use de son pouvoir pour retenir près de lui par la fascination ou le sentiment un être fragile près de lui échapper. Non, elle ne voulait pas lui échapper. La caresse de sa voix sourde, de son regard brûlant, de sa présence, valait bien, pour elle, le sacrifice de toutes les libertés. Qu'était l'envol solitaire dans le danger de l'espace désert, près de la chaude certitude d'avoir atteint son havre près de lui. Cela elle l'avait toujours su, mais il lui restait à en prendre conscience et ce monologue, cette sorte de confession qu'il osait ainsi devant elle, par amour, lui révélait, par son analyse à la fois subtile et sincère, combien elle régnait sur son cœur. Il n'avait jamais cessé de penser à elle, essayant de la comprendre afin de mieux la rejoindre.

— Votre indépendance fantaisiste me causait mille tourments, car ne sachant quelle idée pourrait vous passer par la tête, la peur de vous perdre une fois encore dominait mes soucis, et j'y voyais aussi le signe que vous n'apparteniez qu'à vous-même. La sagesse me soufflait qu'on ne guérit pas si facilement de blessures si profondes, telles que celles dont vous aviez été atteinte loin de moi, qu'il me fallait prendre patience, mais cette crainte demeurait en moi, oppressante, et c'est ce qui a éclaté lorsque tout à coup... Angélique, mon amour, dites-moi pourquoi êtes-vous partie ainsi d'Houssnock pour le village anglais sans m'avertir?

— Mais... c'est vous qui m'en avez donné l'ordre, s'écria-t-elle.

Il fronça les sourcils.

— Comment cela?

Angélique passa la main sur son front.

— Je ne me souviens plus exactement comment les choses se sont passées, mais ce dont je suis sûre c'est que c'est sur votre ordre pertinent que je me suis mise en chemin pour reconduire Rose-Ann chez ses grands-parents. J'étais même assez contrariée de ne pouvoir faire ce voyage en votre compagnie.

Il réfléchissait. Elle le vit serrer les poings et murmurer entre les dents.

— Alors ce serait donc « eux » encore qui auraient manigancé cela.

— Que voulez-vous dire?...

— Rien... ou plutôt si, je commence à comprendre bien des choses. Vous m'avez ouvert les yeux ce matin lorsque vous m'avez dit : « Nos ennemis veulent nous séparer. Les laisserons-nous triompher?... » Voici encore un de vos pouvoirs nouveaux qui m'attache à vous de façon si exclusive. La façon dont vous me portez aide dans les embûches et les difficultés qui nous assaillent, avec une habileté, une diversité qui n'appartiennent qu'à vous — ce morceau de sucre que vous avez donné au petit Canadien devant Katarunk et qui nous a tous sauvés du carnage!... — mais aussi une prescience exacte qui m'émerveille. J'ai pris goût à ce sentiment nouveau : une femme à mes côtés qui partage tout de ma vie.

» Alors votre absence, votre disparition, le soupçon de votre infidélité!... Comment supporter cela désormais! Je retournerai plus volontiers au chevalet du bourreau. Pardonnez-moi, mon amour, la colère qui m'a saisi.

» Mais considérez, mon cœur, en quel état la passion que vous m'inspirez m'a jeté, jusqu'à me faire perdre ce sens d'équité que j'essaye de maintenir parmi les vicissitudes de mes charges. Vous m'avez jeté dans la colère, l'injustice, et même à votre égard dans le désir de vous atteindre et de vous faire pâtir, vous mon seul amour, ma femme... Certes il n'est pas facile de découvrir une vérité à laquelle le comte de Peyrac n'aurait pas adhéré facilement jadis; la douleur de l'amour. Mais vous me l'avez imposée par le pouvoir de votre charme sur tout mon être. Voyez ce que l'Angélique de jadis, si délicieuse et inconsciente séductrice qu'elle fut, n'avait pas éveillé en moi, eh bien! celle que j'ai retrouvée à La Rochelle, avec son âme nouvelle, sa science de la vie, ses contrastes — ce mélange en vous de douceur et de violence, comment se défendre de cela? — cette Angélique presque étrangère qui est venue à moi me demander secours pour des êtres menacés, l'a réussi.

Il s'interrompit, resta songeur un instant. Revoyait-il la scène qui s'était jouée en cette nuit tempétueuse, alors que son navire-pirate le *Gouldsboro* se balançait à l'ancre dans une crique cachée, aux abords de La Rochelle [1].

— Vous souvenez-vous? Tout était étrange, inattendu, mystérieux, cette nuit-là? Le destin nous poussait l'un vers l'autre sans que nous le soupçonnions.

» J'étais seul dans ma cabine, et je pensais à vous. Je faisais des plans, je me disais : « Je suis sous les murs de La Rochelle, mais » comment la retrouver maintenant? » Je n'avais pour piste que les quelques mots que m'avait lancés Rochat dans un port espagnol : « La Française... vous savez... que vous aviez achetée à Candie et » qui s'est enfuie, eh bien! je l'ai rencontrée à La Rochelle! » Et, tout à coup, Jason, mon second, est entré et m'a dit de cet air froid qui lui était habituel — pauvre Jason! — « la femme française que vous » avez achetée à Candie est là et vous demande! » J'ai cru devenir fou. Fou de joie, d'émerveillement, et aussi... d'effroi.

» L'homme est stupide! Le bonheur lui fait plus peur que la douleur

1. Cf. *Angélique se révolte.*

et le combat. Craint-il en la joie un piège qui aura raison de lui plus facilement que l'adversité?... Je ne sais!

» En l'occurrence je n'ai pas échappé à la règle commune. Pour aborder cet instant inimaginable, je me suis bardé de tous mes doutes, de toutes mes rancœurs, mes craintes, mes amertumes, mes défiances...»

Angélique eut un sourire.

— Il est vrai que je n'étais guère une femme séduisante à retrouver, reconnut-elle. Vous aviez gardé d'autres souvenirs. En quel état étais-je cette nuit-là?... Trempée, boueuse, échevelée, j'étais tombée en courant sur la lande...

— Vous étiez... ah! que dire, murmura-t-il. Mon cœur s'est brisé... C'était comme si j'avais vu surgir devant moi l'image de ce que vous avait infligé l'injustice du sort, de ce que la cruauté des hommes — et la mienne aussi inconsciente peut-être — avait fait de vous... Je me suis senti glacé, incapable par des mots de renouer le lien qui, au-delà d'une telle catastrophe, nous unissait. A Candie, cela aurait été plus facile... Mais, à La Rochelle, j'ai senti que vous n'apparteniez plus à notre passé commun, vous étiez devenue l'autre. Et, en même temps, il arrivait ce que je vous expliquais tout à l'heure. De cette autre femme, si différente, si bouleversante, qui m'expliquait sans prendre garde à son triste état, à son sang qui coulait, à l'eau glacée qui la trempait, qu'il fallait sauver ses amis, de cette femme qui ne vous ressemblait plus et qui vous ressemblait encore, j'étais en train de tomber éperdument amoureux. Un coup de foudre où tout se mêlait : l'admiration, le goût, le charme inexplicable, la pitié, la tendresse, la volonté de protection, la peur de perdre, de laisser échapper un tel trésor, l'incertitude de l'instant...

— Dois-je vous croire? Ne m'avez-vous pas déclaré avec cynisme : « Par quel phénomène une captive payée par moi une fortune est-elle » devenue une femme dont je ne donnerais pas aujourd'hui cent » piastres!... »

— J'essayais de dissimuler sous l'ironie des émotions inhabituelles. Oui! l'homme est stupide. La vérité?... Vous m'avez brûlé, ce soir-là. Mais j'avais perdu dans une certaine mesure l'habitude du sentiment, la possibilité de l'exprimer. Il me fallait mettre de l'ordre dans tout cela et l'instant, vous le reconnaissez, ce que vous exigiez de moi avec tant de ferveur, ne m'en laissait guère le temps.

» Peu à peu j'ai réfléchi, vu plus clair, je vous l'ai dit déjà : Vous étiez restée en moi un souvenir taraudant certes, mais comme une image qui se faisait imprécise, car la petite comtesse charmante qui avait été ma femme, je ne la voyais pas à mes côtés dans cette vie d'aventurier, jetée sur tous les océans, qui était devenue la mienne.

» Vous étiez aussi celle dont j'avais essayé de bannir le souvenir lorsque j'avais appris son remariage avec le marquis de Plessis-Bellière, celle que j'accusais obscurément d'abandon envers mes fils, d'inconséquence dans ses folles pérégrinations en Méditerranée.

» Et, bien que je vous recherchasse, ne pouvant briser le lien qui nous unissait, votre image en moi s'était faite imprécise. Et, je vous retrouvais, une autre femme et vous pourtant, vous surpreniez mon cœur engourdi, l'arrachiez à sa léthargie. Il revivait, retrouvant avec un nouvel amour les délices des tourments et des espérances. Cela n'a pas été facile de vous conquérir à nouveau dans les hasards qui nous opposaient sur le *Gouldsboro*. J'ai pu enfin vous garder jalousement près de moi à Wapassou, mais parfois, même au cours de cet hiver, la crainte que l'épreuve n'outrepassât vos forces et aussi que la méconnaissance que j'avais de vous ne m'entraînât à vous blesser, me laissant dans le doute à votre égard. Car votre force de silence et d'acceptation m'effrayait, je ne savais comment dénouer cette habitude que vous aviez contractée de vous taire dans la difficulté et la souffrance, sachant que là pourrait se situer l'écueil de notre entente, que tant que vous vous protégeriez si jalousement de chercher secours près de moi, vous m'échapperiez, une partie de vous-même restant attachée à cette partie de votre vie que vous avez vécue loin de moi et que vous étiez encore susceptible d'en subir le pouvoir. Et de cela je tremblais parfois... sans trouver d'autres remèdes que la patience et le verdict du temps...

» Voilà, je crois, où nous en étions, lorsque, il y a quelques semaines, nous avons rejoint Houssnock, sur le Kennébec... et que tout à coup vous avez disparu... »

Il fit une pause, ébaucha une grimace, puis il lui dédia un sourire caustique, mais qui n'effaçait pas la chaude passion brillant dans ses yeux sombres.

...Certes, ce n'est pas une situation confortable que de se trouver subitement cocu à la face du monde, fit-il, mais ce n'est pas à ce titre-là que j'ai le plus cruellement souffert... Quoiqu'il fallût que l'événement ne désarçonnât pas nos gens... Mais là vous m'avez aidé... Oui, sur ce point, dans cette tempête, vous ne m'avez pas déçu... Vous avez été vraiment... ce qu'il fallait être et jusque dans ma colère, vous forciez mon admiration, ma passion... ah! quel sentiment terrible! Car c'est en homme jaloux que j'ai souffert. Jaloux, est-ce le mot? Plutôt en homme amoureux et qui n'a pas encore achevé sa conquête et qui la voit lui échapper avant qu'il ait pu atteindre ce point de rencontre incommunicable de l'Amour : la certitude. La certitude mutuelle. Tant qu'on tremble, la douleur est prête à surgir, et le doute, et la crainte que tout s'achève avant... avant qu'on se soit atteint pour cette rencontre sans nom qui vous communique joie, force, pérennité.

Par-delà la table de gros bois, Angélique n'avait cessé de le fixer ardemment. Elle oubliait tout du monde extérieur. Il n'y avait plus que lui sur la terre et leur vie à tous deux qu'évoquaient les mots prononcés et qui faisaient lever des images, des souvenirs, même du temps où ils étaient séparés.

Il se trompa sur son silence.

... Vous m'en voulez encore! dit-il. De ce qui s'est passé ces jours derniers... Je vous ai meurtrie!... Allons, dites-moi ce qui vous a blessée le plus durement de mon inqualifiable conduite. Plaignez-vous un peu, ma chérie, que je vous connaisse mieux...

— Me plaindre, murmura-t-elle, de vous, vous à qui je dois tout?... Non, ce n'est pas cela... Disons qu'il y a des choses que je n'ai pas comprises, parce que, moi aussi, je ne vous connais pas assez...

— Par exemple?

Elle ne savait plus. Ses griefs soudain fondaient au soleil d'un amour si tendre et si profond.

— Eh bien!... vous avez nommé Colin gouverneur.

— Auriez-vous souhaité que je le pende?

— Non, mais...

Il lui sourit avec indulgence.

— Oui je comprends!... Cette alliance de deux hommes entre eux alors qu'ils devraient être ennemis pour la beauté d'Hélène de Troie, c'est assez exécrable!... Vous avez souffert de cela, vous?...

— Un peu... n'est-ce pas féminin?

— J'en conviens... et vous êtes adorable, répliqua-t-il. Quoi donc encore?

— Vous m'avez obligée à lui donner le bras lorsque nous nous sommes rendus à la salle du festin...

— Je reconnais que c'était parfaitement odieux. Pardonnez-moi, mon cœur. Il y a des moments où, lorsqu'on lutte farouchement pour quelque chose, on administre quelques coups maladroits. Je voulais, trop peut-être, effacer à mes yeux, oublier...

— Et vous flirtiez avec cette Inès!

— Quelle Inès? demanda-t-il.

— Mais, la maîtresse espagnole de Vanereike... pendant le festin...

— Ah! oui, j'y suis... Devoir d'hôte! Ne devais-je pas consoler cette charmante jeune personne de l'attention que vous portait notre Dunkerquois. Lorsqu'on souffre soi-même du poison de la jalousie, on éprouve quelque pitié pour ceux qui partagent les mêmes tourments...

Angélique baissa la tête. Avec la mémoire, la douleur revenait.

— Il y a quelque chose de plus grave, murmura-t-elle.

— Quoi donc!

— Ce piège dans l'île du Vieux Navire! Nous avoir attirés ainsi, Colin et moi, ce n'est pas de vous cela!

La physionomie du comte de Peyrac s'assombrit.

— En effet... Ce n'est pas de moi.

Il tira de son pourpoint un bout de papier froissé qu'il lui tendit. Elle déchiffra ces mots tracés par une écriture grossière.

Votre épouse est dans l'îlot du Vieux Navire avec Barbe d'Or. Abordez par le côté nord afin qu'ils ne vous voient point survenir. Vous pourrez ainsi les surprendre dans les bras l'un de l'autre.

Un frisson secoua Angélique. La terreur inconditionnelle qui s'était parfois emparée d'elle au cours des derniers jours l'envahit à nouveau et la glaça.

— Mais qui... qui a pu écrire cela?... balbutia-t-elle. De qui tenez-vous ce billet?

— Un matelot de l'équipage de Vanereike, qui ne servait que d'intermédiaire, me l'a remis. Avec lui, j'essayais de retrouver l'individu qui lui avait passé ce message avec charge de me le transmettre, mais en vain. « Ils » agissent ainsi. « Ils » profitent du débarquement des équipages et du mouvement créé dans un port pour se glisser parmi nous et agir, puis « ils » s'évanouissent comme des fantômes.

— « Ils », quels « ils »?

Peyrac restait soucieux.

— Il y a des inconnus dans la Baie, fit-il enfin, qui rôdent et qui, j'en ai acquis la certitude, se préoccupent de nous de façon excessive.

— Des Français, des Anglais?...

— Je l'ignore. Des Français, plutôt, mais qui ne relèvent d'aucun pavillon et dont le but serait de créer le désordre parmi nous.

— L'homme au teint pâle qui est venu m'avertir que vous me demandiez dans l'île serait-il des leurs?

— Sans doute. Et aussi l'homme qui, sur le chemin de Houssnock, m'a prévenu faussement que vous vous étiez sauvée et que vous voguiez sur *Le Rochelais* vers Gouldsboro...

Il lui conta comment, rassuré sur son sort par cette rencontre, il avait décidé de suivre Saint-Castine jusqu'à Pentagouët, sur le chemin de Gouldsboro, après avoir récompensé l'homme qui l'avait averti.

— Je lui ai donné des perles de lambi.

— Mais... qui peuvent-« ils » être?... Qui les envoie?

— Impossible de le déterminer encore. Ce qui est certain c'est qu' « ils » étaient bien informés de nos faits et gestes et qu' « ils » ne reculent devant rien, car transmettre de fausses nouvelles dans le monde des marins est une infamie plus grave que de commettre un crime. Même entre ennemis, il y a une solidarité des hommes de la mer que seuls des êtres abjects ou de francs bandits peuvent se permettre de trahir. Ceux-là sont de la pire espèce, je le pressens.

— Ainsi j'avais donc raison, murmura-t-elle, de craindre je ne sais quelle entreprise... diabolique qui s'est mise en marche contre nous...

— Alors je vous ai vue dans l'île avec Barbe d'Or. Et voici qu'il survenait un fait inconnu de nos ennemis, quelque chose qu'ils ne pouvaient pas savoir, c'est que Barbe d'Or c'était Colin. Et cela changeait tout. Colin Paturel, le roi des Esclaves de Miquenez, presque un ami pour moi aussi, pour le moins un homme que j'estimais fort car sa réputation était grande en Méditerranée. Oui, cela changeait beaucoup de choses pour moi. Colin!... un homme auquel il n'était pas déshonorant que vous ayez accordé, disons... votre amitié... Mais je devais m'assurer de la personne de Barbe d'Or. J'ai renvoyé Yann chercher du renfort avec ordre de ne revenir par le chenal qu'à l'heure où la marée se retirerait.

— Et vous êtes resté.

— Je suis resté.

— Vous vouliez savoir qui j'étais? interrogea-t-elle en le regardant en face.

— Je l'ai su.

— Vous auriez pu avoir d'amères révélations.

— J'en ai eu de merveilleuses et qui ont fortifié mon cœur.

— Toujours vos gageures insensées!

— Il n'y a pas que cela. Il n'y a pas eu dans ma décision de rester dans l'île et de m'y tenir caché jusqu'au retour de mes gens, que le goût d'en savoir plus long sur ma belle inconnue d'épouse. Certes l'occasion s'offrait; il y a beaucoup à apprendre, pour un mari, sur une jolie femme qui devise avec un homme qui ne lui fut pas indifférent jadis et dont elle sait qu'il l'aime encore. Mais la seule curiosité n'aurait pas suffi à m'engager dans un si pénible défi, si je ne m'y étais trouvé contraint par la situation même. Considérez, mon cœur, qu'elle était délicate, disons épineuse à plus d'un titre. Si je m'étais présenté seul à vous, croyez-vous que Colin se serait laissé persuader facilement de mes intentions pacifiques en tant que mari. Et qu'en tant que pirate méritant d'être pendu haut et court, il se serait laissé appréhender facilement par le maître de Gouldsboro. Vous m'accusez de relever trop facilement de folles gageures, mais celle de l'affronter en combat singulier sur cette plage, sans autre témoin que vous-même et les loups-marins, avec comme conclusion certaine sa mort ou la mienne, ne m'a pas paru saine et profitable à quiconque. Votre Colin n'a jamais eu la réputation d'être un personnage facile à manier. Allez le demander à Moulay Ismaël, qui parlait de lui avec respect et presque de l'effroi, et pourtant ce n'était qu'un esclave aux mains nues devant ce roi intraitable et cruel.

— Vous avez pourtant réussi à convaincre cet intraitable de vous servir, vous avez réussi à le faire tomber en votre pouvoir fascinateur.

— Parce qu'on me l'a amené enchaîné entre quatre hommes en armes. Il n'en était pas de même sur l'île du Vieux Navire.

» Ceci posé qu'avais-je d'autre à faire là-bas que de demeurer le témoin invisible de votre rencontre? Au demeurant, fortuite et involontaire comme j'ai pu le savoir plus tard. Là encore nos ennemis jouaient gagnants en nous réunissant tous trois sur cette île. Tous les éléments étaient en place pour que nous forgions nous-mêmes notre propre perte. La seule parade à de telles combinaisons diaboliques c'est d'y opposer un comportement contraire à celui envisagé. Dieu merci, nous avons reçu tous trois la force morale de résister.

— Diabolique! répéta Angélique.

— Ne vous effrayez pas. Je saurai déjouer leurs plans et, quels qu'ils soient, les écarter. Tant que nous ne soupçonnions pas leurs présences, nous avons trébuché dans leurs pièges et il semble que vous en avez été la première victime, à Houssnock et à Brunswik Falls où vous avez failli perdre votre liberté et peut-être la vie. Cette attaque du village anglais par les Abénekis et qui était destinée à vous capturer, entrait-elle aussi dans des plans occultes?... Je ne sais. Mais déjà lorsque j'ai reçu ce billet, au soir de la bataille navale contre Barbe d'Or, une méfiance s'était éveillée en moi. Je savais qu'un jour ou l'autre « ils » prendraient contact. J'avais cru un instant qu'il s'agissait de Barbe d'Or, mais en l'occurrence je recevais la preuve du contraire. Je me suis rendu dans l'île, par le chenal, avec une barque et un seul homme, mais je restais désormais sur la défensive de l'inconnu et... de moi-même, car ce pouvait être une fausse dénonciation pour m'attirer moi aussi dans un piège ou ce pouvait être vrai et l' « on » comptait sur ma colère pour me faire commettre d'irréparables gestes et particulièrement contre *Vous*. Cette volonté de vous nuire à vous, à vous surtout m'est devenue perceptible.

» « Prends garde! me disais-je, prends garde. Souviens-toi que, » quoi qu'il arrive, rien ne doit l'atteindre *Elle*. Et surtout par toi. » Ma colère se détournait vers les misérables qui cherchaient à faire de moi l'instrument du malheur contre vous, dans leurs plans machiavéliques. « Tu ne leur accorderas pas cela », me disais-je! Cette fois au moins je devais vous défendre de leurs attaques, quelque fût le prix à payer.

» Ne vous ai-je pas conquise à Toulouse, en me battant en duel avec le neveu de l'archevêque?

» Ce n'était pas la même chose, s'écria Angélique avec feu, ce ne sera plus jamais la même chose. Pour qui me prenez-vous? Maintenant, je vous aime!... — Et, surprise de cet aveu comme d'une révélation. — Oh! oui je vous aime... Trop! Trop vraiment pour ce que vous méritez. Votre éloignement de tous fut-il si distant que vous ne puissiez même pas concevoir l'attachement que j'ai pour vous? N'avons-nous pas lutté ensemble contre les Iroquois, contre les Français et leurs sauvages, contre l'hiver, la maladie, la mort? Ai-je démérité de vous?... Je vous en prie, si vous ne voulez pas me faire souffrir, gardez-vous, gardez-vous pour moi, mon cher amour. Cessez de faire fi de votre vie, car de vous perdre, cette fois, j'en mourrais, j'en mourrais!

Il s'était dressé, il vint à elle et lui ouvrit les bras. Elle l'étreignit, le front contre son épaule, se perdant en ce refuge merveilleux, où toute sa vie semblait s'anéantir pour y goûter, dans le contact enfin retrouvé de sa présence, de sa chaleur, de son odeur familière, un instant d'intense félicité.

... Moi aussi j'ai été coupable, murmura-t-elle, j'ai douté de votre amour pour moi et de la valeur de vos sentiments. J'aurais dû vous dire tout de suite : « Voilà, j'ai retrouvé Colin »... Mais j'ai eu peur. Je ne sais quelle crainte m'a retenue. Habituée à lutter contre les embûches mesquines, contre la bassesse, la vilenie qui gouvernent les actions des hommes, je me suis accoutumée au silence plutôt qu'à la vérité. Pardonnez-moi. Entre nous, ce ne doit pas être.

Il prit le beau visage dans ses mains et le renversa pour plonger son regard dans le sien et baiser doucement ses lèvres.

— Nous ne pouvions nous retrouver sans blessure après tant d'heurs et de malheurs qui ont transformé nos cœurs et marqué nos esprits. La crainte demeurait, au seuil de cette merveilleuse et nouvelle découverte de l'amour, d'être frustrés encore. Mal guéris, nous nous interrogions : la vie nous apprendra-t-elle par les regrets et les nostalgies qui nous poignent et les élans qui nous bouleversent, combien nous étions *vraiment* destinés l'un à l'autre? Jadis, à Toulouse, ce fut une fête, un éblouissement. Mais ce n'était pas l'arbre, ce n'était que les racines d'un amour qui devait demander à l'avenir sa signification complète. Eh! bien, nous avons su. Loin l'un de l'autre nous avons saigné ensemble de toutes sortes de plaies, sans cependant cesser de nous savoir, dans le secret de nos cœurs, unis à jamais. Il faut maintenant nous reconnaître et nous le dire. Petite étrangère chérie, que je n'ai pas su encore entièrement apprivoiser, pardonnez-moi, pardonnez-moi...

Il baisait avec une infinie douceur la meurtrissure de sa tempe.

— Mon nouvel amour, ma bien-aimée de toujours, ma trop silencieuse...

Elle passa ses doigts en une caresse, dans ses cheveux touffus, puis sur sa tempe argentée.

— Vous avez toujours su parler d'amour. L'aventurier des mers et le conquérant du Nouveau Monde n'ont pas tué le Troubadour du Languedoc.

— Il est loin. Je ne suis plus le comte de Toulouse.

— Que m'importe le comte de Toulouse? Celui que j'aime c'est le pirate qui m'a prise en pitié à La Rochelle, et qui m'a donné à boire une tasse de café turc alors que je mourais de froid, celui qui a fait tirer sur les dragons du Roi pour défendre mes amis huguenots pourchassés, et celui encore qui, malgré leur ingratitude, a su leur faire grâce sur mes prières, celui avec lequel j'ai dormi au fond des bois dans une sécurité si profonde qu'on ne peut en connaître de plus grande sur terre que dans l'enfance, celui qui a dit à ma petite fille : « Damoiselle, je suis votre père... » Vous m'êtes si cher. Je n'aurais pas voulu que vous ayez été indifférent à cet... cet incident. J'ai besoin de sentir sans cesse que je vous appartiens... vraiment!

Le lien charnel qui avait été toujours si fort entre eux ajoutait son vertige à cet instant de bonheur sans ombre, et leurs lèvres se joignaient longuement, passionnément, entrecoupant de silences enivrés le murmure de leurs aveux.

— Magicienne! Magicienne! Comment me défendre de vous? Mais je saurais bien un jour vous atteindre à jamais...

Joffrey de Peyrac regarda autour de lui :

— Et maintenant que faire, trésor de mon cœur? Cette population nous dévore. A force d'hospitaliser pirates et naufragés, nous n'avons même plus un coin à nous. N'avez-vous pas cédé notre appartement à la duchesse de Maudribourg?

— Oh! oui, quel ennui! Mais je ne savais vraiment où l'héberger avec un peu de confort et vous m'aviez délaissée là-bas.

— Allons sur le *Gouldsboro*, décida-t-il. Je m'y rendais ces nuits dernières pour prendre un peu de repos, loin de la tentation de vous rejoindre au fort et de vous pardonner trop facilement.

— Quel faux orgueil que celui des hommes! Si vous étiez venu, vous m'auriez rendue folle de bonheur. Alors que j'ai tant pleuré... Je n'étais plus moi-même. Vous m'aviez détruite!

Il l'étreignit avec force. Angélique prit son manteau.

— Je me réjouis de retrouver le *Gouldsboro*, ce beau navire fidèle, et votre cabine pleine d'objets de prix, où le Rescator me recevait masqué et me troublait si fort sans que je puisse deviner pourquoi.

— Et où cette diablesse d'Honorine est venue voler mes diamants pour affirmer ses droits sur vous.

— Que de souvenirs déjà entre nous!

Ils étaient sortis de la cabane et descendaient doucement dans la nuit vers le village prenant soin de parler à voix basse afin de ne pas attirer l'attention.

Ils redoutaient, comme des amoureux, d'être reconnus et abordés pour devoir faire face à quelques nouvelles obligations de leur charge. Tout à coup, prenant conscience de leurs réactions furtives et de leurs craintes, ils rirent ensemble.

— Rien n'est plus lourd que la direction des peuples, fit-il remarquer, nous voici contraints de chercher l'ombre épaisse pour connaître quelques instants d'intimité.

Les Espagnols les suivaient à quelques pas, mais ils n'étaient pas plus dérangeants que des fantômes.

— Prions Dieu qu'ils soient seuls à nous escorter et que nous puissions parvenir sans encombre jusqu'à la plage, chuchota Angélique.

CHAPITRE V

MALGRÉ SES VŒUX, COMME ILS PASSAIENT AUX ALENTOURS DU fort, une silhouette féminine qui semblait les guetter se détacha de la porte et courut vers eux.

C'était Marie-la-Douce, la jeune suivante de la duchesse de Maudribourg.

— Ah! Madame, vous voici enfin, lança-t-elle avec angoisse, on vous a envoyé chercher de tous côtés. Ma maîtresse se meurt.

— Que me dites-vous? N'ai-je pas laissé il y a peu la duchesse de Maudribourg en parfaite santé?

— Cela l'a prise soudain. Elle a perdu connaissance, puis une forte fièvre s'est emparée d'elle et maintenant elle délire et nous effraye par son agitation. Oh! venez, Madame, je vous en supplie.

Angélique se tourna vers son mari. Une panique la saisissait. Résultat de ces jours de fatigue et de tension inhumaines. Tout incident prenait soudain pour elle une proportion démesurée et elle avait l'impression que le monde entier se liguait pour le séparer d'elle. Maintenant qu'ils s'étaient enfin expliqués après cette affreuse querelle, elle ne voulait plus s'éloigner de lui, ne serait-ce que quelques instants, avant qu'ils se soient reposés et rassurés de leurs tourments dans les bras l'un de l'autre. Sous les plis de la cape, elle se cramponna à sa main chaude et vivante.

— Mais que se passe-t-il? Ah! je n'en puis plus. Et je voudrais enfin être seule avec vous, ajouta-t-elle tout bas en se tournant vers le comte.

Il répondit, calme :

— Allons nous rendre compte de l'état de santé de la duchesse. Je doute que celui-ci ne soit si grave. S'il le faut, vous lui administrerez quelque potion calmante et nous pourrons nous retirer en paix.

Dans la chambre du fort l'agitation régnait. Pétronille Damourt se lamentait bruyamment, en tournant en rond, Delphine du Rosoy et Antoinette, une autre Fille du Roy, assez diligente, s'efforçaient de ranimer la duchesse. Jeanne Michaud était en prière dans un coin, tandis que son enfant, assis près d'elle, suçait son pouce avec philosophie

Mme Carrère, qu'on avait appelée à la rescousse, grommelait tout en préparant une tisane.

Parmi toutes ces femmes, la présence du secrétaire à besicles paraissait incongrue. Il allait et venait avec une expression de hibou désemparé et se heurtait partout.

Par contre, au milieu de la pièce le soldat Adhémar se trouvait planté là dans une mare d'eau, car on l'avait tour à tour envoyé quérir de l'eau chaude puis de l'eau froide pour des compresses. Et enfin le chaton maigre était réfugié sur une console et hérissait tous ses poils en crachant avec fureur.

Ce fut lui qu'Angélique remarqua le premier.

« Pauvre petite bête », songea-t-elle, contrariée, « ces folles vont achever de le rendre tout à fait malade ».

Elle alla vers le lit et se pencha derechef sur la forme prostrée de la duchesse. Celle-ci, qu'elle avait laissée naguère calme et reposée, était en effet brûlante. Les yeux clos, elle marmonnait des mots sans suite aux consonances étranges.

Angélique souleva les paupières, vit les prunelles révulsées, tâta le pouls qui était insaisissable, nota la raideur des bras et des doigts et, pour s'assurer une fois de plus qu'aucune blessure interne ne pouvait être la cause de cet état inquiétant, elle rejeta la couverture et palpa à nouveau tout le corps avec soin, étudiant les réactions d'Ambroisine de Maudribourg au toucher de ses doigts. Mais celle-ci continuait à être plongée dans l'inconscience, une lueur imprécise et fixe filtrait entre ses paupières à demi closes. Elle ne tressaillit, ni ne parut souffrir sous l'examen. Angélique essaya de faire mouvoir les jambes qui étaient également raides. Les orteils des pieds étaient crispés et glacés. Angélique les frictionna doucement et elle perçut une détente dans la musculature.

— Préparez des briques chaudes, intima-t-elle aux femmes.

Tout en essayant d'y ramener la chaleur, Angélique se fit la réflexion que les pieds de la duchesse de Maudribourg étaient d'une joliesse rare. Elle devait en avoir grand soin car la peau était souple et satinée.

Préoccupée de cet état alarmant, Angélique n'avait pas pris garde que la jeune femme, abandonnée là à ses soins, révélait à tous, sous une très légère chemise de linon, la semi-nudité d'un corps admirable.

La voix d'Adhémar s'éleva tout à coup dans le silence.

— Ça, on peut dire que c'est une belle femme, fit-il en hochant la tête à plusieurs reprises d'un air connaisseur. Franchement, on peut dire que c'est une femme bien roulée, pas vrai, monsieur le Comte?...

— Adhémar, comment es-tu là? interrogea Angélique. Je croyais que tu faisais sentinelle, ce soir.

— Aâ m'ont envoyé chercher de l'eau, dit Adhémar, ââ m'ont tombé dessus comme une nuée de poules... Comment je pouvais résister? Encore que ce soit pas un métier pour un militaire qui a sa dignité... Mais faut quand même rendre service aux dames... surtout dans un sacré pays comme celui-là... Pôvrettes!... si j'étais pas là...

Angélique avait doucement recouvert la malade qui semblait mieux, quoique toujours inconsciente.

— Je crois que vous avez raison, dit-elle s'adressant à son mari. C'est une sorte de crise nerveuse, suite sans doute des trop grandes frayeurs subies dans le naufrage. Je vais lui donner quelque chose de calmant.

— La tisane est prête, annonça Mme Carrère en s'avançant avec le bol entre les mains.

— Merci, ma chère!

Angélique alla chercher son sac et confectionna rapidement la mixture nécessaire.

Soudain la voix de la duchesse s'éleva dans la chambre. Elle était claire et bien timbrée. Elle disait :

— Le débit q est égal à K, constante, multipliée par la racine carrée de 2 gH où g est l'accélération de la pesanteur et H la hauteur de la chute d'eau... Mais il se trompe, je suis sûre,... K dépend aussi du frottement... le reste se perdit dans un murmure indistinct.

— Qu'est-ce que c'est, ce charabia, s'exclama Adhémar effrayé, c'est-y des formules kabalistiques pour nous ensorceler?

— Mon Dieu, la voici qui recommence à délirer, se lamenta Delphine en se tordant les mains.

Un sourire énigmatique errait soudain sur les lèvres du comte de Peyrac.

— Elle vient de réciter le théorème d'un savant hydraulicien italien et je pense qu'elle corrige à raison sa formule, dit-il, il n'y a pas de quoi vous affoler, damoiselle. Ignorez-vous que votre bienfaitrice est une des plus grandes savantes du monde, toujours à échanger des postulats mathématiques à Paris avec des docteurs en Sorbonne?

Angélique écoutait sans bien saisir de tels propos fort étonnants.

Elle s'était penchée au-dessus d'Ambroisine et avait glissé une main sous sa tête afin d'essayer de la faire boire. Une fois de plus, le parfum délicat mais envoûtant qui s'échappait de la lourde chevelure noire de la duchesse lui causa un trouble étrange. Une sorte d'avertissement.

— Que signifie ce parfum? s'interrogea-t-elle.

Elle vit alors que les yeux d'Ambroisine de Maudribourg s'étaient ouverts et la fixaient. Angélique comprit que la malade avait repris conscience. Elle lui sourit.

— Buvez, insista-t-elle, allons buvez, cela vous fera du bien.

La duchesse se souleva avec peine. Elle semblait brisée par la crise qui l'avait terrassée. Elle but à petites gorgées, comme à bout de force, et Angélique dut l'encourager à plusieurs reprises pour qu'elle parvînt à tout absorber. Puis elle se rejeta en arrière et se laissa aller à nouveau les yeux clos. Mais elle était mieux.

— La fièvre la quitte! constata Angélique après avoir posé la main sur le front moins chaud. Ne vous inquiétez plus.

Elle alla se laver les mains et ranger ses remèdes. Les suivantes de Mme de Maudribourg l'entourèrent avec nervosité.

— Oh! Madame, ne nous abandonnez pas, supplièrent-elles. Restez avec nous cette nuit pour la veiller. Nous craignons tant pour elle.

— Mais non! Vous vous inquiétez à tort, vous dis-je.

Cette sorte d'anxiété que toutes ces femmes manifestaient pour leur bienfaitrice commençait à lui paraître excessive.

... Elle dormira, je m'en porte garante. Et vous aussi dormez donc, recommanda-t-elle. Adhémar, ramasse tous tes seaux et présente tes civilités à ces dames! Viens, tu nous porteras une lanterne jusqu'au port.

Qu'avaient-ils tous ces gens à s'agripper à elle et à Joffrey, comme des lianes, pour les paralyser? Cela tenait du cauchemar.

Elle se rapprocha de lui. Il gardait les yeux fixés sur la duchesse de Maudribourg prostrée. Dans le cadre de la somptueuse chevelure noire qui reposait sur l'oreiller de dentelle, trop lourde et opulente, le visage endormi semblait s'amenuiser comme celui d'une enfant. Angélique dit à mi-voix :

— Venez-vous?

Mais Joffrey de Peyrac ne parut pas l'entendre. Tout commençait à se brouiller dans la tête d'Angélique et la migraine la gagnait. Elle désirait plus que tout au monde se retirer, s'échapper avec lui. C'était comme une exigence où le désir d'être dans ses bras n'était pas seul en jeu. C'était, lui semblait-il, comme une nécessité vitale, une question de vie ou de mort. Il ne fallait pas qu'elle le perdît encore ce soir, ou sans cela...

Elle se sentait les nerfs tendus à craquer.

— Madame, restez, répétaient les femmes dans un chœur gémissant.

— Elle va peut-être mourir, s'écria Delphine du Rosoy, d'un ton tragique.

— Mais non!

Elles se rapprochèrent encore.

— Restez! Restez! marmonnaient-elles. Oh! par pitié, chère Madame!

Il y avait dans leurs prunelles une sorte de peur étrange. Angélique pensa dans un éclair : « Elles sont folles!... » D'un geste instinctif, elle saisit le bras du comte lui demandant secours.

Il parut revenir à lui, et la considéra, vit son visage pâli et crispé. Alors, aux yeux de tous, il passa son bras autour de sa taille.

— Mesdames, soyez raisonnables, dit-il, Mme de Peyrac a besoin de repos elle aussi, et je l'emmène, ne vous en déplaise! Si quelque crainte vous reprenait au sujet de votre maîtresse, faites demander le docteur Parry. Il est de bon conseil.

Sur ces paroles dont elles ne pouvaient apprécier l'ironie, il les salua avec beaucoup de galanterie, et sortit, entraînant Angélique.

CHAPITRE VI

— CETTE DUCHESSE DE MAUDRIBOURG ET SES GENS ME FATIGUENT, fit remarquer Angélique, lorsqu'ils se retrouvèrent au-dehors descendant vers la grève. On dirait qu'elle leur fait perdre la tête. Jamais je n'ai ressenti une aussi grande surprise qu'en la voyant. Pourquoi donc m'étais-je figuré que c'était une grosse femme âgée?... Son titre de duchesse, sans doute, et aussi celui de bienfaitrice...

— Et puis le fait que vous la saviez veuve du duc de Maudribourg décédé il y a peu d'années à un âge avancé. Si je calcule bien, il aurait aujourd'hui plus de quatre-vingts ans... et n'en serait pas moins l'époux de cette fort jolie femme, avec quelque quarante ans d'écart d'âge avec elle?

— Ah! je commence à comprendre, s'exclama Angélique, c'est donc cela! Un mariage entre fiefs comme trop de jeunes filles, presque des enfants parfois, doivent en subir pour complaire à leurs familles.

En frissonnant, elle appuya sa joue contre l'épaule du comte.

— Moi aussi je me souviens quand je me rendais à Toulouse je croyais que j'allais épouser un vieillard... un monstre, un Gilles de Retz...

— Le duc de Maudribourg était un peu tout cela à la fois. Débauché, lubrique, sans scrupule. On disait qu'il faisait élever dans des couvents de jolies fillettes orphelines afin de pouvoir dès leur puberté, soit en faire ses maîtresses, soit même, quand elles étaient de noble origine, les épouser. Il semble qu'il s'en lassait vite, et, à la mort de ses trois, non, quatre, premières épouses, on a beaucoup murmuré à son sujet, disant qu'il les avait fait empoisonner. Le jeune Roi l'a même banni pendant quelque temps de la cour. Maudribourg n'en était pas moins au mariage de celui-ci, à Saint-Jean-de-Luz. Mais je refusais de le rencontrer... précisément à cause de votre jeune beauté. Il était venu auparavant me visiter, à Toulouse, car il voulait avoir des secrets de magie pour convoquer le Diable.

— Quelle horrible histoire, mon Dieu! Était-il déjà marié avec la présente duchesse au mariage du Roi? Non, cela ne se peut, elle était trop jeune encore, pauvre enfant!...

— Elle n'est pas si jeune que cela, fit Peyrac avec une certaine causticité, je ne la crois pas tellement enfantine. C'est une personne d'une grande intelligence et d'une culture extraordinaire.

— Mais... on dirait que vous la connaissez, elle aussi? s'exclama Angélique.

— De réputation seulement. Elle a soutenu une thèse en Sorbonne sur le calcul infinitésimal inventé par M. Descartes. C'est à ce titre que, voulant rester au courant des évolutions de la Science en Europe, j'ai entendu parler d'elle. J'ai même lu un opuscule de sa main où elle mettait en doute non seulement Descartes, mais aussi les lois de gravitation de la Lune... Quand la duègne des Filles du Roy a prononcé le nom de leur bienfaitrice, je n'étais pas certain qu'il s'agissait vraiment de la même femme. A moi aussi, cela me paraissait quelque peu invraisemblable, mais il s'avère que Gouldsboro enferme en ces murs un des premiers docteurs *honoris causa* de notre temps.

— Je n'arrive pas à y croire, murmura Angélique. Que d'événements en quelques jours!

ILS arrivaient au bord de l'eau. A marée haute un petit échafaudage de bois s'avançant assez loin permettait de descendre sans encombre dans une chaloupe à flot. Jacques Vignot vint au-devant d'eux levant haut une lanterne pour les guider. La nuit était lourde de brume mais cependant pas tout à fait obscure. Une lune invisible laissait filtrer, à travers les brouillards, des traînées de lumière fuligineuses qui miroitaient comme de mystérieuses lucioles au gré du mouvement des vagues, entre le réseau plombé des presqu'îles et des récifs. Il y avait quelque chose d'un peu inquiétant dans ces jeux de lumières sourdes et fugitives. Ces écharpes de brumes qui erraient, on aurait dit des présences monstrueuses guettant l'inconnu.

Ils allaient s'engager sur le môle, lorsque venu on ne sait d'où, lointain, et pourtant perceptible, déchirant, un cri s'éleva, un cri de femme.

Il vrilla longtemps, terrible, interminable, comme né d'une souffrance inhumaine, d'une torture indicible qui n'en finissait point.

Il semblait jaillir de la nuit même, du plus profond point de suie noire des nuées tourmentées au-dessus d'eux.

Il vrillait à travers l'obscurité, sans fin et le vent semblait le porter et amplifier à l'infini l'écho suraigu de ce hurlement, où vibrait une douleur sans nom, mais aussi comme les râles d'une haine et d'une rage démoniaques.

Ceux qui l'entendirent sentirent leur sang se glacer dans leurs veines et restèrent pétrifiés.

Adhémar laissa échapper la lanterne qu'Angélique lui avait imposée. Il tremblait tant qu'il ne parvenait pas à se signer.

— La Démone... la Démone..., balbutia-t-il. Cette fois ça y est! Vous l'avez entendue, pas vrai?

Si endurcis qu'ils fussent, les autres matelots étaient troublés.

— Qu'est-ce qui se passe par là de mauvais? dit l'un d'eux en regardant vers le fond de la nuit, qu'est-ce que vous en pensez, Monseigneur?... Une femme en détresse?...

— Non, c'est la voix d'un esprit, dit un autre. J'peux pas m'y tromper. J'en ai entendu de tout pareils du côté de l'archipel des démons dans le golfe de Saint-Laurent... Pourtant cela n'est pas venu de la mer...

— Non, plutôt du village, remarqua Peyrac, et même on aurait dit, du fort.

Angélique pensa à la duchesse de Maudribourg.

Un tel cri ne pouvait avoir jailli que de la poitrine d'un être rendant son dernier soupir. Persuadée tout à coup que la malade venait d'expirer sans rémission, Angélique remonta en courant vers les habitations, se reprochant de n'avoir pas été assez perspicace et d'avoir abandonné cette malheureuse femme à sa dernière heure. Elle arriva à bout de souffle et aperçut deux silhouettes qui se penchaient dans l'encadrement lumineux d'une fenêtre ouverte.

— Que se passe-t-il? héla-t-elle.

— Je ne sais pas, répondit la voix de Delphine du Rosoy. Quelqu'un a crié au-dehors. C'était affreux! Nous en sommes encore toutes tremblantes.

— On aurait dit que cela venait de la forêt, renchérit Marie-la-Douce qui se tenait près d'elle.

Angélique demeurait perplexe.

— Non, cela venait de par ici. C'est étrange que vous n'ayez pas eu la même impression...

— Mme de Maudribourg n'a pas été dérangée par ce cri?...

— Non, heureusement!

Marie-la-Douce jeta un regard derrière elle, vers l'intérieur de la pièce.

— Elle repose calmement, Dieu soit loué!

— Eh bien! fermez les volets maintenant et reposez-vous également. Une bête a peut-être été prise au piège dans les bois. De toute façon, Marie, vous ne devriez pas être ainsi debout. C'est assez d'émotions pour vous aujourd'hui! Allez vite vous mettre au lit, ma petite, si vous voulez me complaire.

— Oui, Madame. Vous êtes bien bonne, Madame, répondit la jeune fille dont la voix se fêla subitement.

— Bonne nuit, Madame, dit Delphine, gentiment.

Elles se retirèrent et repoussèrent le lourd vantail de bois.

UN instant, debout dans l'obscurité, Angélique chercha à discerner à nouveau l'écho de ce cri horrible. Il vibrait encore, lui semblait-il, autour d'elle.

« Qui souffre ainsi dans la nuit? » l'interrogea une voix secrète intérieure, « quel démon succube égaré?... Ah! je perds l'esprit. « Ils » vont me rendre folle avec leurs sornettes... Joffrey!... »

Elle s'aperçut alors qu'elle était seule de nouveau et une terreur soudaine s'empara d'elle.

— Joffrey, cria-t-elle à son tour, Joffrey, Joffrey! où êtes-vous?

— Mais je suis là, répondit la voix du comte qui montait à sa rencontre. Allons, que se passe-t-il encore, mon cœur! Quelle est cette panique! Décidément, vous n'en pouvez plus.

Elle se jeta contre lui et l'étreignit convulsivement.

— Ah! que j'ai eu peur tout à coup! Ah! je vous en prie, ne nous quittons plus ce soir, ne nous quittons plus, sinon je vais en mourir.

CHAPITRE VII

ET MAINTENANT C'ÉTAIT LE MATIN, UN MATIN BLANC, BOURRÉ de brumes, où l'on ne voyait rien. Mais assez clair et lumineux cependant pour que les maléfices de la nuit parussent s'être effacés avec le jour levant.

Angélique et Joffrey accoudés à la rambarde du *Gouldsboro* attendaient le canot qui devait les ramener au rivage.

Ils n'étaient pas pressés de le voir arriver. Ils étaient bien ainsi l'un près de l'autre, enveloppés encore dans la solitude et le mystère que créait le brouillard autour d'eux.

De la terre invisible, leur parvenaient les bruits actifs de l'établissement. Il faudrait bien tout à l'heure y aborder et reprendre sur leurs épaules les charges qu'ils s'étaient imposées. Mais, ce matin, leur lassitude s'était dissipée. Ils se sentaient heureux et pleins de force, sensibles à cette vie intense dont les échos leur parvenaient à travers l'écran ouaté et translucide de la brume. Appels des pêcheurs revenant vers la rive, charpentiers clouant à grand bruit planches, poutres et bardeaux, femmes se hélant tout en vaquant à leurs occupations...

Les cris des oiseaux de mer et le plus lointain roucoulement des tourterelles dans les bois planaient sur ce fond sonore et les odeurs de la vie transperçaient le brouillard, celles des feux, des fumages, du tabac, du rhum, du bois fraîchement scié, arôme typique d'un fort de ces côtes, entre les relents iodés de la mer et l'haleine capiteuse de la forêt aux essences résineuses.

— Je vais aller me réconcilier avec les dames de Gouldsboro, dit Angélique. Elles ne sont pas commodes... mais moi non plus. Certes nous n'avons pas fini de nous quereller elles et moi. Mais, tout compte fait, nous nous aimons bien et nos conflits nous stimulent. Elles sont intelligentes et apprécient que je leur apporte je ne sais quel élément étranger qui leur permet de se perfectionner. Ce que j'ai toujours apprécié chez les huguenotes c'est qu'elles n'ont pas, comme trop de femmes catholiques, surtout chez les paysans et les bourgeois, ce sentiment écrasé de leur condition féminine, cette docilité sans raisonnement au mari, au curé.

— Hum! dit Peyrac, on voit qu'en effet vous avez su secouer la tutelle papiste.

— J'ai secoué toutes les tutelles, dit Angélique en riant... sauf celle de votre amour.

Et elle lui dédia son regard le plus fervent. Toutes ces heures qui venaient de s'écouler, cette nuit merveilleuse, garderaient à jamais pour elle une valeur sans prix, tous les mots qu'ils avaient échangés depuis hier dans la tension d'un premier essai de réconciliation, soit plus tard dans les transports aveugles de leur étreinte amoureuse, soit dans la douceur d'un demi-éveil, dans le bien-être de ces heures nocturnes où, le corps apaisé, mais encore ému et charmé des joies éprouvées, l'esprit libéré, mais comme oublieux des soucis terrestres, ils avaient pu se parler sans honte, à cœur ouvert. Tous ces mots resteraient en elle comme un trésor qu'elle ne se lasserait pas de contempler, se remémorant chacun d'eux pour en goûter la douceur, la saveur. Un jour proche, elle puiserait à s'en souvenir le viatique nécessaire pour traverser une effroyable épreuve.

Elle ne savait pas encore en ce matin tranquille, tout pétri de lumière, dans la chaleur montante. Seul, au loin le chant envoûtant de la Tour Perdue perpétrait en elle une petite angoisse lancinante. Elle voulait l'ignorer. Elle se sentait nouvelle, différente même, et regardait l'homme qu'elle aimait bien en face, en souriant. Tout en lui l'émouvait et la rendait heureuse.

Un ruissellement d'eau cadencé les avertit que la chaloupe approchait. Ils s'avancèrent jusqu'à la coupée dont un matelot avait ôté le vantail. L'homme à genoux déroulait l'échelle de corde.

— Et mon petit chat que j'ai oublié, se rappela Angélique. J'espère que quelqu'un lui a donné à boire... Et que la duchesse de Maudribourg n'est pas trépassée. Il faudrait aussi que j'aille visiter Abigaël maintenant que nous sommes un peu au calme. La naissance de son enfant est proche...

Ils s'installèrent dans la barque et les mariniers tendirent les bras sur les lourdes rames afin de franchir les quelques brasses qui les séparaient du rivage.

— Je vais aller également questionner Mme Carrère afin qu'elle trouve un logement décent pour la duchesse et que nous puissions nous réinstaller dans notre appartement du fort. Vous ne partez plus, n'est-ce pas? Je ne peux plus vous sentir sans cesse « ailleurs » que ce soit d'âme ou de corps... Les heures sont si longues et si amères quand je ne sais pas où vous êtes. Je veux bien me dévouer à Gouldsboro de tout mon être, mais près de vous... Quel est ce navire qui est entré. hier au soir, dans le port?...

Peyrac eut un hochement de tête.

— Précisément, je crains fort que ce ne soit encore de ces gens qui viennent pour m'arracher à vous m'obligeant à courir à nouveau faire la police dans la Baie Française.

— Des Anglais?

— Non! des Français. Le gouverneur de l'Acadie en personne M. de Ville-d'Avray. On me l'a fait annoncer hier au soir, mais j'ai chargé Colin et d'Urville de le recevoir car je voulais me consacrer à vous, et rien qu'à vous.

La chaloupe accostait. Angélique, en s'avançant sur la plage, rencontra presque aussitôt quelque chose de minuscule et de vivant qui se débattait misérablement parmi les varechs.

— Qu'est-ce donc? Un crabe! Oh! mon Dieu, c'est mon petit chat, s'exclama-t-elle, que fait-il là? Il était déjà si malade.

Elle le ramassa, et couvert d'écume et de sable qui collait ses poils à ses osselets fragiles, le chaton semblait à nouveau sur le point d'expirer. Mais comme la veille, son regard d'or exigeait et la reconnaissait.

— On aurait dit qu'il était venu sur la plage pour m'attendre, qu'il savait que je devais revenir par là...

— Moi aussi je vous attendais avec cette bestiole, dit la voix geignarde d'Adhémar sortant du brouillard, voilà bien une autre affaire... Ce gouverneur d'Acadie qui est arrivé hier soir, il dit que nous sommes des déserteurs moi et les autres soldats qui étaient avant ici au Fort Sainte-Marie. Il dit qu'il va nous faire juger en cour martiale. Et il a voulu donner du bâton au gros qui nous avait amenés.

— Ah! Defour est là aussi, dit Peyrac, cela promet de l'orage car les frères Defour n'aiment pas les officiels de Québec. Et qui vient donc là?

Trois ou quatre silhouettes sortaient des brumes. Colin, son quartier-maître, Vanneau d'Urville, Gabriel Berne. Ils désiraient, dirent-ils, présenter à M. et Mme de Peyrac quelques questions urgentes à traiter avant que le gouverneur français qu'ils avaient pour hôte depuis la veille au soir, et qui paraissait fort remuant, accaparât le comte par ses revendications et ses exigences.

Colin était déjà au fait de bien des choses. La compétence avec laquelle il avait pris en main les intérêts de Gouldsboro lui gagnait peu à peu l'adhésion des huguenots.

Il dit qu'il avait deux projets, sur lesquels la population tant huguenote que catholique s'était déjà prononcée. Tout d'abord la construction d'un petit fort à quatre tourelles d'angles, au lieudit : la rivière des Cayugas et qui se trouvait à mi-chemin du camp Champlain et du port de Gouldsboro. C'était par cette rivière que des Indiens hostiles pouvaient se glisser facilement pour nuire aux Blancs des parages.

En cet endroit, le comte de Peyrac avait été attaqué l'an dernier, précisément par des Iroquois Cayugas, dont le nom était resté pour désigner ce lieu. Un peu plus tard, en automne, une femme y avait été enlevée par une autre tribu pillarde, un homme grièvement blessé. Des Indiens du petit village voisin avaient été massacrés et les survivants avaient décabané.

Y construire un fort de guet et de défense qui protégerait les habitants vaquant à leurs affaires entre le camp Champlain et le port devenait impératif, surtout en cette saison où les partis de guerre iroquois allaient commencer à rôder.

L'autre projet concernait la construction d'une chapelle pour le culte catholique, qu'on édifierait de l'autre côté du promontoire, là où les nouveaux colons, issus du « Cœur de Marie », paraissaient disposés à s'installer.

— Bon! dit le comte, préparons-nous à trancher ces épineuses questions, et pour commencer allons nous restaurer chez Mme Carrère et goûter sa soupe aux coquillages ou son vin chaud à la cannelle.

Il entraîna Angélique vers l'auberge d'où s'élevait une bonne odeur de feu de bois et les autres l'accompagnèrent ainsi que les soldats espagnols, puis Adhémar qui avait toujours l'air de suivre un corbillard.

Angélique avait glissé son chat sous son manteau et se préoccupait de le sentir grelotter.

Gabriel Berne la rejoignit et la tira un peu à l'écart.

— Juste un mot, permettez-moi, Madame, mais je pressens que M. de Peyrac va être contraint de partir quelques jours en expédition sur la rivière Saint-Jean et je me doute que vous souhaiteriez l'accompagner... Alors, je voudrais vous demander... Le terme de ma chère femme approche... Je suis extrêmement inquiet. Seule votre présence ici peut nous rassurer sur l'heureuse issue...

— Ne craignez rien, mon cher Berne, répondit-elle, je suis venue pour cela et je ne quitterai pas Gouldsboro avant qu'Abigaël ait eu son enfant et soit parfaitement remise de ses couches.

Mais elle ajouta, le cœur étreint.

— Croyez-vous vraiment que mon mari va être obligé de quitter Gouldsboro? Qu'aurait-il à faire à la rivière Saint-Jean?...

— La situation y est extrêmement compliquée. Cet Anglais de Boston, Phips, qui s'était présenté avec l'amiral Sherrylham, a trouvé le moyen de bloquer dans la rivière d'importants personnages de Québec. Le gouverneur d'Acadie s'en est tiré de justesse avec son aumônier et quelques jeunes hurluberlus de sa suite, et il est venu demander secours ici, car, une fois de plus, c'est une affaire à déclencher la guerre entre les deux couronnes, et il n'y a que « lui » votre mari pour pouvoir empêcher cela.

Il désignait d'un geste du menton le comte de Peyrac franchissant le seuil de l'auberge.

Les soldats prirent la garde à la porte. Don Juan Alvarez suivit le comte à l'intérieur. Il ne le quittait pas dès qu'il était à terre, exerçant une discrète mais pointilleuse surveillance.

CHAPITRE VIII

Il y avait déjà beaucoup de femmes à l'intérieur de la grande salle.

C'était une coutume qui s'était peu à peu instaurée pour les dames de Gouldsboro, dès que cette habitation avait été construite, de se rejoindre le matin aux premières heures, après que les enfants eurent été levés et les époux partis à leurs travaux. Elles y tenaient un peu conseil et se permettaient quelques collations, tranquillement assises devant leur assiette, hors du souci de servir la tablée familiale. Chacune ensuite retournait à ses occupations ménagères.

Angélique aperçut tout de suite Mme Manigault qui se leva et vint leur faire une petite révérence.

Des enfants et des adolescents, au-dessus d'un cuveau de bois, écaillaient des poissons. Ils saluèrent aussi gaiement. Mme Manigault souriait autant que faire se peut pour son visage habituellement renfrogné.

Peyrac lui rendit son sourire.

— Je vois qu'on a ouvert les caisses aux porcelaines, dit-il. C'était un fret assez délicat que ces faïences à ramener d'Europe, mais Erikson n'a pas ménagé la paille et il paraît qu'il n'y a pas de pertes trop graves à déplorer.

— Non, sauf l'anse d'un bassin de Limoges et quelques pièces d'un four hollandais. Mais M. Mercelot nous a promis de recoller tout cela.

Quelques dames apportèrent sur la table certaines pièces de ces faïences, qui, ce matin-là, défrayaient les conversations, sujet plus réjouissant et combien plus passionnant que piraterie, combat et pendaison, trahison et naufrages, blessés et morts dont on avait été recrus ces jours derniers.

La présence du comte de Peyrac et d'Angélique assis côte à côte et apparemment réconciliés ajoutait à la quiétude générale.

Chacune des familles de Gouldsboro avait reçu un présent à accrocher ou à ranger sur son vaisselier, qui une soupière, qui un choix de quelques assiettes, ou bien un pichet, une corbeille, un grand plat, objet de confort et de bon aloi, qui donnerait à leurs rustiques demeures un lustre nouveau.

— Nous voilà comme des princes, conclut Mme Manigault, on aurait dû commencer par cela. Ouvrir les caisses au lieu de se disputer.

— Et vous, ma mie, avez-vous eu le temps de dénombrer vos présents? interrogea en aparté Joffrey de Peyrac penché vers Angélique.

— Oh! non! Je n'y avais pas le cœur.

Elle demeurait préoccupée par les paroles de Berne, et mangeait distraitement. Peyrac l'observa.

— Quel est votre nouveau souci?...

— Je pense à ce gouverneur français, inopportun. Allez-vous être obligé de vous rendre au fond de la Baie Française?

— Nous verrons. Pour l'instant et même si tous ces messieurs du Canada étaient en danger d'être scalpés ou chargés de fer dans l'heure suivante, je ne vous quitterais pas de deux jours au moins. Je ne suis pas un toton à la disposition de toutes les nations qui se mettent dans un mauvais cas.

Cette promesse rasséréna Angélique. Deux jours. C'était sans fin!... Elle fit boire et manger le chaton sous l'œil intéressé de quelques detits enfants, puis s'entretint avec Mme Carrère sur la possibilité de reloger la duchesse. Il y avait une maison à la sortie du village, dont l'habitant était parti trafiquer de la fourrure à l'intérieur des terres. La duchesse et sa suite y seraient peut-être un peu serrées mais à la guerre comme à la guerre, quand on s'en va au Canada faut s'attendre à tout... Angélique s'informa également si les vêtements d'Ambroisine de Maudribourg avaient pu être remis en état.

— Pas encore. Il a fallu que je trouve tous les fils de l'arc-en-ciel pour ravauder de telles nippes!... Vous savez, il y avait quelque chose de pas net dans ces vêtements...

— Que voulez-vous dire?

— Les taches, les déchirures...

— Après un naufrage comment voulez-vous qu'ils soient?...

— C'est pas ça! Enfin, j'peux pas dire...

Angélique quitta l'auberge après avoir fait promettre à son mari de la rejoindre au fort, au moins vers la fin de la matinée afin qu'ils puissent prendre un repos ensemble, et aussi de ne pas subitement quitter l'établissement pour des expéditions guerrières sans l'avertir. Il rit, renouvela ses promesses, et lui baisa le bout des doigts.

Mais, malgré cela, elle n'était pas tranquille. La peur de le perdre encore s'était ouverte devant elle comme un abîme mortel et elle n'arrivait pas tout à fait à se détourner de cette vision.

Pourtant, quand elle vit le soleil percer définitivement les brumes et Gouldsboro étinceler avec ses maisons de bois clair, ses falaises vernissées d'émeraude sous l'abondance des arbres, ses plages, ses promontoires de rocs éboulés, bleus par là, mauves ou roses ici, la joie eut raison d'elle et elle se dit qu'elle était la plus heureuse des femmes. Quoi qu'il arrivât, les obstacles seraient aplanis. On ne peut rien bâtir sans lutte.

En approchant du fort elle émit le vœu que la duchesse fût assez rétablie pour pouvoir déménager, afin qu'elle puisse se retrouver seule chez elle avec son bonheur, son cœur nouveau. L'envie la prenait maintenant de détailler le contenu des caisses apportées par le *Gouldsboro.* Elle n'y avait fouillé qu'hâtivement, cherchant une robe afin d'assister, qui sait, à la pendaison de Colin. Quel souvenir horrible et comme la sérénité de ce jour nouveau en prenait plus de valeur encore! Elle installerait son chat. Il guérirait vite, ayant trouvé sa nécessité première : un gîte, une présence, un peu de nourriture.

Comme elle allait s'engager dans l'escalier intérieur du fort, elle entendit des voix qui semblaient discuter de façon acerbe, puis le capitaine Job Simon sortit de l'appartement en ployant sa haute silhouette pour ne pas heurter son front déjà endommagé. La tête rentrée dans les épaules et comme accablé d'un fardeau écrasant, il paraissait presque bossu. Il jeta un regard sombre à Angélique.

— Et voilà! dit-il. Non seulement j'ai perdu mon bateau, mais encore je me fais engueuler. Vous trouvez ça juste, vous?...

Malgré son visage puissamment laid et qui de plus se présentait ce matin hérissé de poils grisâtres, l'humanité de son regard gris enfoui sous d'énormes sourcils lui donnait l'apparence d'un chien triste qui quémande un peu d'affection.

— Vous avez sauvé votre licorne, lui dit-elle pour le réconforter, n'est-ce pas un bon signe, un présage pour l'avenir?

— Oui, p't-être ben! Mais faudrait la redorer. Où est-ce que je peux trouver ici de la feuille d'or? C'est léger comme un souffle ces choses-là et ça coûte gros. C'est pas demain que je la remettrai à la proue d'un navire! Je suis miné, moi. Et encore on me fait des reproches.

— Entre nous, Capitaine, n'êtes-vous pas un peu coupable? Si vous deviez aller à Québec comment avez-vous fait pour vous égarer dans nos parages?

Il parut frappé de sa réflexion et la considéra songeusement, puis poussa un énorme soupir.

— Soit! Mais pour le naufrage, ça, ce n'est pas ma faute.

— Et de qui alors?...

— Ces salauds de naufrageurs, ceux qui ont remué les lanternes sur les falaises pour nous attirer sur ces saloperies de récifs...

Il parut tout à coup se raviser.

... Qu'est-ce que vous avez dit à propos de ma licorne? Que je pourrais la redorer? C'est une idée!... Mon père était doreur à la feuille. Je connais un peu le métier... Mais il faudrait trouver de l'or. Où voulez-vous qu'on trouve de l'or dans ce foutu pays plein de démons et de naufrageurs?...

— Qui sait? Peut-être en trouverons-nous! Vous n'ignorez pas que l'or est l'affaire du démon!...

— Faut pas plaisanter avec ça, Madame, s'écria Adhémar qui l'avait suivie.

Le capitaine se signa énergiquement, mais il n'en ajouta pas moins :

— Tant pis! Tant pis pour le démon. Si vous me trouvez de la feuille d'or pour ma licorne, je suis votre homme! Merci d'avance, Madame! Vous au moins, vous êtes bonne.

Il s'en alla, apparemment revigoré.

Le petit chat s'échappa des bras d'Angélique et vint flairer la porte.

— Attention qu'il ne se sauve pas encore!... Rattrape-le, Adhémar! Pourquoi es-tu tout le temps sur mes talons, mon pauvre garçon?

— Vous croyez que j'ai envie d'être pendu comme l'a dit ce gouverneur d'Acadie!... Et puis il fallait que je vous raconte mon rêve. J'ai vu un ange mais il était rouge, entièrement rouge, de la tête aux pieds, c'est pas normal pour un ange...

Angélique entrait dans la chambre. Le petit chat y pénétra d'un air de propriétaire. La queue droite, il alla immédiatement vers le carré de lainage qu'elle lui avait dévolu la veille, s'y installa et là se mit à se laver avec soin.

CHAPITRE IX

Ambroisine de Maudribourg était assise devant la fenêtre, dans une robe de velours noir à col de dentelles. Cette robe sombre accentuait la pâleur de son teint. Elle avait l'air d'une infante orpheline. Ses mains jointes sur ses genoux, elle paraissait plongée dans une méditation profonde. Ses suivantes respectaient son silence.

A l'entrée d'Angélique, la duchesse releva vivement la tête. Ses mouvements avaient beaucoup de distinction mais cachaient mal une impulsivité native qui n'était pas sans charme et la rendait plus jeune encore.

— Ah! vous voici, Madame, fit-elle. Je vous attendais. Dieu! Comme je vous attendais! Vous voici enfin!...

Ses yeux brillèrent d'une joie contenue.

— Vous êtes levée, dit Angélique, et j'espère remise de vos malaises? Avez-vous passé une bonne nuit? Mais je vous trouve encore très pâle.

— Ce n'est rien. Et j'étais en train de songer que je vous avais assez importunés, vous et Monsieur votre époux, en occupant vos appartements privés. Désormais, je peux me déplacer, bien que je me sente encore, en effet, assez percluse. Le capitaine Simon vient de me dire que notre navire a été perdu corps et biens. Aucun espoir de ce côté-là. Mais en signant des traites, je pense que je pourrais trouver à m'embarquer avec mes filles sur un vaisseau qui nous conduira enfin à Québec.

— Ne parlez pas si hâtivement de départ, Madame, dit Angélique qui songea aux projets élaborés pour les filles du Roi. Vous n'êtes pas encore vraiment guéries les unes et les autres.

— Alors, au moins, que je cesse de vous encombrer ici, chez vous. N'importe quelle baraque fera l'affaire. En partant pour la Nouvelle-France, j'ai mis le manque de confort au nombre des sacrifices à offrir à Notre-Seigneur. Je ne crains point l'austérité.

— On vous installera près de vos filles, dit Angélique, malgré vos désirs de mortification, je veillerai à ce que vous ayez tout le nécessaire.

Elle était soulagée que la duchesse de Maudribourg ait eu d'elle-même le tact de libérer l'appartement du fort. Cette jeune femme à la personnalité un peu étrange n'en avait pas moins assimilé l'excellente éducation que toute jeune fille de la noblesse recevait dans les couvents et, de plus, elle semblait naturellement portée à se soucier des sentiments et du bien-être d'autrui.

Elle avait légèrement souri aux paroles d'Angélique. D'un geste elle désigna la robe qu'elle portait :

— Encore une excuse à obtenir de votre obligeance. Voyez comme je me suis montrée indiscrète. Ne sachant comment me vêtir je vous ai emprunté cette robe.

— Vous auriez pu en choisir une plus seyante, dit Angélique spontanément. Celle-ci ne convient pas à votre teint. Vous avez l'air d'une conventuelle et d'une orpheline.

— Mais je suis une conventuelle, rétorqua la duchesse qui rit subitement comme amusée, ne vous l'ai-je point déjà dit? Et je suis aussi une orpheline, ajouta-t-elle d'un ton plus bas, mais avec simplicité.

Angélique se souvint des renseignements que lui avait donnés Joffrey de Peyrac à propos du mariage de cette jeune femme avec un vieillard et elle éprouva un vague remords mêlé de pitié. Sous les dehors extrêmement assurés de la duchesse de Maudribourg, qui était, selon sa réputation, à la fois une savante et une femme d'affaires avisée, elle était peut-être seule à discerner une faille, quelque chose d'enfantin et de brisé. Elle ressentit le désir de la protéger et de la secourir, de la distraire aussi d'une vie qui lui apparaissait comme ayant été bien austère.

— Je vais vous trouver une toilette plus gaie.

— Non, je vous en prie, fit l'autre en secouant la tête, laissez-moi, voulez-vous, laissez-moi porter le deuil de ces pauvres gens qui sont morts il y a deux nuits, sans sacrements. Quel affreux malheur! J'y pense sans cesse.

Et elle mit son visage dans ses mains.

Angélique n'insista pas. Ces gens venus d'Europe ne vivaient pas encore au même rythme qu'eux tous. Elle se fit la réflexion que sans avoir ici le cœur plus dur, la vie vous poussait avec une telle intensité, le danger de mort était si quotidien, qu'on oubliait vite.

LES jeunes femmes et Pétronille Damourt se tenaient comme prêtes à quitter la chambre sur le seul ordre de leur maîtresse. Elles avaient tout parfaitement rangé et nettoyé, paraissaient calmes et remises de leur émoi de la veille. Le secrétaire à lunettes achevait d'écrire quelque chose, assis devant la table qui était habituellement la table de travail de Joffrey. Il avait emprunté la plume en aile d'albatros immaculée qui servait au maître des lieux, et cela déplut instinctivement à Angélique, bien qu'à la réflexion le pauvre secrétaire de la duchesse, dépouillé de tout, n'eût guère d'autre choix. Armand Dacaux, le secrétaire de la duchesse de Maudribourg, était sans âge. Sa légère corpulence et sa solennité un peu pédante devaient lui attirer la considération des gens simples. Pour une raison indéfinissable, il n'était pas sympathique à Angélique. Malgré ses manières affables et bon enfant, elle avait l'impression que c'était un homme qui n'était pas à l'aise avec lui-même et avec sa situation. Après tout, ce n'était peut-être qu'une impression. Et de toute façon le poste de secrétaire de hauts personnages, qui nécessite à la fois des qualités de servilité et de hardiesse, ne passait pas pour forger des caractères particulièrement épanouis.

— M. Armand fait le bilan de nos pertes, expliqua Mme de Maudribourg.

Malgré son annonce de déménagement, elle continuait de rester assise, les mains jointes sur ses genoux et Angélique remarqua qu'un chapelet de buis s'entrecroisait à ses doigts.

— Quelque religieux de haut rang ne m'a-t-il pas fait demander? s'enquit-elle tout à coup.

— Ici? s'exclama Angélique. Mais, Madame, nous sommes éloignés de toutes villes, ne vous l'ai-je point déjà dit? Certes, il y a quelques jésuites itinérants en Acadie, les aumôniers de certaines concessions ou postes militaires...

Elle s'interrompit, prise d'une idée subite. Ambroisine de Maudribourg dit vivement :

— Mon confesseur a écrit et averti de ma venue toutes les autorités religieuses de Nouvelle-France. Précisément un de ces messieurs de la Compagnie de Jésus aurait déjà dû être prévenu que j'ai fait naufrage sur les côtes du Maine et se présenter pour nous apporter les secours de notre Sainte Religion.

— Ils sont peu nombreux et les distances sont grandes, fit remarquer vaguement Angélique.

La duchesse semblait tendre l'oreille.

— On n'entend pas sonner les cloches... murmura-t-elle. Comment savoir l'heure?... J'aurais voulu assister à la Sainte Messe, mais l'on m'a avertie qu'il n'y avait même pas d'église ici.

— Nous aurons bientôt une chapelle.

Angélique était reconnaissante à Colin de lui permettre, in extremis, de faire cette annonce.

— Comment pouvez-vous vivre ainsi sans jamais assister au divin

Sacrifice? interrogea la jeune « bienfaitrice » en la fixant avec une sorte d'étonnement candide. Vous n'avez même pas d'aumônier, me dit-on. Ainsi, tous ces gens vivent, meurent comme des bêtes, sans le secours des sacrements.

— Il y a un pasteur...

— Un réformé! s'exclama la duchesse horrifiée, un hérétique!... C'est encore plus grave. N'est-il pas écrit dans la Bible : *Fuyez l'hérétique après lui avoir fait une première puis une seconde réprimande... Sachez que quiconque demeure avec lui est aussi perverti.*

— Soit, dit Angélique légèrement agacée, mais n'oubliez pas que notre perversion à nous autres gens de Gouldsboro nous garde charitables à notre prochain, ce qui après tout est le premier commandement du Nouveau Testament. Quoi qu'en dise votre fameux pilote Job Simon, nous ne sommes pas des naufrageurs et nous avons fait pour vous tout ce que nous pouvions.

Tout en échangeant ces propos avec Ambroisine de Maudribourg, elle allait et venait à travers la pièce, s'occupant de remettre quelques meubles en place. Quelle était donc cette étrange idée qui l'avait traversée tout à l'heure, quand la duchesse avait parlé d'un ecclésiastique de haut rang?

Cela l'avait traversée comme un éclair. Quelque chose d'important... Elle ne pouvait plus se rappeler.

Elle ouvrit le coffret des pistolets et examina les objets qui complétaient la panoplie de l'écrin. Se remémorer l'attention de Joffrey pour elle lui mettait de la chaleur au cœur et la distrayait du souci que lui causaient les paroles de la duchesse. Elle avait conscience que celle-ci l'observait avec une curiosité attentive.

— Vous portez des armes, fit-elle remarquer. On dit même que vous êtes un tireur d'élite?

Mme de Peyrac se tourna vivement vers elle.

— Décidément, vous savez beaucoup trop de choses sur moi, s'écria-t-elle. Par instants, il me semble que ce n'est pas le hasard qui vous a conduite jusqu'ici...

Mme de Maudribourg poussa un cri comme si elle avait été atteinte en plein cœur et voila son visage de ses mains.

— Que dites-vous? Ce n'est pas le hasard? Alors si ce n'est le hasard, qu'est-ce donc? fit-elle d'une voix hachée. Je ne peux croire que ce soit la Providence, comme je l'espérais encore hier. Mais j'ai réalisé l'horreur du destin qui nous accable. Tous ces pauvres gens morts, noyés, déchiquetés si loin de leur pays. Il me semble que leur malédiction pèsera à jamais sur moi... Ah! si ce n'est le hasard qui nous a amenés sur ces rivages alors qui? Sinon Satan lui-même, je le crains... Satan, oh! mon Dieu! Comment trouver assez de forces pour s'opposer à lui...

Elle parut faire effort pour reprendre contenance.

... Pardonnez-moi, fit-elle avec douceur, voulez-vous, Madame?... Je sens que je vous ai blessée tout à l'heure par mes questions et mes réflexions sur votre vie commune avec les hérétiques. Je suis trop impulsive et l'on me reproche souvent d'exprimer trop franchement mes opinions. Je suis ainsi. Je raisonne logiquement et je sais que je ne fais pas assez de place à l'instinct du cœur. Or, c'est vous qui avez raison, je le sais. Qu'importe qu'il y ait ici ou non une chapelle?... Qu'est-ce que le rite sans la bonté? *Quand je parlerais toutes les langues des hommes et des anges, si je n'ai pas la charité, je ne suis rien... Et quand j'aurais le don de prophétie, la science de tous les mystères et toute la connaissance, quand j'aurais même toute la foi jusqu'à transporter des montagnes, si je n'ai pas la charité je ne suis rien...*

» C'est saint Paul qui a dit cela, saint Paul, notre maître à tous... Chère amie, voulez-vous me pardonner?

Un cerne de souffrance assombrissait son regard magnifique où brillait comme une lumière émouvante. Angélique l'écoutait en s'interrogeant sur la personnalité ambiguë de cette femme trop douée et trop désarmée aussi. Une rigide éducation religieuse mêlée à d'abstraites études scientifiques l'avait fait vivre, semblait-il, en dehors de la réalité, dans une atmosphère mystique exaltée. Elle aurait été certes plus à sa place à Québec, reçue par l'évêque, les Jésuites et les corventines, que jetée sur les rivages indépendants de Gouldsboro.

La rude Amérique ne serait pas indulgente à cette fragilité. Derechef, Angélique en eut pitié.

— Je ne vous en veux pas, dit-elle. Et je vous pardonne volontiers. Vous avez le droit de vous informer des lieux où vous vous trouvez et de la façon dont vivent ceux qui vous accueillent. Moi aussi, certes, je suis impulsive et je dis tout à trac ce que je pense. Il n'y a pas de quoi vous émouvoir ainsi. Vous allez de nouveau vous rendre malade.

— Ah! que je suis lasse, murmura la duchesse en passant une main sur son front. Ici, je ne me sens plus moi-même. Cette chaleur, ce vent incessant, cette odeur de sel et de soufre qui vient de la mer et ces cris déchirants des oiseaux qui ne cessent de traverser le ciel en masse, comme des âmes en peine... Je voudrais vous avouer quelque chose qui m'est arrivé ce matin mais vous allez vous moquer de moi.

— Non, je ne ferai pas. Avouez!...

— Satan m'est apparu, dit la duchesse, très gravement, tandis que les autres se signaient avec effroi. Certes, ce n'est pas la première fois, mais aujourd'hui il s'est présenté sous un aspect peu ordinaire : il était entièrement rouge...

— Comme mon ange! s'écria Adhémar qui se passionnait pour ce genre de confidences et semblait presque les provoquer.

— Rouge et hideux, poursuivait la duchesse, et ricanant, hérissé de toutes parts comme une bête velue et puante. J'ai eu à peine le temps d'ébaucher un signe de croix et les paroles de la prière sacramentelle... Il s'est enfui par la cheminée.

— Par la cheminée?...

— Mon ange aussi, se récria aussitôt Adhémar ravi.

— Je n'ignore pas que Satan peut prendre toutes les formes et qu'il affectionne aussi le rouge et le noir, continuait la duchesse. Mais cette fois j'ai été particulièrement effrayée. Je me demande ce que cet aspect nouveau que le démon a décidé d'emprunter pour m'ébranler peut annoncer? Quelques malheurs, quelques tortures, quelques tentations nouvelles à m'infliger... Vous comprendrez pourquoi je souhaitais recevoir les secours d'un prêtre qualifié, s'il s'en trouvait dans les parages, acheva-t-elle d'une voix, malgré elle, tremblante.

— L'aumônier du *Sans-Peur* est reparti, mais peut-être le Père Baure est-il encore par ici. Un Récollet qui est aumônier de M. de Saint-Castine du fort Pentagouët.

— Un Récollet, protesta la duchesse, non, c'est trop inférieur...

CEPENDANT, Angélique examinait l'âtre par lequel Mme de Maudribourg prétendait avoir vu le Prince des Ténèbres s'envoler. Il s'y trouvait des cendres car, malgré la chaude nuit de juillet, on y avait fait du feu pour la malade et Angélique elle-même, la veille, y avait jeté une bourrée pour une flambée afin de donner à la rescapée qu'on amenait une impression d'accueil rassurante.

En se penchant, elle distingua l'empreinte d'un pied nu. L'odeur en effet flottait encore presque tangible, mais pour Angélique elle était familière : « Un sauvage », pensa-t-elle, « qui s'est introduit ici avec son effronterie particulière!... Peut-être me cherchait-il? Qui peut-il être? »

L'incident lui rappelait l'apparition de Tahontaguète, l'envoyé des Iroquois, lorsqu'il avait pénétré dans le camp de Katarunk parmi ses ennemis Abénakis pour atteindre Peyrac. Malgré cette évocation des Iroquois dont les partis de guerre commençaient à faire peser leurs menaces sur la région, Angélique se sentait plutôt rassurée et même contente.

— Je crois que c'est toi qui as raison, dit-elle en riant à Adhémar, il s'agirait plutôt d'un ange.

— Je vois que vous ne prenez pas au sérieux ma vision, se plaignit la duchesse de Maudribourg.

— Mais si, Madame, je suis persuadée que vous avez vu quelque chose... ou quelqu'un, mais je ne crois pas que ce soit un démon. Voyez Adhémar! C'est un esprit simple mais à ce titre son instinct des choses supra-terrestres est assez juste!

Sur ces entrefaites quelques coups brutaux furent tambourinés à la porte. Les fils de Mme Carrère se présentèrent, envoyés par leur mère pour aider Mme de Maudribourg à son déménagement et la guider vers son nouveau logis.

La peau tannée par l'air marin et la vie libre de chasse, de pêche et de rudes travaux auxquels ils étaient soumis, ces petits garçons et adolescents avaient belle mine. Ils affichaient les façons décidées de ceux qui ont pris leur existence en charge, loin d'une société compliquée et étouffée par des siècles de civilités et de règles de politesse aussi pointilleuse qu'oiseuse.

— Où est-ce que sont les bagages? s'enquirent-ils.

— Il n'y en a guère, fit la duchesse. Monsieur Armand, avez-vous terminé votre grimoire?

Le secrétaire sabla ses feuillets, les roula en poussant un profond soupir, et se leva.

La compagnie descendit l'escalier de bois du fort.

Angélique, malgré les dénégations de la duchesse qui assurait qu'elle se sentait en parfaite santé, prit le bras de celle-ci afin de la soutenir. Bien lui en prit, car en arrivant au bas des marches, Ambroisine de Maudribourg défaillit de nouveau.

Elle avait des excuses.

Barrant la porte de l'entrée, se dressait devant elles, dans toute sa superbe, Piksarett, le chef des Patsuikett, Piksarett le grand Baptisé, le plus grand guerrier de l'Acadie.

C'était bien lui à n'en pas douter qui s'était présenté ce matin, sans ambages, aux yeux encore neufs et candides des nouvelles immigrantes. Qu'elles l'eussent pris pour un démon n'avait rien d'étonnant.

Il avait ce jour-là un aspect particulièrement effrayant. Vêtu d'un simple pagne, il était « matachié » des pieds à la tête de rouge sombre, d'écarlate et de violet, dont les zébrures semblaient se dérouler en tourbillons et volutes savantes autour de chacun de ses pectoraux, de son nombril, des muscles saillants des cuisses, des genoux et des mollets, ainsi que ceux du bras et de l'avant-bras. Le nez, le front, le menton, les pommettes n'étaient pas exempts de la même ornementation, ce qui lui conférait un masque d'écorché vif dans lequel brillaient vivement son sourire de belette carnassière et ses petits yeux perçants et moqueurs.

Angélique s'empressa de le reconnaître.

— Piksarett, s'écria-t-elle, quel plaisir de te revoir! Viens, entre, accommode-toi. Assieds-toi dans cette salle voisine. Je vais te faire apporter des rafraîchissements. Jérôme et Michel t'ont-ils accompagné?

— Ils sont là, annonça Piksarett, en retirant sa lance pour livrer passage aux deux inséparables [1].

Ce nouveau renfort de plumes et de peintures barbares acheva de troubler les Filles du Roy et leur bienfaitrice. Mais Mme de Maudribourg se ressaisit non sans mérite. Elle avait beaucoup de contrôle d'elle-même. On sentait que Satan lui-même ne pourrait lui faire perdre sa dignité devant les femmes simples dont elle avait la garde. Même lorsque Piksarett s'approcha d'elles jusqu'à les toucher et posa une main péremptoire et graisseuse sur l'épaule d'Angélique, la duchesse réussit à ne pas broncher.

— Tu as attendu ma venue, tu ne t'es pas enfuie, c'est bien, constata Piksarett s'adressant à sa captive Angélique. Tu n'as pas oublié que j'étais ton maître car j'ai posé la main sur toi dans le combat.

— Je n'aurais garde d'oublier cela. Et où veux-tu donc que je m'enfuie? Assieds-toi! Nous allons parler ensemble.

Elle les introduisit dans la salle centrale du fort où il y avait des tables et des escabeaux. Puis revint vers les Françaises qui écarquillaient de grands yeux mais se rassuraient peu à peu.

— Je vous présente un grand chef indien très réputé, dit-elle gaiement. Vous voyez qu'il ne s'agit pas de Satan. Au contraire, il est catholique et même très fervent. Un grand défenseur de la Sainte-Croix et des Jésuites. Ceux qui l'accompagnent sont deux de ses guerriers, eux aussi baptisés.

— Des sauvages! chuchota Ambroisine. Ce sont les premiers que nous voyons, quelle émotion!

Elles continuaient à considérer de loin avec un mélange d'effroi et de répugnance les trois Peaux-Rouges qui prenaient place bruyamment au comptoir, en regardant autour d'eux avec curiosité.

— Mais... ils sont affreux et terrifiants, reprit la duchesse. Et puis ils sentent terriblement mauvais.

— Ce n'est rien, on s'habitue. Ce n'est que de la graisse d'ours ou de loup-marin dont ils s'oignent le corps pour se protéger du froid l'hiver, des maringouins l'été. On s'habitue. Je pense que c'est lui que vous avez cru voir ce matin, dans un demi-sommeil, comme une apparition?

— Oui... Je... je crois. Mais oserait-il pénétrer ainsi dans vos appartements sans s'annoncer?

1. Cf. *la Tentation d'Angélique.*

— Tout est possible avec eux. Les sauvages sont sans vergogne, et tellement glorieux d'eux-mêmes qu'ils ne comprennent rien aux civilités des Blancs entre eux. En revanche, je dois vous quitter maintenant pour les recevoir car ils se vexeraient. Terriblement.

— Faites, ma chère. Je comprends qu'il faille ménager ces indigènes pour le salut desquels nous faisons dans nos couvents tant de neuvaines. N'empêche, ils sont terrifiants. Comment pouvez-vous être aussi enjouée avec eux et supporter qu'ils vous touchent!

Les réticences de la duchesse amusaient Angélique.

— Ils sont grands rieurs, dit-elle. Il faut les honorer et rire avec eux. Ils n'en demandent pas plus.

CHAPITRE X

PIKSARETT ACCEPTA LE TABAC DE VIRGINIE, REFUSA LA BIÈRE ET avec encore plus d'indignation l'eau-de-vie.

— Le démon de l'ivrognerie est le pire de tous; il nous ôte la vie; il cause des meurtres, nous fait perdre l'esprit.

— Tu parles comme Mopountook, le chef des Métallak, sur le Haut-Kennébec. Il m'a enseigné l'eau des sources.

— L'eau des sources nous transmet la force de nos ancêtres ensevelis dans la terre qu'elle traverse.

Angélique envoya quérir l'eau la plus fraîche qu'il se pût trouver.

Or, tout à coup, Piksarett paraissait songeur.

L'établissement de Gouldsboro intimidait-il le grand Abénakis, allié des Français et de leurs guides spirituels, les Jésuites? Malgré son indépendance personnelle se sentait-il coupable de se fourvoyer dans un établissement presque anglais pour y toucher la rançon d'une captive qu'il ne pourrait même pas faire baptiser dans la religion catholique puisqu'elle l'était déjà?

Angélique crut lui complaire en lui assurant qu'il trouverait ici du fer de la meilleure qualité pour sa hache et celles de ses guerriers, et que s'il désirait des perles, pour lui, grand chef, M. de Peyrac avait en réserve des perles bleues et vertes qu'il faisait venir de Perse. De même les coquillages qu'il proposerait pour les traités ne seraient pas, pour un aussi important sagamore, de vulgaires coquillages, ramassés sur les plages, mais des cauris, de l'océan Indien. Bien que fort rare en Amérique, cette monnaie d'échange avait été depuis des siècles apportée par les caravelles des compagnies des Indes. Ils composaient les plus beaux bijoux, et jusqu'au-delà des mers douces on parlait de certaines parures de chefs sioux, qui, sans avoir jamais eu aucun contact avec l'homme blanc, faisaient leur fierté d'arborer de multiples rangées de ces cauris venus de mers dont ils ne soupçonnaient même pas l'existence. Jérôme et Michel se passionnèrent pour le sujet. Leurs yeux brillaient de convoitise, mais Piksarett trancha tout à coup, disant qu'il ne seyait pas à une femme captive de discuter de sa propre rançon, qu'aussi bien il en traiterait lui-même avec Ticonderoga, l'homme du Tonnerre.

— Veux-tu que je te conduise à lui? proposa Angélique acceptant son humeur.

— Non, je saurai bien le trouver, affirma Piksarett péremptoire.

Qu'avait-il soudain? C'était trop peu dire que d'affirmer que Piksarett, le joyeux, le badin, se montrait subitement soucieux. La gravité et l'expression d'intense réflexion qui faisait briller son regard de mûre noire rendaient peu rassurant ce masque bariolé, soudain figé et durci sous son réseau d'entrelacs vermillons. Il se prit à regarder autour de lui, mais cette fois sans curiosité, d'un air soupçonneux, parut flairer on ne sait quoi. Puis il toucha du bout de ses doigts le front d'Angélique.

— Un danger est sur toi, murmura-t-il, je le sais, je le sens.

Cette déclaration réveilla en Angélique un sentiment d'alarme.

Elle n'aimait pas voir les sauvages, comme aussi Adhémar, ce simple d'esprit, étaler au jour leurs avertissements secrets. Ils risquaient trop de tomber juste.

— Quel danger, Piksarett, dis-moi? interrogea-t-elle.

— Je ne sais pas.

Il secoua ses tresses enfilées dans des pattes de renard.

— Es-tu baptisée? interrogea-t-il en dardant sur elle un œil de confesseur jésuite, tout à fait incongru dans son grotesque bariolage.

— Mais oui, je le suis. Je te l'ai déjà dit?

— Alors prie la Sainte Vierge et les Saints. C'est tout ce que tu peux faire. Prie! Prie! Prie! l'adjura-t-il solennellement.

Il porta les mains à son chignon huilé, y chercha quelque chose et en détacha un de ses multiples ornements, un chapelet de capucin à gros grains, terminé par une croix de bois et le passa au cou d'Angélique. Puis il la bénit trois fois en prononçant la formule consacrée :

« *In nomine Pater, Filius et Spiritus Sanctus...* »

Enfin il bondit sur ses pieds, et attrapa sa lance.

— Faisons vite, objurgua-t-il à ses deux fidèles. Il faut que je me mette en route avant que les Iroquois se répandent dans nos forêts. L'été fait sortir ces coyotes de leurs tanières puantes.

» Maintenant que nous en avons fini avec les Anglais, achevons l'œuvre de justice pour contenter nos frères en Dieu, les Français, et satisfaire nos pères bien-aimés, les Robes Noires. Sinon les démons qui rôdent nous gagneront de vitesse.

» Ma sœur, prends courage, je dois te quitter. Mais souviens-toi. Prie! Prie! Prie! »

Sur ces paroles solennelles, il s'éclipsa en quelques enjambées. Ses deux acolytes bondirent sur ses traces. Le relent fauve de leurs présences flotta quelques instants encore dans le fort.

Angélique demeura interdite, s'interrogeant avec inquiétude sur la versatilité de Piksarett.

Quelque chose lui avait-il déplu à Gouldsboro?

Subitement il avait réaffirmé son amitié aux Français et aux Robes Noires. Et son allusion aux Anglais avait réveillé en Angélique le souvenir aigu des massacres dont elle venait d'être si récemment le témoin.

La tempête personnelle qui les avait secoués elle et Joffrey, la lutte contre les pirates et son dénouement, l'arrivée inopinée d'un contingent de Filles du Roy et d'une grande dame française avec tous les embarras que cela comportait, ne pouvaient lui faire oublier qu'à quelques milles vers l'ouest, au-delà de l'horizon bleu violacé de la mer et des mamelons roses du Mont-Désert, se jouait toujours une tragédie sanglante. Des vagues de tribus indiennes déferlant de la forêt s'abattaient sur les établissements de colons blancs, tuant, pillant, brûlant, scalpant.

Elle pensa aux fuyards des établissements anglais de la côte, qu'elle avait rencontrés, réfugiés dans les multiples îles de la baie de Casco, et qui organisaient hâtivement leur défense, tandis que les petits enfants se baignaient dans les criques, parmi les loups-marins, sous la garde des aînés.

Les flottilles indiennes les avaient-elles rejoints jusque-là? Étaient-ils encore en vie?...

En contraste avec les horreurs qui se déroulaient peut-être là-bas, au même moment, la liberté et la relative quiétude dans laquelle se trouvaient Gouldsboro et sa région environnante, avaient quelque chose de miraculeux.

Ce miracle était dû à la seule force de l'autorité du comte de Peyrac, jouant de ses alliances avec le baron de Saint-Castine, les tribus indiennes voisines, de son entente avec les colons acadiens français ou commerçants des comptoirs anglais.

En arrivant à Gouldsboro, on passait d'un monde à l'autre. On s'y sentait, malgré les démêlés intérieurs entre les habitants ou avec les pirates de passage, dans une sorte de sécurité, en dehors des conflits, protégé par d'invisibles frontières qu'élevait, désormais, sur plusieurs milliers de milles à la ronde, le seul renom du comte français, Peyrac, hier inconnu, aujourd'hui riche, indépendant des rois, libéral. A Gouldsboro, malgré la guerre proche et menaçante, on pouvait encore élire un gouverneur, faire commerce, recevoir un jour les théologiens de Boston et le lendemain les représentants de Québec.

L'effervescence qui régnait dans le fort était celle de la vie. On rangeait les marchandises nouvellement arrivées, le butin du *Cœur-de-Marie*, on parlait de mariages prochains, de la construction d'une église, de lois nouvelles communales et municipales.

De par la volonté et l'intelligence d'un seul homme, servi malgré tout fidèlement par une communauté d'humains disparates, mais résolus à tout, s'édifiait ici le cœur d'un petit État libre, détaché des contraintes vis-à-vis de lointains et tyranniques royaumes de France et d'Angleterre, uniquement préoccupé de créer, de faire fructifier la terre, de planter dans une terre nouvelle des racines pour les générations futures.

N'était pour s'en convaincre que de constater la façon dont s'abattaient dans ce port franc, pour demander secours ou justice, tous ceux qui se jugeaient désormais menacés dans leur vie ou dans leur droit.

Mais précisément ce côté insolite et miraculeux d'une telle situation, n'en accusait-il pas la fragilité? Cette réalité subitement surgie de leurs efforts et de leur ténacité demeurait précaire.

L'été qu'il leur fallait vivre, court et ardent, marquerait-il l'heure de vérité pour tous? Défaite ou victoire?

Angélique remonta chez elle.

Elle se sentait vacante, un peu comme avant une bataille. Tout est en ordre, chaque détail a été réglé. Il faut attendre. Qu'allait-il se passer?

CHAPITRE XI

Angélique prit ses deux pistolets. Ils étaient légers et sûrs. Leur maniement serait aisé, deux fois plus prompt que celui de n'importe quelle arme connue.

Elle noua la ceinture, l'attache de cuir surbrodé de filigrane argenté. Les armes pouvaient presque se dissimuler dans les plis de ses jupes. Leurs crosses de bois précieux incrustées de fleurs de nacre et d'émaux paraîtraient plutôt quelques bijoux inédits, ainsi que le sachet d'amorces et la bourse de balles, parés d'une élégance féminine. Angélique s'exerça à se saisir vivement de l'un ou l'autre des pistolets, à les armer avec dextérité. Elle s'accoutuma à l'utilisation de la « platine à miquelet » qui bien qu'infiniment plus pratique que tout autre système était nouveau pour elle.

Maintenant qu'elle se sentait armée elle était plus tranquille.

Le petit chat avait sauté sur la table et portait le plus grand intérêt à ses agissements. Il suivait avec passion le mouvement de ses doigts sur l'arme, puis lui lançait un coup de patte furtif comme s'il eût voulu surprendre dans leur agilité ces petites bêtes mouvantes et infatigables : des doigts de femme. Puis il se sauvait d'un bond. Il réussit à s'emparer d'une balle, la fit rouler à travers la chambre, resta en arrêt longtemps, la queue droite, devant le meuble sous lequel le projectile semblait s'être réfugié.

Lorsque Angélique, passant à une autre occupation, se dirigea vers les coffres entreposés dans un coin de la pièce, il vint aussitôt tourner autour d'elle et, dès qu'elle eut soulevé un couvercle, il plongea à l'intérieur, se noyant dans les colifichets et les soies. Ici et là sa petite tête reparaissait triomphalement, coiffée d'un ruban ou d'une manchette. Angélique riait de son manège.

— Tu es drôle! Tu ressembles à un petit garçon espiègle, maigre et vif, comme était Florimond jadis... Allons, ne me dérange pas... Va-t'en donc...

Vingt fois, elle le retira des caisses. Il retrouvait toujours le moyen d'y retourner, parfois à son insu. Elle ne pouvait s'empêcher de jouer avec lui, tant il était plein de vie et de personnalité. Sa présence de farfadet rendait l'atmosphère légère. Angélique ne songeait plus qu'à l'instant présent, plein d'agréables découvertes.

Ce matin, Joffrey lui avait fait remarquer alors qu'elle faisait allusion à l'élégance de la duchesse de Maudribourg, et particulièrement à l'originalité de ses bas rouges...

— Des bas de cette sorte, il s'en trouve plusieurs paires dans nos marchandises venues d'Europe et que j'ai fait porter chez vous. Ne les avez-vous point recensées encore!...

Et c'est vrai qu'il y avait là des merveilles de quoi ravir la plus parisienne des femmes. Elle n'y avait pas pris garde, lorsqu'elle y avait fouillé dimanche avec fébrilité pour y chercher une robe à se mettre afin de se présenter dignement devant le gibet de Colin Paturel et l'échafaud de son jugement. Elle avait alors jeté son dévolu sur cette robe noire à col de dentelles de Malines, qu'avait empruntée précisément ce matin la duchesse de Maudribourg. Et qui, dans sa sévérité, n'en était pas moins seyante et d'une grande richesse, par la beauté de son velours. Le reste des toilettes était à l'avenant, tout de matière choisie, séduisant par des nouveautés, des accessoires de prix. Elle découvrit avec émotion des atours de fillette et deux costumes de garçonnet, de solide lainage aux couleurs vives.

— On dirait que Joffrey lui-même a présidé à ce choix. Pourtant je ne vois pas Erikson, capable d'autre chose que d'embarquer ces marchandises. Mais Joffrey a dû conserver tant à Paris, qu'à Londres et dans toutes les capitales, des correspondants qui connaissent ses goûts et le servent avec soin. Quoi qu'il en dise et bien qu'il soit apparemment perdu aux antipodes du monde civilisé, il est demeuré le comte de Toulouse. Ah! Quel homme que cet homme!

C'était peut-être pour cela qu'avec lui, bien qu'il fût banni, sans racines, sans attaches apparentes, on continuait à se sentir relié au monde ancien qui les avait rejetés.

Il réussissait à faire pénétrer jusqu'à eux par ses aspects les plus aimables, les plus consolants aurait-on pu dire, la civilité de l'Ancien Monde, son raffinement, ce qui demeurait de tangible et de bon, malgré les barbaries, les guerres, les injustices...

N'avait-on pas parlé de faïences de Delft ou de Gien, distribuées comme présents ce matin aux dames de Gouldsboro et qui, pour ces femmes exilées qui recommençaient leur existence entre quelques planches mal équarries, sur une grève perdue et sauvage, leur apportaient on ne sait quel gage de confort et de richesses futures.

Songeant à son mari et à ses idées merveilleuses, Angélique baisa impulsivement le vêtement qu'elle tenait en main et qui se trouvait être ce petit justaucorps de garçonnet. Honorine qui regrettait tellement de ne pas être un garçon se l'adjugerait sans réplique...

Un bruit de pas dans l'escalier.

Angélique se précipita le cœur battant.

— Lui!...

Joffrey de Peyrac surgit accompagné d'un Espagnol qui portait un coffret de bois léger qu'il déposa sur la table devant Angélique avant de se retirer.

— Venez voir ce que je vous apporte, dit Peyrac. C'est un coffre à médecine pour y ranger vos fioles, pots d'onguents, sachets d'herbes et instruments de chirurgie. Le cloisonnement peut en être modifié selon la commodité. Je l'ai fait faire à Lyon. L'artisan a cru bon d'ajouter dans les enluminures qui le décorent saint Cosme et saint Damien, protecteurs des pharmacopées, afin de vous prêter assistance, et je pense qu'il a eu raison car lorsqu'il s'agit de sauvegarder la vie, aucune sorte d'intercession n'est à dédaigner, n'est-ce pas?

— Certes, dit Angélique, j'aime beaucoup Cosme et Damien et je les aurai volontiers pour compagnons dans mes tâches.

— Et ces atours que vous déballez, vous plaisent-ils?

— Infiniment. Il semblerait qu'un certain comte de Toulouse, doué d'ubiquité, se soit trouvé là-bas, sur place, en Europe, pour en faire le choix.

— La parure féminine et son inépuisable fantaisie m'ont toujours paru un domaine extrêmement plaisant à encourager, à détailler. Vous avouerai-je qu'en Méditerranée et pendant cet épisode oriental de mon existence, je déplorais l'absence de cette aimable folie de la mode, parfois incommode mais qui en dit si long sur la personnalité de celles qui s'en préoccupent. Quel plaisir j'éprouve désormais à pouvoir vous parer de nouveau!

— J'en suis ravie. Mais que puis-je faire de toutes ces robes au fond de nos forêts de Wapassou.

— Wapassou est un royaume. Et vous en êtes la reine. Qui sait quelles festivités ne s'y dérouleront pas un jour? Déjà ici même, vous avez vu que nous n'étions pas exempts de visiteurs de haut rang. Et puis je veux que vous éblouissiez Québec.

Angélique tressaillit. Elle avait pris dans ses bras le petit chat afin d'éviter à quelque soie précieuse ses griffes menues et le caressait machinalement.

— Québec! murmura-t-elle. *Irons-nous à Québec?...* Ce piège du Roi de France? Dans ce nid de nos pires ennemis de toujours, les dévots, les hommes d'Église, les Jésuites.

— Pourquoi non?... C'est là-bas que tout se trame. Alors y aller? Oui, je sais que j'y serai acculé tôt ou tard. Certes, je ne veux vous faire courir aucun risque. Je me présenterai avec navires et canons. Mais je sais aussi que la sensibilité française s'incline plus volontiers devant la beauté d'une jolie femme parée de toutes les grâces de la parure et de la beauté, que devant la menace guerrière. Et puis nous avons des amis là-bas et pas des moindres : le duc d'Arreboust, le chevalier de Loménie-Chambord, et même Frontenac, le gouverneur. Mon aide à Cavelier de La Salle a créé, qu'on le veuille ou non, une sorte d'alliance entre la Nouvelle-France et moi. M. de Ville-d'Avray me le confirmait tout à l'heure.

— Le gouverneur d'Acadie? Quel genre d'homme est-ce?

Peyrac sourit.

— Vous le verrez. Une sorte de Péguilin de Lauzun, mâtiné de Fouquet pour le sens des affaires et le dilettantisme, et un peu de Molière pour l'observation critique de ses congénères. Et aussi plus avant en toutes sortes de sciences qu'il n'en a l'air.

» Mais il me dit que c'est *vous* que l'on veut voir à Québec et il estime que c'est votre présence beaucoup plus que la mienne qui décidera de tout.

— Sans doute à cause de cette légende de la prophétesse sur la Démone de l'Acadie?

Joffrey de Peyrac haussa les épaules.

— Il faut peu de chose pour cristalliser les passions populaires. Prenons les faits où ils en sont. L'opposition de l'Église est fondée désormais sur les éléments mystiques beaucoup plus importants que toutes les annexions que je pourrai faire, moi, de territoires, prétendument français. Il faut détruire ces appréhensions d'un autre âge.

Angélique soupira. Le monde était malade, mais qui le guérirait? A cette conception d'une vie fondée uniquement sur le salut éternel et les forces surnaturelles, que pouvait en effet la matérialité froide des canons?

Ce n'est pas par la force qu'on asservirait jamais l'âme de Québec l'intolérante, digne fille nouveau-née de l'Église catholique, apostolique et romaine.

Venus pour porter le salut aux sauvages et chasser l'esprit des Ténèbres des forêts païennes du Nouveau Monde, ses habitants gardaient au cœur un peu de l'esprit des chevaliers conquérants de jadis.

— Québec?... Affronter la ville? — Angélique était inquiète. — Pourrions-nous être de retour à Wapassou pour l'hiver? Voyez, j'ai perdu l'habitude du monde et il me tarde de retrouver Honorine.

— L'été est court, en effet. Nous devons d'abord mettre en ordre la Baie Française mais... A propos d'Honorine, la voyez-vous partir à la chasse dans ce justaucorps de gentilhomme?

— Ces effets sont donc pour elle?

— Oui, elle est entreprenante et hardie comme un jouvenceau.

L'hiver, dans la neige, ses jupes de fillette entravent ses élans et elle enrage de ne pas être aussi hardie que Barthélémy et Thomas. Ces costumes combleront ses rêves.

— Oh! oui! Vous savez la deviner et la comprendre.

— Elle m'est chère et très proche, dit Peyrac avec un de ses sourires au charme singulier qu'il lui dédiait parfois lorsqu'il voulait la rassurer.

Et qu'il se préoccupât ainsi d'Honorine, en effet, lui apportait une joie vive qu'elle ne savait comment exprimer.

Le petit chat sauta des bras d'Angélique et, de là, sur un coin de table, où il se débarbouilla le museau avec détachement, d'un air de ne pas voir.

Angélique avait noué ses bras autour du cou de Peyrac. L'évocation d'Honorine resserrait la force de leur amour. Elle aurait pu être l'écueil, elle était devenue une raison de plus entre eux de se sentir liés indéfectiblement. Sa fragilité, qui leur avait été remise dans les tourments et la douleur, les contraignait à lutter coûte que coûte pour assurer son destin, à ne pas se laisser prendre aux pièges tapis en eux-mêmes, à toujours chercher à se dépasser, afin de ne pas décevoir l'attente innocente de l'enfant qui avait su inspirer leurs cœurs. Lorsque Angélique s'angoissait pour elle, pauvre petite bâtarde, la pensée que Joffrey de Peyrac l'avait prise en charge et l'aimait, calmait sa panique. « Parce que je suis votre père, damoiselle! » Quel instant inoubliable! Jamais elle n'avait eu autant qu'en cet instant la perception de la bonté profonde qui habitait le cœur de cet homme, que la vie, pourtant, et même son intelligence supérieure aux autres, auraient pu rendre intolérant, indifférent, voire cruel.

Il lui aurait été facile de dominer par le seul pouvoir de la force, de sa science, de son caractère audacieux, inventif, sans cesse en mouvement, en perpétuelle avance de développement. Il n'en avait pas moins gardé le goût d'accorder à la vie et à ses charmes l'attention nécessaire, réservant aux simples, aux faibles, la part qui leur était due, à la grâce de l'enfance, à celle des femmes, un intérêt spontané, comme à toutes choses vivantes qui méritent honneur et amour.

C'était cela qui faisait qu'on se trouvait si bien près de lui. Et Angélique s'émerveillait d'avoir, parmi toutes les créatures, su captiver et retenir cette personnalité d'homme hors du commun, à la fois intraitable et tendre, supérieure et modeste, dissimulée, ne se livrant pas, ne se dévoilant pas volontiers, mais sûre et droite d'intentions. Le drame récent l'avait prouvé, les obligeant tous deux, pour ne pas se perdre, à violenter la pudeur de leurs sentiments, à se mettre à nu l'un devant l'autre.

Angélique en retirait une extraordinaire impression de sécurité vis-à-vis de lui. L'angoisse venait d'ailleurs.

Elle laissa glisser ses mains le long des épaules de son mari. Le toucher, le sentir, lui était un réconfort, un bonheur, dont elle se demandait avec crainte comment elle pourrait en être privée et survivre.

Elle baissait la tête. Enfin elle interrogea avec hésitation.

— Vous allez être obligé de repartir, n'est-ce pas? Afin de porter secours à ces officiels de Québec qui sont bloqués dans la rivière Saint-Jean par le navire de Phips?

Il lui releva le menton comme à une enfant triste qu'on regarde dans les yeux afin d'essayer de la consoler, de la convaincre.

— Il le faut. C'est une occasion à saisir de rendre service à ces mauvaises têtes de Québec.

— Mais enfin, dit-elle nerveusement, expliquez-moi une bonne fois pourquoi ces Canadiens nous en veulent-ils tellement? Pourquoi voient-ils en moi une démone, en vous un dangereux envahisseur de territoires français. Cet emplacement appartient par les traités au Massachusetts, vous l'avez acquis en bonne et due forme... Les Canadiens ne peuvent pourtant pas prétendre tenir tout le continent américain sous leur coupe.

— Mais si, ma chère! C'est exactement leur ambition, à la fois nationale et catholique... Servir Dieu et le Roy c'est le premier devoir d'un bon Français et ils sont prêts à mourir pour cela, même s'ils ne sont qu'une poignée de quelque six mille âmes en face des deux cent mille Anglais du Sud. A cœur vaillant rien d'impossible! Malgré les traités, ils continuent à considérer tous les territoires aux alentours de la Baie Française comme français. La preuve en est les nombreuses seigneuries et censives qui se maintiennent un peu partout : Pentagouët avec Saint-Castine, Port-Royal, etc., et chaque année le gouverneur de l'Acadie vient toucher ses redevances sur ses domaines. Intrusion qui ne complaît pas tellement à ces lointains sujets du Roi de France. Avec le temps, les Acadiens ont fini par se considérer comme indépendants, un peu à l'image de Gouldsboro, c'est pourquoi Castine est venu me demander de grouper sous mon égide les différents colons qui peuplent la baie tant français qu'écossais ou anglais et qui s'y considèrent, chacun à part soi, comme chez lui de son plein droit.

» Évidemment si la chose a été commentée à Québec, je ne peux être là-bas en odeur de sainteté et encore moins auprès dudit gouverneur d'Acadie, surtout au moment où il vient ramasser les impôts de ses sujets récalcitrants. Aussi le tirer d'un mauvais pas me semble politique.

— Que lui est-il arrivé?

— En représailles des massacres que les Abénakis menés par des Français ont perpétrés à l'ouest, en Nouvelle-Angleterre, le Massachusetts a envoyé un amiral et quelques navires afin d'essayer de châtier tous les Français qui pourraient leur tomber sous la main. Quoique justifié, un tel projet ne pouvait qu'aggraver notre situation déja précaire et ne mènerait à rien. C'est assagir Québec qu'il faudrait et non pas attaquer quelques petits propriétaires acadiens qui se cramponnent comme ils peuvent aux terres qu'ils ont reçues de leurs ancêtres et qu'ils font fructifier bon an, mal an. J'ai réussi à détourner l'amiral Serrylman, mais le Bostonien Phips qui l'accompagnait n'a rien voulu entendre; il a poursuivi seul et ayant eu vent que des officiels de Québec, dont le gouverneur d'Acadie Ville-d'Avray, et aussi l'intendant de la Nouvelle-France Carlon, et divers gentilshommes de renom se trouvaient à Jemseg, il est allé bloquer l'entrée de la rivière Saint-Jean. Il les empêche ainsi de descendre le fleuve et de reprendre la mer. M. de Ville-d'Avray qui ne tient pas en place a préféré s'échapper à pied par la forêt. Grâce au brouillard, il a pu monter à bord d'un morutier sans attirer l'attention des Anglais et se rendre ici pour me demander aide. Bien que me considérant comme un rival honni et un ennemi en puissance, il veut surtout sauver son navire que je soupçonne plein de précieuses pelleteries collectées au cours de sa tournée de gouverneur. J'aurais mauvaise grâce à lui refuser ce service.

» Si Phips réussit à capturer ces gens ainsi que leurs navires et à les ramener prisonniers à Boston ou à Salem, cela ira jusqu'à Versailles, et le Roi peut y voir le prétexte qu'il cherche précisément pour déclarer la guerre à l'Angleterre. Tous ici nous préférons notre paix boiteuse à un nouveau conflit.

Elle l'écoutait, en état d'alerte. Par sa bouche et bien qu'il nuançât les faits afin de ne pas l'effrayer, elle comprenait mieux la fragilité de leur situation et la charge qu'il assumait sur ses épaules.

Qu'il était seul, mon Dieu! Pour quoi, pour qui voulait-il lutter?... Pour elle, pour l'enfant Honorine, pour ses fils, pour les parias du monde qui étaient venus se mettre sous sa bannière, à l'ombre de sa force. Pour créer, pour avancer, pour bâtir et non détruire...

... C'est un des incidents classiques de la Baie Française, avec sa faune humaine de toutes les nations, conclut-il. — Il eut un sourire. — Aucun traité n'en viendra à bout tant qu'il y aura de tels brouillards, de telles marées, de tels recoins de rivière pour s'y faufiler et s'y cacher de tous... C'est un pays de refuge et d'escarmouches, mais qu'importe, je vous y construirai un royaume...

— Y a-t-il quelque danger dans l'expédition que vous allez entreprendre?

— C'est une promenade. Il s'agit seulement d'aider les Français, d'éviter que les Indiens de l'endroit n'entrent dans le conflit et, en somme, d'enlever à Phips le butin auquel il avait quelque droit. Il sera furieux mais il n'est pas question que nous en venions aux mains.

Il la serra dans ses bras.

— J'aurais voulu vous emmener.

— Non, c'est impossible, je ne puis laisser seule Abigaël. Je lui ai promis que je l'assisterai dans ses couches, et... je ne sais pourquoi, je crains pour elle, et je sens qu'elle-même, malgré son courage, est inquiète. Ma présence la rassure, Je dois rester.

Elle secoua la tête à plusieurs reprises comme pour chasser la tentation qu'elle avait de se cramponner à lui, de le suivre coûte que coûte dans un désir impulsif, qu'elle n'analysait pas.

— N'en parlons plus, fit-elle courageusement.

Et elle alla s'asseoir dans le fauteuil. Le chat, comme décidant à ce signal qu'on avait assez joué et discouru, sauta sur ses genoux et se roula en boule.

Il paraissait si amical et content de vivre qu'il lui communiquait un peu de sa quiétude. « Honorine en sera folle », songea-t-elle.

Honorine! L'angoisse à nouveau! Son cœur se gonflait. Il allait partir et elle serait seule pour lutter. Contre quelle menace!...

Le navire inconnu entrerait-il en jeu et les hommes qui le montaient et qui semblaient avoir reçu pour mission d'embrouiller leur destin? Qui les envoyait? Les Canadiens? Les Anglais?... Cela ne tenait pas debout. La situation avec leurs voisins était plus franche. Les Canadiens jetaient l'anathème, attaquaient. Les Anglais avaient d'autres chats à fouetter que de déranger un homme qui leur était utile et avec lequel ils avaient passé d'intéressants accords.

Alors? Un ennemi personnel de Joffrey? Un rival de commerce qui briguait la place, voulait sournoisement décourager les premiers occupants? Déjà ne l'avait-on pas vendu en sous-main à Barbe d'Or!

Mais alors pourquoi s'attaquait-on à elle? Elle se sentait si particulièrement visée qu'elle en était oppressée. C'était si fort qu'elle avait l'impression que si elle n'avait pas existé Joffrey aurait pu demeurer en paix.

Elle ne put s'empêcher de le lui dire.

— Si vous ne m'aviez pas auprès de vous, la situation pour vous serait plus facile, je le sens.

— Si je ne vous avais pas près de moi, je ne serais pas un homme heureux.

Il regarda autour de lui.

... J'ai bâti ce fort dans la solitude. Vous aviez disparu de ma vie. Pourtant, tout au fond de moi, quelque chose n'acceptait pas l'idée de votre mort. Déjà d'avoir retrouvé Florimond et Cantor m'était comme un gage de je ne savais quelle promesse. « Elle vient », me disais-je tout bas, « elle arrive, ma bien-aimée... » C'était fou, mais d'instinct j'ajoutais certains détails... pour vous... C'était juste un peu avant le temps où j'allais retourner en Europe, pour ce voyage où par hasard je rencontrerai sur un quai espagnol Rochat, qui me dirait : « La Française aux yeux verts, vous savez, celle que vous avez achetée à Candie... elle est vivante. Elle est à La Rochelle. Je l'ai vue là-bas, il y a peu... »

» Comment exprimer la joie foudroyante d'un tel moment! Le ciel qui éclate!... Brave Rochat! Je l'ai accablé de questions. Je l'ai comblé comme l'ami le plus cher... Oui! le destin a été clément pour nous, même s'il a pris parfois des chemins bien détournés.

Il vint lui baiser les deux mains.

... Continuons à lui faire confiance, mon amour.

CHAPITRE XII

Angélique et Abigaël se tenaient toutes deux au centre du jardinet, parmi les hautes touffes des fleurs et des herbes. C'était un jardinet entourant la maison des Berne et clos d'une barrière à la façon de la Nouvelle-Angleterre, et comme chaque femme de colon se devait d'en avoir, pour préserver la santé de sa famille par des remèdes, en ces lieux où l'apothicaire était souvent fort éloigné, également pour relever et affiner les mets souvent fades, poissons et gibier. On y ajoutait quelques légumes, salades, poireaux, radis, carottes, et beaucoup de fleurs pour la joie du cœur.

Le printemps avait été doux. Les premières semences déjà s'épanouissaient. Du pied, Abigaël écarta une feuille ronde et velue qui s'avançait hors de la plate-bande.

— A l'automne, j'aurai des citrouilles. Je les garderai pour l'hiver. Mais j'en cueillerai quelques-unes lorsqu'elles ne seront encore que de la grosseur d'un melon. On les cuit sous la cendre, et on les mange comme des pommes, au four.

— Ma mère aimait les jardins, dit Angélique soudain. Au potager... je la revois, elle œuvrait sans cesse... Je la revois tout à coup...

Tout à coup elle revoyait sa mère. Grande et racée, elle passait, silhouette effacée, sous son chapeau de paille, des paniers au bras et parfois aussi un bouquet de fleurs qu'elle tenait serré sur son cœur comme un enfant.

... Ma mère!...

C'était une vision effacée, et qui soudain la traversait sans raison.

...« Mère, protégez-moi », songea-t-elle.

C'était la première fois qu'une telle intercession lui venait au cœur. Elle prit la main d'Abigaël à ses côtés et la tint doucement dans la sienne. Abigaël, grande, sereine, vaillante, ressemblait-elle à la mère oubliée?

Dans l'après-midi Berne était venu convier M. et Mme de Peyrac à lui faire l'honneur de partager leur repas du soir. Cette invitation inattendue semblait vouloir prouver que l'honorable et intraitable protestant désirait ainsi que ses coreligionnaires faire amende honorable vis-à-vis du maître de Gouldsboro et lui témoigner leurs désirs d'effacer les propos plus que vifs échangés au moment de l'intronisation de Barbe d'Or. Conscient de cette volonté de réconciliation, le comte de Peyrac avait accepté la requête et, au crépuscule, s'était rendu avec Angélique à la demeure des Berne.

Mais les personnalités des antagonistes étaient si fortes et les souvenirs entre eux si chargés de passions et de violence que cette rencontre n'avait pas été sans créer une certaine tension émotionnelle.

Laissant les deux hommes en tête à tête, Abigaël avait entraîné Angélique au-dehors afin de lui montrer son jardin.

L'amitié des deux femmes était au-delà de toutes les querelles. D'instinct, elles s'isolaient, se refusant de considérer de trop près ce qui dans les actions des hommes pouvait blesser par trop, se défendant de juger avec intransigeance, afin de préserver entre elles ce lien nécessaire de leur affection mutuelle, cette alliance de leurs deux sensibilités féminines. Si différentes qu'elles fussent, elles avaient besoin de s'aimer. C'était un refuge, une certitude, quelque chose de doux, de vivant que l'absence même ne pourrait plus rompre et que chaque épreuve traversée avait fortifié au lieu de détruire.

Des lueurs de nacre, qui mouraient sur l'horizon des îles, mettaient comme un reflet sur le fin visage d'Abigaël et accentuaient sa beauté. Les fatigues de son état n'avaient pas altéré ses traits ni brouillé son teint très pur. Elle portait toujours son sévère bonnet de La Rochelle, qui n'était pas la coiffe la plus répandue parmi les dames de la ville, mais lui venait de sa mère défunte et qui était de l'Angoumois, où l'on ne s'embarrassait pas de dentelles et de rubans. Cette coiffe au style austère lui allait mieux qu'à quiconque.

— Ainsi donc vous êtes heureuse?... demanda Angélique.

Abigaël tressaillit et, sans l'obscurité, Angélique eût pu la voir rougir. Mais elle maîtrisa son émotivité et Angélique devina dans l'ombre son sourire.

— C'est trop dire que de l'affirmer. Comment remercier Dieu? Chaque jour, je découvre les trésors du cœur de mon mari, la richesse de son intelligence et de son savoir, sa sagesse, ses qualités profondes d'homme fort, dur parfois mais plein de sensibilité... Je crois qu'au fond... il est très bon. Mais c'est une vertu dangereuse en notre temps et il le sait.

Elle ajouta rêveusement :

... J'apprends à aimer un homme. C'est une étrange aventure. C'est quelque chose de grave, un homme, de différent, d'inconnu, mais de tellement important. Je me demande si, nous autres femmes, nous ne sommes pas un peu négligentes à cet égard, refusant d'accepter leur mentalité particulière. S'ils ne nous comprennent pas toujours, nous, faisons-nous l'effort de les comprendre tels que les siècles les ont façonnés, responsables du monde, ce qui est parfois une charge assez lourde, même s'ils s'en sont volontairement emparé?

— Nous sommes les héritiers de l'esclavage et eux de la domination, dit Angélique. Voilà pourquoi cela crée parfois des étincelles. Mais c'est aussi une aventure passionnante que de chercher l'entente grâce à l'amour.

L'obscurité était presque totale. Les lumières des maisons et du port commençaient à briller, blanches comme l'opale sur tout ce bleu profond et dans les îles dispersées, des étoiles pâles, rougeâtres, surgies, révélaient des feux et des lanternes, des présences que le jour n'avait pas laissé soupçonner. Angélique dit tout à coup :

— On dirait qu'il y a quelqu'un qui nous épie... Quelque chose a bougé dans les buissons.

Elles écoutèrent. L'une et l'autre avaient l'impression que quelqu'un les observait non loin, tapi dans les buissons, et elles ressentaient ce guet comme une menace.

Abigaël passa son bras autour des épaules d'Angélique et la serra contre elle. Elle raconterait plus tard qu'elle avait éprouvé en cet instant la certitude qu'un grand danger planait sur Angélique de Peyrac.

Elles crurent surprendre une sorte de soupir profond et déchirant, mais ce n'était peut-être que le passage du vent dans les pins de la falaise.

— Rentrons, dit Abigaël en entraînant son amie.

Elles se tournèrent vers la maison et firent quelques pas dans cette direction. Mais, cette fois, ce furent des craquements de branches puis un franc grognement qui les alertèrent de nouveau.

— Oh! s'exclama Abigaël en se retournant, c'est donc cela! C'est encore le porc des Mercelot qui est entré dans notre jardin. De leur côté, il n'y a qu'une haie. Et ils ne se préoccupent pas de le garder dans sa cabane, trouvant plus simple de le laisser chercher sa nourriture dans les rues du village et jardins des autres.

Elle marcha vers la lisière mitoyenne qui les séparait d'une autre propriété, une semblable maison de planches et de madriers aux toits de bardeaux, dressée au milieu d'un emplacement qui paraissait assez mal entretenu.

La porte de la maison était ouverte et une jeune femme qui tenait un enfant de quelques mois sur le bras se profilait en ombre chinoise sur la lumière intérieure. Abigaël la héla :

— Bertille! Votre porc est encore venu piétiner dans mon jardin.

La femme descendit le seuil et s'avança vers elles d'un pas nonchalant. Sa démarche cependant était gracieuse et elle paraissait jeune et jolie. Lorsqu'elle fut proche, Angélique reconnut en effet Bertille Mercelot, la fille du papetier de La Rochelle. Le bébé qu'elle avait sur le bras était potelé et frisé. Il se tenait bien droit et l'on sentait qu'il devait observer avec gravité. Mais l'on distinguait mal ses traits à cause de l'obscurité.

— J'en ai déjà parlé à mon mari, dit Bertille d'une voix plaintive. Il est enfin d'accord pour que nous fassions poser une clôture, en partageant le travail du charpentier avec vous. Mais avec toutes les histoires qu'il y a eues ces jours-ci, ces batailles, ces étrangers, ce nouveau gouverneur, il n'a pas eu le temps de s'en occuper.

— Je reconnais qu'il y avait des choses plus urgentes à traiter que la pose d'une clôture, admit Abigaël, conciliante. Mais vous devriez veiller à garder votre porc dans son enclos. Il nous a déjà causé beaucoup de dommages.

Angélique, stimulant la bête du pied et de la voix, avait réussi à la faire repasser dans le domaine de ses propriétaires, d'où elle galopa dans une autre direction. Bertille, avec un soupir, et un adieu bref et tout juste poli, s'éloigna à son tour.

— Bertille Mercelot est donc mariée? s'étonna Angélique. Je l'ignorais. Et la voici déjà avec un enfant. Il n'y a pas un an que nous sommes arrivés ici et il n'était question de rien!

— Ce n'est pas son enfant, expliqua Abigaël. C'est le petit Charles-Henri. Vous savez, le bébé de Jenny Manigault, celui qui est né presque le jour de notre débarquement? Il aura bientôt un an, pauvre ange! C'est vrai, vous n'êtes peut-être pas au courant de ce qui est arrivé à cette malheureuse Jenny.

— Non! quoi donc?

— Elle a été enlevée par les Indiens. Vers la fin de l'automne. A peine deux mois après ses couches. Quelques-uns d'entre nous se rendaient ce jour-là, certains à pied, certains à cheval, du camp Champlain à Gouldsboro, lorsque, à ce même endroit où il y avait déjà eu une attaque, des Indiens ont surgi en poussant leurs cris de guerre. Nos hommes étaient armés et ont riposté. Les Indiens se sont retirés mais ils ont entraîné Jenny qui s'était attardée du côté de la forêt à cueillir des baies avec Sarah, sa sœur. Sarah a pu s'échapper et nous rejoindre.

» Mme Manigault était sur un des chevaux portant le bébé. Elle a vu Sarah courir vers nous, poursuivie par ces diables rouges. Gabriel, mon mari, a tiré. L'un d'eux est tombé. Mais un autre a lancé sa hache et l'un des nôtres a été atteint et a eu la tête fendue. Ce fut un grand malheur pour notre communauté car c'était un très bon charpentier. Et nous, nous avons perdu Jenny.

Angélique était atterrée.

— De quels Indiens s'agissait-il? Des Iroquois? On pourrait peut-être...

Elle se voyait déjà courant avec son collier de Wampum, donné par Outtaké, demander la liberté de Jenny Manigault. Abigaël secoua la tête.

— Non! Pendant quelques jours M. d'Urville a fait organiser des battues. On ne trouvait aucune piste. M. de Saint-Castine nous a aidés très obligeamment. Il a fini par déterminer qu'il s'agissait d'une petite tribu du Haut-Kennébec, qui serait venue par canots. Ils se sont rembarqués avec leur prisonnière. M. de Saint-Castine disait que ce sont des Abénakis mais sans alliance avec les autres tribus. Nomades, on ne sait où les joindre. Ils vivent par là-haut, plutôt du côté des Anglais que du Canada.

— Quelle affreuse chose! murmura Angélique.

Elle avait froid tout à coup et la fraîcheur de la nuit la faisait frissonner.

— M. Manigault était comme fou, reprit Abigaël. Il voulait fuir cet endroit qu'il disait maudit et s'en aller à Boston. Mais la neige est venue et les tempêtes. Il fallait hiverner. On a craint beaucoup que l'enfant privé du lait de sa mère ne mourût. Mme Manigault est une maîtresse femme. Elle a entrepris de le nourrir avec le lait des quelques chèvres que nous avions ici. L'enfant a survécu. Il est vigoureux. Maintenant, il mange des légumes et du poisson comme un vrai petit homme. Nous n'avons plus à trembler pour lui. Son père s'est remarié il y a six mois avec Bertille. Elle avait toujours été amoureuse folle de lui et elle a profité de cette occasion pour le conquérir de cent façons.

— Remarié!... Mais... Jenny n'est peut-être pas morte!

— Cela m'a peinée aussi. Mais chacun disait qu'il y avait bien peu de chances qu'elle ait échappé à la mort entre les mains de ces sauvages. Mon père a donné son accord à cette union. Le malheureux jeune homme désespéré ne pouvait continuer à vivre seul avec son enfant orphelin et Bertille aurait fini par le pousser à vivre dans le péché. C'est le mieux qui pouvait arriver, n'est-ce pas? Elle s'occupe de l'enfant...

Angélique fit un effort pour accepter l'annonce de ce cruel accident et sa conclusion, avec philosophie. Elle comprenait que pour ces calvinistes, isolés avec leurs propres lois, la malheureuse Jenny, en passant dans le monde des Indiens, était bien réellement passée dans l'autre monde.

Pauvre petit Charles-Henri auquel elle avait voulu donner le nom de son fils mort, égorgé par les mousquetaires du Roi! Lui aurait-elle porté malheur?

— Rentrons! dit Abigaël. Vous vous attristez. Je ne veux pas. Ici il faut essayer de ne pas trop penser, de ne pas trop réfléchir aux dangers qui nous entourent, aux deuils ou aux erreurs que nous n'avons pu éviter, sinon nous perdrions courage. Il faut garder toutes nos forces pour poursuivre notre tâche en avant, pour la vie, pour le mieux...

— Oui, vous avez raison.

CHAPITRE XIII

Deux petits garçons jouaient au trictrac sur un coin de table.

Ils se penchaient, tant ils étaient absorbés, et leurs chevelures raides, blondes et brunes couvraient leurs joues. Un vieux nègre, coiffé de ses cheveux blancs comme d'un bonnet d'étoupe, suivait attentivement la partie, penché lui aussi, le menton sur ses mains sombres aux ongles mauves.

La lueur de la chandelle plantée dans un bougeoir d'étain éclairait de lueurs douces la scène et allumait de petites étincelles sur les anneaux d'or qui pendaient aux oreilles du vieux noir, sur ses pommettes et son nez d'ébène et dans l'émail blanc de ses prunelles.

A l'entrée d'Angélique et d'Abigaël, le tableau s'anima aussitôt. Les deux petits garçons sautèrent sur leurs pieds, puis au cou d'Angélique, le vieux noir se précipita aussi avec toutes sortes de souhaits qu'il prononçait dans un français presque châtié, mais avec l'accent doux et légèrement zézayant des Africains. C'était Siriki, le serviteur des Manigault. Ceux-ci l'avaient accueilli jadis, malade parmi des esclaves entreposés à La Rochelle, au temps où Manigault comptait le trafic du « bois d'ébène » parmi ses nombreuses activités commerciales.

Il portait encore, ce soir, quoique usée, un peu rapiécée, sa belle livrée couleur d'amarante soutachée d'or, dont il avait toujours été si fier; et Angélique l'évoqua, courant comme une flamme sur la lande, derrière les fugitifs huguenots en criant : « Mon maître! Mon maître, emmène-moi!... »

Les mousquetaires du Roi galopaient derrière lui [1]. Moment terrible! Mais aujourd'hui ils étaient tous sains et saufs dans cette pauvre demeure d'Amérique.

Fièrement, Siriki pressa Angélique de reconnaître l'enfant blond Jérémie Manigault, son pupille qu'il avait soigné tout bébé.

1. Cf. *Angélique se révolte.*

— N'a-t-il pas grandi, Madame? Il devient un homme. Et pourtant il n'a pas encore onze ans.

Jérémie avait en effet des joues plus rondes, des yeux plus bleus et des cheveux plus blonds que jamais.

Laurier Berne, son partenaire au trictrac ce soir-là, paraissait plus malingre à ses côtés, bien qu'il se fût beaucoup fortifié, lui aussi.

— Qui des deux est en train de gagner? interrogea Angélique.

— Lui, fit Jérémie en désignant Laurier avec rancune, il gagne toujours.

Laurier se rengorgea et lui fit la nique. Jérémie prit un air boudeur. Petit « tard-venu » après plusieurs filles dans la famille du riche bourgeois rochelais Manigault, ce fils unique avait été fort gâté par tous les siens. Son enlèvement par des personnes dévouées aux Jésuites, parce qu'un jour, se rendant à l'école, il avait eu l'imprudence de s'attarder à regarder passer une procession catholique, avait déterminé Manigault à s'exiler. Après qu'à force de démarches dans lesquelles Angélique l'avait aidé, il avait pu retrouver son fils, le grand commerçant rochelais avait compris les menaces qui pesaient désormais sur tous les protestants de France, quels que fussent leurs rangs ou situations.

Abigaël consola Jérémie d'une caresse et d'une tranche de gâteau.

— Vous poursuivrez votre partie demain, dit-elle. Je mets le jeu sur l'étagère sans déranger les pions.

Jérémie, la bouche pleine, salua à la ronde, et mit sa main dans celle de Siriki.

La demeure des Berne était construite à mi-hauteur de la pente qui descendait vers la place centrale du village. Elle avait de très petites fenetres afin de donner moins de prise au froid et aussi parce que le verre était rare. Mais Gouldsboro n'en était pas moins l'un des rares établissements où l'on n'avait pas été obligé, le premier hiver, de se résigner aux carreaux de parchemin ou de peaux de poissons.

Construites en hâte à l'automne, les maisons des huguenots étaient assez exiguës. Celle des Berne comprenait deux pièces, l'une pour s'y tenir et y manger, l'autre avec le lit des parents et une armoire. Il y avait un appentis pour entreposer les bûches, un autre pour les ablutions. Un grenier sous le toit, auquel on accédait par une trappe et une courte échelle, complétait l'habitation. Martial, le fils aîné, s'était trouvé trop à l'étroit et s'était construit un wigwam d'écorces dans le jardin.

— Comme notre vieux canadier, Éloi Macollet, dit Angélique.

Dans la pièce commune couchait Laurier. Séverine s'était installée dans le grenier.

Elle était là aussi, Séverine. Elle avait fait brûler de la citronnelle pour éloigner les moustiques. Elle entrait dans l'adolescence et restait maigre, avec le même petit visage ardent à la grande bouche. Mais elle s'était épanouie auprès de la patiente Abigaël. Elle aussi embrassa Angélique et déclara tout de go :

— Quel bonheur que toutes ces histoires qu'on racontait sur vous ne soient que des menteries, Dame Angélique! J'aurais voulu me tuer. Je n'aime pas la vie quand il y a trop de complications et de déceptions.

— Tu es trop entière, Séverine. Tu n'as pas changé, toi, je te reconnais bien.

Assis de chaque côté de la table où trônait une bouteille de vieux rhum, de verre noir à long col, Joffrey de Peyrac et Gabriel Berne échangeaient des propos animés. Il semblait qu'ils eussent basé leur entente sur une affection commune : Honorine. Joffrey de Peyrac contait les exploits d'Honorine à Wapassou, et Berne renchérissait contant les exploits d'Honorine à La Rochelle. Tous deux tombaient d'accord que c'était une enfant charmante, d'une forte personnalité et qu'on ne pouvait s'empêcher de s'attacher à elle dès la première fois qu'on la voyait.

— Déjà tout bébé elle était ainsi, disait Berne. Je me souviens quand je l'ai trouvée dans les bois, au pied de l'arbre où elle était attachée...

Il s'interrompit. Son regard croisa celui d'Angélique traversé d'une soudaine panique puis revint à Joffrey de Peyrac qui les observait avec acuité.

— C'est une histoire ancienne, dit-il. Elle fait partie de ce monde que nous avons laissé derrière nous. Je vous la conterai un jour, messire, si Dame Angélique m'y autorise, ou bien elle vous la contera elle-même. En attendant, buvons à notre santé et à celle de nos rejetons présents, absents ou futurs, conclut Berne le Rochelais en levant son verre.

Vers le début du repas un petit invité se présenta impromptu. « Oh! voyez qui vient là?

— Mon chat! » s'exclama Angélique.

Il sauta sur ses genoux, les deux pattes posées au bord de la table, et se présenta aux uns et aux autres d'un mince miaulement enroué mais amène. Puis il avait réclamé sa part du festin.

— Je trouve qu'il ressemble à Honorine quand elle est arrivée chez nous, dit Séverine. On voyait qu'elle pensait qu'elle était la personne la plus importante de l'univers...

Angélique raconta l'histoire du chat.

— Il est d'un courage incroyable. Je ne sais comment il fait, si petit, pour me rejoindre où que je sois, à travers mille obstacles.

— En général les chats ne s'attachent pas aux gens mais au foyer, émit la docte tante Anna.

On parla des chats, tandis que le héros de la conversation se délectait de dorade grillée, persuadé, en effet, qu'il était lui aussi la personne la plus importante de l'univers. Encore malingre, maintenant qu'il avait retrouvé la force de se débarbouiller, il se révélait d'un beau blanc pur, avec un mantelet, un demi-bonnet et quelques taches couleur de cannelle. Une teinte plus foncée presque noire lui cernait un œil, ponctuait une oreille, se retrouvait à la naissance de la queue et sur une seule patte. Il avait le poil long et touffu. Des favoris en pompons et des touffes de duvet qui lui sortaient tout droit des oreilles et lui donnaient un air de petit lynx. Il était charmant et le savait.

CHAPITRE XIV

Angélique trouva la duchesse de Maudribourg récitant le Rosaire avec toutes ses ouailles, y compris Julienne, et le secrétaire Armand Dacaux, courageusement agenouillé, dans son coin.

Il faisait très chaud mais personne ne paraissait souffrir de sa posture incommode, à genoux sur le sol de terre battue de la modeste maison où la bienfaitrice avait emménagé. Par la suite, Angélique constaterait que de telles pieuses séances étaient fréquentes chez les Filles du Roy. La délicate et ravissante duchesse était la plus constante et tenait sa compagnie bien en main. La prière semblait son climat d'élection. Elle s'y plongeait comme avec délices. Son regard levé vers le ciel brillait d'une joie extatique et son teint devenait plus blanc et lilial encore, comme éclairé d'une lumière intérieure. Elle était très belle ainsi, mais si sa ferveur n'eût été sincère, il semble qu'elle n'eût pu soutenir l'effort physique que réclamaient ces longues séances de dévotion.

Seul des rescapés du naufrage de *la Licorne*, Job Simon, le grand capitaine à la tache de vin, ne participait pas à cet exercice de piété. Il était assis mélancoliquement sur le sable, au-dehors, près de sa licorne de bois sculpté, et semblait veiller, gardien hirsute et inquiétant flanqué de son animal mythique, sur toutes ces vestales rassemblées.

— Réjouissez-vous! lui dit Angélique en passant, vous aurez vos feuilles d'or. J'ai parlé pour vous à M. de Peyrac.

Tombant en plein bourdonnement d'Ave Maria, Angélique fut un instant décontenancée car elle ne s'y attendait pas. Mais, l'apercevant, Mme de Maudribourg aussitôt se signa, baisa la croix de son chapelet et la mit dans sa poche. Puis se relevant elle alla au-devant de la visiteuse.

— Il me tardait de vous revoir, chère amie. Comme vous le voyez, bien que modestement installées, nous nous sentons déjà chez nous. Un lieu où pouvoir nous réunir et prier en communauté, c'est ce qui nous est le plus indispensable afin de retrouver nos forces et affronter les événements avec courage.

— Parfait! dit Angélique; je me réjouis que vous soyez en état de faire face à celui que je viens vous annoncer.

— Je suis prête, dit la duchesse en se redressant et en la regardant fixement.

— Il y a collation sur la plage en l'honneur de M. le gouverneur d'Acadie, le marquis de Ville-d'Avray qui est notre hôte aujourd'hui, et je viens vous y convier ainsi que vos filles.

Angélique avait débité son invitation sur un ton grave, mais elle sourit aux derniers mots. La duchesse comprit l'intention, pâlit, puis une onde rose monta à son front.

— Vous vous moquez de moi, je crois, murmura-t-elle d'un ton d'excuse. Je dois vous sembler trop dévote, n'est-ce pas? Pardonnez-moi si je vous choque. Mais voyez-vous la prière m'est une chose terriblement nécessaire!

— Ce n'est pas un mal. Pardonnez-moi à votre tour, dit Angélique qui regrettait sa taquinerie devant l'expression de panique enfantine qui avait traversé le regard de la duchesse. Prier est une bonne chose.

— Et se réjouir, également, conclut la duchesse avec gaieté. Une collation sur la plage, quel bonheur! On se croirait à Versailles, au bord du grand canal... Le marquis de Ville-d'Avray, dites-vous? Ce nom ne m'est pas inconnu. Est-ce qu'il ne possède pas un pavillon de chasse précisément entre Versailles et Paris où le Roy aime à se rendre?...

— Je ne sais pas. Vous l'interrogerez. Mon mari désire également vous présenter quelques personnalités de notre colonie.

— Ville-d'Avray! Si je comprends bien, il est représentant de la Nouvelle-France et du Roy dans cette région. Et il vous visite?

— Nous sommes bons amis. Cette occasion va vous permettre d'examiner votre situation et les possibilités qui s'offrent à vous d'en sortir avec avantage.

Angélique tâtait le terrain prudemment. Aucune des Filles du Roy ne semblait avoir parlé à la « bienfaitrice » des propositions qui leur avaient été faites par le gouverneur du lieu de s'établir ici même. Mme de Maudribourg serait-elle d'accord de détourner sa recrue de la mission sacrée qui leur était dévolue de se rendre à Québec afin de peupler la Nouvelle-France?

Pour l'instant elle n'en paraissait pas préoccupée. Elle se recoiffait en hâte, laissant flotter ses cheveux sombres sur ses épaules, rectifiait le col de dentelle de la robe de velours noir et suivait Angélique avec empressement.

A l'habitude qui s'était établie d'elle-même de se réunir devant l'Auberge sous-le-fort, pour ces assemblées qui tenaient un peu du conseil, un peu de la kermesse joyeuse, on avait dressé plusieurs tréteaux, chargés de rafraîchissements divers, boissons, fruits, des mets à base de poissons et de venaison, et chacun pouvait y puiser à son gré.

Les groupes se formaient déjà, chacun s'assemblant selon d'instinctives connivences. Les plus anciens pérorant volontiers autour de Joffrey de Peyrac, du comte d'Urville et de Colin Paturel, de Manigault et de Berne, les Anglais réfugiés, au contraire, nouvellement arrivés se tenant timidement à l'écart mais aux abords des huguenots de La Rochelle, par instinct de religion commune, malgré la différence de nationalité.

En vis-à-vis les matelots du *Cœur-de-Marie*, colons de fraîche date que leurs compatriotes français de La Rochelle avaient quelque raison de ne pas aimer, se rassemblaient relativement cois et corrects sous l'œil intraitable de Colin Paturel qui, tout en recevant les uns et les autres à titre de gouverneur de Gouldsboro, ne perdait pas de vue son équipage d'hier. Son lieutenant, François de Barssempuy, l'assistait dans cette tâche.

Quelques sauvages se mêlaient aux officiels, grands chefs sagamores, mais Angélique chercha en vain la silhouette hautaine et écarlate de Piksarett. En revanche, elle aperçut Jérôme et Michel qui se promenaient glorieusement tout en échangeant des moqueries à propos du Caraïbe olivâtre, de l'homme aux épices.

Cette race des îles chaudes, vivant sous le signe de l'ananas et du coton, leur était plus étrangère à eux, fils de la graisse d'ours et du maïs, qu'à un Français de Paris, un Russe des steppes sibériennes. Il se trouvait à Gouldsboro du fait que son maître, un pirate des Antilles, avait voulu y demeurer après le départ de son navire, le *Sans-Peur*. Sans intention avouée. Lassitude des voyages, amitié pour Aristide qui y demeurait aussi, désir de renouveler avec d'autres produits locaux sa provision d'herbes et d'épices à trafiquer.

Comme Angélique et la duchesse de Maudribourg approchaient de la foule, un personnage chamarré s'en détacha, et s'élança vers elles et, plus particulièrement vers Ambroisine qui marchait un peu en avant. Avec de vifs mouvements d'accueil et de saluts prononcés, balayant à plusieurs reprises le sol de la plume de son couvre-chef, il s'inclina profondément devant la duchesse. Il était de petite taille, un peu corpulent, mais paraissait fort aimable et enthousiaste.

— Enfin! s'exclama-t-il. Enfin, voici qu'apparaît celle d'une beauté sans pareille qui défraye la chronique en Nouvelle-France, avant même qu'on ne la connaisse. Permettez-moi de me présenter. Je suis le marquis de Ville-d'Avray, représentant de Sa Majesté le Roi de France en Acadie.

Ambroisine de Maudribourg, un peu surprise, répondit d'une inclinaison de tête. Le marquis continuait avec volubilité.

— Ainsi c'est donc vous qui avez fait tourner la tête de ce grave d'Arreboust et damner ce saint de Loménie-Chambord. Savez-vous qu'on vous accuse d'avoir causé la mort de Pont-Briand.

— Monsieur, vous vous méprenez, se hâta de protester la duchesse. Je n'ai pas l'heur de connaître ces messieurs, ni d'avoir sur la conscience la mort de quiconque.

— Alors, vous êtes une ingrate.

— Mais non. Vous vous méprenez, vous dis-je. Je ne suis pas...

— N'êtes-vous pas la plus belle femme de la terre!...

Sur ce, la duchesse rit franchement.

— Mille grâces, Monsieur. Mais une fois encore je ne suis pas... celle à qui doivent s'adresser vos propos. Je gage qu'il s'agit plutôt de la comtesse de Peyrac, maîtresse de ces lieux, et qui en effet pourrait bien être responsable par son charme des calamités que vous évoquez... Faire tourner la tête des gens rassis et damner tous les saints... c'est de son ressort. La voici...

Le marquis se tourna vers Angélique qu'Ambroisine lui désignait. Il pâlit, rougit, balbutia.

— Quelle confusion! Pardonnez-moi. Je suis très myope...

Il fouillait dans les poches de son gilet, rebrodé de petites fleurs roses et vertes, très long à la mode de Versailles, et qui juponnait sous les basques de sa redingote.

— Où sont mes besicles? Tu n'as pas vu mes besicles, Alexandre?

Il se tournait vers un adolescent qui l'accompagnait et qui malgré son jeune âge paraissait aussi renfrogné que le marquis se montrait jovial et exubérant.

— Des besicles! répondit le garçon d'un air rogue. Pourquoi faire des besicles?

— Mais pour voir, bon Dieu! Tu sais bien que je suis quasiment aveugle sans mes verres. Je viens de commettre un impair irréparable. Ah! Mesdames, que d'excuses! Mais oui, en effet, chère comtesse, vous êtes blonde! La description me semble plus exacte. Ainsi c'est donc vous la Dame du Lac d'Argent, dont tout Québec raconte la légende.

Il se ressaisissait, retrouvait sa faconde, son sourire spontané et son regard allait avec un plaisir évident de l'une à l'autre des deux femmes.

— Qu'importe, décréta-t-il, la blonde vaut la brune. J'aurais tort de regretter. Plus il y a de jolies femmes, plus l'on est heureux! Décidément, la vie est belle!...

Il leur prit à toutes deux péremptoirement le bras.

... Vous ne m'en voulez pas? demanda-t-il à Angélique.

— Mais non, réussit-elle à dire tandis qu'il enchaînait aussitôt, tourné vers Ambroisine.

— Et vous, non plus, j'espère. Je suis comme ça. Franc, direct, je dis ce que je pense, et lorsque quelqu'un m'inspire de l'admiration, je suis absolument incapable de me contrôler. J'ai pour la beauté, toutes les formes de beauté, une passion, un culte, et il faut que je l'exprime.

— C'est un travers que, je suppose, on vous pardonne volontiers.

La duchesse de Maudribourg paraissait s'égayer. Son beau visage qui semblait habituellement triste s'était transformé. Elle riait avec indulgence. Elle riait et regardait le marquis au visage avec une hardiesse qui ne lui semblait pas coutumière.

— Monsieur, dit-elle, m'est-il permis de vous poser une question?

— Mais oui. A une femme aussi gracieuse tout est permis!...

— Pourquoi avez-vous le visage barbouillé de noir?

— Que me dites-vous là? s'écria-t-il très agité. Ah! je sais, j'ai apporté des échantillons de charbon de terre, qui provient de la baie de Chignecto, à M. de Peyrac...

Il cherchait son mouchoir avec fébrilité.

... Je sais qu'il goûte ce genre de cadeau. Nous avons, ce tantôt, examiné et apprécié ensemble la beauté et la qualité de ce minéral qui remplace si avantageusement le bois par les dures journées d'hiver. J'en ramène une cargaison à Québec. Mais c'est assez salissant.

Il s'essuyait et s'époussetait et retrouvait vite son élan.

... En échange, il m'a offert un poêle de Hollande de toute beauté! Que dites-vous de cette délicate attention! Quel homme charmant! Ma maison de Québec va être la plus belle de tout le Nouveau Continent.

» Comte, dit-il à Joffrey de Peyrac qui s'approchait, décidément, c'est intolérable! Vous thésaurisez les merveilles les plus rares dans votre sacré Gouldsboro. Vous voici nanti des deux plus belles femmes du monde.

— Avez-vous fait connaissance avec la duchesse de Maudribourg? demanda Peyrac en désignant celle-ci.

— Nous venons de faire connaissance.

Il baisa à plusieurs reprises le bout des doigts d'Ambroisine.

— Elle est charmante.

— Mme de Maudribourg est notre hôte depuis quelques jours. Son navire a fait naufrage dans nos parages.

— Naufrage! Quelle horreur! Me feriez-vous croire que ce magnifique pays, cette mer si belle sont dangereux!...

— Ne faites pas l'innocent, dit Peyrac en riant. Vous êtes payé pour le savoir après l'exploit sans pareil que vous venez d'accomplir, de franchir les chutes réversibles de l'estuaire Saint-Jean avec votre trois-mâts.

— Ce n'est pas moi qui l'ai accompli, c'est Alexandre, dit le marquis en se rengorgeant.

Joffrey de Peyrac présentait à la duchesse Colin Paturel, gouverneur de Gouldsboro, le lieutenant de celui-ci Barssempuy, le chef de sa flotte Roland d'Urville, Don Juan Alvarez, capitaine de ses gardes espagnols, et les principales notabilités parmi les huguenots de La Rochelle, enfin le baron de Saint-Castine dont Angélique découvrit la présence, puis le futur beau-père de celui-ci, Mateconondo, le sagamore des Souriquois du Penobscot qui se présenta coiffé, sur ses longs cheveux tressés, du béret noir florentin donné par Yerruzano.

La duchesse sourit à tous avec grâce.

— Décidément, comte, vous aviez raison. Il semble qu'il y ait sur ces plages plus de gentilshommes bien nés que dans l'antichambre du Roi.

Elle se souvenait de la réflexion qu'il lui avait faite à son arrivée.

— Nous sommes tous gentislhommes d'aventures, s'écria le lieutenant de Barssempuy, nous portons haut les bannières de nos pères, tandis que dans l'antichambre du Roi il n'y a plus que des bourgeois ou des couards.

Il cherchait à se faire valoir, car il aimait Marie-la-Douce, et craignait que la duchesse ne fût pas favorable à sa candidature. Pour plus de sûreté, il lui répéta son nom que le comte avait déjà énoncé, et cité les titres de ses pairs dans la région de Nantes dont il était originaire.

La duchesse regarda avec intérêt ce visage tanné de jeune corsaire, qui respirait la franchise et l'entrain du guerrier accoutumé aux combats. En effet, ce n'était ni dans l'antichambre du Roi, ni dans les parloirs des couvents que la duchesse de Maudribourg avait pu rencontrer ce type de gentilhomme. Il était nouveau pour elle. Une certaine curiosité contenue brillait dans les yeux d'Ambroisine et ses regards allaient de l'un à l'autre des visages qui l'entouraient. Elle se contrôlait beaucoup et il était difficile de savoir ce qu'elle pensait, mais Angélique avait l'intuition qu'elle éprouvait un certain plaisir à se trouver dans cette société inhabituelle.

Barssempuy essayait d'attirer l'attention de Marie-la-Douce par quelques signes, imité en cela, avec beaucoup moins de discrétion, par Aristide Beaumarchand qui voulait accaparer Julienne.

Mais les Filles du Roy se tenaient sagement groupées sous l'égide de leur bienfaitrice et de Pétronille Damourt, le secrétaire Armand Dacaux fermant la marche.

Le marquis de Ville-d'Avray les découvrit.

— Mais, en voilà d'autres, s'exclama-t-il. Oh! quel admirable endroit! Venez donc, Mesdames, venez vous rafraîchir.

Il rompit le cercle et entraîna tout ce monde vers les tréteaux. Angélique l'entendit dire à Ambroisine de Maudribourg :

— Un naufrage! Mais c'est affreux. Contez-moi cela, ma pauvre petite!

Elle alla renouer connaissance avec le baron de Saint-Castine, qui lui présenta sa fiancée, Mathilde, la jeune princesse indienne qu'il aimait. Elle était belle et fine avec ses lourdes tresses noires encadrant l'ovale de son visage doré.

— Pouvez-vous me donner des nouvelles de notre marinier anglais Jack Merwin? s'enquit Angélique auprès du baron.

— Le Père de Vernon? Il a repris la route. Je pense qu'il a dû essayer de joindre le Père d'Orgeval sur le Kennébec pour lui rendre compte de sa mission.

— Où en est la guerre indienne?

— Mes populations se tiennent coites, mais les nouvelles qui nous parviennent les émeuvent et je les contiens difficilement. Les Abénakis de l'ouest du Kennébec continuent à moissonner scalps et prisonniers. On dit qu'ils ont mis à l'eau leurs flottilles afin d'assaillir les îles de la baie de Casco et traquer l'Anglais jusque dans les derniers repaires. Si les îles tombent, la Nouvelle-Angleterre se relèvera mal de ce coup.

— Bonne affaire! cria Ville-d'Avray, qui non loin, tout en dégustant une préparation au crabe, avait surpris ces paroles.

— L'affaire sera moins bonne si le corsaire Phips capture votre intendant de la Nouvelle-France, rétorqua Saint-Castine, et si, par représailles, tous ces navires anglais qui pêchent en ce moment dans la Baie viennent mettre le siège devant mon fort de Pentagouet.

— Ne craignez rien, mon bon, M. de Peyrac se charge des Anglais, affirma le gouverneur de l'Acadie, la bouche pleine. Avez-vous goûté de ce crabe, Baron? C'est exquis. Il y a un arrière-goût d'une finesse. Qu'est-ce donc? Ah! de la muscade, je gage. N'est-ce pas? fit-il pointant l'index vers Angélique, comme tout excité d'avoir découvert un secret d'une extrême importance.

Elle reconnut qu'il était tombé juste. « Pas de bon crabe sans muscade », dit un vieux dicton gastronomique des côtes saintongeaises. L'homme aux épices et son esclave caraïbe étaient restés à Gouldsboro, l'on ne sait pourquoi, lors du départ du *Sans-Peur*.

Simultanément, deux arrivées attirèrent l'attention dans deux directions différentes. Au même instant, la moitié des têtes de l'assemblée se tournèrent vers l'orée des bois d'où venait de surgir un religieux en bure brune, portant son canoë indien sur la tête, l'autre moitié vers la rade où pénétrait une lourde chaloupe d'une trentaine de tonneaux.

— Le Frère Marc, le capucin de Saint-Aubin sur la Sainte Croix, s'écria Ville-d'Avray en désignant le religieux, et voici Grand Fontaine, acheva-t-il en pointant un doigt vers la mer.

Le surnom de Grand Fontaine était Grand Bois à cause de la chênerie splendide et apparemment sans limite qui entourait sa censive et où il passait le plus clair de sa vie. C'était un géant qui vivotait chichement d'un peu de pelleterie, mais surtout chasseur et pêcheur impénitent, ce qui n'arrangeait guère ses affaires.

Voici que, donnant du coude et bousculant sans ambages les groupes de personnes qui débordaient de la chaloupe, il mettait pied à terre et criait de loin, reconnaissant Peyrac.

— Les chutes de l'estuaire de Saint-Jean ont été vaincues et par des Français, en dentelles encore, ces beaux messieurs de Québec. Mais ces c...-là se sont fait prendre à revers par les Anglais qui les poursuivaient. Les Anglais bloquent maintenant l'entrée. Je ne peux plus rentrer chez moi. Je suis venu vous demander un coup de main.

Il s'avançait, suivi de la troupe hétéroclite qui avait débarqué de la chaloupe. Quelques Acadiens fortement bâtis, un groupe de femmes et d'enfants manifestement anglais ou hollandais, des Indiens Malécites ou Mic-Mac, coiffés de leurs bonnets pointus surbrodés et, tranchant sur le tout, le kilt et le tartan de l'Écossais Cromley que le comte avait envoyé naguère porter un message d'avertissement aux établissements étrangers de la Baie Française.

— Oui, répéta Grand Bois en se rapprochant, ce c... de gouverneur a réussi un exploit qui mérite le coup de chapeau, mais il nous met tous dans le pétrin...

— De qui parlez-vous, Monsieur? demanda le marquis de Ville-d'Avray, en se redressant de toute sa hauteur pour bien se faire voir.

— Ah! vous êtes là, vous, dit Grand Bois, l'apercevant. Vous avez réussi à passer... de Jemseg? Et vous êtes allé à pied par la forêt?

— Je réussis toujours à passer où je veux passer, cria le gouverneur d'une voix de fausset dans sa colère, et vous apprendrez que je réussis toujours à rattraper les insolents de votre espèce...

— Ne vous fâchez pas, dit Grand Bois, malgré tout un peu ennuyé, j'ai dit que vous méritiez un coup de chapeau pour la remontée des chutes de l'estuaire.

Il renifla et passa sa manche de buffletin sous son nez humide.

... Après tout, c'est vrai que nous sommes tous dans l'embarras à cause de vous, par là-bas, avec ces Anglais qui s'agitent comme des guêpes. Vous auriez mieux fait d'échapper aux Anglais en louvoyant dans la Baie plutôt que d'entrer ainsi dans la rivière...

— C'était le seul moyen de sauver toute ma cargaison précieuse.

— Oui-da, ricana l'un des nouveaux arrivants. L'on s'en doute. Précieuse, avec toutes les fourrures que vous avez razziées chez nous, nous dépouillant jusqu'au trognon.

— Je n'ai rien razzié chez vous, comme vous dites, M. Défour, hurla le gouverneur, pour la bonne raison que lorsque je me suis présenté à votre cursive je n'y ai pas trouvé un chat...

— Si fait, vous y avez trouvé notre chat.

— Mais *que lui!* rugit Ville-d'Avray qui écumait. Les quatre messieurs Défour s'étaient égaillés dans la nature au lieu de se conduire en loyaux sujets de Sa Majesté et de recevoir honorablement son représentant, c'est-à-dire MOI ! Et l'un d'eux, en fuyant, trouve encore le moyen de débaucher les six soldats du fort Sainte-Marie, afin de se mettre à la disposition de M. de Peyrac [1].

— Eh bien! vous voici content, puisque M. de Peyrac doit vous servir. En les amenant ici, on est allé droit au-devant de vos désirs. Et au lieu de vous remercier...

Les deux frères Défour se ressemblaient, sauf que le cadet qui venait de débarquer était encore plus grand et plus large d'épaules que son aîné. Ville-d'Avray les considéra d'un air sombre.

— Bon! Eh bien! espérons que d'ici peu les quatre coquins vont se trouver réunis ici même afin que je puisse les faire charger de chaînes et conduire sous bonne garde à Québec.

Les deux frères et Grand Bois éclatèrent d'un rire bruyant et insolent, imité avec fracas par tous leurs Mic-Macs, parents ou frères de sang.

Grand Bois tira de sa poche un énorme mouchoir paysan pour s'essuyer les yeux embués par des larmes de rire.

— Vous n'êtes pas ici en territoire français, monsieur le Gouverneur. Gouldsboro, c'est un royaume neutre et nous aussi nous en sommes.

— Un royaume neutre! répéta le gouverneur les yeux exorbités. Qu'entends-je? Mais alors c'est la rébellion!... La révolte contre la Fleur de Lys!...

1. Cf. *la Tentation d'Angélique.*

Joffrey de Peyrac s'était désintéressé de la querelle. Les démêlés du gouverneur de l'Acadie avec ses administrés étaient célèbres et se renouvelaient à peu près dans ces termes à chacune de ses visites annuelles.

Le comte était allé brièvement s'entretenir avec l'Écossais et les quelques réfugiés des comptoirs anglais et hollandais ramenés par lui, plutôt par mesure de prudence préventive que devant une menace précise de guerre indienne. Finalement, il se révélait que les colons étrangers de la Baie Française s'inquiétaient plus des agissements de leur compatriote bostonien Phips que de ceux des Français, et qu'ils avaient sauté sur l'occasion de venir visiter Gouldsboro en attendant que les choses se tassassent à l'entrée de la rivière Saint-Jean. Une barque d'Acadiens passant par là les avait pris volontiers à son bord.

— Restaurez-vous, leur dit Peyrac après les avoir présentés au Révérend Patridge, à Miss Pidgeon et aux rescapés anglais de la baie du Massachusetts. Dans quelques jours vous pourrez rentrer chez vous. Le vieux chef Skoudoun tient ses Indiens en main et je vais aller lui rendre visite moi-même pour le tranquilliser.

— C'est en son nom que je viens vous apporter cette branche de porcelaine! informa le religieux en bure brune qui s'était approché.

Il tendit à Peyrac un brin de cuir sur lequel étaient enfilés des coquillages.

— Skoudoun m'a fait venir spécialement à son village de Metudic pour m'envoyer vers vous. De Jemseg, ces messieurs de Québec lui demandent d'amener ses guerriers contre les Anglais. Il n'a pas encore pris de décision et vous envoie ceci.

— Un seul brin!...

Peyrac fit repasser la branche de coquillages dans sa paume, en réfléchissant. L'envoi était mince. Il pouvait aussi bien signifier : « Que dois-je faire? Je suis dans l'expectative » que « C'est un geste de déférence que je vous dois avant d'entrer en campagne, mais j'agirai à mon gré ».

— Qu'en pensez-vous, mon Père, vous qui l'avez vu? interrogea Peyrac tourné vers le capucin.

— Il ne bougera pas avant de connaître votre opinion. Mais il fait quand même préparer quelques chaudières de guerre afin de complaire à ces messieurs dont les navires sont sous la menace anglaise.

Le capucin s'exprimait avec indifférence. On sentait que l'issue de ces pourparlers lui importait peu. Jeune, avec un visage énergique et avenant, fortement hâlé, ne portant pas la barbe, les cheveux châtains ébouriffés par le vent, la bure haut troussée dans sa ceinture de corde, chaussé de mocassins, il y avait en lui quelque chose, — bien qu'il eût reçu les ordres et pût célébrer la messe — qui faisait qu'on l'appelait le Frère Marc, comme s'il en était novice ou convers.

— Bonne aubaine pour vous que Skoudoun vous ait envoyé courir les bois, lui lança Ville-d'Avray d'un ton acerbe, vous préférez cela aux patenôtres! hein! et vous avez pu faire le fou dans tous les rapides du Saint-Jean, de la Sainte-Croix, voire de la Meduxnakeag. Combien de fois vous êtes-vous retourné votre canot sur la tête? Combien de bouillons avez-vous bus dans les remous et les rochers?... Cette jeunesse ne pense qu'à des exploits fougueux contre les eaux, ce pays les rend fous, commenta-t-il tourné vers Angélique. Voyez ce religieux. Il stupéfie les Indiens eux-mêmes par sa hardiesse à descendre tous les cours d'eau réputés infranchissables et dangereux. Croyez-vous qu'il pense au service de Dieu pour lequel il a été envoyé ici? Que nenni?... Et mon Alexandre? Ses parents me l'ont confié pour en faire un gentilhomme accompli, et non pas un sauvage qui ne rêve que de remonter le cours d'une rivière à la vitesse de dix chevaux galopant, comme il fit l'an dernier au Petit Condiac. Cette année, il lui fallait l'estuaire de la rivière Saint-Jean...

— Ainsi vous avouez que c'est bien pour complaire à votre mignon que vous nous avez tous mis dans le bain, cria Bertrand Défour.

— Je n'avais pas convoqué Phips, hurla Ville-d'Avray hors de lui.

— N'empêche, l'exploit demeure, dit le Frère Marc conciliant. Voyez qu'on n'en tire pas que des désavantages. C'est le souvenir de cette remontée de l'an dernier et de celle de ces jours-ci, qui rend Skoudoun si admiratif qu'il se demande s'il ne doit pas prêter main-forte aux Français et, en fait, se montrer par la fin un allié sincère.

Le visage du marquis s'illumina et il eut ce sourire juvénile qui le rajeunissait de vingt ans.

— Quand je vous le disais! s'exclama-t-il. Ce n'est pas en vain qu'Alexandre a risqué sa vie... et la mienne. C'est un jeune homme exceptionnel. Voyez, comte, sans mon Alexandre nous étions tous perdus.

— Attention, nous ne sommes pas encore sauvés, rectifia Peyrac en riant. Et précisément je ne voudrais pas que Skoudoun se montre trop fidèle aux Français. Je préfère en l'occurrence sa mentalité hautaine. Il va falloir que je trouve à mon tour quelque chose pour l'impressionner.

Il regarda autour de lui et alla vers le groupe des Anglais dont la plupart s'étaient assis sur le sable à la lisière des varechs, mangeant modestement et buvant de la bière.

— Mister Kempton, le colporteur, est-il parmi vous? s'informa-t-il.

Il y était, prenant activement les mesures de tous les pieds qui se proposaient et promettant pour le lendemain, au plus tard pour la semaine suivante, des paires de chaussures d'une élégance toute londonienne et d'une solidité à toute épreuve. Avait-il du cuir pour tant de commandes? Bien sûr qu'il en avait et de la plus belle qualité. A la rigueur, il s'en procurerait dans les deux jours. Il connaissait une île qui...

A la demande de Peyrac, le petit colporteur du Connecticut se présenta, levant haut son nez pointu vers le grand personnage, le cou entouré de plusieurs aunes de ruban comme un charmeur de serpents.

— Mister Kempton, lui dit le comte, j'aurais besoin de votre ours.

— Mon ours! Que lui voulez-vous? protesta Elie Kempton, méfiant.

— En faire mon allié. Ou plutôt lui confier une mission de la plus haute importance. Un ours aussi intelligent se doit d'entrer dans la diplomatie au service de l'Angleterre. Je veux l'emmener avec moi à Métoudic afin de séduire le chef des Malécites Skoudoun dont j'attends des services importants, entre autres de ne pas s'allier aux Français pour la guerre.

Elie Kempton secoua la tête.

— Impossible. Mister Willoagby ne peut être mêlé à d'aussi dangereuses entreprises. De toute façon, je ne peux pas me séparer de mon ours.

— Mais vous pouvez l'accompagner.

— Aoh! Yes. Y a-t-il des femmes européennes là-bas? interrogea le colporteur, soupçonneux.

— Certes! et des plus délaissées. Elles vous accueilleront avec joie.

— Aoh! *I see*. Cela change tout, s'enchanta Elie Kempton, l'œil émerveillé.

— Ces Anglais sont d'une concupiscence! fit remarquer avec dégoût Ville-d'Avray qui dégustait à petites bouchées une tarte aux airelles, et savait assez d'anglais pour avoir suivi le dialogue.

— Mais non, ce n'est pas ce que vous croyez, rectifia Angélique en riant, ce brave homme est un colporteur de la Nouvelle-Angleterre qui cherche clientèle. Sa besace est inépuisable. Il a toujours quelque chose à vendre. Avec lui le miracle auquel on a assisté sur ces plages c'est celui de la multiplication de la manchette de dentelle et de la ganse de satin. Et naturellement toutes les femmes sont heureuses de sa venue.

Kempton avait pris sa décision.

— C'est bon. J'informerai Mister Willoagby et je vous donnerai sa réponse demain, conclut-il pressé de retourner à ses affaires. Il repartit en criant : Aux belles chaussures! Aux belles chaussures neuves...

— Mais quel personnage extraordinaire, fit la duchesse de Maudribourg, et comme tous ces gens sont vivants et drôles... Jamais je ne me suis tant amusée, s'exclama-t-elle en regardant Angélique avec l'enthousiasme d'une enfant assistant à son premier bal.

Elle paraissait fascinée. Elle en oubliait ses responsabilités de « bienfaitrice », et ceux qui, parmi les nouveaux colons, se considéraient comme les « promis » des Filles du Roy en profitaient pour tenter leur chance près de ces demoiselles, les entraînant près des tréteaux pour, sous prétexte de leur passer mets et boissons, gagner un aparté avec la belle de leur choix. Barssempuy s'efforçait de désarmer, avec gentillesse, la modestie de Marie-la-Douce; le quartier-maître Wanneau avait entrepris de raconter à Delphine Barbier du Rosoy ses campagnes à travers le monde. Naturellement Aristide Beaumarchand se mettait en frais pour Julienne qui, de temps en temps, ne pouvait retenir un bruyant éclat de rire, qu'elle maîtrisait aussitôt la main sur la bouche, jetant un regard inquiet du côté de la duchesse et de Pétronille Damourt. Mais, même la corpulente duègne avait relâché sa garde. L'arrivée de Cromley avait tout à fait bouleversé les conceptions de la brave femme sur l'espèce masculine. Ce spécimen, qui portait jupe et des favoris roux et hérissés comme des balais au milieu des joues, l'intriguait visiblement et, voyant l'intérêt qu'il inspirait, l'Écossais avait commencé avec son assurance habituelle à lui raconter toutes sortes d'histoires terrifiantes sur les apparitions qu'on avait dans la Baie, de bateaux fantômes, et de monstres marins.

Angélique remarqua que seule la Mauresque, pourtant fort aimable et jolie, semblait un peu délaissée. Les matelots de Colin Paturel, en veine d'honorabilité, ne voulaient point, en faisant la cour à une métisse, rappeler le goût un peu trop prononcé qu'ils avaient eu au cours de leurs voyages pour les filles des îles.

Angélique se proposait d'aller vers elle afin de la distraire et de la confier à des jeunes filles de Gouldsboro, mais, à ce moment, la devançant, Yann le Couennec, qui avait remarqué l'esseulée, l'abordait.

— Savez-vous parler français, mademoiselle?

— Mais comment donc! s'exclama-t-elle. J'ai été élevée au couvent des Ursulines de Neuilly près de Paris et je sais lire et parler en société.

— Vous m'en voyez ravi, affirma le brave garçon. Voulez-vous boire de la bière d'épinette, de la limonade de sumac blanc, ou un peu de vin d'Espagne pour avoir le cœur content?

— Du vin d'Espagne, dit la jeune fille qui retrouva son sourire.

La duchesse aux côtés d'Angélique avait suivi le manège.

— Ce jeune homme est bien bon de s'occuper de cette enfant, fit-elle remarquer avec un soupir. Ma pauvre Mauresque! Je ne voulais pas m'en charger, mais c'est mon amie, la marquise de Roquencourt, qui a tant insisté pour que je m'occupe d'elle. Je ne sais si elle trouvera preneur à Québec. Et je le regrette car je me suis attachée à elle. Enfin, elle pourra toujours prendre le voile comme converse. Elle est très accomplie.

Dans un éclair, Angélique songeait aux enfants bâtards que les grandes dames dépravées concevaient avec leur Maure et qu'elles cachaient ensuite au fond d'un couvent ou que leurs valets venaient vendre, dans un panier, à la Cour des Miracles.

— A quoi songez-vous? demanda la duchesse en lui posant la main sur le poignet.

— A rien de précis, fit Angélique en secouant la tête pour chasser ses réminiscences.

Paris et ses perversions étaient loin. Ambroisine la considérait, avec attention, de ses immenses yeux d'ambre.

— Il y a parfois quelque chose qui passe sur votre visage, dit-elle, et qui vous rend d'une beauté surprenante... Vous devez avoir une vie intérieure intense?

— Je ne sais pas, fit Angélique en souriant. Je n'ai guère le temps de méditer.

Elle s'interrogeait sur l'opportunité de parler dès maintenant à la duchesse du projet de l'établissement de ses Filles du Roy à Gouldsboro, car le moment semblait bien choisi.

Mais Joffrey de Peyrac revint vers elles.

— Ne m'avez-vous pas informé que le Sagamore Piksarett s'était présenté ce matin à Gouldsboro?

— En effet. Il venait pour réclamer ma rançon, m'a-t-il dit, et il voulait vous rencontrer de toute urgence. Mais je ne le vois pas ici.

— Qu'est-ce que c'est que cette histoire de rançon? interrogea la duchesse en ouvrant de grands yeux. Vous y avez déjà fait allusion ce matin.

Angélique expliqua rapidement que dans un combat en Nouvelle-Angleterre elle avait été capturée par le fameux Piksarett. Il la laissait libre mais, selon les lois de la guerre indienne, M. de Peyrac lui devait une rançon, ainsi qu'aux deux autres guerriers abénakis, pour les Anglais capturés par eux et dont on avait obtenu la libération.

— Tout cela est extraordinaire, dit Mme de Maudribourg en la regardant avec étonnement. Pourquoi ne vous débarrassez-vous pas de ces Indiens insolents?

— Il faut respecter leurs coutumes...

On avait fait appeler les deux guerriers, Jérôme et Michel, qui mangeaient des cuisses de chevreuil près d'un feu. Après s'être essuyé les mains à leurs mocassins et à leurs cheveux, ils se présentèrent.

— Où est Piksarett? leur demanda Angélique en abénakis.

Les deux guerriers Patsuikett s'entre-regardèrent et parurent hésiter.

— Il s'est enfui, répondit Jérôme.

Le mot paraissait étrange, surtout concernant Piksarett, l'intraitable. Peyrac le leur fit répéter, puis il demanda son avis à Castine. Mais il n'y avait guère d'autre traduction à donner à la phrase de l'Abénakis. Piksarett s'était « enfui ». Pourquoi? Devant quel danger? Nul ne paraissait le savoir. Angélique et le comte se dévisagèrent.

— Je regrette son absence, dit Peyrac. J'aurais voulu lui demander de m'accompagner dans notre expédition. Skoudoun est très soucieux de ses alliances avec les autres tribus abénakis, et la visite du Grand Baptisé, dont la célébrité est considérable et dont il me parlait avec intérêt, l'aurait certainement enchanté au plus haut point. Ils auraient discuté religion, auraient fumé de mon meilleur tabac de Virginie et j'aurais eu le temps de désamorcer la bombe.

— Prenez Mateconondo, mon futur beau-père, proposa le jeune baron gascon. Lui aussi est très disert sur la religion.

Sur ce, Jérôme et Michel commencèrent à discourir à propos de leurs captifs anglais qu'ils avaient pris à Brunswick-Falls et derrière lesquels ils couraient depuis pas mal de temps. Le moment était venu de savoir s'ils pouvaient les emmener avec eux ou si l'on consentirait à leur donner une rançon. Il fallut traiter de la question, car les deux compères avaient fait montre jusqu'ici d'une certaine patience.

— Ces sauvages sont splendides, n'est-ce pas? dit le marquis de Ville-d'Avray tandis que l'on faisait venir le jeune Samuel Corwin, les deux engagés, le Révérend Patridge et Miss Pidgeon que les Abénakis prétendaient avoir capturés.

— Regardez cette musculature. Pas une once de graisse. A chacun de leurs mouvements leur peau brille comme de l'or. Mais ils sentent bien mauvais. Dommage! Savez-vous qu'ils peuvent courir à la vitesse d'un cerf? J'ai vu cela au bois de Boulogne, lorsque j'avais ramené quelques spécimens en France avec M. de Romagny, pour amuser le Roi. On a fait courir ce jeune Iroquois Outtaké contre un cerf et il l'a rattrapé et saisi aux cornes. Le Roi n'en revenait pas. Outtaké est maintenant chef des Cinq Nations et le pire ennemi de la Nouvelle-France. Ce n'était pas la peine de lui faire faire un si beau voyage. Allez comprendre ces animaux-là!

— J'ai reçu de lui un collier de wampum, dit Angélique qui était très fière de ce présent du chef Iroquois.

— Ma chère, vous, vous êtes capable de tout, trancha le marquis en attaquant une assiette de petites friandises fabriquées avec des noix de carryer pilées et de la cassonade. Mais, conclut-il la bouche pleine, les Iroquois sont des monstres et la Nouvelle-France ne respirera que lorsqu'ils seront tous exterminés.

» Oh! mais j'y songe, s'écria-t-il, sautant du coq-à-l'âne, Peyrac, mon cher, si vous voulez impressionner le chef Malécite emmenez donc mon Alexandre. Vous avez entendu ce que disait tout à l'heure le Frère Marc. Il ne faut pas manquer de mettre ce jeune héros à l'honneur après ce qu'il a fait.

— N'empêche que c'était une connerie, réitéra lourdement Grand Bois. Encore s'il ne s'agissait que du mascaret du Petit Codiac, ça peut se comprendre, ça a son utilité. A condition de ne pas y laisser sa peau, on parcourt en une heure une distance qu'on mettrait une journée à remonter dans le cours habituel de la rivière. Mais les chutes folles de l'estuaire de la Saint-Jean...

— Mais l'honneur de l'exploit... De grossiers personnages de votre espèce ne peuvent pas comprendre...

Ils recommencèrent tous à discuter âprement et le Frère Marc était le plus animé. On l'écoutait avec une certaine attention car il était très expérimenté, et l'on disait que pas un sauvage ne connaissait comme lui le moindre « saut » des multiples rivières, ru, fleuve depuis la rivière du Loup sur le Saint-Laurent jusqu'au Kennébec, en passant par la Saint-Jean, la Sainte-Croix et le Penobs-cot.

— Le sujet a vraiment l'air de leur tenir à cœur, fit remarquer Angélique au comte d'Urville qui se trouvait près d'elle.

— Si vous connaissiez le pays, vous comprendriez, dit le jeune seigneur normand. Toute la vie semble conditionnée là-bas par ce mouvement des eaux, ça vous entoure, ça vous bouillonne de partout. La forêt n'est qu'un bruit de cascades...

— Si au moins il n'y avait pas des marées de près de onze toises..., disait Défour...

— Mais *il y a* des marées de onze toises, rétorquait Ville-d'Avray triomphalement, voire de douze, m'a-t-on dit. Alors qu'en Méditerranée les marées n'atteignent pas une toise. Qu'en déduire sinon que nous sommes dans une région de phénomènes surprenants, ce qui oblige à avoir une conduite dans l'ensemble, différente des normes.

— La Bretagne à sa pointe occidentale connaît des marées de huit toises. Les Bretons ne sont pas fous pour ça.

— Ils sont pires. Tout le monde est d'accord pour reconnaître que ce ne sont pas des gens comme les autres, de toute façon c'est une race à part. Mais revenons à notre Baie Française. Qu'est-ce qui peut bien causer ici des marées aussi amples?

— Moi, je sais, dit un des matelots du *Cœur-de-Marie* qui était précisément Breton. Ce sont des Malouins qui me l'ont expliqué. Ils viennent pêcher là chaque saison depuis toujours, leurs pères avant eux y venaient depuis des siècles, bien avant que Colomb y vînt à son tour. C'est dire qu'ils connaissent tous les secrets de cette côte.

— Et alors?

— Ils disent qu'avant-avant il n'y avait pas de marées comme ça, mais un monstre marin est venu, énorme et long de plusieurs milles, et qui s'est bloqué dans la faille de la plate-forme sous-marine. Il est resté là et depuis chaque fois qu'il se retourne, la mer déborde.

— Tais-toi, grand bourdin! s'écria Colin, tandis que des rires s'élevaient. Ce ne sont plus des choses qu'on raconte de nos jours.

— Et pourquoi pas? protesta le matelot vexé. Même que les Malouins m'ont dit que, des fois, du côté des cinq îles, en face du Parsboro, on voit les yeux du monstre qui brillent sous les eaux. Il aurait le museau partie dans la baie Verte, partie dans la baie de Chignecto, juste à l'entrée du Petit Codiac, ça explique pourquoi ça s'agite tellement par là quand il essaye de refermer sa gueule.

— Tais-toi! Tais-toi, mon bon, insista Ville-d'Avray avec indulgence, si M. de Peyrac t'entendait, lui qui est un scientifique, il te chanterait pouilles.

Mais les marins, en général, étaient impressionnés par l'explication du Breton.

— Et pourquoi ça ne serait pas une explication, même si elle n'est pas scientifique comme vous dites, monsieur le Marquis, lança un autre Breton qui voulait défendre son compatriote. Après tout, il n'y a pas si longtemps, chez nous en Bretagne, la terre bougeait du côté de Pont-Brieuc. L'enchanteur Merlin fit creuser et l'on trouva deux dragons géants, un blanc et un rouge... Ici, c'est un pays qui ressemble à chez nous. Et ces Malouins qui viennent depuis toujours dans la Baie Française, forcément ils savent pas mal de choses sur le coin. C'est pas normal après tout que la mer se mette à monter tout à coup comme ça, puis à se retirer, comme si quelque chose la poussait de l'intérieur, puis la rappelait ensuite. Nous autres, hommes de mer, qui sommes nés sur les rivages, on est habitués, on n'y réfléchit plus, mais quand même il doit y avoir une raison.

Ville-d'Avray dut avouer que pour lui aussi la chose demeurait mystérieuse.

— Est-ce que ce ne serait pas à cause des masses de poissons qui se déplacent ou doublent quand ils frayent, émit le Frère Marc. Pour la Baie Française, cela expliquerait la différence avec les autres, il y en a tellement, il y a aussi des loups-marins, des baleines...

Colin hocha la tête, dubitatif, et le marquis fit la moue.

— Votre suggestion ne me satisfait point... Ah! voici le comte qui revient, qui sait, lui, peut-être, pourra nous départager.

L'AFFAIRE des captifs anglais paraissait s'être réglée assez rapidement ou, tout au moins, les bases de ce règlement avaient été énoncées à la satisfaction des Abénakis lésés. Il n'y avait pas d'enfants blancs en jeu, ce qui simplifiait le problème, et Ouaouénouroué-Jérôme n'avait pas trop insisté pour emmener avec lui comme esclave son irascible capture, le Révérend Patridge, se contentant d'accepter, comme le lui proposait Peyrac, un lot de couvertures de Limbourg bleues et écarlates, donnant, pliées l'une sur l'autre, la hauteur dudit captif, ce qui faisait un assez bon lot.

Ces marchandages avaient mis le Pasteur hors de lui et on l'entendait tonitruer, en maudissant les Indiens à coups de versets bibliques, tandis que ceux-ci s'esclaffaient.

Téouienant-Michel regrettait, lui, de ne pouvoir emmener Miss Pidgeon à la mission de Saint-François sous Québec. Elle était un peu vieille, mais bonne, active, et vaillante. Les Français l'auraient rachetée volontiers pour la faire baptiser. Mais pour une poignée de coquillages des mers du Sud, il la laissa volontiers à ses coreligionnaires.

— Comte, départagez-nous, dit Ville-d'Avray très excité. J'ai le soupçon que vous, vous pourrez peut-être répondre à la question, ou plutôt aux questions que nous nous posons. Par ordre, primo, quel est le phénomène qui cause le mouvement des marées en général, secundo, pourquoi particulièrement dans notre Baie Française, ces marées géantes qui font qu'en quelques heures le paysage se transforme et devient presque méconnaissable? Vous abordez un rivage en lisière d'une forêt, six heures après, au même endroit, vous êtes au pied d'une falaise. Il y a de quoi s'interroger?

Joffrey de Peyrac posa sur l'assemblée un regard amical et sourit. Il portait ce jour-là le simple pourpoint de velours vert foncé qu'Angélique aimait, car il en était revêtu quand elle l'avait retrouvé à La Rochelle. Il l'arborait plus volontiers quand il était détendu, qu'il ne se sentait pas contraint de tenir en main une situation difficile et d'en imposer. Aujourd'hui, Angélique sentait qu'il était comme tranquillisé et qu'il goûtait sans arrière-pensée l'intérêt de ce rassemblement avec des gens divers mais qui lui étaient tous soit dévoués, soit favorables, reconnaissant implicitement sa présence et la nécessité de cette présence parmi eux. C'était là une atmosphère nouvelle et Angélique en le regardant à quelques pas d'elle, avec son expression affable, l'humanité de son regard, dont parfois il fallait affronter l'intensité brûlante, mais dont aussi elle connaissait la passion et la gaieté, se sentait elle-même apaisée.

Il lui parut qu'aux tempes de son mari, la touche argentée s'était accentuée et son cœur se serra de tendresse.

Quelque chose d'ineffaçable entre eux naîtrait de ces jours tourmentés. Ils étaient encore comme brisés tout au fond, elle le sentait. Mais il y avait trop à faire en ces jours de l'été. Qu'importe, ce qui était positif se dégagerait peu à peu et plus tard, ils en goûteraient mieux la saveur et la richesse que dans cette bousculade. Ils étaient obligés de se maintenir fermes et debout, portant des responsabilités trop sévères pour pouvoir se permettre la retraite dont ils auraient eu besoin. Mais encore quelque temps et ils rentreraient à Wapassou, « chez eux », se dit-elle pour se donner du courage. Pourvu qu'il renonçât à cette idée d'aller à Québec, qui lui paraissait dangereuse.

— Je répondrais volontiers à la première question, dit Peyrac, mais il m'intéresserait de voir quelqu'un d'entre vous le faire à ma place. Je donne un présent à celui qui dégagera la vérité par le raisonnement et le fruit de ses observations. Allons, messieurs, vous êtes gens de mer, et vous n'avez pas été sans glaner bien des renseignements au cours de vos campagnes. Rappelez vos souvenirs et faites la synthèse de vos expériences. Vous ne tarderez pas, j'en suis certain, à vous approcher fort près de la réponse scientifique et mathématique démontrée, de ce qui provoque le mouvement des marées sur notre globe terrestre.

Les uns et les autres commencèrent à se dévisager, à chuchoter en aparté, à froncer les sourcils, à se plonger dans de profondes méditations.

— Je vois Yann lever les yeux au ciel, dit le comte. Tu brûles, mon garçon.

— Faudrait-il chercher le secret des marées dans les étoiles? demanda Yann.

— Mais oui. Tout au moins dans les astres, affirma une voix. Puisque les marées sont dues à l'attraction de la lune...

CHAPITRE XV

C'ÉTAIT UNE VOIX DE FEMME. TOUS LES YEUX CONVERGÈRENT DANS la direction d'où elle s'était élevée.

La duchesse de Maudribourg qui se tenait aux côtés d'Angélique affronta courageusement les regards où se mêlaient étonnement, voire ironie et désapprobation. Elle redressa son cou gracieux et eut à l'égard de ces hommes qui la fixaient un petit sourire de défi.

Le silence stupéfait, un peu scandalisé, régna un instant. On attendait le verdict.

Peyrac fit quelques pas dans la direction de la duchesse.

— Vous avez gagné, Madame, dit-il en la saluant, et sachez que Gouldsboro s'honore d'avoir en ses murs, si je puis m'exprimer ainsi, une des élèves du grand astronome Gassendi, Français qui le premier au monde mesura en Guyane française la longueur du méridien terrestre.

— La Lune, qu'est-ce que la Lune vient faire là-dedans? s'exclama le gouverneur de l'Acadie.

Il avait l'air d'un Pierrot ébahi. Et il ajouta :

... Tout d'abord il y a des marées aussi bien le jour que la nuit.

— Vous m'étonnez, mon cher, lui dit Peyrac. Réfléchissez que, pour notre terre, planète entre autres planètes, la lune est toujours là, la nuit comme le jour, ainsi que le soleil d'ailleurs.

— Et l'attraction, qu'est-ce que cela veut dire l'attraction? interrogea le quartier-maître Vanneau.

— Avez-vous jamais vu un aimant ramasser des aiguilles? dit Mme de Maudribourg. A certaines heures, la lune en fait autant pour nous.

Chacun saisit la simplicité de l'image et il y eut à nouveau un silence étonné mais moins incrédule déjà.

La plupart regardaient en l'air. Et Ville-d'Avray découvrit précisément le croissant pâle de la lune dans la nacre du ciel qui commençait doucement à virer à l'or avec l'approche du soir.

— Ah! voilà donc ce que tu nous fais, mâtine, s'écria-t-il. C'est vrai, Bergerac, ce savant qui faisait des vers et qui transperçait de son épée tous ceux qui se moquaient de son trop long nez, a bien dit quelque chose de ce genre au siècle dernier, mais je croyais que ce Gascon était fou comme tous les Gascons, dit-il jovial en saisissant le bras de Peyrac et celui de Saint-Castine. Et maintenant je voudrais savoir pourquoi à certaines heures, qui d'ailleurs varient, cette facétieuse s'avise de nous aspirer et à d'autres nous laisse en paix.

Joffrey de Peyrac eut un geste vers Ambroisine de Maudribourg.

— A vous l'honneur, Madame.

— Vous pourriez l'expliquer aussi bien que moi, Comte, fit-elle avec une pointe de coquetterie. Est-ce un examen?

Il secoua la tête. Son regard sombre et attentif s'attardait sur le visage d'Ambroisine de Maudribourg.

Ce fut alors qu'Angélique ressentit une souffrance inexplicable et qui lui parut presque physique, comme si son cœur soudain se rétractait, serré par un poing brutal.

C'était une douleur profonde et insidieuse, qui faisait peur. Elle venait d'une source invisible et Angélique fut un instant avant d'analyser d'où lui était venu ce coup. C'était le regard de Peyrac. Alors elle comprit. Ce regard qu'il avait en cet instant *n'était dû qu'à elle*, à elle, Angélique, son amour, son épouse.

Or, voici qu'il le posait sur ce visage de jeune femme, qui, dans la clarté de perle du jour sur le point de s'assombrir, prenait une sorte de transparence d'albâtre, ce visage où brillaient du feu vif de l'intelligence les yeux sombres et immenses. Il gardait un demi-sourire, mais aucun n'eût pu lire en lui la nature exacte de sa pensée.

— Un examen, non, Madame! protesta-t-il. Mais je monte trop souvent en chaire. Il me plairait d'être quelques instants votre élève.

Elle eut un éclat de rire presque enfantin, avec un mouvement de protestation qui remua son ample chevelure noire sur ses épaules.

— Sottises! Je suis certaine que je n'ai rien à vous apprendre, à VOUS.

— Je suis certain du contraire.

« Mais... Ils flirtent! » pensa Angélique, épouvantée. Et c'était en effet une sorte de terreur qui la clouait sur place tandis que les paroles s'échangeaient devant elle et qu'elle percevait dans un cauchemar lointain la voix sourde de son mari et celle, charmeuse, d'Ambroisine, son rire de gorge.

— Comte, vous me tendez des pièges!... Un savant de votre renom. Prétendez-vous ne pas savoir vraiment la raison pour laquelle la marée ne se produit pas exactement quand la lune est à son zénith mais avec un certain décalage d'horaire...

— C'est malheureusement vrai. Je n'ai pas encore pu déterminer la cause mathématique de ce phénomène...

— Vous vous moquez de moi...

— Non! C'est plutôt vous qui seriez en droit de vous moquer de moi... Mais l'humiliation est légère... On se pardonne d'être ignorant quand on a le privilège d'être enseigné par une aussi jolie femme... Alors, nous écoutons le maître ès sciences...

— Attendez! Attendez! cria Ville-d'Avray, je veux comprendre, moi aussi! Commençons par le début. En quoi l'attraction de la Lune, s'il est admis qu'il y a attraction, provoque-t-elle les marées?... Écoute bien, Alexandre!

— Je sais tout cela, fit le jeune homme, boudeur.

Ambroisine se tourna vivement vers l'adolescent avec une expression interrogative et impérative. Celui-ci eut la sagesse de battre en retraite.

— Je veux dire que le Père de Maubeuge, à Québec, m'en avait déjà parlé, mais je n'y ai pas pris garde.

— Le Père de Maubeuge?

Ambroisine parut fort intéressée.

... Il a été en Chine, n'est-ce pas? Et il a contribué à la création de l'Observatoire de Pékin? Qu'il me tarde de m'entretenir avec lui!

— Alors, cette Lune, s'impatienta Ville-d'Avray.

— Nous y voici, Marquis. Posez-moi des questions si vous le souhaitez, fit-elle en s'adressant cette fois au gouverneur de l'Acadie.

— Eh bien! commença-t-il d'un ton docte, euh! si la Lune, comme vous le dites, exerce son influence sur tout le globe dans une proportion quasi égale, comment se fait-il qu'il y ait à certains endroits des marées de très faible élévation et énorme en d'autres lieux?

— Objection habile. On en a longtemps discuté, en effet. De nos jours, il est établi que cette différence de proportions dans le phénomène est due à la viscosité de l'eau qui n'est pas la même pour toutes les mers. Ainsi, la Méditerranée est une mer fermée et de ce fait très salée, l'attraction de la Lune ne peut pas constituer une courbure suffisante pour équilibrer la viscosité de la surface, par contre...

— Que voulez-vous dire par viscosité de la surface? interrogea quelqu'un.

— L'épaisseur de ce qui constitue la « peau » de la mer.

— La « peau » de la mer! s'esclaffa presque Ville-d'Avray.

— Eh! oui, mon cher.

Angélique reprenait pied. Depuis que le marquis était entré en scène et que le dialogue ne se poursuivait plus uniquement entre le comte de Peyrac et la duchesse, elle avait commencé à se sentir mieux et à échapper au vertige qui l'avait saisie brusquement.

A la chaleur soudaine qu'elle sentit à ses tempes, elle comprit que pendant quelques secondes elle avait dû être pâle comme la mort. Les mots continuaient à bourdonner à ses oreilles et elle se contraignait à les écouter et à essayer d'en saisir le sens, s'interrogeant au fond d'elle-même.

« Qu'est-ce qui est arrivé? Qu'est-ce qu'il y a eu? Mais rien! Qu'est-ce qui m'a pris tout à coup?... Il ne s'est rien passé... Tout est très normal, très naturel... »

Elle écoutait la voix d'Ambroisine de Maudribourg expliquer avec beaucoup de clarté que si l'on tirait une balle de fusil sur la surface de la mer elle ricocherait. Ce qui prouvait que la mer offrait une résistance à la pénétration due à sa « peau ». En mer fermée, comme en Méditerranée, cette « peau » semblait se rétrécir obligatoirement, donc devenir très épaisse, ce qui offrait une résistance à l'attraction de l'astre des nuits. Au contraire, plus la surface était grande plus elle s'étirait comme ici dans la Baie Française ou dans le cul-de-sac breton du Mont-Saint-Michel, où aboutissent les deux extrémités d'un immense océan, plus la mer obéissait facilement à l'injonction attractive de la Lune.

— De plus en ces deux endroits, les géographes ont pu déterminer la présence de cette plate-forme glaciaire, dont on parlait tout à l'heure, et c'est une cause supplémentaire, par le fait du peu de profondeur de la mer, de l'amincissement à l'extrême de cette surface résistante de l'eau. Aussi dans nos parages la Lune peut-elle en jouer comme d'un voile léger, docile à tous ses caprices. Comte, mon explication ne s'éloigne-t-elle pas trop de la rigueur scientifique?

— Elle est juste et accessible à tous, convint Peyrac.

Il hocha la tête à plusieurs reprises en signe d'approbation.

Elle le regarda d'un air ardent et comme transporté. Ses lèvres étaient entrouvertes et laissaient percevoir le bord de ses dents brillantes et parfaites.

— Tout ceci paraît logique, convint le gouverneur, mais a-t-on pu établir à quel moment la douce Phébé exerce son influence sur nous autrement que dans nos rêves?

— Elle exerce sa plus forte influence lorsqu'elle se trouve entre la Terre et le Soleil...

— Et les deux marées? intervint vivement le quartier-maître.

La duchesse expliqua, de cette voix bien timbrée et forte qu'elle prenait lorsqu'elle parlait de sciences, que pour l'une et l'autre la Lune ne se trouvait pas au même endroit par rapport au Soleil. Lorsqu'elle se trouvait en quadrature, c'est-à-dire à angle droit du

Soleil, les deux influences se contrariaient et l'attraction était plus faible, la montée des eaux moindre. C'était la morte-eau, ou petite marée, d'une amplitude de moitié et qu'il ne fallait pas confondre comme le font souvent les personnes non habituées aux termes de marine, avec le reflux.

— Que se passe-t-il avec le reflux?

— La Lune s'éloigne, l'attraction cesse, les eaux soulevées retombent tout simplement.

— Cela me donne le vertige, commenta Ville-d'Avray, sceptique. On se croirait dans une balançoire? Eh?

Il guettait du coin de l'œil les réactions de Peyrac, mais celui-ci ne paraissait mettre aucunement en doute les affirmations de cette jolie femme. Au contraire. Une certaine satisfaction se devinait derrière ses traits burinés, volontairement impassibles.

— Ainsi les lois de Képler auraient été confirmées? questionna-t-il.

— Mais oui. J'ai d'ailleurs correspondu avec lui.

Le comte leva légèrement un sourcil.

— Avec Képler? fit-il, une nuance de doute dans la voix.

— Pourquoi pas?

Elle le regardait à nouveau avec hardiesse.

— Est-ce qu'une femme, à votre avis, ne peut comprendre ces lois qu'il a dégagées de ses observations des phases de la planète Mars? A savoir que les orbites planétaires sont des ellipses dont le Soleil occupe un des deux foyers et aussi que les aires balayées par les rayons vecteurs allant du centre du Soleil au centre de la planète sont proportionnelles au temps employé à les décrire, c'est-à-dire à les parcourir, et aussi ces lois qui affirment que les carrés des temps des révolutions planétaires sont proportionnels au cube des grands axes de l'allongement des orbites.

— Lois desquelles Newton, le savant anglais, a dû dégager les lois de la gravitation universelle, dont l'attraction lunaire, acheva Peyrac qui n'avait cessé d'écouter la duchesse avec une attention extrême.

Angélique reçut comme un message secret l'écho de sa voix. Cette fois il n'y avait pas de doute. Il avait été profondément touché par ces propos qu'il venait d'échanger avec la duchesse de Maudribourg et qui pour tous les autres demeuraient hermétiques.

Elle fut soulagée d'entendre le marquis de Ville-d'Avray, qui n'aimait pas jouer les seconds rôles, rompre à nouveau le charme en l'interrogeant :

— Revenons donc à la Lune! Elle est plus proche de nous que vos sacrés centres immatériels. Une question encore, duchesse, pour ma gouverne, à propos des marées. Si j'admets un gonflement à la surface de la terre du côté de l'hémisphère qui regardera la Lune au moment de l'attraction, comment le même phénomène peut-il se reproduire aux antipodes, de l'autre côté du globe?

Elle lui dédia un sourire de commisération.

— Mais qu'est-ce que la Terre, Monsieur, fit-elle avec douceur, dans l'immense système des planètes qui nous entourent : un simple point infime. L'influence de la Lune, comme celle du Soleil d'ailleurs, ne se contente pas de nous atteindre en un seul point. C'est-à-dire là où vous êtes.

» Elle nous enrobe littéralement, nous traverse de part en part, et n'est-ce pas merveilleux, quand on y réfléchit, cette communion avec les systèmes visibles ou invisibles qui nous entourent à l'infini, que peut-on faire d'autre que d'y reconnaître la grandeur de notre Créateur, Dieu, notre Père qui est aux cieux, acheva-t-elle avec ferveur, les yeux levés vers le firmament.

Une étoile s'y allumait dans l'or fluide du soir.

Et à ce moment un vol d'oiseaux passa avec de grands battements d'ailes, faisant planer comme un souffle, ample et furtif au-dessus de l'assemblée silencieuse.

Angélique fut alors consciente d'un phénomène insolite, de quelque chose d'inhabituel qui survenait et dont personne, sauf elle, ne s'avisait. Elle-même d'ailleurs ne le perçut que de façon fugitive, comme si cela se passait ailleurs et ne la concernait point. Mais la vision se grava dans sa rétine de façon fulgurante! *Tous les hommes présents regardaient Ambroisine de Maudribourg.*

La duchesse apparaissait d'une beauté surprenante avec son jeune et blanc visage, extatique et comme illuminé d'une passion sacrée. Angélique eût été incapable de dire combien de secondes s'écoulèrent, mais peut-être n'y eut-il qu'un instant très bref. Et peut-être même, en vérité, n'y eut-il aucun moment de silence.

La « bienfaitrice » se tourna vers le comte de Peyrac, en disant de sa voix un peu mondaine.

— Êtes-vous satisfait, magister? Puis-je déposer la toge?

— Certes, Madame. Vous avez répondu avec plus que de la capacité à ces questions ardues. Nous vous en remercions tous.

Elle le fixait toujours. Puis elle eut une moue souriante.

— Et mon présent? fit-elle, comme se décidant. N'avez-vous pas dit que vous offririez un présent à quiconque pourrait expliquer la raison des marées et leur amplitude dans la Baie Française?

— C'est juste, fit-il, mais...

— Vous n'aviez pas prévu que ce serait une femme qui vous donnerait la réponse? émit-elle en éclatant de rire.

— Certes, convint-il en souriant, et si je songeais à quelques tresses de tabac pour la pipe de ces messieurs...

— Vous n'avez rien prévu pour moi... une femme.

Elle riait toujours, mais d'un rire plus doux, plus bas et comme indulgent.

— Qu'importe! Je ne suis pas difficile. J'ai tout perdu dans ce naufrage... La moindre chose me fera plaisir. Mais j'ai droit à ma récompense... N'est-ce pas?...

Il détourna les yeux comme s'il eût redouté d'affronter le regard à la fois hardi et candide d'Ambroisine de Maudribourg. Il parut sur le point de retirer de son doigt une de ses bagues pour l'offrir à la duchesse, puis, se ravisant, il chercha dans l'aumônière de cuir qu'il portait à son ceinturon et y prit une pépite d'or brut de la grosseur d'une noix.

— Qu'est-ce cela? s'exclama-t-elle.

— Une des plus belles pépites trouvées en notre mine de Wapassou.

— Quelle chose extraordinaire! Je n'en ai jamais vu.

Elle tendit la main. Mais il retint son geste.

— Vous n'avez pas répondu à ma question concernant le retard d'horaire du phénomène d'attraction par rapport au moment où la Lune est à son zénith?

— Oh! une autre fois, je vous en prie, protesta-t-elle avec une coquetterie de petite fille.

Il lui remit la pépite avec un sourire et elle l'éleva au bout de ses doigts déliés, la faisant miroiter dans le soleil couchant.

Et à nouveau la peur envahissait Angélique, une angoisse qui ne pouvait s'exprimer par aucun cri, par aucun mouvement, aucune réaction de sa part, devant laquelle la prudence exigeait qu'elle demeurât immobile et impassible, sous peine de voir s'ouvrir plus large encore et terrifiant sous ses pas le précipice entrevu.

CHAPITRE XVI

Et brusquement le silence fut rompu par des cris, une bousculade puis il y eut des éclats de rire.

Le glouton Wolverines dévalant la pente comme un boulet noir creusait son sillage dans la foule, renversant tous ceux qui se trouvaient sur son passage, avant de s'immobiliser devant Angélique, sa superbe queue en panache dressée, sa petite face de rongeur au ras du sol, tandis qu'il dardait sur elle ses yeux immenses où se reflétaient des lueurs rouges du ciel.

La duchesse de Maudribourg avait reculé avec un cri. Elle avait de la peine à ne pas trembler.

— Qu'est-ce que ce monstre? s'écria-t-elle, terrifiée. Angélique, je vous en prie, sauvez-moi.

— Ce n'est qu'un glouton. Il n'est pas dangereux. Il est apprivoisé.

Angélique s'agenouillait pour caresser la bête. Elle était très heureuse tout à coup de l'apparition de Wolverines. Elle éprouvait une sorte de soulagement.

— Il cherche Cantor. Il est comme fou depuis que celui-ci est parti.

— Votre fils aurait mieux fait de l'emmener, cria Mme Manigault qui s'était retrouvée assise sur son ample séant, heureusement sans dommage.

— Mais il l'a cherché, expliqua Martial Berne. Nous l'avons cherché tous les deux au moment du départ. Mais Wolverines était allé folâtrer dans la forêt avec l'ours. Cantor a dû s'embarquer sans l'avoir trouvé.

— Il est très ami avec l'ours, fit remarquer la petite Anglaise Rose-Ann.

— Ah! voici l'ours, dit quelqu'un.

Elie Kempton entrait dans le cercle, suivi de son énorme compagnon.

— Je vous amène Mister Willoagby, déclara-t-il avec solennité au comte de Peyrac. Je l'ai mis au courant de ce que vous attendiez de lui et il ne voit pas d'objections à vous accompagner au fond de la

Baie Française, encore qu'il se plaise beaucoup à Gouldsboro et qu'il n'aime pas tellement naviguer. Mais c'est une question de prestige pour l'Angleterre et il le comprend.

— Je remercie ce loyal sujet du Roi d'Angleterre, dit Peyrac qui adressa à l'ours quelques mots en anglais.

Celui-ci, en effet, avait prospéré à Gouldsboro, où il se gavait de myrtilles, de noisettes et de miel. Il paraissait deux fois plus gros que lorsqu'il avait débarqué. Il se mit à flairer dans toutes les directions comme s'il cherchait parmi les personnes présentes un visage de connaissance, puis, se dressant sur les pattes de derrière, il se dirigea en se dandinant et en grommelant vers Angélique.

Dressé, il la dominait d'une tête et c'était assez impressionnant.

La duchesse poussa un nouveau cri, étouffé, et faillit défaillir. Les plus proches se reculèrent précipitamment. Joffrey de Peyrac et Colin Paturel eurent, malgré eux, un mouvement en direction de l'animal. Mais de quelques mots en anglais Angélique obtenait de l'ours qu'il se remît sur ses quatre pattes. Et elle le caressa à son tour en lui prodiguant toutes sortes de paroles amicales.

— La Belle et la Bête, exulta le marquis de Ville-d'Avray. Vraiment, quel spectacle extraordinaire!...

CHAPITRE XVII

— OUI, VRAIMENT, COMMENTAIT-IL UN PEU PLUS TARD ENCORE, quel spectacle hors du commun! Votre blondeur et votre grâce auprès de ce monstre velu! Vous n'avez peur de rien, en vérité. Vous êtes bien semblable à la réputation qu'on vous a faite à Québec... Non, n'enlevez pas cela, ma bonne dame, intervint-il retenant Mme Carrère qui commençait à rassembler les plats sur les tables, il y a encore un peu de ce crabe délicieux dans cette assiette. Passez-la-moi! Humph! c'est absolument divin!... Que disais-je? Oui, chère Angélique, vous êtes bien semblable à ce portrait que faisaient de vous vos enthousiastes partisans de Québec. Quand je pense que ce grave d'Arreboust a fait scandale en prenant votre défense au retour de son voyage au Kennébec. Auparavant, nous ne nous entendions pas. Il me jugeait trop libertin. Mais son courage à votre égard m'a plu et cela nous a rapprochés. Il est manifestement amoureux de vous. A Montréal, déjà sa femme se répand en prières pour le salut de son âme. Mais aussi pourquoi ne couche-t-elle pas avec lui? Elle n'a que ce qu'elle mérite!

Angélique n'écoutait que d'une oreille. Les gens se dispersaient. On rangeait les écuelles, les gobelets et les brocs. Les garçons vigoureux se chargeaient de démonter les tréteaux. L'ombre lilas envahissait la plage et les appels de ceux qui commençaient à ne plus s'apercevoir montaient avec une sonorité particulière car le crépuscule était limpide et le vent s'apaisait.

Angélique cherchait des yeux son mari et ne le découvrait pas.

— A Québec, au moment de la grande faim, alors que l'on disait que vous étiez tous morts au fond des bois, le chevalier de Malte Loménie-Chambord a commandé une neuvaine pour vous. Cela a paru excessif. Moi, j'y suis allé. J'ai toujours aimé faire quelque chose pour les jolies femmes, même prier pour elles. Il y a eu une émeute à ce sujet. Janine Gonfarel menait les femmes contre vous. Elle agissait ainsi pour complaire aux Jésuites. C'est sa façon d'obtenir qu'ils la laissent en paix avec son bordel de la Basse-Ville. Il y a toutes sortes de personnes intéressantes à Québec, vous verrez. J'adore cette ville. Il s'y passe sans cesse des événements hors du commun. J'y étais déjà en 1662, lorsqu'une comète est passée, signe de guerre, et des canots en flammes portant tous ceux qui étaient morts martyrs aux Iroquois... Vous avez tué Pont-Briand, dit-on?

— Moi? Je n'ai tué personne...

— Enfin, il est mort à cause de vous. C'était un très bon ami à moi, mais aimant trop le beau sexe. Il se croyait irrésistible. Une proie facile pour ce Jésuite habile.

— De qui parlez-vous? demanda Angélique d'une voix altérée.

Elle venait tout à coup d'apercevoir Joffrey. Il était debout auprès de la porte de l'Auberge du fort et s'entretenait avec la duchesse de Maudribourg. Celle-ci était assise sur l'un des bancs de bois encadrant la porte.

— Mais de Sébastien d'Orgeval, pardi, rétorquait Ville-d'Avray. Un grand bonhomme! Je l'aime beaucoup. Au début nous avons commencé par nous heurter. Mais je ne crains pas les Jésuites. Ce sont des êtres qui ont leur charme. Oui, mon carrosse l'a heurté dans la rue montante. Après il prétendait m'en faire interdire l'usage disant que les rues de Québec ne sont pas faites pour les carrosses. Il a raison. Mais j'ai fait venir ce carrosse à grands frais d'Europe et je dois l'utiliser...

Ambroisine de Maudribourg, les mains jointes sur les genoux, levait vers le comte de Peyrac son blanc visage. La silhouette du comte se détachait à contre-jour, longue, déliée, imposante, sur le fond embrasé de la Baie. De temps à autre des personnes entrant ou sortant de l'Auberge le masquaient aux yeux d'Angélique.

— Prenez cela, mon ami, dit Ville-d'Avray tendant son assiette vide à l'un des fils Carrère qui passait. Avez-vous encore quelques-unes de ces confiseries exquises aux noix, je crois?...

— Non, Monseigneur, les enfants ont tout mangé.

— Dommage!

Il s'essuya la bouche de sa pochette de dentelle, et s'étira avec satisfaction.

... Angélique, la vie est belle! N'est-ce pas?... Vous ne répondez pas? Pourquoi? Le temps n'est-il pas délicieux? Et n'avons-nous pas connu un moment exceptionnel à écouter cette jolie duchesse nous instruire?... Ah! j'ai bien fait de quitter Québec quelque temps. Après l'hiver, on devient tous nerveux là-haut. Ma servante me cherchait querelle. Elle voulait aller visiter sa famille en l'île d'Orléans. Histoire de bouger un peu comme tous les Canadiens au sortir de l'hiver. « Bien, lui ai-je dit, va, je ne suis pas un nouveau-né que je ne puisse me passer de toi! » Mais il n'y a qu'elle qui sache préparer mon chocolat du matin. Je l'aime très épicé à la façon espagnole. Le petit Maudreuil aussi était pris de bougeotte. Il voulait partir collecter les fourrures au Pays-Haut comme tous ces jeunes gens à tête chaude. « Bien, lui ai-je dit, pars, Eliacin! » Lui aussi reviendra. Il avait peur qu'on le marie de force, les nouveaux décrets sont sévères. Pourtant je serais intervenu. Mais il n'a pas confiance en moi. Il a été élevé par les Iroquois, le savez-vous? Quant à Alexandre, il réclamait des exploits nautiques.

Maintenant il faisait sombre sur le rivage. Pourtant l'on n'allumait pas encore les lanternes et les lampes. La température était si douce que les gens hésitaient à se séparer et à rentrer chez eux. Ils s'attardaient, devisant paresseusement, par groupes.

— Oui, la vie est belle, répéta le marquis de Ville-d'Avray. J'aime l'atmosphère de la Baie Française. Sentez-vous ces courants qui passent dans l'air? C'est pourquoi tout le monde ici est un peu au bord de la folie. Sauf votre époux, qui poursuit méthodiquement ses buts et se contente d'édifier sans folie des choses folles.

— Quelles choses folles? interrogea Angélique en se tournant vers lui avec nervosité.

— Eh bien! par exemple la création de cet établissement. Catholiques et calvinistes côte à côte... Ça n'est pas viable! Quand les enfants deviendront grands, ils s'aimeront, voudront s'épouser... Mais pasteurs ou prêtres refuseront de les unir, les pères maudiront, les mères pleureront...

— Ah! taisez-vous, vous me ruinez le moral, s'écria Angélique à bout.

— Mais qu'avez-vous! Je n'ai pas voulu vous peiner. Au contraire, ne vous disais-je pas combien j'aime ces lieux que vous animez de votre présence. Quelle originalité, quelle variété parmi tant de types humains venus de tous les coins du monde!

Des oiseaux passèrent avec de grands cris déchirants.

— Quelle agitation! Quelle animation!

— Oui, c'est la foire, fit-elle.

— Non, c'est l'été, répliqua-t-il. L'été est court. Dans ces pays du Nord il faut vivre vite, intensément, fiévreusement, tout régler en quelques mois. Mais ensuite... Venez donc à Québec, à l'automne... C'est si beau. Les navires sont partis, les Laurentides sont roses, le Saint-Laurent est comme un grand lac pâle, au pied du Roc, et se laisse doucement prendre par le gel. Venez donc.

— Mais vous le dites vous-même, l'on ne peut plus repartir ensuite.

— Eh bien! vous y passerez l'hiver. Je mets ma maison à votre disposition et à celle de M. de Peyrac. Elle est une des plus confortables de la ville... Vous y serez fort bien. Non, non, cela ne me gênera pas, j'ai un petit pied-à-terre dans la Basse-Ville et...

— Excusez-moi, lui jeta Angélique en le quittant brusquement.

Elle venait de distinguer la silhouette d'Ambroisine de Maudribourg, se détachant de l'ombre de l'auberge et remontant vers le haut du village.

D'un mouvement impulsif elle alla au-devant d'elle. La duchesse marchait vite, courant presque. Elles faillirent se heurter et en reconnaissant Angélique dans la demi-clarté qui tombait encore du ciel, Ambroisine eut une expression effrayée.

— Qu'avez-vous? demanda Angélique. Vous paraissez bouleversée.

— Vous aussi.

Il y eut un silence. Les yeux de la duchesse étaient deux trous d'ombre dans son visage marmoréen. Ses prunelles s'attachaient à celui d'Angélique avec une intensité douloureuse.

— Comme vous êtes belle! murmura-t-elle presque machinalement.

— Vous parliez avec mon mari. Qu'a-t-il pu vous dire qui vous émeuve à ce point?

— Mais rien, vraiment. Nous parlions... — Elle hésita puis balbutia. — Nous... nous parlions mathématiques...

— ALORS vous discutiez encore mathématiques avec Mme de Maudribourg? demanda Angélique à Peyrac. Elle est décidément fort savante.

— Peut-être trop pour une jolie femme, dit le comte légèrement. Mais non, ce soir nous en avions assez appris avec cet exposé magistral sur les marées, fort intéressant, je l'avoue. Je me suis contenté de lui faire part des possibilités pour quelques-unes de ses protégées de s'établir ici.

— Et qu'a-t-elle dit?

— Qu'elle y réfléchirait.

CHAPITRE XVIII

Il se passa deux jours apportant leurs contingents d'incidents, de tâches à remplir, de problèmes à régler, d'hôtes plus ou moins désirés, mais qui semblaient se concentrer vers Gouldsboro, comme vers le seul lieu où l'on fût certain de trouver la terre solide sous ses pieds, et le refuge et la sécurité garantis, en cette période tendue que vivait la Baie Française.

Angélique avait essayé de « faire le point » avec elle-même, de comprendre ce qui lui était arrivé sur la plage, lorsqu'elle avait vu Joffrey regardant Ambroisine. Mais cela s'amenuisait, s'effaçait. Elle ne s'expliquait plus son émotion. Comment y croire alors que Joffrey était encore là, qu'il partageait ses nuits et qu'il lui semblait qu'il ne lui avait jamais témoigné autant de ferveur.

Tout était clair entre eux dans le domaine de l'amour, et si chacun d'eux cachait peut-être un souci secret, cela décuplait l'intensité du sentiment qui les faisait s'étreindre, trouvant l'un en l'autre la force nécessaire, chacun dans sa solitude sachant qu'il n'avait de meilleur refuge que cet amour mutuel.

— Comme je suis heureux! lui disait-il tout bas. Ta présence me comble.

Il ne parlait plus de départ, mais elle savait que d'un instant à l'autre il pourrait être obligé de prendre la décision de lever l'ancre. Et cela rendait plus précieuses et plus exaltantes les heures qui leur étaient accordées. Elle bénissait la nuit, refuge des amants. La nuit! C'est là que tout se trame du bonheur ou du malheur des hommes.

Le lendemain de la conférence sur la plage, un petit navire de pêcheurs malouins vint faire l'eau, débarquant par la même occasion un ecclésiastique distingué, qui relevait avec ennui sa soutane pour éviter les flaques de la grève.

— Mais c'est mon Sulpicien! s'exclama Ville-d'Avray en l'apercevant de loin. Alors, vous aussi, mon bon, vous les avez plantés là, à Jemseg, tous ces mal embouchés de hobereaux acadiens et ce pisse-froid de Carlon! Vous avez bien agi. Ici au moins l'on s'amuse et l'on fait bonne chère. Cette dame Carrère est une artiste. Je l'engagerais volontiers comme cuisinière si elle n'était pas huguenote, mais vous vous rendez compte!... déjà à Québec, avec mes excentricités... Si j'y amenais une cuisinière huguenote. Mon navire est-il toujours en place et ne l'a-t-on pas pillé? Ah! ne me dites pas que les Anglais s'en sont emparés!

Le Sulpicien, M. Dagenet, ne le dit pas. Les Anglais, en effet, étaient toujours embusqués à l'entrée de l'estuaire, attendant que le gibier lassé essayât de sortir du terrier. Le Sulpicien en avait eu assez, et avait pris le chemin de la forêt, puis celui de la mer pour rejoindre le gouverneur, auquel il était attaché comme aumônier privé.

— Vous auriez tout de même mieux fait de rester à veiller sur mon bagage, lui reprocha Ville-d'Avray. Mais au fond je vous comprends. On est nettement mieux à Gouldsboro qu'à Jemseg, où ils ne mangent que du maïs bouilli et de la venaison. Ne vous effrayez pas. Ici c'est plein de huguenots et d'Anglais, mais très plaisant. Vous verrez. Il y a des femmes admirables...

Puis le Père Tournel, aumônier de Port-Royal, se présenta, sur le 140 tonneaux que la Compagnie des Associés de l'Acadie mettait à la disposition du propriétaire de Port-Royal. Il venait aux nouvelles, envoyé par la châtelaine qui s'inquiétait de ne pas voir revenir son mari. Hubert d'Arpentigny, le jeune seigneur acadien du cap Sable, accompagnait le messager de Mme de La Roche-Posay.

Peyrac lui dit :

— Venez donc m'aider à effrayer l'Anglais dans l'estuaire de la rivière Saint-Jean.

— Qu'y gagnerais-je?

— L'indulgence de l'intendant Carlon qui est sur le point de tomber entre leurs mains.

Hubert d'Arpentiguy alla tenir conseil avec son intendant Pol Renart et ses Mic-Macs. D'ailleurs n'était-il pas venu jusqu'ici, attiré par on ne sait quelle atmosphère de préparatifs de combat qui ne pouvait se concentrer qu'à Gouldsboro, seul lieu offrant des possibilités d'entrer en campagne par voie de mer. En faveur de qui, la guerre, et pour quel but? La définition n'en était jamais aisée par là-bas, mais il y avait toujours un espoir de capturer des navires ou de piller un fort, ce qui aiderait à survivre pendant quelque temps pour les pauvres seigneuries perdues au bord des flots de l'Acadie française.

La vie avait, en ces heures, chacune trop pressée et trop occupée, une intensité fiévreuse et frémissante qui s'apparentait à la vivacité et à la force des coloris environnants. Le beau temps, immuable en ces deux jours, communiquait à la mer des bleus d'une richesse presque insoutenable. Le vent semblait sans cesse repasser sur l'émail du ciel pour l'aviver et le faire briller d'un azur sans défaut.

C'était aussi le temps des épilobes... Leurs longues coulées mauves, roses ou rouges s'échappaient de toutes les anfractuosités du paysage. La moindre combe ensoleillée était tendue de violet épiscopal, la moindre faille des falaises, soudain frangées de pourpre, laissait flotter leurs chevelures ardentes.

C'est une fleur en grappe sur une hampe haute et flexible, avec des feuilles étroites, au fer de lance, d'un vert bleu.

Elles naissent à l'orée pierreuse et chaude des forêts et dévalent en rangs pressés tous les vallons et toutes les ravines qui s'offrent à leur envahissement.

Leur épanouissement soulignait la somptuosité de l'été à son point le plus intense. La mer cependant demeurait violente, encensant les rivages de gerbes d'écumes neigeuses, et l'incessant grondement de ses coups de bélier heurtant les falaises et les roches roses ou bleues semblait se répercuter en tremblements sourds à travers la nature, insinuant dans les humains une tension légèrement angoissée, une exaltation à vivre et à participer à tout ce qui arrivait avec une passion décuplée.

Oui, il y avait de la guerre et de l'amour dans l'air, et aussi une hâte de creuser, de construire, d'abattre les arbres, de désoucher, d'agrandir sans cesse l'aire vitale, de faire fructifier toutes choses établies, de fonder des couples nouveaux, de les abriter sous un toit, de les enrober de jardins, et de clore ces jardins de barrières, de tracer de nouveaux sentiers, de nouvelles routes, de nouvelles rues, d'édifier une église pour les nouveaux venus afin de les enraciner à jamais par les liens de l'âme, et d'élever des forts aux quatre coins de l'horizon pour les défendre à jamais de la destruction.

L'on ne savait quel élan informulé animait les gens de Gouldsboro, huguenots et nouveaux immigrants, de se prouver à eux-mêmes sous l'impulsion de Peyrac et de Colin Paturel, la possibilité de leur survivance, malgré leur singularité, ou peut-être à cause d'elle, et la nécessité pour l'Amérique nouvelle, de leur présence insolite.

La façon dont, cet été-là, venaient à eux puritains et catholiques, coureurs de bois et pirates, Indiens et Acadiens, définissait leur rôle, et l'on sentait que, quelles que fussent les opinions, les sympathies ou les ambitions des uns et des autres, ce port indépendant, riche, bien protégé, bien fourni en marchandises, représentait déjà pour tous un centre commercial actif et dont toute la région Ouest du Nord de l'Amérique avait un besoin pressant.

Entraînée par ce courant qui jaillissait avec d'autant plus de force que l'étape avait été dure à franchir et qu'il avait fallu se serrer les coudes et se surmonter, se mâter durement l'âme et l'esprit pour y parvenir, Angélique remettait à plus tard... elle ne savait quoi?... d'examiner au fond d'elle-même son inquiétude, son anxiété. On n'avait plus le temps « de couper les cheveux en quatre ».

Une voix lui soufflait qu'il fallait vivre « comme si de rien n'était ». Et sans qu'ils se communiquassent leurs pensées, elle savait que Joffrey de Peyrac agissait de même.

Paraissant uniquement préoccupé par les préparatifs de l'expédition, apportant toute son attention au radoubement des navires, à leur armement, à la défense du poste, aux constructions, se réunissant en de fréquents conseils avec Colin, d'Urville et les notables, songeait-il secrètement à ceux qu'il avait juré de trouver et de démasquer, les mystérieux rôdeurs de la Baie?

Tramait-il contre eux ses plans? Il n'en disait rien et Angélique, à son exemple, se taisait aussi, refusait même d'y songer.

Les démons seraient-ils dupes?...

Le soir, les gens se réunissaient dans l'Auberge sous le port avec leurs hôtes de passage.

Il fallait honorer le gouverneur et son sulpicien, la duchesse et son secrétaire, M. de Randon et son frère de sang le grand Sagamore Mic-Mac, le baron de Saint-Castine et son futur beau-père le chef Mateconando, le pasteur Thomas Patridge et les divers aumôniers.

Au cours de ces repas, la duchesse de Maudribourg, au grand soulagement d'Angélique, ne chercha pas à ramener sur le terrain scientifique la conversation générale. Ville-d'Avray, très disert, en faisait les frais, et Peyrac qui soudain paraissait détendu et fort gai, à sa façon de jadis un peu caustique, mais pleine de boutades inattendues, lui donnait la réplique avec humour. Les philosophes anciens firent les frais de ces échanges, terrain neutre, et relativement sans danger pour des invités de si diverses obédiences.

Même le Révérend Patridge, homme fort cultivé, daignait sourire. Ces papistes méritaient l'enfer, mais ils étaient distrayants. Il était étonnant de voir avec quelle finesse les chefs indiens pouvaient participer à ce genre de débats. Ils mangeaient avec leurs mains, rotaient, s'essuyaient les doigts à leurs cheveux ou à leurs mocassins, mais leur philosophie valait bien celle de Socrate ou d'Épicure.

Alexandre de Rosny, et son éternelle et inexplicable bouderie, servait aussi de point de mire et de tête de Turc. Ville-d'Avray et Peyrac essayaient d'expliquer le phénomène d'un si beau jeune homme si maussade, par la métempsycose, la réincarnation, la possession, l'hérédité, l'influence des astres, etc. Le tout sans méchanceté, mais avec beaucoup de verve, propositions que le jeune homme écoutait sans pour cela modifier ses traits assombris.

Tant d'impassibilité finissait par entraîner l'hilarité générale. Angélique remarqua cependant que la duchesse ne participait pas à l'entrain de l'assemblée. Elle souriait du bout des lèvres et ses yeux trop grands avaient par instants des expressions tragiques. Aussi bien ses préoccupations premières étaient connues. Le dilemme avait éclaté au lendemain même du jour où elle avait si brillamment exposé la théorie de Galilée et de Newton sur les marées.

Dans la matinée, Mme Carrère avait apporté à Angélique les vêtements raccommodés de la duchesse, sauf le manteau de robe qui paraît-il, réclamait de plus longs soins.

— J'ai fait ce que j'ai pu, dit la Rochelaise de l'habituel air réticent qu'elle prenait pour parler des vêtements de la duchesse, mais qu'est-ce que vous voulez, des loques déchirées comme cela, je n'en ai jamais vu.

Portant sur son bras la jupe de satin jaune pâle, le corsage bleu, le plastron rouge, Angélique se dirigeait vers l'habitation de la duchesse, lorsqu'elle fut arrêtée par Aristide Beaumarchand qui paraissait l'attendre au détour d'un sentier.

Ç'aurait été trop dire qu'il reprenait bonne mine et n'avait plus rien de l'affreux pirate dont elle avait fendu puis recousu la panse à la pointe Maquoît. Mais, bien rasé, ses cheveux gras retenus derrière par un vague lien de cuir, les vêtements propres quoique flottants autour de son corps amaigri et tenant son chapeau à deux mains sur son estomac, il avait une apparence presque décente. Songeant à l'épreuve physique qu'il venait de traverser, il n'y avait pas longtemps, il lui fit penser à la résistance incroyable des chats dans la maladie ou la famine, leur refus de mourir qui force parfois l'admiration des humains. C'était, en vérité, un vieux chat, perclus de toutes parts mais increvable, et sa volonté de vivre, de se tenir debout, flageolant et livide, en continuant de râler et d'insulter, au risque « de faire tout sauter », finissait par inspirer de l'estime.

— Je vous attendais, Madame, fit-il souriant de toutes ses quelques dents.

— Vraiment, fit Angélique sur la défensive, j'espère que c'est avec de bonnes intentions.

Aristide joua l'offusqué.

— Bien sûr? Qu'est-ce que vous allez chercher? Vous me connaissez, pas vrai?

— Justement!...

— Vous savez que je suis un brave garçon dans le fond...

— Dans le très fond.

Aristide tournait et retournait son chapeau entre ses mains avec embarras.

— Voilà! se décida-t-il. Madame la Comtesse, je voudrais me marier.

— Te marier, toi! s'exclama-t-elle.

— Et pourquoi je me marierai pas comme tout le monde, fit-il en se redressant de toute sa dignité de pirate repenti.

— C'est Julienne que tu aimes? interrogea-t-elle.

Cela semblait quelque peu insolite d'employer le mot aimer au sujet de ces deux personnages, mais, après tout, pourquoi pas, comme il le disait lui-même? C'était tout de même bien d'amour qu'il s'agissait. Il n'y avait qu'à voir le teint de suif d'Aristide Beaumarchand, rosir presque tandis qu'il détournait ses yeux chassieux avec pudeur.

— Oui, vous avez deviné tout de suite. Forcément. C'est la plus remarquable de toutes. Et moi, je ne m'intéresse pas à n'importe qui, il en faut pour m'intéresser, surtout chez les donzelles. Mais celle-là, c'est quelqu'un.

— Tu as raison. Julienne est une très bonne fille. Je l'ai un peu secouée au début pour la forcer à se soigner. J'espère qu'elle ne m'en veut pas.

— Pensez-vous! Vous avez eu raison de la tarabuster comme ça. C'est que c'est une tête de mule, fit-il avec admiration. Elle le dit elle-même : « Madame la Comtesse a eu raison de me calotter. Je suis une teigne! » Elle vous adore, pis que la Madone!

— Bon! Eh! bien tant mieux! En as-tu parlé à ton capitaine, M. Paturel?

— Sûr! Je me permettrais pas de faire ma demande sans pouvoir présenter à Julienne un avenir bien assuré. J'ai expliqué à Barbe d'Or mes intentions. Avec ma part de butin que j'ai quelque part enterrée et la dotation qu'on reçoit ici, je pourrais acheter une chaloupe pour faire du cabotage et aller de poste en poste vendre mon tafia.

— Ton quoi?

— Une idée à moi. Je m'y connais pour le rhum, vous savez!... Oh! bien sûr, quand je dis tafia, ça ne peut pas être du vrai tafia, du vrai rhum de distillerie, parce que de toute façon il n'y a pas de canne à sucre par ici. Mais j'entends un bon « coco-marlo » que je fabriquerai en partant des résidus de mélasse pour la fabrication du sucre. Ça, ça ne coûte rien. Au contraire, aux Iles on vous paierait pour s'en débarrasser! Rien que la peine de l'embarquer par couffins et Hyacinthe s'en chargera. Je me suis entendu avec lui là-dessus. Alors j'y ajoute de l'eau pour le faire fermenter, je le traite avec une bonne « sauce » pour le colorer et lui donner du goût : ça on a le choix des recettes, un peu de cuir râpé ou de chêne brûlé, de la résine, du goudron, je le mets à vieillir dans un tonneau avec un bon morceau de bidoche, et après je peux le débiter par pinte? Un bon rhum pas trop cher!

Les gens des établissements de par ici, surtout les Anglais, ça leur plaira, et je pourrai troquer avec les Indiens. Ils ne sont pas regardants sur la qualité, du moment que c'est fort.

» J'en ai parlé à M. le Comte. Y peut me comprendre, lui, parce que je vois que c'est aussi son système : faire venir de la marchandise pas chère pour fabriquer des choses qu'on peut revendre cher. Ça s'appelle de l'industrie ça, seulement faut s'y connaître et avoir des idées...

— Et que dit-il?...

— Y dit pas non.

Angélique n'était pas tellement convaincue que le comte de Peyrac approuvât hautement cette initiative de fabriquer sur son territoire un alcool de basse qualité, destiné à être vendu à titre de vrai rhum aux colons de la Baie Française, mais la bonne volonté d'Aristide Beaumarchand à devenir un homme rangé et industrieux méritait d'être encouragée.

— Eh bien! je te souhaite bonne chance, mon ami. Tu n'as donc plus envie de retourner aux îles?

— Non! Je veux m'établir. Aux Caraïbes, c'est pas une vie pour un ménage sérieux et avec une belle fille comme Julienne, Hyacinthe me la soufflerait. Maintenant l'affaire n'est pas dans le sac, tant qu'on a pas l'accord de la Poison. C'est pourquoi je voulais vous demander, Madame, de plaider pour nous.

— La Poison? répéta Angélique ne comprenant pas.

— La bienfaitrice! La « dusèche » quoi! c'est qu'elle n'a pas l'air prête à les lâcher ses Filles du Roy. Et faudrait la décider. Et je ne parle pas seulement pour moi. Il y a aussi Vanneau qui en tient dur pour la Delphine et...

— C'est entendu. Je vais demander à Mme de Maudribourg si elle a réfléchi à ce sujet, je lui parlerai de toi aussi.

— Merci bien, madame la Comtesse, fit humblement Aristide, du moment que vous vous en chargez, je me sens mieux. Avec vous on sait comment ça marche, tambour battant, foi de Ventre-Ouvert!

Il lui adressa un clin d'œil complice. Sa désinvolture vis-à-vis de la duchesse de Maudribourg choquait Angélique, mais il fallait le prendre pour ce qu'il était : un frère de la côte de bas étage, sans foi, ni Dieu, ni maître et les nuances du tact lui seraient toujours étrangères.

MARIE-LA-DOUCE lui dit que Mme de Maudribourg était en oraison. Mais sitôt que la duchesse entendit la voix d'Angélique, elle sortit du réduit où elle priait.

— Je vous apporte vos vêtements, lui dit Angélique, excepté le manteau...

Ambroisine jeta sur la jupe jaune, le corsage rouge un regard fixe, puis elle frissonna et fit le geste de les repousser.

— Non, non, ce n'est pas possible!... Je veux garder cette robe noire. Laissez-la-moi, voulez-vous? Je porte le deuil, le deuil de ce navire et de ces malheureux qui sont morts si misérablement, et sans confession!... Le souvenir de cette horrible nuit me poursuit sans cesse. Je m'interroge sur sa signification et le dessein de Dieu sur nous par ce naufrage... Aujourd'hui, jour de Marie, nous devrions déjà être à Québec. Et je pourrais prier enfin dans la paix d'une cellule. J'avais beaucoup d'inclination aux Feuillantines où je me suis retirée après mon veuvage, à cause de leur grande austérité. Les Ursulines leur sont parentes. J'y serais en paix, je le sens. Cet ordre m'est plus proche qu'aucun autre, la conversation avec le prochain y étant plus conforme à celle que Notre-Seigneur a eue ici-bas dans l'instruction des âmes. Pourquoi... oh! pourquoi, au lieu de me mener à ce doux asile m'a-t-il jetée sur ces rivages sauvages et désolés?...

Elle paraissait désorientée comme une enfant et ses yeux immenses allaient, avec une expression interrogative et angoissée, du visage d'Angélique à l'horizon bleu cru moucheté de blanc de la mer que l'on apercevait par la porte entrouverte.

Il faisait chaud à l'intérieur de la maison rustique, grossièrement meublée. Le sol était de terre battue où s'imbriquaient des galets ronds. Ce dénuement, dont s'accommodaient les colons d'Amérique dans leur volonté de rebâtir leur vie sur une terre neuve, paraissait en effet tout à coup insolite et cruel, si l'on considérait ces deux femmes, dans leur beauté aristocratique qui les désignait l'une et l'autre, héritières d'un vieux passé de noblesse, à briller dans les plus beaux atours à la Cour du Roi, chargées d'honneurs et de bijoux, entourées d'hommages...

Tout observateur impartial eût pu en effet s'interroger sur les inconséquences d'un destin frappé de folie, qui s'était amusé à les réunir là, en ce point perdu, où chaque instant de survie représentait encore de la part de chacun un effort surhumain, côtoyant l'incertitude d'être encore vivant le lendemain.

De cet état latent, la sensibilité d'Ambroisine de Maudribourg était pénétrée jusqu'à l'âme et tels étaient son inquiétude et son découragement qu'elle réussit un instant à les communiquer à Angélique.

Mais celle-ci avait son pôle, son port d'attache, la présence de l'homme auquel elle avait lié son existence, et cela lui tenait lieu de refuge et de certitude. Elle n'en était plus à se demander s'il fallait mieux se trouver ici que là.

Cependant, elle pouvait comprendre le désarroi d'une jeune femme accablée de responsabilités à laquelle manquaient ici des appuis sûrs, et le cadre de vie religieuse auquel elle était habituée.

Elle posa les vêtements sur l'une des paillasses de varechs qui avaient été alignées le long des murs pour les Filles du Roy.

— Ne vous agitez pas, dit-elle, et ne réfléchissez pas trop à ce qui vous manque ici. Bientôt vous pourrez rejoindre Québec et les Ursulines.

— Ah! si je pouvais seulement entendre la Sainte Messe...

— Vous le pourrez dès demain matin! Voici que la mer nous apporte pléthore d'ecclésiastiques en nos murs.

— Il y a si longtemps, plusieurs semaines déjà, que je n'ai pu assister au divin sacrifice. J'y trouve toujours réconfort.

— N'aviez-vous pas un aumônier à bord? s'enquit Angélique.

La réflexion de la duchesse sur les hommes morts sans confession lui rappelait qu'on n'avait retrouvé parmi les cadavres rejetés par la mer aucun revêtu d'une soutane ou d'une bure religieuse.

A la réflexion cela paraissait assez étonnant pour un navire frété en un but de mission religieuse et sous une obédience aussi pieuse que celle de Mme de Maudribourg.

— Si fait, dit celle-ci d'une voix sans timbre, nous avions le R.P. Quentin. Un Oratorien que mon confesseur m'avait recommandé. Une âme très fervente, désireuse de se dévouer au salut des sauvages. Mais voyez quelle malédiction s'attachait à ce voyage : Le malheureux s'est noyé au large de Terre-Neuve! Il y avait un épais brouillard. Nous avons frôlé une énorme glace. Tout l'équipage criait : Miséricorde, nous sommes morts! J'ai aperçu de mes yeux cette horrible glace. On l'entendait frayer tant elle était proche. La brume nous empêchait d'en voir la cime...

Elle paraissait prête à défaillir. Angélique attira un escabeau, elle s'assit et fit signe à la duchesse de s'asseoir aussi.

— Et le Père Quentin? demanda-t-elle.

— C'est ce jour-là qu'il a disparu. Nul ne sait ce qui s'est passé. Je revois toujours cette glace monstrueuse qui nous frôlait et je ressens encore son haleine mortelle et glacée. Il me semble que des démons la hantaient et la dirigeaient sur nous...

Angélique pensa que la « bienfaitrice », toute savante, pieuse et riche qu'elle fût, était vraiment trop impressionnable pour entreprendre de tels voyages toujours hasardeux et éprouvants. Son confesseur l'avait mal conseillée ou s'était trompé en la considérant comme une Jeanne Mance ou une Marguerite Bourgeoys, ces grandes femmes déjà célèbres du Canada français, qui ne comptaient plus leurs pérégrinations à travers l'Océan. Ou plutôt ce Jésuite — car ce devrait être un Jésuite — n'avait-il pas voulu exploiter au service des missions de la Nouvelle-France dont l'Ordre était responsable l'exaltation mystique de cette pauvre jeune veuve trop riche?

Une sorte de pitié s'insinua dans le cœur d'Angélique et elle se reprocha l'irritation qu'elle avait éprouvée hier envers la duchesse lorsque celle-ci avait fait son cours sur les marées et l'attraction de la lune.

Assise dans sa robe noire, les mains croisées sur ses genoux, et ses yeux profonds regardant au loin on ne sait quelle vision désolée, elle avait l'air plus que jamais, avec son teint de porcelaine fragile et ses cheveux noirs opulents, d'une infante orpheline.

Angélique eut conscience de la solitude véritable qui environnait cette femme. Mais il n'était pas facile de la secourir car elle semblait vivre en un monde à part qu'elle s'était créé.

— Où vous étiez-vous embarqués?

— A Dieppe. En sortant de la Manche nous avons été en danger d'être pris par les Espagnols et les Dunkerquois. J'ignorais que les mers fussent si peu sûres...

Elle se ressaisit, secoua la tête, et son blanc visage s'éclaira d'un sourire.

... Vous devez me trouver ridicule?... De m'effrayer de tout comme une enfant?... Vous qui avez traversé tant de hasards et demeurez si sereine et gaie, tellement forte malgré la mort que vous avez frôlée tant de fois.

— Comment savez-vous cela?...

— Je le sens... Certes, j'avais entendu parler de vous à Paris cet hiver, avant de m'embarquer. On prononçait le nom de M. de Peyrac comme celui d'un gentilhomme d'aventures dont les entreprises menaçaient les établissements de la Nouvelle-France. On disait qu'il venait d'amener, à l'automne, une recrue de huguenots et une femme très belle, mais personne n'était certain que vous étiez son épouse. Aussi bien, peut-être, ne l'êtes-vous pas?... Peu m'en chaut!... Je me souviendrai toujours de l'impression que j'ai ressentie en vous apercevant sur le rivage, si belle et rassurante parmi tant de visages d'hommes inconnus et farouches.

— ... Et aussi du sentiment que j'ai eu que vous étiez une femme différente de toutes les autres...

Elle ajouta rêveusement.

... Lui aussi, est différent...

— Lui?...

— Votre époux, le comte de Peyrac.

— Certes, il est différent, dit Angélique avec un sourire. Et c'est pourquoi je l'aime!

Elle cherchait par quel biais ramener Ambroisine au sujet du mariage des Filles du Roy.

— Ainsi donc, Madame, malgré les circonstances dans lesquelles vous y avez abordé, Gouldsboro ne vous a pas trop déplu?

La duchesse tressaillit et regarda vivement Angélique. Elle interrogea avec une anxiété qui faisait trembler sa voix.

— Vous ne voulez donc pas m'appeler Ambroisine?

Angélique resta surprise de la requête.

— Si vous le désirez.

— Vous pas?

— Nous connaissons-nous assez pour cela?

— On peut se sentir proches dès la première rencontre.

La duchesse de Maudribourg frémissait toute et paraissait profondément peinée.

Elle détourna les yeux et elle regardait à nouveau, par la porte ouverte, l'horizon de la mer comme s'il eût contenu son seul espoir.

— Gouldsboro? murmura-t-elle enfin. Non! Je n'aime pas ces lieux. J'y sens vivre des passions qui me sont étrangères et, malgré moi, j'éprouve depuis que je suis ici des tentations troublantes, de désespoir et de doute, et la crainte d'y apprendre qu'avant d'y aborder ma vie s'est égarée en des directions funestes.

Son intuition était peut-être juste. Sortie de son atmosphère conventionnelle pour se retrouver dans le grand vent âpre de Gouldsboro, la jeune veuve commençait-elle à entrevoir qu'il y avait une autre vie qu'elle aurait pu connaître, plus chaleureuse, plus heureuse?

Angélique répugnait à approfondir le débat. Pour elle aussi, la personnalité de la duchesse de Maudribourg se révélait trop étrangère, bien qu'elle pût comprendre en profondeur ce qui la tourmentait et même ce qui l'avait déformée et rendue un peu étrange.

Si elle avait pitié, elle ne se sentait pas apte à conseiller cette âme en détresse qui eût mieux fait de demeurer dans l'ombre au parfum d'encens des confessionnaux de Saint-Sulpice que de venir se promener dans ces parages trop rudes et primitifs de l'Amérique.

Cependant le jour semblait mal choisi pour lui parler de sujets terre à terre comme l'établissement des Filles du Roy, mais il fallait en finir, car les hommes de Colin, craignant de perdre leurs « promises », s'impatientaient.

— Avez-vous réfléchi aux propositions que mon mari vous a soumises hier au soir? interrogea-t-elle.

Cette fois ce fut avec une véritable terreur qu'Ambroisine de Maudribourg la considéra. Son visage devint d'une pâleur de craie.

— Que voulez-vous dire? balbutia-t-elle.

Angélique s'arma de patience.

— Il vous a entretenue, n'est-ce pas, des projets que quelques-unes de vos filles avaient de se fixer ici, par un bon et catholique mariage avec certains de nos colons?

— Ah! c'est de cela dont il s'agit? — La voix d'Ambroisine était sans timbre. — Excusez-moi. J'avais craint... j'avais cru comprendre autre chose...

Elle passa une main sur son front, puis la posa sur son sein comme pour y contrôler les battements de son cœur. Enfin, les doigts joints, elle ferma les yeux et pria un instant.

Quand elle regarda à nouveau Angélique, elle avait retrouvé toute son assurance. Elle parla d'une voix ferme.

— Certaines de mes filles se sont en effet ouvertes à moi des sentiments que leur inspiraient quelques-uns des hommes qui se sont dévoués pour elles au moment du naufrage. Je n'y ai pas prêté attention. Quelle est cette folie? Faire souche dans un établissement d'hérétiques?

— Il y a grand nombre de catholiques... parmi nous.

La duchesse trancha d'un geste.

— Des catholiques qui acceptent de vivre en côtoyant des huguenots notoires et même en s'associant avec eux? Ce sont à mes yeux ou des catholiques tièdes, ou des hérétiques en puissance. Je ne peux remettre l'âme de mes filles à de tels individus.

Angélique se souvenait de la réflexion de Ville-d'Avray, lui disant : « Ce n'est pas viable. » Il n'était ni sot, ni si futile qu'il voulait s'en donner l'air. Les réactions de la duchesse confirmaient une fois de plus les barrières mystiques qui séparaient les êtres humains, les vouant au nom de Dieu à des conflits et à des guerres sans fin, sans souci de l'avance des peuples vers une forme d'existence plus fructueuse et moins barbare. Les temps n'étaient pas venus de la conciliation? Cependant elle plaida le langage de la raison et de la sagesse.

— Tous les États, y compris la France, ne nous offrent-ils pas en notre siècle une image semblable? Catholiques et protestants se côtoyant à l'intérieur des mêmes frontières et s'associant en fait pour la prospérité du pays.

— Image déplorable de compromission néfaste. Lorsque j'y songe, je crois voir les plaies de Notre-Seigneur saigner sur la croix, et cela me cause une grande douleur, Lui qui est mort pour que soit conservée Sa parole et qu'on ne l'altère point!... Et aujourd'hui l'hérésie partout!... Vraiment, cela ne vous fait pas souffrir? fit-elle en regardant Angélique d'un air d'incompréhension.

Angélique détourna le débat.

— Il ne faut pas remettre sans cesse en question des problèmes que des personnages beaucoup plus importants que nous se sont déjà chargés de régler en toute compétence. Par exemple, pour la France, le roi Henri IV n'a-t-il pas décidé une fois pour toutes que les protestants et catholiques français étaient égaux devant la nation? Il a ratifié ses décisions par l'Édit de Nantes et les affaires du royaume s'en sont bien trouvées.

— Précisément, dit la duchesse avec un sourire, vous n'êtes pas au courant, ma chère. Il est question que le Roi révoque l'Édit de Nantes.

Angélique reçut un véritable choc.

— Mais c'est impossible! s'écria-t-elle. Le Roi ne peut révoquer cet accord que son aïeul a pris solennellement devant tous les Français et au nom de ses héritiers successeurs. Dans toute l'histoire des peuples, on ne trouverait une telle infamie!...

Elle voyait déferler la catastrophe intérieure de la France. Si l'Édit de Nantes était révoqué, les huguenots français perdraient toute liberté et droits de cité. Ils ne pourraient se marier légitimement, leurs enfants seraient considérés comme des bâtards, leurs signatures non habilitées, ils n'auraient d'autres ressources que de se convertir ou de fuir le royaume...

Mais, en fait, depuis déjà longtemps, l'Édit n'était-il pas caduc, et sans applications? Elle en savait quelque chose!

Dans la liberté de sa vie nouvelle, en Amérique elle avait commencé à oublier l'oppressante persécution qu'elle avait partagée avec eux à La Rochelle.

Cependant, son caractère entier se révoltait contre une telle malhonnêteté de conscience appliquée au destin des peuples.

— Non, c'est impossible, répéta-t-elle, en se levant avec violence, ce serait vouer tous les efforts des hommes pour le bien à l'arbitraire des rois...

— Vous parlez comme un tribun antique, fit remarquer Mme de Maudribourg avec ironie.

— Et vous comme une bigote de la Compagnie du Saint-Sacrement, lui jeta Angélique en se dirigeant vers la porte.

La duchesse l'y rejoignit d'un bond.

— Oh! Pardonnez-moi, ma chère, ma très chère, pria-t-elle d'une voie altérée, je ne sais ce qui m'a pris de vous adresser la parole sur ce ton... à vous, à vous, qui êtes la charité même. Pardonnez-moi! Vous bouleversez de façon si profonde quelque chose de certain qui m'aidait à vivre que par instants... je me prends à vous haïr! À vous envier aussi... Vous êtes si vivante, si vraie. Ah! je voudrais tellement que vous ayez tort... Et pourtant je crains que vous n'ayez raison. Mais pardonnez-moi... Ici je me découvre faible et inconstante et j'en suis humiliée...

Ses mains s'accrochaient aux bras d'Angélique, voulant la retenir et ses yeux cherchaient les siens.

Ses prunelles d'or sombre parurent s'illuminer d'une joie indicible lorsque le regard vert, assombri comme une mer violente et tempétueuse sous la colère, d'Angélique croisa enfin le sien.

— Voyez mon repentir..., murmura-t-elle. Pardonnez-moi... je suis... un peu à votre image, une femme habituée à être obéie et, sinon à être comprise... du moins à être entendue. Je sais que j'ai beaucoup à me corriger sur ce point précis : l'orgueil, mais je ne voudrais point qu'il y ait d'ombre entre nous, malgré tout ce qui nous sépare... car je ne sais par quel truchement, en ces quelques jours, vous avez pris un grand pouvoir sur mon cœur qui pourtant ne se laisse pas facilement séduire...

On eût dit qu'au fond de ces yeux très beaux un être apeuré appelait secours. C'est l'impression fugitive qu'en ressentit Angélique et qui fit tomber son irritation. Elle ne pouvait en vouloir à Ambroisine de Maudribourg d'avoir une conception de l'existence calquée sur l'étroite éthique religieuse qu'on lui avait inculquée depuis l'enfance. A savoir que tout ce qui n'est pas avec Dieu et son Église est contre Dieu.

Cependant — elle le devinait —, les connaissances scientifiques de la duchesse, si rares chez une femme de ce temps, la rendaient apte à évoluer vers un sens plus large de la vie. Les mains de la duchesse glissèrent le long des bras d'Angélique et serrèrent ses doigts avec chaleur.

— Faisons la paix, voulez-vous? Et puis essayons désormais de nous exposer nos différents points de vue sans nous impatienter. Je crois que nous sommes toutes deux un peu « soupe au lait » comme tous les Français en général et comme les Poitevines en particulier, n'est-ce pas?...

Son sourire quêtait un amendement. Elle était à peu près de la même taille qu'Angélique, mais son apparente fragilité qui, par instants, s'accentuait au point de faire craindre qu'elle ne s'évanouît, la faisait paraître plus petite. En ces instants, il émanait d'elle une séduction à laquelle Angélique aurait eu mauvaise grâce de résister.

— Soit, fit-elle consentant à sourire aussi, je reconnais qu'avec l'Édit de Nantes nous nous sommes égarées sur un terrain brûlant et qui, après tout, ne nous concerne plus guère. Puisque vous comme moi, nous vivrons désormais en Amérique.

— Oui, cela contraint à envisager d'autres formes d'existence, et peut-être d'assouplir nos conceptions de vie. J'essaierai!...

Elles s'assirent à nouveau. Et Mme de Maudribourg demanda des détails à propos de ces mariages.

Angélique s'efforça, avec mesure, de situer Gouldsboro et ses ramifications, dans le délicat « pas de deux » auquel la Nouvelle-France et la Nouvelle-Angleterre se livraient dans cette partie septentrionale du continent américain. Encore heureux que depuis quelques décennies les Espagnols ne s'en mêlassent plus. L'Anglais Drake les avait mis au pas. Trop sûrs qu'ils étaient de pouvoir partager le continent américain tout entier avec les Portugais selon les seules décisions du Pape.

Elle décrivit la position de la Baie Française, plus proche voisine des Anglais que des Français, soumise à eux par le traité de Bréda, mais demeurant sous l'influence française par ses habitants, par les postes et établissements qu'elle y gardait, en fait une région trop isolée et abandonnée des uns et des autres pour être régie par ces gouvernements lointains. De plus, ouverte sur une mer d'une richesse exceptionnelle, qui ne gelait jamais, son indépendance naturelle la promettait à un avenir commercial exceptionnel, pour peu qu'elle pût s'organiser sous ses propres lois.

Dès qu'on parlait affaires, la duchesse de Maudribourg devenait très attentive et cessait de régler sa conduite sur des données mystiques élevées mais hasardeuses.

C'était un point commun entre elles deux. Elles pouvaient se comprendre à demi-mot et mettre cartes sur table.

La jeune veuve était très capable, et très au point sur les arcanes ou vicissitudes du commerce colonial, aussi bien français qu'anglais. Elle savait ce que les chiffres voulaient dire, avait le sens de ce qu'il fallait exiger au départ pour qu'une entreprise ne devînt pas déficitaire.

Comme tous les Français, qui tournaient leurs regards vers la colonie, elle s'intéressait fort aux pelleteries. Angélique lui confirma ce qu'elle semblait savoir déjà : les sauvages des rivières Pentagouët et Saint-Jean étaient ceux avec qui on en traitait le plus. Les premiers fournissaient des peaux d'élans et d'ours, les seconds plus de castors et de loutres. Les peaux d'orignals de la rivière Saint-Jean s'élevaient, une année ordinaire, à trois mille, celles de la rivière Pentagouët au double.

— Voilà pourquoi ce baron de Saint-Castine est si riche, dit la duchesse d'un ton rêveur. En somme Gouldsboro pourrait devenir un port franc?

Angélique ne confirma pas qu'il l'était déjà. Il fallait laisser à la duchesse le temps de peser entre sa fidélité au Roi de France qui entraînait automatiquement le salut de son âme et ses intérêts financiers. Il semblait qu'elle eût toujours su mener sa barque sur ce point, mais elle se trouvait devant un dilemme.

— Je me rends compte à la lumière de vos paroles et de ce que j'ai vu ici, que l'avenir de l'Amérique est sans doute dans l'indépendance de ceux qui veulent la faire prospérer et non pas d'être lié à des obligations lointaines. Mes filles auraient certainement grand avantage matériel à s'établir ici. Mais la richesse n'est pas tout sur la terre...

Elle poussa un profond soupir.

...Ah! que j'aurais aimé pouvoir m'entretenir avec un de ces messieurs de la Compagnie de Jésus, afin de recevoir leur direction. Ils ont des grâces spéciales pour éclairer les âmes, et sont beaucoup plus larges d'esprit que vous ne semblez le croire. Ainsi pour eux, seul un but sacré compte mais s'il peut se concilier avec une bonne assise matérielle, ils n'en sont que plus partisans. Un Jésuite verrait peut-être en cette affaire la possibilité de compenser l'influence huguenote et anglaise dans vos parages. La foi de mes filles est solide. Elles sauront la communiquer à leurs époux et maintenir sur ces rivages la présence de la vraie religion. Qu'en pensez-vous?

— C'est un point de vue, dit Angélique en se retenant de sourire. Il vaut bien celui de vouloir extirper l'hérésie par la seule violence.

Elle pensait que les Jésuites eux-mêmes devaient avoir parfois « du fil à retordre » avec leur — apparemment — inoffensive et docile pénitente, la duchesse de Maudribourg. Elle devait savoir les battre sur leur propre terrain en fait de raisonnements spécieux. Cela expliquait sans doute son influence et sa réputation dans les milieux théologiques. Mais la « bienfaitrice » en elle n'en restait pas moins réticente vis-à-vis du détournement de ses filles de la mission pour laquelle elle les avait engagées.

— J'ai promis à Notre-Dame d'aider à l'édification de la Nouvelle-France, dit-elle avec entêtement, et je crains qu'en me laissant inspirer par les intérêts que vous m'exposez, je ne manque à cette promesse sacrée.

— Rien ne vous empêche de conduire à Québec celles de ces jeunes femmes qui ne désireront pas rester ici. Et les autres ayant trouvé le bonheur qu'elles sont venues chercher dans le Nouveau Monde seront un gage d'alliance avec nos compatriotes du Nord. Nous ne désirons que l'entente...

Elles devisèrent encore jusqu'à ce que l'ombre eût envahi la maison. Les maringouins et les moustiques commencèrent à susurrer dans la pénombre et Ambroisine se plaignit, en raccompagnant Angélique sur le seuil, des tourments que ces insectes lui faisaient endurer dès qu'approchait le crépuscule.

— Je vais aller vous quérir un peu de mélisse dans le jardin d'Abigaël, lui dit Angélique. En brûlant, ces petites feuilles dégagent un délicieux parfum, qui a la propriété d'éloigner nos tourmenteurs du soir.

— Il est bien vrai comme l'ont dit les missionnaires que les maringouins sont ici la seule plaie d'Égypte contre laquelle, seule la fumée agit un peu. Merci d'avance pour votre mélisse.

Elle ajouta, comme poussée par une impulsion subite :

— Votre amie n'est-elle pas près de son terme?

— Oui, en effet. Je pense que d'ici une semaine notre colonie comptera un petit personnage de plus.

La duchesse de Maudribourg regardait vers le golfe parsemé d'îles, qui, une fois encore, s'incendiait des mille feux du couchant. Leur reflet avivait sa carnation pâle, et ses yeux paraissaient briller avec une intensité plus grande.

— Je ne sais pourquoi, mais j'ai le pressentiment que cette jeune femme va mourir en couches, fit-elle d'une voix blanche.

— Que dites-vous? cria Angélique. Vous êtes folle!

Subitement les paroles de la duchesse cristallisaient l'une des appréhensions vagues qui la tourmentaient. Oui! Elle n'avait pas voulu se l'avouer. Mais elle aussi craignait pour Abigaël. Elle sentit le cœur lui manquer.

— J'ai eu tort de vous dire cela, s'effraya Ambroisine, la voyant pâle comme la mort; décidément, je vous blesse sans cesse. Ne m'écoutez pas! Certaines paroles me sortent de la bouche sans que j'y prenne garde. Mes compagnes au couvent m'accusaient d'être devineresse et de prédire l'avenir. Mais il n'y a pas que cela. Voyez, je songeais à l'inconfort de mes filles dans ce pays éloigné de tout secours, lorsqu'elles se trouveront à leur tour dans la difficile éventualité de mettre un enfant au monde et l'effroi m'a traversée.

Angélique faisait effort pour se calmer.

— Ne craignez rien. D'ici là, il y aura à Gouldsboro, pharmacopée plus achalandée et médecins plus savants qu'on n'en trouve à Québec. Quant à Abigaël...

Angélique se redressa et parut grandir dans sa volonté d'affronter le sort. Le soleil faisait étinceler sa chevelure d'or pâle.

— Je serai là, moi, son amie. Je l'assisterai et, je vous le promets, *elle ne mourra pas!*

CHAPITRE XIX

OR VOICI QUE LA RADE SE REMPLISSAIT À NOUVEAU DE NAVIRES. Mais l'on était au troisième jour et Joffrey de Peyrac ne donnait pas le signal du départ, encore que tout parût prêt.

— Que faites-vous? s'agitait Ville-d'Avray. N'entrez-vous pas en campagne?

— Il sera toujours assez tôt. Ne craignez pas pour vos amis. S'ils tombent aux mains des Anglais...

— Mais je me moque de mes amis! cria le marquis sans ambages. C'est pour mon navire que je m'inquiète. Des objets sans prix, sans compter pour des milliers de livres de fourrures.

Le comte de Peyrac sourit et regarda le ciel venteux mais toujours bleu quoique parcouru de quelques gros nuages blancs. Mais il ne donna cependant pas le signal du départ ni les raisons du retard apporté à l'expédition punitive dans le fond de la Baie Française. Malgré cela l'atmosphère restait au départ et l'on s'affairait aux préparatifs.

Pour se rendre au fond de la Baie Française et y affronter la mythologie redoutable des Mic-Macs et des Souriquois, dominée par la lutte du dieu Gloosecap et du castor, et qui se manifeste par la fureur des eaux et sa folie tangible en ce point du monde, Mateconondo voulait être assisté de sa fille et de son gendre. Mais le baron se récusa.

— Je dois rester. La traite bat son plein avec les navires et mes Indiens récoltent de l'eau-de-vie de tous les bords. D'ici peu, ils vont se saouler à mort, et si je ne suis pas là il y aura des crimes dans les wigwams. Sans compter que, moi parti, ils se laisseraient une fois de plus circonvenir par les missionnaires et entraîner dans la guerre contre l'Anglais.

Il fut convenu que Mathilde accompagnerait son père ainsi que deux ou trois guerriers sûrs.

Le seigneur gascon ne se séparait pas sans regret de sa charmante fiancée indienne. Mais Mathilde, intelligente, intuitive, serait précieuse près du chef Etchemin.

Une fois de plus, Elie Kempton, le montreur d'ours, courait les bois à la recherche de Mister Willoagby, qui, dédaigneux de l'importance de son rôle diplomatique, semblait être reparti en expédition forestière avec son ami le glouton.

Cependant, pour donner satisfaction à M. de Ville-d'Avray qui s'alarmait, on parla d'un premier embarquement. Les Indiens partiraient avec Mme de Randon et d'Arpentiguy. Comme avertie par un courant secret, la population commença à refluer vers le port, et les intéressés eux-mêmes n'étaient point encore avertis qu'on leur confiait déjà des messages pour « ceux du fond de la Baie Française ».

Le Père Tournel voulait qu'on atteignît le Père Jean Rousse, Jésuite, responsable de la région et dont ils attendaient des instructions. Ville-d'Avray pressait son sulpicien de retourner à la rivière Saint-Jean pour veiller sur son navire. Le Sulpicien n'y tenait pas. Le Frère Marc hésitait à s'embarquer avec les Mic-Macs, tenté qu'il était de rentrer chez M. de Vauvenart par voie de terre, c'est-à-dire par voie de rivières. Ce serait moins rapide mais plus amusant...

Sur ces entrefaites une nuée d'enfants huguenots courant et piaillant comme des moineaux s'abattit sur la plage.

— Dame Angélique, venez vite! cria d'une voix aiguë le petit Laurier Berne. Il y a *un Jésuite qui arrive!*

Ce fut aussitôt l'émoi général, même parmi les ecclésiastiques présents. Tel était l'ascendant de la Compagnie de Jésus que les religieux d'ordres moins réputés ne se sentaient jamais à l'aise devant l'un de ses représentants. Sulpiciens, Récollets, Capucins se rassemblèrent, s'interrogeant sur celui qui arrivait.

— Je suis certaine qu'il s'agit de Jack Merwin, dit Angélique joyeuse. C'est-à-dire le Père Maraicher de Vernon.

C'était lui, en effet. Allant à sa rencontre, guidée par les enfants, Angélique distingua au sommet de la côte la haute silhouette sombre de Jack Merwin, le Jésuite, avec l'enfant suédois à ses côtés. Tout un groupe de Rochelais l'entourait et, en s'approchant, elle perçut des éclats de voix acerbes. Le hasard avait voulu qu'à l'instant où le Jésuite sortait de la forêt avec sa petite escorte, débouchassent par le chemin de la côte les Anglais du camp Champlain, le Révérend Thomas Patridge à leur tête. Celui-ci avait aussitôt reconnu son ennemi le plus intime, doublement, triplement haï par lui, en tant que papiste, en tant que Jésuite, et en tant que pilote du *White Bird,* dont il avait dû subir pendant trois jours l'insolence méprisante [1]. Aussi le choc de la rencontre imprévue avait été violent. Poussant un rugissement préalable, le pasteur puritain avait aussitôt commencé à invectiver

1. Cf. *la Tentation d'Angélique.*

le prêtre catholique, le couvrant d'anathèmes selon la meilleure tradition biblique. Il avait aussi donné le ton à l'accueil des huguenots français, eux-mêmes inquiets et tendus devant cette arrivée. L'apparition d'un de ces Jésuites tant honnis réveillait des craintes et des haines encore vivaces. Elle entendit Manigault questionner de façon peu amène :

— Que venez-vous faire ici? Nous sommes des huguenots de La Rochelle bannis de leur pays par ce Roi que vous servez et qui vous sert. Nous ne sommes pas partis si loin pour avoir encore affaire à des gens de votre espèce.

Le Père de Vernon se tourna vers lui avec hauteur.

— Êtes-vous le chef de ce poste?

— Ce n'est pas un poste. C'est un établissement français, mais libre.

— Un établissement d'hommes libres, renchérit Berne.

— Et où tout homme peut donc entrer librement? interrogea le Jésuite en les fixant de son regard perçant.

— S'il ne se conduit pas en ennemi certes, dit Berne après un moment d'hésitation.

Angélique arrivait sur ces entrefaites, un peu essoufflée. Elle s'était hâtée, craignant qu'il n'y eût dès l'abord un éclat irréparable entre ces divers personnages qui semblaient tous avoir, de naissance, « la tête près du bonnet ». Les enfants huguenots lui criaient :

— Dame Angélique, dépêchez-vous, le Jésuite va tuer nos pères.

En la reconnaissant, le visage du Père de Vernon s'éclaira. Du moins, ce fut l'impression fugitive qu'elle ressentit, si tant est qu'on pût lire l'expression d'un sentiment sur cette physionomie hautaine, habituellement froide et indifférente. Mais quand elle lui tendit la main, il la serra sans façon, avec chaleur. Elle lui dit spontanément :

— Enfin vous voici! Je craignais que nous n'arrivassiez après le départ de mon mari.

Il parut surpris.

— Vous m'attendiez donc, Madame?

— Mais oui.

Elle avait toujours été certaine qu'il viendrait. Elle jeta un regard sur les Indiens qui l'accompagnaient.

— Piksarett est-il avec vous?

— Non! N'est-il pas ici?... il m'avait averti qu'il se rendait à Gouldsboro pour réclamer votre rançon.

— Nous l'avons vu en effet. Puis... Il a disparu!

— Il est capricieux, dit le Père, en habitué des Indiens.

Ils refaisaient connaissance sur un autre plan. Angélique s'avisait que la personnalité de Jack Merwin était restée gravée en elle, occupant, sans qu'elle en eût conscience, beaucoup de sa pensée et de son intérêt. Ami, ennemi, dangereux ou susceptible de devenir un allié?...

Il portait la même soutane un peu verdie, un peu trop courte sur ses maigres chevilles de marinier, soutane qu'il avait déterrée sous un arbre, à l'entrée du Penobscot, mais dont le haut collet noir, à revers blanc, ainsi que l'ample manteau lui communiquaient cette apparence de prince espagnol que tout Jésuite doit au fondateur de l'Ordre, Ignace de Loyola. Ce qui le changeait, c'est qu'il souriait parfois et ne mastiquait plus continuellement sa chique de tabac.

Il tenait en main, pour la marche, un long bâton de pèlerin terminé par une simple croix de fer. Cette croix troublait beaucoup les réformés qui craignaient de la voir pénétrer dans Gouldsboro. Mais il fallait s'y accoutumer avec cette église que l'on commençait à construire de l'autre côté du port. Ils suivirent sans trop murmurer Angélique et le Jésuite qui descendaient la principale rue du village. Derrière eux Miss Pidgeon calmait à mi-voix le Révérend Patridge, furieux de cette intrusion diabolique.

A mi-chemin, ils aperçurent le comte de Peyrac venant à leur rencontre.

— Voici mon époux, dit Angélique ne pouvant retenir une inflexion de joie et de fierté dans la voix.

CHAPITRE XX

COMME IL ÉTAIT SÉDUISANT ET PLEIN DE JEUNESSE, LE MAÎTRE DE Gouldsboro, avec son pas hardi, un peu inégal, mais plein d'allant, et l'élégance de son grand manteau qu'il savait porter de façon inégalable, flottant au vent.

De loin, elle voyait briller la blancheur de son sourire. Il leva les mains en signe d'accueil.

— Bienvenue, Père, cria-t-il avec affabilité dès qu'il fut à portée de voix.

— Ça! par exemple, murmura le Père de Vernon, presque malgré lui.

Car la malice du sort voulait que Joffrey de Peyrac s'avançât, étroitement encadré de tous les ecclésiastiques qui étaient actuellement les hôtes de Gouldsboro et qui, anxieux de se présenter chacun le premier au Jésuite annoncé, l'avaient suivi hâtivement.

Ainsi le maître de Gouldsboro, réputé à Québec comme loin des choses de la foi, se présentait-il mieux escorté qu'un évêque. Il ne manquait point de s'en amuser.

— Eh oui! fit-il en abordant cordialement le nouveau venu, comme vous le voyez, mon Père, encore un peu et je pourrai tenir couvent. On n'attendait plus que vous, pour représenter en ces lieux tous les Ordres qui se dévouent avec tant de courage au salut spirituel de la Nouvelle-France.

— *I see! I see!* grommela le marinier Jack Merwin en promenant son regard le plus mercurien sur cette assemblée de bures et de soutanes; Sulpicien, Oratorien, Récollet et Capucin, rien n'y manque. En effet! C'est presque un concile. Mais comment faites-vous donc, monsieur de Peyrac? s'exclama-t-il, décidant de prendre la chose avec humour.

— Comment je fais... pour quoi? Pour attirer les plus saints personnages du pays en mon repaire?... Ma foi, je n'en sais rien. Interrogez-vous en votre particulier, Père, sur les raisons qui vous ont poussé à venir nous visiter et, peut-être, trouverez-vous la réponse?...

Plus gravement il ajouta en aparté, désirant être entendu du seul Jésuite :

... Quelles qu'elles soient, je m'en réjouis, car je sais que je vous dois la vie d'une personne qui m'est très chère, et je suis heureux de pouvoir vous exprimer de vive voix ma reconnaissance.

D'un signe de tête, Vernon marqua qu'il entendait le propos.

— Je désirais m'informer de la bonne issue du voyage de Mme de Peyrac, dit-il d'un ton léger. Ayant eu l'heur de l'escorter quelques jours parmi de grands dangers, j'ai été informé du tourment qu'elle éprouvait à être séparée de vous, Monsieur, et de l'impatience qu'elle avait de vous rejoindre. C'est donc pour moi aussi une grande satisfaction de vous voir tous deux heureusement réunis, en votre domaine.

Angélique bénit le tact du Jésuite. Il venait de dire exactement ce qu'il fallait dire pour effacer entre elle et Joffrey les derniers nuages. Elle le regarda avec affection. Ils continuèrent à descendre vers la place centrale, parmi la curiosité un peu réticente des habitants.

Colin Paturel se présenta à son tour, entouré de ses pirates repentis.

— Je gage que vous aurez des pénitents, ce soir, mon Père, si vous tenez confessionnal.

Le Père de Vernon aperçut le gouverneur de l'Acadie française.

— Vous ici, monsieur de Ville-d'Avray?

— Et pourquoi n'y serais-je pas comme tout le monde... et comme vous-même, rétorqua le marquis en pointant le nez d'un air bravache.

Angélique s'échappa un instant et courut jusqu'à la maison des Filles du Roy, où elle trouva la duchesse de Maudribourg qui, pour une fois, n'était pas en prière.

— Venez vite, lui jeta-t-elle, cette fois j'ai votre ecclésiastique de haut rang pour vos confessions. Un authentique Jésuite, de noble lignée. Le Père Louis-Paul Maraicher de Vernon.

La duchesse se laissait brosser les cheveux par ses suivantes. Elle avait l'air plongée dans une rêverie mélancolique. Mais lorsqu'elle eut compris, elle éclata de rire.

— Vous êtes adorable, s'écria-t-elle, et si bonne! Vous cherchez toujours à donner à tous ce qui peut leur faire du bien. Pourtant je sais que vous m'avez jugée ridicule avec mes exigences?

— Mais non! Je n'ignore pas que la vie est dure aux émigrants. Il faut aider chacun à trouver son confort matériel et moral.

— Vous êtes adorable, répéta la duchesse avec attendrissement. Un vrai Jésuite! Quelle merveille!

Ambroisine de Maudribourg se leva. De sa chevelure soigneusement lissée émanait ce parfum spécial qui avait frappé Angélique lorsqu'elle l'avait soignée le premier jour. C'était un parfum d'une délicatesse envoûtante et qui semblait s'adapter si bien à la personnalité de la duchesse que celle-ci en était comme exaltée et que l'on ne pouvait s'empêcher d'être attiré et charmé par sa fragilité et sa beauté.

— Comment se fait-il..., commença Angélique. Mais la suite de sa question lui échappa, elle ne sut pourquoi.

La duchesse lui prit le bras spontanément et elles se mirent en route. En chemin, une petite ombre qui semblait progresser en trébuchant de pierre en pierre attira leur attention.

— Oh! votre chat! s'exclama la duchesse.

— Mais que fait-il là, le petit fripon? s'écria Angélique découvrant son protégé qui la considérait de ses yeux immenses, sa petite queue dressée toute droite vers le ciel. Je l'enferme à double tour. Je ne sais comment il réussit à s'échapper.

L'audace avec laquelle le petit chat se lançait dans ce vaste monde redoutable à seule fin de la suivre et de la retrouver, forçait son admiration et sa tendresse.

... Il finira par lui arriver quelque chose, monologua-t-elle en le ramassant d'une main. Il est si petit, microscopique. Et pourtant, il me semble que je n'ai jamais vu une créature humaine si pleine de vie et de passion. Écoutez comme il se met à ronronner quand je le prends contre moi...

CHAPITRE XXI

IMMÉDIATEMENT EN ARRIVANT SUR LE PORT, LE REGARD DU PÈRE DE Vernon avait été attiré par la flotte qui mouillait à l'ancre dans la rade.

— Je sais que vous êtes marin! lui dit Peyrac. Rafraîchissez-vous! Et puis allons voir les navires.

Angélique et Ambroisine de Maudribourg les rejoignirent sur le môle, où, dans l'attention générale, le comte de Peyrac détaillait pour son nouvel hôte les particularités de chacun de ses vaisseaux et embarcations.

— Comme c'est gai ici, dit la duchesse à mi-voix, il y a toujours quelque chose qui arrive!... Ce Jésuite a l'air d'une distinction remarquable. Je ne sais pourquoi. Je lui trouve une sorte de ressemblance avec votre mari.

— Oui, peut-être... en effet.

La réflexion d'Ambroisine était juste. D'un type physique à peu près semblable, grands, bien découplés, vigoureux, les deux hommes, le Jésuite et le gentilhomme d'aventures, étaient surtout proches par la force intérieure que l'on sentait émaner d'eux, une fougue maîtrisée, une préhension attentive du monde extérieur, une volonté qui ne se détournait pas facilement de son but. Enfin, ils partageaient cette faculté d'apprécier de la vie des aspects divers, comme celle de goûter toutes les nuances d'une belle construction navale.

Les yeux sombres de Jack Merwin brillaient tandis qu'il écoutait Peyrac lui détailler les différentes unités de sa flotte, conçues et exécutées dans des buts très précis de transport, ou de pêche, ou de cabotage, voire de simple course, ceci étant entendu non dans le sens qu'il avait pris avec les corsaires de navires de bataille, mais de navires de vitesse.

— Il faut parfois pouvoir se déplacer sur la mer plus vite que quiconque, comme un cheval pur-sang bien reposé et entraîné dépasse sans peine les six chevaux d'un attelage. A cette fin, voici ce petit voilier très léger, bas sur l'eau.

— Je ne vois que huit hommes d'équipage et rien pour se loger. Pourtant ce n'est pas une barque.

— C'est un sambour du Yémen, dans la mer Rouge, en bois de Java imputrescible. Fin voilier, pouvant filer douze nœuds avec ses deux voiles par bon vent.

— Il a un très faible tirant d'eau.

— Et peut se faufiler dans toutes les criques qui ne manquent pas ici.

Les navires de pêche étaient de type des baleiniers basques.

Il y en avait deux. Le troisième était en train de pêcher la morue sur le golfe Laurentien. Il rentrerait à l'automne, lorsque les aloses appelées shads par les Bostoniens descendraient par millions les fleuves côtiers où elles avaient frayé. Quelques petits yachts hollandais plus lents mais souples à la manœuvre et pouvant contenir beaucoup de marchandises servaient au cabotage, mais aussi, à l'occasion, au transport d'hommes armés.

Le *Gouldsboro* restait le joyau de cette petite flotte indépendante, mais déjà plus puissante et plus active que n'en avait aucun des ports de la région.

— Je me suis associé avec Rieder de Boston pour dessiner les plans, expliqua Peyrac.

— Il est originaire de Rotterdam, n'est-ce pas?

— En effet. Nous sommes assez fiers du résultat, car nous avons pu réunir dans une cote pas trop mal taillée des exigences contradictoires : son armement en corsaire et sa grande capacité de fret.

— Et cette caravelle? interrogea Ville-d'Avray. Elle paraît solide mais peu digne des nouveautés de votre flotte. Tout juste bonne pour Christophe le Juif [1]. En revanche, quel admirable tableau sur la tutelle : la Vierge parmi les Anges. Cette Vierge est d'une beauté! Je ne sais si c'est une impression, mais, ma foi, oui elle vous ressemble, chère Angélique!... Ne trouvez-vous pas, Comte!...

Il y eut un froid. Si Angélique avait pu se féliciter du tact du Jésuite, en contrepartie, elle ne pouvait guère en faire autant pour celui du gouverneur de l'Acadie. Il avait vraiment l'art de dire ce qu'il aurait mieux fallu taire. Et ce n'était pas la première fois qu'elle le surprenait à ce petit jeu.

« Tu me le paieras », pensa-t-elle.

— C'est mon navire, intervint Colin Paturel. Le *Cœur-de-Marie*...

— Oh! vraiment! s'extasia le marquis en regardant avec candeur le grand géant blond. Eh bien! vous me recommanderez à votre peintre,

1. On donnait parfois ce patronyme à Christophe Colomb.

mon cher! Je veux faire barbouiller quelque chose de cette sorte sur mon propre voilier : c'est un chef-d'œuvre!

— Si le vôtre n'est pas déjà aux mains des Anglais ou envoyé par le fond dans la rivière Saint-Jean, glissa Angélique.

Le visage ouvert et heureux du marquis de Ville-d'Avray se froissa soudain dans une expression chagrine.

— Oh! vous n'êtes pas gentille de me rappeler cela, fit-il avec reproche, voyons! j'étais là heureux, je me détendais un peu en cette intéressante compagnie, et me voici de nouveau tourmenté. Vraiment, ce n'est pas gentil du tout de votre part, Angélique!... Mais qu'attendez-vous donc pour partir chasser ces Anglais? trépigna-t-il tourné vers Peyrac et frappant le môle du bout de sa canne à pommeau d'argent. A la fin, c'est intolérable! Si cela continue, je me plaindrai de vous à Québec... Je vous en préviens. Ah! cessez de rire! Ce n'est pas drôle. Qu'attendez-vous donc à la fin?

— Peut-être ceci! dit le comte en désignant quelque chose vers l'horizon.

Il prit à sa ceinture la longue-vue et la déploya avant d'en porter l'extrémité à son œil.

... C'est bien lui! murmura-t-il.

Depuis plus d'une heure une voile se distinguait du côté de la barre, louvoyant comme en attente de l'heure favorable pour pénétrer dans le port.

A cet instant même, le navire faisait son entrée, un petit yacht trapu et bien posé sur les flots.

— *Le Rochelais!* s'écria Angélique avec un vif sursaut de joie.

Ambroisine la regarda étonnée. A son tour le marquis tirait d'une poche de son gilet broché une petite longue-vue cerclée d'or. Son expression boudeuse se transforma.

— Mais quel est cet admirable jouvenceau que j'aperçois à la proue? s'exclama-t-il avec enthousiasme.

— C'est le capitaine, répondit Peyrac, et par la même occasion, notre fils, Cantor.

— Quel âge a-t-il?

— Seize ans.

— Est-il aussi bon navigateur qu'Alexandre?

— C'est à estimer.

Angélique ne s'attendait pas à un retour si prompt du *Rochelais*. Mais elle en fut très heureuse et comme soulagée. La dispersion de ses enfants — Honorine à Wapassou, Cantor sur la mer, Florimond au fin fond des forêts du Nouveau Monde — lui causait une inquiétude sourde. Elle aurait voulu à nouveau les rassembler sous son aile, comme toutes les mères à l'heure du danger. Enfin Cantor était là.

La mer ayant baissé, il ne pouvait aborder le môle. Il mouilla entre le *Gouldsboro* et le chébec de son père, descendit sa chaloupe et toute la compagnie se déplaça pour l'accueillir au rivage.

— Quel bel enfant! dit la duchesse de Maudribourg à Angélique, vous devez être fière de lui, Madame.

— En effet, convint-elle.

Elle aimait reconnaître sur ce franc et rond visage encore puéril l'air vaillant et quelque peu distant de son Cantor, jeune prince né pour un autre destin, mais qui abordait la grève avec l'assurance courtoise qu'il eût affectée devant le Roi. Il salua son père d'un mouvement de tête respectueux et militaire, baisa la main de sa mère.

— Il est charmant! répéta Ville-d'Avray.

— Il a l'air d'un archange, fit la duchesse de Maudribourg.

Le comte le présenta aux quelques personnes qui étaient arrivées à Gouldsboro en l'absence du jeune garçon.

Ces présentations furent interrompues par l'arrivée impétueuse de Wolverine qui surgit à sa façon habituelle d'un boulet traversant un jeu de quilles.

Cantor redevint un enfant heureux pour accueillir son favori.

— Je le croyais perdu et retourné aux bois.

— Il n'a sans doute cessé de te guetter de la lisière de la forêt où il batifolait avec l'ours, lui expliqua Angélique.

— Voici l'ours, dit quelqu'un.

CHAPITRE XXII

JOFFREY DE PEYRAC DÉCIDA AUSSITÔT :

— Si l'ours est présent, il faut l'embarquer immédiatement, c'est l'occasion ou jamais. Mister Kempton, êtes-vous prêt à prendre la mer dès ce soir?

— Yes, Sir! J'ai fait porter mes bagages au port ce matin comme vous me l'aviez recommandé. Et j'ai les pieds usés d'avoir couru après ce bandit qui ne devait pas être si loin et qui a dû bien se moquer de moi derrière un arbre.

Mister Willoagby s'avançait sans se presser s'arrêtant de temps en temps pour retourner un caillou, se dressant à d'autres sur les pattes de derrière pour flairer et jeter alentour un regard olympien.

— Je vais vous faire payer vos fredaines, Mister, grommela le colporteur préparant une laisse pour s'emparer du volage.

Cependant l'atmosphère avait changé subitement et l'on s'activait avec diligence, selon un plan prévu. Il avait été décidé que dès que l'ours, membre important de l'expédition, aurait été retrouvé, un premier contingent d'embarcations plus lentes prendrait la mer, entre autres la grosse chaloupe qui avait amené les Acadiens et leurs sauvages, et qui les remmènerait avec cette fois armes et bagages, plus le colporteur et son ours, Mateconondo, ses guerriers et sa fille, les deux Patsuikett, M. d'Urville et son beau-père indien, M. de Randon, etc. Cette flottille hétéroclite pourrait attirer la méfiance des Anglais. Peyrac et ses navires, plus rapides, les rejoindraient alors qu'ils auraient déjà pris position, pour débarquer aux environs de l'estuaire de la Saint-Jean.

Les Indiens alertés se réunirent aussi et leurs jacassements habituels firent monter aussitôt le diapason. Castine se troublait. Il tenait doucement aux épaules la jeune Mathilde et lui murmurait en abénakis des paroles d'amour. Elle le regardait en souriant gravement, le rassurait de quelques mots sages. Ce n'était pas une expédition guerrière, disait-elle, à peine une promenade, et l'on rapporterait de ce pays fou du dieu Gloosecap toutes sortes d'histoires nouvelles, de trésors inconnus, d'alliances rassurantes, de cadeaux inattendus.

Cependant, celui qui avait provoqué ce remue-ménage par sa venue, l'ours Willoagby, ne semblait pas avoir tout à fait compris la gravité de l'heure. Avec beaucoup de souplesse et un flegme tout britannique, il se dérobait aux invites de son maître de se laisser enchaîner, puis traîner sur une barque, chose qu'il n'avait jamais beaucoup appréciée. Après quelques essais infructueux, Elie Kempton commença à s'énerver.

— En voilà assez, cria-t-il en retournant brusquement son chapeau pour mettre la boucle par-derrière, ce qui était signe chez lui de grande colère, Willoagby, vous n'allez pas vous jouer plus longtemps de gens respectables! Vous n'êtes qu'un ours après tout!...

Pour toute réponse, l'ours galopa lourdement à travers les groupes des Indiens qui s'égaillèrent avec des cris et des rires bruyants puis, se retrouvant subitement devant le Père Maraicher de Vernon, il se dressa de toute sa taille et lui posa lourdement sur les épaules ses dangereuses pattes griffues.

Le Jésuite ne cilla point et resta ferme. Il connaissait ce compagnon insolite qu'il avait embarqué naguère comme passager à la Nouvelle-York et il le salua courtoisement en anglais. Cependant, bien que de haute taille, l'ours dressé le dépassait quelque peu et sa gueule rouge aux crocs aigus se balançait à quelques pouces du visage du religieux.

Les rires cessèrent et Angélique se rapprocha, anxieuse.

Gavé de fruits, de grand air et de liberté l'ours semblait être redevenu sauvage. Il s'écarta tout à coup et se tint devant le Jésuite en se dandinant et en grommelant, les pattes écartées comme s'il se préparait à le saisir et à l'enserrer.

— Il veut se battre, s'exclama Kempton. Ah! avez-vous jamais vu un ours aussi vif et badin. Il trouve qu'on ne l'a pas assez regardé comme cela. Quel comédien! Il veut lutter avec vous, Merwin.

— Non! cria nerveusement Angélique, ce n'est pas prudent. Vous ne voyez donc pas que cette bête est très excitée.

Mais le Père de Vernon ne semblait pas troublé. Il considérait son redoutable interlocuteur avec bonhomie et souriait à demi. Ce n'était pas la première fois que l'ours le provoquait au combat.

— Battez-vous avec lui, Merwin, insista le colporteur. Sinon on n'en viendra pas à bout. Vous pouvez bien faire cela pour lui, non? après tout ce qu'il a fait pour vous...

On pouvait se demander quels services particuliers Mister Willoagby, l'ours, avait rendus au patron du *White Bird*. Mais le petit colporteur du Connecticut jugeait l'existence d'après une optique très particulière, au centre de laquelle se trouvait son ami et compagnon d'enfance : l'ours.

Cependant l'ours s'inquiétait. Il paraissait déçu. N'avait-on pas d'amitié pour lui, surtout celui-ci qui avait toujours été, il en gardait le souvenir, un bon et franc adversaire.

— *All right!* décida le Jésuite.

Il ôta son manteau qu'il confia au petit Suédois, rejeta les mocassins qu'il chaussait afin d'être pieds nus, et troussa sa soutane dans sa ceinture dégageant ses mollets maigres et noueux. Puis il se mit en garde devant l'ours.

Celui-ci poussa un grognement de satisfaction qui fit passer un frisson d'inquiétude parmi les spectateurs.

— En juillet l'ours est en rut, fit quelqu'un. Le Jésuite est fou.

— Qu'importe! le Diable, son maître, le soutiendra, lança le Révérend Patridge avec un éclat de rire sardonique.

La foule s'était rassemblée en cercle étroit et compact. Même les Indiens se taisaient. Les hauts bonnets noirs et pointus des Mic-Macs oscillaient, groupés en masse attentive.

Tous les regards étaient fixés sur ce spectacle inattendu. Un fauve dressé dans toute sa force sauvage et un homme aux mains nues, prêts à s'affronter. Un seul coup des redoutables griffes pouvait ouvrir un ventre, défigurer à jamais. Mister Willoagby, dans ses joutes habituelles, n'en faisait pas usage. Kempton les lui avait un peu rognées. Mais aujourd'hui on s'avisait qu'elles semblaient particulièrement aiguisées, peut-être parce que l'ours paraissait moins bonhomme qu'à l'habitude. Il grognait en se dandinant et son œil avait un reflet rouge.

Tout à coup il fonça. Son adversaire se déroba à cette première attaque et en profita pour lui envoyer de côté une violente bourrade. L'ours ne sembla pas incommodé et fit demi-tour. Mais déjà Vernon-Merwin lui envoyait dans le ventre un coup de genou violent. Mister Willoagby le reçut avec l'impassibilité d'un tronc d'arbre. Cependant, il marqua un temps d'arrêt. Merwin le contourna vivement et s'appuyant du dos à l'énorme dos velu commença à lui donner des bourrades et des coups de reins pour essayer de le déséquilibrer et le faire retomber sur ses pattes. L'ours résista, puis, à son tour, il essaya de repousser du dos son adversaire. S'il y parvenait et tombait sur lui il l'écraserait.

L'homme résistait, les pieds arc-boutés, dans le sable. Pendant un moment ils furent ainsi dos à dos, luttant à celui qui déséquilibrerait l'autre.

Elie Kempton trépignait, jubilait, se frottait les mains.

— Ça commence bien. *Wonderfull!* Ils sont extraordinaires ces deux-là !

Les gens commençaient à se rassurer, à se passionner.

— Je parie pour le Jésuite.

— Non, c'est impossible. L'autre est trop lourd...

Subitement, le Père de Vernon se déroba à sa position incommode d'un vif glissement de côté et l'ours entraîné par son poids tomba en arrière. Il se releva aussitôt en roulant de côté et se retrouva sur ses quatre pattes. Il paraissait interloqué.

Le Jésuite l'attendait à quelques mètres. Mister Willoagby regarda autour de lui d'un air mécontent.

Tout à coup il prit le galop, comme un boulet, fut sur l'homme qu'il projeta presque en l'air, l'envoyant rouler à quelques pas.

— L'ours aussi sait ruser, fit remarquer un des spectateurs à mi-voix.

Merwin demeurait à demi étendu, la face dans le sable, sans doute étourdi par le choc.

— Il a son compte.

— Vaincu, Merwin? interrogea Kempton.

Willoagby, content de lui, commença à donner des signes de victoire. Il se rapprocha, en se dandinant, du corps immobile, le flaira. Se recroquevillant brusquement, Merwin lui lança ses deux pieds dans le museau et sous l'effet de la détente, l'ours lui-même recula, puis il s'enfuit littéralement et se tint à l'autre bout du cercle formant arène, en grognant de douleur.

— Vous n'auriez pas dû faire cela, Merwin, lança Kempton, mécontent. Ces bêtes ont le museau très sensible...

— Est-ce qu'on se bat, oui ou non? grommela le Jésuite qui se relevait, haletant. Lui non plus ne me fait pas quartier.

— Attention, cria-t-on.

L'ours fonçait à nouveau et le Père de Vernon évita le choc de justesse. Ce fut ensuite une série de passes et de joutes où la vivacité du Jésuite compensait, mais de plus en plus difficilement, les coups de boutoir, les assauts ou, au contraire, la force d'inertie de son énorme adversaire.

Tour à tour dressé pour mieux dominer l'ennemi, ou se remettant sur ses quatre pattes afin de se déplacer plus rapidement, l'ours faisait montre d'une intelligence quasi humaine dans sa tactique. La vaillance de l'homme, son audace, sa connaissance de la bête, sa force et sa souplesse hors du commun, forçaient l'admiration.

C'était un beau combat.

Mais la tension montait. On ne pouvait se défendre d'une certaine anxiété.

— Mettez les pouces, Merwin, conseilla le colporteur. Cela vaudrait mieux pour vous!

Les longs cheveux noirs du Jésuite balayaient son visage en sueur. Il nc parut pas entendre. La lumière du soir commençait à répandre des lueurs safranées. Le teint de Jack Merwin avait une transparence ivoirine, mais on eût dit qu'il souriait, tandis que ses yeux au reflet minéral pétillaient soudain d'une sorte de gaieté qui le transformait.

Ce fut à cet instant que l'ours le prit sans ses bras. Un cri jaillit de l'assistance.

— Attention! Il va l'étouffer!

La longue silhouette en soutane noire paraissait disparaître entre les pattes énormes.

Heureusement, Willoagby estimant avoir remporté la victoire lâcha son adversaire. Celui-ci glissa à terre et ne bougea plus. L'ours commença à regarder autour de lui avec fierté afin de recueillir les applaudissements.

Presque aussitôt il vacilla et s'écroula à son tour en soulevant un nuage de poussière.

L'ecclésiastique se dégageait non sans peine de la masse velue qui l'avait à demi écrasé dans sa chute.

Il se releva et s'épousseta d'un air flegmatique.

— Continuons-nous, Mister Willoagby? interrogea-t-il en anglais.

Mais l'ours ne bougeait plus. On eût dit un énorme roc moussu, échoué là pour l'éternité. Ses yeux demeuraient clos.

Les gens étaient dans la stupeur de ce retournement subit de la situation.

— Hé, que se passe-t-il? interrogea le petit colporteur du Connecticut éberlué, en se rapprochant avec inquiétude. Willoagby, mon ami!... On dirait que vous n'êtes pas bien?...

L'ours ne bronchait pas. Il était parfaitement inerte. Difficile de croire que quelques secondes auparavant il évoluait en grognant sous l'admiration attentive des badauds.

Elie Kempton, atterré, le contourna, ne pouvant en croire ses yeux. Puis il éclata en imprécations.

... Vous l'avez tué, maudit papiste, hurla-t-il en s'arrachant ses quelques touffes de cheveux grisonnants. Mon ami, mon frère! Quel affreux malheur! Vous êtes un monstre, une brute sanguinaire, comme tous vos maudits papes.

— Vous exagérez, *old boy*, protesta Merwin. Regardez dans quel état je suis moi-même. Vous savez très bien que tous les coups que je pouvais lui donner ne lui font pas plus d'effet qu'une piqûre d'insecte. Je me suis contenté de l'attraper par la patte pour le faire chavirer.

— N'empêche qu'il est mort, sanglota Kempton, désespéré. Vous êtes une brute, Jack Merwin, un buveur de sang comme tous vos semblables. Jamais je n'aurais dû l'autoriser à vous affronter, vous, un Jésuite! Vous l'avez tué, cette bête innocente, avec vos magies sataniques.

— Trêve de sottises! s'impatienta le Jésuite. Il ne peut avoir grand mal, je m'en porte garant. Je ne comprends pas pourquoi il ne bouge pas.

— Parce qu'il est mort, vous dis-je, ou mourant... Milady! Milady! supplia le colporteur tourné vers Angélique, vous qui êtes guérisseuse, faites quelque chose pour ce pauvre animal.

Angélique ne pouvait se dérober à la prière du colporteur anglais, bien qu'elle fût assez embarrassée. Elle n'avait encore jamais eu l'occasion de soigner un ours de cette taille. Elle non plus ne comprenait pas le mal qui avait pu terrasser si brusquement Mister Willoagby. Le Père de Vernon avait raison quand il disait que les coups qu'il lui avait assenés, bien qu'il fût un boxeur et un lutteur fort redoutable pour un être humain, ne pouvaient guère importuner une pareille énorme masse capitonnée de graisse et de poils.

Elle envisagea le coup qu'il avait reçu sur le museau et qui avait paru le faire souffrir et elle s'agenouilla sur le sable tout près de la bête allongée et inerte dont la tête semblait fort petite et fine en contraste avec le cou trapu, et l'échine monstrueuse. Avec délicatesse, elle lui tâta le nez qui lui parut tiède et souple. Il n'y avait pas de sang. Elle le caressa à plusieurs reprises remontant vers le front comme on flatte un chien. Penchée, elle observait les paupières closes dans l'entremêlement des poils. L'une d'elles parut frémir, puis s'entrouvrit, laissant filtrer vers Angélique un regard si humain et si triste qu'elle en fut bouleversée.

— Que vous arrive-t-il, Mister Willoagby? l'interrogea-t-elle avec douceur. Oh! je vous en prie, dites-le-moi...

Il cilla légèrement et elle eût juré qu'une larme glissait le long de son museau. Puis un profond soupir souleva la poitrine de l'ours et il referma les yeux comme dans un refus de considérer désormais un monde si amer.

Angélique se redressa et alla vers Kempton et le Père de Vernon, qui attendaient côte à côte avec anxiété.

— Écoutez, dit-elle en anglais à mi-voix, peut-être me trompè-je, mais je vais vous donner mon opinion. Je crois qu'il n'a rien, seulement il est terriblement vexé. Cette chute, cette défaite alors qu'il se croyait vainqueur...

— Oh! mais oui, sans doute avez-vous raison, s'exclama Elie Kempton illuminé, j'avais oublié : cela lui est déjà arrivé une fois!... On n'a pas pu le bouger de trois jours!

— Trois jours! Nous voilà bien, fit Peyrac en éclatant de rire.

— Et vous riez, s'indigna le colporteur. Mais ce n'est pas drôle du tout. Et je vous ferai remarquer que votre expédition de la rivière Saint-Jean est à l'eau!... C'est votre faute aussi, Merwin. Vous l'avez mis à plusieurs reprises dans une posture ridicule, surtout vous lui avez fait mal au nez. Je comprends qu'il soit vexé.

M. de Ville-d'Avray qui n'entendait pas l'anglais demanda ce que l'on tramait. On le lui dit. Il explosa.

— Comment! On ne peut pas partir sans l'ours? Le sort des hauts fonctionnaires de Québec dépend maintenant de la bonne volonté d'un ours!... C'est intolérable! Monsieur de Peyrac, je vous somme de donner à cet ours l'ordre de se relever immédiatement ou bien... JE BOUDE!...

— Croyez que j'aimerais vous satisfaire, Monsieur, dit Peyrac avec sang-froid, mais l'affaire ne me paraît pas simple.

Il considéra l'immobilité quasi minérale de Mister Willoagby qui paraissait endormi pour l'éternité.

— Peut-être pourrait-on essayer de panser son amour-propre de quelque façon, proposa Angélique. Si vous faisiez le mort, Merwin? ajouta-t-elle en se tournant vers le Père Jésuite. Il se croira vainqueur et...

— Bonne idée, approuva Elie Kempton, enthousiaste. Je le connais! Il a un cœur d'or. Mais il ne peut admettre d'être moins fort qu'un homme. Et, en effet, c'est illogique. Vous devriez être mort, Merwin. Faites comme si vous l'étiez...

— *All right!* accepta le Jésuite.

Il se laissa choir de tout son long devant l'ours, la face contre terre, et ne bougea plus.

Le colporteur pressait son ami de rouvrir les yeux afin de contempler ce triste spectacle.

— Regardez ce que vous avez fait, Mister Willoagby! N'est-ce pas une pitié? Vous êtes l'ours le plus fort du monde... Vous lui avez donné une leçon à cet arrogant. Mais voyez donc! Il ne bouge plus. Il ne s'en remettra pas de sitôt. Cela lui apprendra à vouloir se battre avec Mister Willoagby... L'ours le plus merveilleux, le plus fort, le plus imbattable du monde...

— Mister Willoagby, insistait Angélique en caressant l'ours, considérez votre victoire. Comment saura-t-on que vous êtes le vainqueur si vous ne vous relevez pas? Comment saura-t-on que vous êtes l'ours le plus fort du monde?

Sur ces entrefaites, le petit chat vint mettre son grain de sel. Il surgit inopinément dans l'arène et, avant qu'on ait pu l'en empêcher, vint donner quelques petits coups de patte insolents sur la truffe du museau de l'ours. Angélique l'écarta, mais la bestiole revenait à la charge, très intéressée par cette masse de poils autour de laquelle tout le monde se groupait. Kempton continuait ses adjurations.

... Regardez donc ce que vous lui avez fait à ce diable en robe noire. En tant que papiste, il n'a que ce qu'il mérite mais, tout de même, souvenez-vous, il vous avait pris dans son bateau.

Cet assaut de paroles persuasives, jointes aux taquineries du chat qui le chatouillait, parurent, enfin, ébranler la forteresse d'amour-propre blessé de Mister Willoagby.

Il consentit à ouvrir un œil, puis deux, puis s'intéresser à l'état de Merwin. Il soupira. Lentement, comme à regret, il commença à se hisser sur ses lourdes pattes.

Avec circonspection, il s'approcha du corps étendu, le flaira, le retourna, l'examina encore. Les spectateurs retenaient leur souffle.

... Mais oui, vous voyez bien que vous avez vaincu une fois de plus, Willoagby! le pressait Kempton. Dressez-vous, mon ami, que l'on vous applaudisse! Applaudissez-le donc, tas d'empotés! intima-t-il à la foule.

— Vive Mister Willoagby! cria-t-on. Hurrah! Viva!...

Cet agréable charivari parvenant à ses oreilles, l'ours se rasséréna définitivement. Il se dressa sur les pattes de derrière et fit le tour de l'assemblée, recueillant les applaudissements et les hommages, les caresses, les félicitations et les encouragements.

Pendant ce temps, le négrillon Timothy tendit vivement sa besace au colporteur qui y prit un morceau de gâteau au miel. C'était la récompense habituelle de l'ours lorsqu'il était vainqueur. Il l'accepta. Tandis qu'il se délectait, son maître lui passa sa chaîne au cou. Après quoi, il sortit de ses basques un mouchoir de toile grand comme une serviette et s'épongea longuement.

— Nous voilà saufs! fit-il. Bon, je l'emmène. Monsieur de Peyrac, nous nous retrouverons chez Skoudoun. Vous voyez que vous pouvez compter sur mon ours!... Il est supérieurement intelligent. Vous autres, serpents rouges, prenez mon bagage, et mes ballots de marchandises, intima-t-il aux Mic-Macs qui s'empressèrent de lui obéir, dérogeant à leurs principes, car ils étaient enchantés de s'embarquer en si distrayante compagnie. Venez avec moi, Mister Willoagby! C'en est assez. Laissons donc tous ces papistes à leurs stupidités...

Pauvre Mister Willoagby! Peut-être n'était-il pas entièrement dupe de la comédie, mais l'honneur était sauf.

Il suivit son maître docilement.

Lorsqu'il eut été hissé sur la barque et que celle-ci, chargée, en surplus du colporteur et du négrillon, des Indiens et des Acadiens et de quelques autres spécimens encore, se fut éloignée du rivage sous les saluts et les adieux cordiaux, le Père de Vernon eut la permission de se relever.

Il était couvert de sable, d'égratignures et d'ecchymoses et sa soutane était déchirée.

Angélique chercha des yeux quelqu'un pour lui porter à boire. Mais ce fut le jeune Martial Berne qui se présenta aussitôt avec un seau d'eau.

Le Jésuite se bassina longuement le visage.

Cependant, tous les Anglais, loin de s'indigner, riaient à gorge déployée de l'histoire du Pasteur.

— Décidément, quelle gaieté! fit remarquer Ambroisine de Maudribourg, les yeux brillants.

— Oui, nous ne sommes pas à Québec tant s'en faut, renchérit le marquis de Ville-d'Avray. Jamais de ma vie je n'ai vu un Jésuite faire ainsi le baladin! Quand je raconterai cela à Mgr Laval...

— Je vous saurai gré, Monsieur, de ne pas parler de cet... incident à Québec, le pria avec hauteur le religieux.

— Oui?... Vous croyez donc que je m'en priverai, s'esclaffa le petit marquis en le considérant avec jubilation et insolence. Une si bonne histoire! Ce serait dommage... Soit! Je me tairai. Mais, désormais, vous m'accorderez des indulgences pour mes péchés... Donnant, donnant. Pour une fois que je tiens un Jésuite à ma merci.

CHAPITRE XXIII

Angélique avait entendu son mari demander à Cantor lorsqu'il débarquait :

« — Ramènes-tu Clovis ?

— Non.

— Pourquoi?

— Il a disparu. »

et elle avait hâte de le rejoindre, à l'écart de toute cette foire qui semblait se tenir par le hasard des arrivées et des départs, en permanence, sur la grève de Gouldsboro.

Enfin il était là, et elle refermait la porte de la chambre du fort avec une impression de soulagement.

Quelques heures encore volées au temps, à cette agitation qui voulait disperser leurs efforts, et leur besoin de confidences.

Angélique bénit la nuit clémente, toute chargée d'étoiles, toute bruissante du mouvement de la mer, qui les isolerait pour quelques heures brèves. Il vint à elle en riant.

— Vous étiez si charmante avec cet ours ce tantôt, mon amour. Il n'y a pas deux femmes comme vous au monde. Je mourais d'envie de vous prendre dans mes bras.

Elle s'avisait de sa gaieté. Toute cette cacophonie, ce brassage incessant de décisions à prendre, de détails à régler, ne semblait pas l'abattre.

... Il n'y a que vous, que vous au monde!

Et elle était saisie par la paix extraordinaire qui, tout à coup, descendait sur elle. « Il n'y a que lui », songea-t-elle aussi, en ressentant la force de sa présence. « Tout ce qu'il touche. Tout devient alors marqué d'un sceau extraordinaire... Et cet homme-là m'aime... Je suis sa femme... »

Le bruit du petit chat jouant avec la balle de plomb, retrouvée sous un meuble, troublait seul le silence. On eût dit un farfadet, un petit génie tutélaire, veillant sur le bonheur des humains.

— Vous êtes anxieuse, reprit Peyrac, je l'ai vu quand vous êtes entrée. Pourquoi?

— J'oublie pourquoi quand je suis là, dit Angélique en se blottissant contre son épaule. Je voudrais y rester toute ma vie et surtout... que vous ne partiez pas... Oh! que vous ne partiez pas! Je ne sais pourquoi, je ressens une si grande angoisse à cette pensée. *Ne partez pas.*

— Il le faut.

— Pourquoi?

— M. de Ville-d'Avray BOUDE!... dit Joffrey en mimant l'effroi.

— Oh! qu'importe qu'il boude! C'est l'occasion qu'il nous laisse en paix avec sa manie de verser un filet de vinaigre au hasard des conversations. Avez-vous remarqué : le marquis ne desserre plus les dents, mais, du coup, Alexandre parle. Je l'ai vu en conversation avec Cantor. Le marquis et son protégé doivent s'entendre pour bouder tour à tour...

Ils rirent, mais Angélique restait angoissée.

— Est-ce Cantor que vous attendiez pour prendre la décision du départ?

— En partie... oui.

— L'emmenez-vous?

— Non, je vous laisse à sa garde... et à celle de celui-ci, ajouta-t-il en désignant le petit chat.

Elle alla ramasser la bestiole légère, aux yeux immenses.

— Et de quels dangers doivent-ils me garder ces deux-là?

La pensée, soudain, l'effleurait, de Colin. En l'abandonnant seule à Gouldsboro, dont Colin était désormais le gouverneur, Joffrey de Peyrac relevait-il encore une gageure?

Mais non. Tout à coup c'était comme si chacun d'eux, Elle, Lui, Colin, avait pris leur place exacte. Il n'y avait plus de question à se poser à ce sujet, ni pour elle, ni pour lui, ni même pour Colin. Levant les yeux sur le visage de son mari, Angélique ne pouvait y lire aucune arrière-pensée. Et elle-même songeait : quel homme peut exister pour moi en dehors de lui?

Et c'était une chose si certaine, si simple à concevoir, comme une vérité inchangeable, qu'elle sentait que pour lui aussi la frontière avait été franchie des inquiétudes et des doutes corrosifs et malsains.

Et Colin, le juste, le fort, Colin, le franc, le droit, le savait aussi.

S'il demeurait à Gouldsboro, ayant accepté des charges qui convenaient à ses talents, c'est qu'il avait trouvé sa place personnelle, un équilibre, où la sérénité du sacrifice consenti fortifiait son goût de vivre et d'agir.

Au contraire, sa présence ici étayant celle de Peyrac faisait lever dans le cœur d'Angélique une chaude sensation de réconfort. Elle dit à mi-voix :

— C'est une bonne chose, n'est-ce pas, que Colin soit ici.

— Oui. S'il ne tenait pas la place en main, je ne m'éloignerai pas.

Ces mots emplirent le cœur d'Angélique d'une joie qui rayonna malgré elle sur son visage.

En la regardant il ébaucha un sourire.

— Tout est encore trop instable dans notre situation, continua-t-il, et trop d'ennemis nous guettent, précisément à cette heure même. Or, Paturel est attentif. Il a un flair sûr, une poigne de fer et personne ne peut le circonvenir facilement. Je l'ai mis au fait de tout ce qui pourrait nous nuire. Il a... le sens de ce que nous sommes ici, de ce que nous pouvons obtenir de ces terres, de ces hommes. Il ne lâchera rien, ne laissera rien aller à vau-l'eau, s'accrochera. Enfin... il tient tout ce monde solidement. Il a vraiment reçu du ciel un don, un pouvoir sur l'humain.

— Comme vous-même.

— Moi, c'est autre chose, dit Peyrac, songeur. Moi, je les fascine, lui les convainc. Je peux les distraire et les attirer en les distrayant ou les récompensant, mais je reste lointain. Lui est proche, il est de la même glaise. C'est prodigieux! Oui, merci à Dieu, Colin est là, et je peux vaquer à d'autres affaires.

Elle devina qu'il ne pensait pas seulement à l'expédition destinée à délivrer les fonctionnaires québécois. Son but en quittant Gouldsboro était surtout de pister et de débusquer les mystérieux ennemis, qui, à plusieurs reprises, les avaient déjà fait trébucher dans leurs pièges.

— Qu'est-il arrivé à Clovis?

— J'avais chargé Cantor de le ramener de la mine entre Kennébec et Penobscot où je l'avais laissé. Je voulais l'interroger à propos de ce malentendu qu'il y a eu à Howsnok, lorsque vous vous êtes mise en route pour le village anglais, croyant le faire sur mon ordre. Cantor vous avait porté l'annonce, mais lui-même la tenait, m'a-t-il dit, de Maupertuis. Impossible d'enquêter près de celui-ci puisque les Canadiens l'ont enlevé. Cependant Cantor croyait se souvenir que Maupertuis avait fait allusion à Clovis comme lui ayant transmis mes consignes. Par Clovis, je suis certain que j'aurais pu avoir des renseignements plus précis sur ceux qui se plaisent à embrouiller notre écheveau. Or, voici que Clovis a disparu.

— Serait-ce encore de leur fait?

— Je pressens que oui!...

— Qui peuvent-« ils » être?

— L'avenir nous éclairera. Un avenir proche, je le souhaite, je les traquerai sans répit. On a aperçu la flamme de leurs navires dans les îles de la baie. Peut-être ont-ils un lien avec la compagnie qui a vendu les terres de Gouldsboro à Colin.

Elle essayait de se souvenir de quelque chose que Lopez, un homme de Colin, lui avait dit. C'était comme une piste dont elle ne parvenait pas à saisir le fil.

— Et le Père de Vernon? Quel peut être son rôle dans tout cela?

— Votre Jésuite, marin et lutteur de foire?... Il me semble qu'il nous est favorable dans la mesure où vous l'avez entortillé dans vos filets.

— Que dites-vous? Lui c'est un marbre, un monument de froideur. Si vous saviez avec quelle impassibilité il me regardait me noyer à la pointe Monégan.

— N'empêche qu'il a plongé.

— C'est vrai.

Angélique caressa rêveusement le petit chat.

— J'avoue que j'ai de l'amitié pour lui. J'ai toujours eu du goût pour les ecclésiastiques, avoua-t-elle en riant. Que Dieu me pardonne! Je crois trouver facilement avec eux un terrain d'entente, je ne sais lequel exactement.

— Vous leur offrez de la femme une image inconnue, ni pécheresse, ni dévote, qui endort leur méfiance...

— Comment savait-il que Barbe-d'Or m'avait capturée et qui l'a envoyé me chercher à bord du *Cœur-de-Marie?*

— Confessez-le.

— Un Jésuite! J'ai entrepris bien des œuvres réputées impossibles, comme de m'évader du harem de Moulay Ismaël. Mais confesser un Jésuite!... Jamais! N'empêche, j'essaierai!

CHAPITRE XXIV

— ADIEU, DIT MME DE MAUDRIBOURG, EN PRENANT LES MAINS d'Angélique, adieu, je ne vous oublierai jamais!

Son magnifique regard enveloppait le visage d'Angélique avec une intensité désespérée, comme si elle eût voulu le graver pour toujours dans sa mémoire. Elle était d'une pâleur impressionnante et Angélique sentit que les mains de la « bienfaitrice » étaient glacées.

— Vous me méprisez, n'est-ce pas? chuchota Ambroisine. Mais je dois obéir à la volonté de Dieu. Ah! mon cœur se brise de quitter ces lieux. Quel charme y règne qui m'a déjà enchaînée! Jamais la sainte discipline ne m'a paru si cruelle. Mais le Père de Vernon a été absolu. Je ne dois pas rester ici. Je dois aller en Nouvelle-France...

— Vous me l'avez déjà expliqué, dit Angélique. Croyez que nous aussi nous regrettons et pour beaucoup de raisons la décision que vous avez prise de nous quitter. J'en vois plus d'un et plus d'une qui pleure aujourd'hui.

— Je dois obéir, chuchota Ambroisine.

— Eh bien! obéissez. Nous ne sommes pas gens, quoi qu'on en dise, à employer la contrainte dans un hasard comme celui-ci, pour retenir en nos murs ceux ou celles qui ne veulent point y demeurer.

— Vous êtes dure, dit Ambroisine d'une voix de reproche, qui s'étranglait comme si elle allait éclater en sanglots.

— Hé! que voudriez-vous de moi? protesta Angélique qui sentait l'agacement la gagner.

— Que vous ne m'oubliiez point! jeta Ambroisine qui parut sur le point de défaillir.

Elle plongea son visage dans ses mains, puis se détournant d'Angélique, elle s'écarta à pas lents. Dans ses vêtements aux couleurs vives qu'elle avait revêtus à nouveau, elle paraissait plus que jamais un oiseau fragile.

Son court séjour à Gouldsboro la frappait d'une blessure mystérieuse.

Hier soir, après que le Père de Vernon, remis de son combat avec l'ours, eut fait dresser une hutte de branchages pour recevoir ses pénitents, elle s'était aussitôt présentée pour se confesser à lui.

Peu après, Angélique l'avait vue arriver, bouleversée.

— Il refuse, s'était-elle écriée, il me déconseille fortement de laisser mes filles ici. Il dit que je dois quitter ces lieux où Dieu et le Roi de France ne sont pas honorés, que mon devoir est de conduire mes filles en Nouvelle-France, à Québec ou à Montréal, et que je me suis laissée induire en tentation par vos libéralités dangereuses. « Une atmosphère séduisante, certes, m'a-t-il dit, mais où ces jeunes femmes auront tôt fait de se détourner de leur salut éternel, pour ne se préoccuper que des biens matériels... mais ici où la richesse du monde afflue. »

— La richesse?... à Gouldsboro!... Un lieu déshérité où nous sommes sans cesse en danger de perdre les quelques pauvres biens que nous possédons y compris nos vies... Il ne craint pas d'exagérer, ce Merwin. Je le reconnais bien là.

Angélique était profondément déçue et même attristée de la réaction du Jésuite. Elle avait trop vite présumé de la sympathie qu'ils croyaient lui avoir inspirée.

Elle fut sur le point d'aller le trouver pour lui dire son fait, mais Ambroisine l'avertit que le Père reposait la nuit dans un village voisin dont le chef l'avait convié et qu'il s'était déjà mis en chemin.

— La flotte de M. de Peyrac l'a impressionné. Il dit que tous les établissements privés ou militaires de la Nouvelle-France ne réunissent pas ensemble une déjà telle puissance commerciale et de défense.

— Les établissements français des colonies sont toujours pauvres comme Job, par la négligence du Royaume et celle de leur propre gouvernement. Ce n'est pas une raison pour les imiter...

Angélique avait dû exposer à son mari les décisions nouvelles de Mme de Maudribourg...

— Eh bien! qu'elle parte, avait dit le comte avec une vivacité qui l'avait presque étonnée. Précisément, le Père Tournel, aumônier de Port-Royal, me proposait hier de conduire ces femmes là-bas, où Mme de la Roche-Posay pourrait les accueillir en terre française.

— N'y aura-t-il pas de cruelles déceptions parmi les hommes?... On avait parlé de mariages.

— Je me charge avec Colin de leur expliquer l'affaire. Port-Royal n'est pas loin, leur dirons-nous. Et une absence de quelques jours nécessitée par différentes obligations fortifiera leurs sentiments mutuels. L'épreuve de l'absence peut être bonne avant de s'engager pour la vie, etc.

— Seront-ils dupes?

— Ils le seront car il le faut, avait-il répondu.

Et elle n'avait pas tout à fait compris le sens de sa réplique.

De fait, les futurs conjoints des Filles du Roy assistaient au départ de leurs promises, sans trop manifester d'inquiétude ni de désespoir.

Mais il régnait un étrange silence et comme un malaise informulé. Il semblait qu'il se passait, en vérité, autre chose que ce que l'on croyait voir. Angélique le ressentait si profondément qu'elle devait faire effort pour rester calme.

Le chagrin manifeste de la « bienfaitrice » ne l'y aidait pas. Une sorte de pitié et d'anxiété pour cette jeune femme désarmée et comme abandonnée de tous se disputaient en elle avec l'irritation que lui causait la trop grande docilité d'Ambroisine aux ordres des Jésuites.

Elle regrettait que le Père de Vernon ne fût pas présent pour lui dire son fait.

Aristide Beaumarchand était le grand gagnant de l'affaire. Il gardait sa Julienne. Apparemment la « bienfaitrice » avait sauté sur l'occasion de se débarrasser de la brebis galeuse.

Angélique remarqua que cette dernière n'était pas présente au départ de ses anciennes compagnes. Elle craignait peut-être que la duchesse de Maudribourg, versatile et autoritaire, ne se ravisât au dernier moment.

Ambroisine avait pris sa décision de quitter Gouldsboro si rapidement que beaucoup parmi les habitants n'étaient pas prévenus. Mme Carrère arriva in extremis en protestant.

— On ne me dit rien, jamais. Les gens arrivent puis repartent, sans crier gare. Madame la Duchesse, je vous demande de m'excuser, mais je n'ai pas fini de boucher les trous de votre manteau de robe...

— Qu'importe, je vous le laisse, ma bonne, répondit Ambroisine de Maudribourg d'une voix sans timbre.

Elle regardait autour d'elle comme cherchant du secours.

... Monsieur de Ville-d'Avray, s'écria-t-elle tout à coup en se tournant vers le gouverneur français qui assistait au départ d'un air chagrin et pénétré, pourquoi ne nous accompagnez-vous pas? Votre charmante présence nous distrairait et Port-Royal n'est-il pas sous votre juridiction?

— Très bonne idée, approuva le marquis avec son sourire juvénile. J'ai une envie terrible d'aller croquer des cerises à Port-Royal. Randon, les cerises sont-elles mûres, là-bas?

— Non ! pas encore, répondit le seigneur acadien.

— Alors tant pis, je regrette. — Le marquis eut une expression peinée. — Je suis obligé d'attendre la saison des cerises. Vraiment, je regrette. Mais prenez patience, juste un petit tour au fond de la Baie Française afin de déguster les gratins de coquillages de Marceline-la-Belle et je vous rejoindrai, charmante dame.

Ces répliques subitement surgies à propos de cerises et de coquillages avaient quelque chose de cocasse, mais, bizarrement, personne ne songeait à en rire ou même à en sourire. On ne les percevait pas tout à fait comme réelles.

Les sentiments d'Angélique à propos d'Ambroisine de Maudribourg avaient longtemps oscillé, ne parvenant pas à se prononcer. Mais maintenant qu'elle la voyait sur son départ, le pathétique de cette physionomie levée vers elle éveillait en elle la pitié et la sympathie. Il y avait en cette femme d'une trentaine d'années une sorte d'innocence, quelque chose d'inachevé, de brisé plutôt, et Angélique s'émouvait de sentir cet être jeune d'une grande beauté, né comblé de dons et apparemment pour un destin glorieux, chargé d'une infirmité intérieure qu'elle ne définissait pas.

Par instants, ces contrastes entre la personnalité mûre et sagace de la duchesse et sa puérilité inattendue l'avaient agacée prodigieusement. Ces contrastes déconcertaient l'observateur, mais n'étaient pas sans charmes pour qui se contentait de subir l'ascendant de la duchesse. Angélique pensait que ce côté puéril de sa personne ressortait surtout lorsque la duchesse se trouvait devant un auditoire masculin. Instinct ou compensation. On eût dit une adolescente s'exerçant à ses premiers jeux de séduction... Peut-être n'en avait-elle pas eu assez l'occasion dans sa jeunesse ?

Certes, Angélique n'était pas près d'oublier sa peur, l'autre jour, au cours de cette discussion scientifique, lorsqu'elle avait vu Ambroisine levant sur Joffrey de Peyrac ses yeux magnifiques. Mais elle comprenait maintenant qu'elle s'était émue à tort, interprétant à l'extrême, dans sa nervosité, des faits sans importance.

Joffrey de Peyrac ne paraissait pas du tout troublé par le départ de la duchesse, même plutôt impatient de voir s'embarquer la « bienfaitrice » naufragée et celle-ci ne portait d'attention qu'à Angélique.

— Nous aurions pu connaître une très belle amitié, lui dit-elle, vous m'êtes proche de cent façons, malgré ce qui nous oppose.

Elle parlait juste. Quoique raidie dans un cadre d'éducation pieuse qu'elle ne semblait pas vouloir, ni pouvoir franchir, elle avait parfois des éclairs d'instinct dans ses jugements qui rejoignaient les propres intuitions d'Angélique. Elle lui avait dit un jour : « Un danger rôde et vous menace. »

Et maintenant elle ne semblait pas pouvoir se décider à la quitter, la considérant avec désespoir.

Ambroisine accepta l'aide d'Armand Dacaux et du capitaine Job Simon pour monter dans la chaloupe. Les Filles du Roy avaient été transportées sur le navire. Ce dernier voyage conduirait la duchesse au petit trente-tonneaux, dont M. de Randon avait pris le commandement. Après la halte à Port-Royal, le navire devait rejoindre Peyrac à la rivière Saint-Jean.

Derrière Job Simon, deux mousses portaient un brancard sur lequel reposait la licorne de bois qu'il emportait avec lui. Il n'avait pas tout à fait achevé de la redorer et avait fait une scène enfantine quand on avait parlé de départ. « Vous devez me suivre, lui avait enjoint la duchesse, vous êtes tout ce qui me reste de l'équipage que j'avais engagé... »

Maussade et grommelant, il s'embarqua le dernier après avoir hissé et installé, à l'arrière de la chaloupe, la licorne étincelante.

En le voyant se dresser, dégingandé, puissant et chevelu, sur le ciel empourpré du soir, Angélique se souvint soudainement de la phrase que lui avait dite Lopez, l'homme de Colin : « Quand tu verras le grand capitaine à la tache violette tu sauras que tes ennemis ne sont pas loin!... » Quelle signification pouvait avoir une telle parole? Malgré la marque vineuse qui lui marquait la tempe, ces mots ne pouvaient s'appliquer au pauvre Job Simon, pilote maladroit, naufragé par malchance dans la Baie Française.

Un bras passé autour du cou de la Licorne, il s'éloignait mélancoliquement de Gouldsboro, en levant de temps en temps la main en signe d'adieu.

Les enfants lui répondaient en agitant aussi la main, mais il n'y avait ni cris ni vivats.

Job Simon et sa Licorne masquaient les autres occupants de la chaloupe. Pourtant lorsque à un certain moment l'embarcation évolua, Angélique aperçut Ambroisine de Maudribourg qui tournait les yeux vers elle. C'était comme si le feu rayonnant de ces yeux sombres la happait d'une façon impérative dont elle ne comprenait pas le sens. « Nous ne sommes pas encore quittes », semblait dire ce regard dévorant.

Abigaël se tenait aux côtés d'Angélique à cet instant. En une réaction impulsive, Angélique saisit la main de son amie et elle fut surprise de sentir les doigts d'Abigaël serrer fortement les siens, comme si la calme jeune femme rocheloise eût partagé intérieurement la sensation inhabituelle qui se dégageait de cette scène.

Le soleil rouge commençait de descendre rapidement entre les bandes de nuages amoncelés sur l'horizon. Le vent se levait et l'on voyait les voiles se gonfler d'un blanc pur et phosphorescent sur le bleu sombre du ciel, du côté d'où venait la nuit.

Les mouvements de l'embarquement n'étaient plus visibles. Pourtant lorsque la Licorne de bois doré fut hissée à bord les reflets du soleil la firent étinceler de tous ses feux ainsi que la corne de narval d'ivoire rose qu'elle portait aux naseaux.

Peu après il parut que le navire franchissait la barre, et l'ombre du crépuscule le happa.

Alors les enfants s'animèrent et commencèrent à sauter sur le sable. Puis, se prenant par la main, ils se mirent à danser des rondes et à courir en farandole en poussant des cris joyeux.

Abigaël et Angélique se regardèrent. Elles n'échangèrent aucune parole car elles n'auraient su quoi dire de précis, mais elles savaient qu'elles éprouvaient toutes deux la même impression de soulagement.

L'atmosphère était changée sur la plage. Seuls quelques hommes qui avaient vu s'éloigner les jeunes femmes qu'ils aimaient demeuraient soucieux et tristes. Ils se tenaient à l'écart et devisaient entre eux. Colin vint les rejoindre et leur parla encore.

Mais dans l'ensemble il semblait qu'on ne regrettait pas trop la présence des passagères de *la Licorne*, naufragée deux semaines auparavant dans les parages de Gouldsboro.

Ces départs allégeaient les charges et les travaux des habitants, heureux soudain de se retrouver entre eux.

— A notre tour, dit Peyrac, en rejetant sur son épaule le manteau que le vent vif du soir tourmentait.

— Vous partez?... demanda Ville-d'Avray, joyeusement.

— A la prochaine marée.

— Enfin! Angélique, mon ange, la vie est belle. Votre mari est un homme charmant. Il faut absolument que vous veniez tous deux à Québec. Votre présence fera de la prochaine saison d'hiver un enchantement... Si! Si, venez, j'y tiens absolument.

GOULDSBORO
OU
LES MENSONGES

CHAPITRE XXV

— Oh ! mon amour, dit-elle, il me semble que nous n'avons pas eu le temps de nous aimer assez et de nous le dire, et voici que vous partez. Cela m'est horrible. Ah! je hais la marée et son infaillible horloge. La marée n'attend pas!... Et elle vous enlève à moi.

— Mais que se passe-t-il? Je ne vous reconnais pas.

Joffrey de Peyrac la prenait dans ses bras, il caressait son front fiévreux. Le tonnerre éclata dans un soudain fracas. Les nuages s'étaient rassemblés au cours de la soirée, en un lourd amoncellement ardoisé, prêt à brasser l'éclair et la foudre. La chaleur pesante cédait à de brusques rafales de vent. Le volet de bois claqua contre le mur.

— Vous n'allez pas partir par cette tempête? dit Angélique avec espoir.

— Tempête! Ce n'est qu'une risée. Mon amour, vous êtes une enfant, ce soir.

— Oui, je suis une enfant, fit-elle avec entêtement, les bras autour de son cou, une enfant perdue sans vous, l'enfant qui est restée seule dans le palais alors qu'on vous avait arraché de son horizon. Je ne m'en remettrai jamais.

— Moi non plus. Tu sais?... Ma violence l'autre soir c'était cela. Cette peur, ancrée en moi, de te perdre une seconde fois, que les démons triomphent une fois de plus de nous. Mais tout cela est puéril. Mûrissons, vieillissons, il n'en est que temps, fit-il en riant et en la couvrant de baisers, et regardons la vérité en face : je m'éloigne pour six à dix jours bien armé, bien gréé. Une promenade au fond de la Baie Française...

— Ce fond de la Baie Française me fait peur. On en parle sans cesse et je le vois comme un trou sombre, rempli des fumées de l'Enfer, peuplé de dragons, de monstres et d'idoles...

— Il y a un peu de cela. Mais je connais les parages de l'Enfer, je suis déjà allé me promener sur son seuil de nombreuses fois dans ma vie. Et cette fois encore, rassurez-vous, mon amour, on n'y voudra pas de moi.

Son humeur badine finit par avoir raison de ses pressentiments.

— Peut-être même serai-je revenu avant la naissance de l'enfant d'Abigaël, ajouta-t-il.

Angélique tut l'inquiétude qu'elle éprouvait pour son amie. Elle craignait de le décevoir par ces plaintes de femme.

— N'oubliez pas de demander l'aide de la vieille Indienne du village, recommanda-t-il, elle est réputée pour ses drogues en cas d'accouchement.

— Je le ferai. Tout ira bien, dit Angélique.

Elle savait qu'il fallait qu'il parte. Il n'y avait pas que Phips. Il y avait aussi les « autres », ceux qu'elle avait commencé à appeler en elle-même les « démons ». Elle ne pouvait entraver son action qu'il avait entreprise après en avoir mûrement pesé les chances de réussite. Elle devinait sa force cachée, prête à agir. Elle ne doutait pas qu'il frappât vite et durement et tout serait bien après. Mais c'était son absence qu'elle redoutait et elle ne se décidait pas à s'écarter de lui, à consentir à cette absence. Elle caressa ses épaules, arrangea l'épaulette de rubans, le jabot de dentelles. Elle avait des gestes de possession qui lui faisaient du bien, s'affirmant qu'il n'appartenait qu'à elle et qu'il était là encore près d'elle. Il portait ce magnifique costume anglais de satin ivoire sur crevés cramoisis rebrodé de petites perles, qu'accompagnaient de hautes bottes rouges de cuir souple, montant jusqu'à mi-cuisse.

— Je vous l'ai vu une fois, dit-elle en détaillant l'habit. Ne le portiez-vous pas le soir de mon retour à Gouldsboro?

— Si fait. Il me fallait montrer un peu de superbe comme lorsque l'on part au combat. Ce n'est pas un rôle facile que d'être un mari trompé... ou de passer pour l'être, acheva-t-il en riant devant sa réaction impulsive de protestation.

Et la ramenant à lui, il l'étreignit avec une passion décuplée, l'enveloppant de ses bras et la serrant contre sa poitrine à lui couper le souffle.

— Gardez-vous bien, mon amour! murmura-t-il, les lèvres dans ses cheveux, ah! gardez-vous bien!... Je vous en prie.

Et elle eut l'intuition qu'il n'avait jamais été aussi anxieux de la quitter. Il l'écarta, la regarda profondément. Son doigt lissait avec douceur la courbe d'un sourcil, suivait la ligne de l'ovale du visage, comme s'il voulait en éprouver la perfection. Puis il marcha vers la table, y prit ses pistolets qu'il fixa dans les étuis de son baudrier.

— On ne peut reculer maintenant, fit-il comme se parlant à lui-même. Il faut aller de l'avant, débusquer, démasquer l'ennemi, le forcer à montrer sa face... même si c'est une face diabolique. Les dés sont jetés, Gouldsboro existe, Wapassou existe, nos postes, nos mines le long du Kennébec et du Penobscot, notre flotte... Nous devons faire ce qu'il faut pour maintenir tout cela.

— Que faut-il faire?

Il la reprit dans ses bras. Il avait aux lèvres son habituel sourire caustique, comme s'il eût voulu atténuer la gravité de ses paroles.

— Il ne faut pas avoir peur, dit-il, ni douter. Voyez... J'ai eu peur, peur de vous perdre, j'ai douté, et je sais aujourd'hui que sans vos avertissements je tombais dans un piège tendu... cela rend humble, des leçons de ce genre. Et prudent. Alors, souvenez-vous, mon amour; ne pas avoir PEUR... DE RIEN, ne pas douter, être vigilant... et les portes de l'Enfer ne prévaudront pas contre nous.

CHAPITRE XXVI

IL ÉTAIT PARTI. ET DÉJÀ, APRÈS UNE JOURNÉE PLUVIEUSE ET tempétueuse, le soir revenait.

Et la chambre du fort semblait avoir perdu sa chaleur. A s'y retrouver seule, sans la virile et vivante présence de l'homme qu'elle aimait, Angélique avait de la difficulté à repousser un sentiment d'appréhension glacée et sans objet, qui cherchait sournoisement à s'insinuer en elle.

Elle eût volontiers retenu Cantor pour bavarder un peu avec lui jusqu'à une heure avancée de la nuit, afin que celle-ci fût plus brève, mais le jeune garçon, vers la fin de l'après-midi, avait disparu avec Martial Berne, Alistair Mac Grégor, deux ou trois autres adolescents, pour quelque activité secrète.

Dans la journée, Angélique avait visité Abigaël.

— Je vous impose un bien lourd sacrifice, n'est-ce pas? avait dit l'épouse de Maître Gabriel. Sans moi, vous auriez pu partir avec M. de Peyrac...

— Sans vous! certes, mais voilà, vous existez, ma chère Abigaël, avait répondu gaiement Angélique, et aussi cette petite vie précieuse qui va bientôt venir nous apporter de la joie et de la nouveauté.

— Je ne suis pas sans inquiétude, se décida à avouer Abigaël du ton dont elle aurait confessé une faute irréparable, je crains de mal affronter l'épreuve qui s'annonce. La première femme de Gabriel est morte en couches. Je me souviens, j'étais présente. C'était horrible, cette impuissance!... Et je sens que lui aussi, à mesure que mon terme approche, est hanté par ce souvenir...

— Ah! n'allez pas vous mettre martel en tête, s'écria Angélique feignant d'être fâchée.

Elle s'assit près d'Abigaël au bord du grand lit rustique et lui raconta toutes les histoires d'accouchements heureux dont elle pouvait se souvenir.

— C'est que je sens comme une boule qui passe et repasse là, dit Abigaël en posant la main à la hauteur de son estomac. Est-ce la tête de l'enfant? Cela voudrait dire qu'il se présente par le siège?

— Peut-être.

— Eh bien! il n'y a pas de quoi s'en effrayer. Parfois les naissances dans cette position se déroulent plus facilement que les autres...

Elle quitta Abigaël rassérénée. Mais elle avait pris pour elle les tourments dont elle avait déchargé son amie. Elle alla trouver Mme Carrère.

— Vous m'assisterez, n'est-ce pas, madame Carrère, pour Abigaël.

La femme de l'avocat fronça le nez.

Son entrain, son savoir-faire, ses onze enfants, qu'elle faisait marcher tambour battant, lui donnaient de plus en plus une place de premier plan à Gouldsboro.

— Abigaël n'est plus toute jeune, fit-elle, soucieuse. Trente-cinq ans c'est tard pour un premier enfant.

— Sans doute, mais Abigaël est courageuse et patiente. Cela compte dans un accouchement qui risque d'être long.

— Je me demande si l'enfant est bien placé.

— Il ne l'est pas, en effet.

— S'il reste trop longtemps dans le passage, il mourra.

— Il ne mourra pas, affirma Angélique avec une assurance tranquille. Alors, je peux compter sur vous?

Elle s'était rendue également au campement indien, afin d'y trouver, au fond de sa cabane où elle fumait sa pipe, la vieille Indienne qu'on lui avait recommandée. On avait convenu d'une chopine d'alcool, de deux pains de fine fleur et d'une couverture d'écarlate, en échange des services, conseils et remèdes qu'elle pourrait leur dispenser le moment venu. Elle était très expérimentée et possédait le secret de certaines drogues, dont Angélique aurait bien voulu connaître la composition. Entre autres un extrait de racines, qui pouvait atténuer les souffrances sans pour autant retarder ou arrêter le travail, et aussi un onguent qui rendait indolore la phase de l'expulsion. Jenny Manigault en avait fait l'expérience, l'an dernier, au moment de la naissance du petit Charles-Henri.

Pauvre Jenny Manigault! Pauvre petite Rochelaise!... La grande Amérique incivilisée l'avait happée, engloutie à jamais dans la profondeur de ses forêts. Revenant vers le village, sous une pluie fine et rageuse, Angélique frissonnait. Tout enfermé dans cet écrin de forêts obscures, Gouldsboro s'accrochait au rivage, point infime entre ces deux déserts mouvants et sans rémission : la forêt et l'océan.

L'absence des navires dans la rade, le départ de la plupart des hôtes qui le hantaient au cours des derniers jours, les Acadiens et leurs Peaux-Rouges, les Filles du Roy et leur « bienfaitrice », le remuant marquis de Ville-d'Avray et sa suite d'ecclésiastiques, la grisaille qui fondait sur les toits de chaume ou de bardeaux atténuant les couleurs et les lointains, rendaient plus sensibles la fragilité et comme la précarité de ces quelques maisons, groupées dans une volonté de survie, contre toute possibilité apparente de triompher des éléments impérieux qui les entouraient.

En opposition, la même sensation de faiblesse inspirait son contraire, celle de la force qui habitait les hommes blottis sous ces pauvres toits, et dont la flamme des foyers, brillant derrière les carreaux symbolisait l'âme volontaire.

Un peu plus loin, là-bas, les Anglais rescapés, cantonnés au camp Champlain, maintenaient leur espérance de reconstruire ce que les Indiens avaient détruit. Sous l'égide de ces Français généreux, ils attendaient patiemment, en chantant des psaumes et en priant, la fin de la tourmente. La présence proche d'un Jésuite, leur pire ennemi, ne les troublait pas.

Gouldsboro, c'était la trêve. Le droit au repos pour les hommes de bonne volonté pourchassés. Évoquant le jeune réformé Martial Berne, tendant spontanément au Jésuite épuisé un bassin d'eau fraîche, Angélique se demandait si malgré tout quelque chose n'était pas en train de changer dans ce coin du monde.

Elle avait hésité à rendre visite à Colin. Elle aurait voulu savoir comment ses hommes, nouvel élément de la colonie, encore peu assimilés, supportaient la déception que leur causait le départ des Filles du Roy.

Mais sa marche sous la pluie abattait son humeur; ses pieds étaient mouillés. Elle alla jusqu'à l'auberge sous le port qui, après l'animation des derniers jours, paraissait vide, ne trouva pas Cantor, but un bol de bouillon de poisson, et revint chez elle.

Elle se sentait vraiment anxieuse.

Il n'était plus là. Il était parti. Seul le petit chat, comme un lutin clair, dont rien ne pouvait altérer la joie de vivre, animait la pénombre de ses bonds, de ses virevoltes et de ses courses. Il s'asseyait parfois sur sa queue avec des façons de chat sérieux, penchant la tête de côté pour regarder Angélique et semblant l'interroger.

— Alors? Ça ne va pas?...

Puis reprenait son jeu avec une passion décuplée.

Elle s'avoua qu'elle était contente qu'il fût là. La nuit à venir et les jours qui suivraient lui paraissaient déjà interminables. Il faisait assez humide ce soir-là, dans la chambre. Elle voulut allumer une flambée, mais, ne trouvant pas de bois sec, y renonça. Et le bruit de la pluie et du vent s'amplifiait toujours dans cette pièce, mêlé aux éclaboussements des vagues proches, car le fort était bâti à la pointe d'un petit promontoire.

Tout à coup, vers dix heures, au début de la nuit, ce fut le silence.

Lorsque Angélique alla vers la fenêtre pour fixer le volet, tout s'était calmé : pluie, vent, choc des rouleaux puissants contre les rocs. Mais, par contre, un brouillard épais commençait d'envahir la nature. On le voyait s'avancer, venant de la mer, dans la nuit comme un haut mur blanchâtre.

Il roula ses volutes sur la plage où brillaient les feux de quelques mariniers, et fut là, entourant le fort. L'on ne voyait plus que sa texture livide, épaisse fumée sans odeur autre qu'un relent de mer et de terreau humide. Son haleine froide envahit la pièce. Toutes lueurs alentour s'étaient effacées, celles des feux de la plage comme celles qui brillaient derrière les fenêtres des maisons, elles-mêmes englouties.

Angélique prit courage et fixa le volet. Joffrey! Où était-il? Il connaissait la mer, mais le brouillard n'est jamais l'ami des navires.

Elle vaqua, songeuse, à quelques préparatifs avant d'aller dormir. Elle n'avait pas sommeil, mais ressentait la nécessité de se reposer. Cependant elle n'eût pu le faire, ce soir, sans avoir minutieusement rangé la pièce, inventorié chaque détail et retenu du regard la place de chaque chose. C'était un besoin qui lui semblait naître davantage d'un désir de sécurité que du sentiment d'aise à se trouver dans une chambre bien en ordre. Elle n'était pas maniaque pour cela. Une certaine effervescence, un certain mouvement dans la disposition ou l'accumulation des objets ne lui déplaisaient pas. Elle y avait toujours trouvé une sensation de vie, la preuve qu'une maison ou une pièce était habitée, respirait, participait. Elle aussi aimait avoir les choses sous les yeux. Mais, ce soir, elle voulait trier, faire le point, repartir à neuf. Elle plia des vêtements, les rangea dans les coffres soigneusement, referma, répertoria ses fioles, sachets, remèdes et simples, un peu dispersés sur une console, jeta ce qui était inutile, mit de côté ce qu'elle désirait avoir sous la main pour l'accouchement d'Abigaël. Le coffre de bois aux enluminures de saints Cosme et Damien était vaste et pratique. Elle prit plaisir à tout y ordonner au mieux. L'attention de Joffrey pour elle lui revenait et l'attendrissait, en même temps que son sentiment d'incertitude et de légère angoisse s'accentuait. Pourquoi craindre pour lui? se répéta-t-elle une fois de plus. Il ne se lançait pas plus aujourd'hui dans une expédition différente de bien d'autres qu'il avait déjà tentées et menées à bien. Quel danger dont il n'eût déjà connaissance pouvait-il affronter désormais après une vie déjà longue à déjouer les mauvais coups du sort et la malice des hommes?

Il reviendrait bientôt ayant pacifié la région, assuré la tranquillité des côtes au moins pour quelque temps — le temps pour les habitants de Gouldsboro de franchir dans une relative quiétude, les difficultés d'un second hiver — ennemi non moins dangereux que pirates indiens et canadiens.

L'esprit en paix, Angélique et son mari pourraient remonter vers Wapassou et bien que les attendît là-bas une existence peut-être plus retranchée de tout secours, plus menacée que celle des pionniers des rivages, elle n'y songeait qu'avec le sentiment délicieux de retourner chez elle, dans son fief, en un lieu où elle se sentait véritablement à l'abri, avec lui. Où pouvait se dérouler leur vraie vie à tous deux, dans le déroulement des travaux et des joies simples et sans cesse renouvelées de leur existence familiale, des espérances et de la réalisation de projets rêvés et pour lesquels on avait œuvré ensemble, où il ne dépendait que d'eux, elle et lui, de maintenir l'atmosphère d'amitié et d'émulation avec leurs compagnons, qui, malgré leurs diverses origines, n'en restaient pas moins des compagnons choisis et qu'unissait la volonté de vivre aux marches des frontières, et d'y bâtir et défricher pour eux-mêmes certes, mais aussi pour le mieux-être des temps à venir, en ce pays riche et nouveau.

Elle ne s'inquiétait pas pour Wapassou en leur absence qui, en fait, serait relativement courte. Antine et Ritz étaient des hommes sûrs et les travaux intensifs de l'été ne permettraient guère aux nouveaux venus mercenaires comme aux premiers habitants de l'endroit de se poser des questions sur leurs difficultés de cohabitation. Peyrac avait remis des plans d'agrandissement du fort et de son enceinte qui occuperaient les mercenaires sans relâche, soit à bûcheronner, soit à édifier. Les mineurs aussi n'avaient pas à demeurer inactifs : extraire l'or et l'argent, creuser de nouvelles galeries, installer de nouveaux moulins; tous seraient également requis pour les cultures, la chasse, la pêche, l'entretien des vivres. Même les enfants ne chômeraient pas. Angélique pouvait imaginer Honorine se livrant à la cueillette des baies et des noisettes en compagnie de l'ourson Lancelot.

Tandis qu'elle mettait en ordre les objets de son nécessaire, ce grand sac de cuir dont elle se séparait rarement, elle trouva le collier de Wampum que lui avait envoyé Outtaké, le chef des cinq nations iroquoises. Elle s'attarda à contempler ces symboles de perles violettes et blanches, où elle pouvait lire également l'assurance de leur quiétude à Wapassou. Cette fois, ils n'auraient pas à sacrifier leurs réserves de vivres aux mânes des Iroquois. Avec l'enceinte de hauts pieux de cèdre, flanquée de tourelles d'angle, avec leur petite garnison bien armée, qui saurait intimider, s'il s'en présentait, de trop hardis Canadiens, avec des bûchers bien garnis de bois et de solides cheminées de galets, ils seraient bien là-bas au long des jours d'hiver.

Et malgré les cruautés du récent hivernage, elle l'évoquait avec nostalgie.

« C'était le bonheur malgré tout », se dit-elle. « Nous sommes si cachés là-bas, tout au fond de notre vallée sacrée du lac d'Argent, qu'il semble que les démons eux-mêmes ne peuvent nous y atteindre... »

Cette évocation des démons troubla de nouveau son humeur. Un rien l'exaltait ou l'abattait. Était-ce l'oppression du brouillard, dont elle sentait la domination ouatée, régnant sur la nuit et sur la mer.

— « Les » trouvera-t-il?... Et que cachent ces ruses dont nous avons été victimes?

Son esprit revint à la mer obscure et agitée où rôdait Joffrey de Peyrac à la recherche des invisibles et mystérieux ennemis. Elle eut de la peine à respirer. Puis elle se reprocha ces peurs sans fondements.

Pourtant avant d'aller au lit, elle arma un de ses pistolets et le glissa sous ses oreillers.

Le silence du dehors, tellement inhabituel, lui communiquait l'impression d'être absolument seule dans un fort isolé et déserté de toute présence humaine.

Ce sentiment fut si puissant qu'elle ne résista à l'impulsion d'aller ouvrir la porte qui donnait sur l'escalier. Elle entendit le bruit de voix des sentinelles qui buvaient dans la salle commune avec des hommes de Colin et quelques Indiens. Elle en fut rassérénée.

Elle se décida à se mettre au lit mais, malgré ses efforts, elle demeurait tendue dans une sorte d'attente.

Elle finit par s'endormir d'un sommeil troublé, à mi-chemin de la veille, où elle entrevoyait comme passant à travers la fantasmagorie des brouillards de la Baie Française des formes indistinctes. Marceline-la-Belle et ses douze enfants parmi des coquillages qui fusaient, lancés à une vitesse incroyable, le monstre marin englouti dans la baie de Parsborro se retournant tandis que les eaux se gonflaient comme une pâte travaillée de ferments, le dieu Gloosecap qui se dressait, gigantesque. Et seul transparaissait soudain dans les nues fuligineuses son masque de démon livide, aux yeux d'agate transparente.

Elle s'éveilla avec une impression d'angoisse affreuse et tous ces êtres étranges qui avaient traversé son sommeil semblaient se tenir encore groupés autour d'elle, peuplant l'ombre épaisse, l'entourant, la guettant.

Elle ne voyait rien. La nuit restait profonde. Elle « les » sentait. Cependant, le silence avait quelque chose d'anormal. Le brouillard devait coller alentour au-dehors, avec la densité d'un mur, la préhension d'un rempart, enveloppant le fort de bois, l'isolant de tout contact, de tout secours.

Les instants obscurs s'égrenèrent avec une lenteur oppressante. Ils passaient comme soutenus par les battements précipités de son cœur sans qu'elle pût parvenir à extraire de ce silence et de cette obscurité les éléments matériels ou immatériels qui inspiraient sa terreur.

Enfin elle prit conscience que ce qui avait dû l'éveiller, c'était un bruit imperceptible et étrange, tout près d'elle, presque contre son oreille. On eût dit un raclement bref suivi comme par l'échappement d'un petit jet de vapeur. Cela s'arrêtait puis reprenait. Impossible de définir par quoi cela pouvait être produit. Du bois, du fer? Mais c'était tout près, si près que, tout à coup, elle réalisa : *une bête!...*

Aussitôt, prise de panique, elle allait se jeter hors du lit, puis se ravisait : une bête?... oui, bien sûr : son chat! Sans doute avait-il réussi à se faufiler près d'elle pour dormir. Mais pourquoi faisait-il ce drôle de bruit? S'étranglait-il? Vomissait-il? Était-il malade? Elle guetta, perçut mieux, le devina soudain dressé sur ses pattes frêles· le dos en arc, hérissé de tous ses poils. Et ce bruit qu'elle entendait!... Mais oui... Obéissant aux réflexes héréditaires de ses congénères lorsqu'un danger les menace, il crachait et soufflait par intermittences. Alors, elle comprit.

Le chat voyait dans la nuit quelque chose qu'elle ne voyait pas et qui le remplissait d'horreur et d'effroi. Et elle-même sentit se hérisser d'un long frisson son échine jusqu'à la racine des cheveux.

Un moment qui lui parut interminable, elle resta paralysée, pétrifiée, incapable d'un mouvement. Qu'y avait-il dans la nuit, cette chose dont elle discernait peu à peu la présence tangible. Cette chose présente, effarante, monstrueuse, invisible, mais que le chat *voyait.*

Enfin elle put tendre la main, la glisser sous son oreiller et trouver son pistolet. La sensation de la crosse de bois poli dans sa paume lui fut bienfaisante. Elle respira plus calmement, retrouva le contrôle de sa pensée.

Donner de la lumière?... Elle étendit la main dans la direction de la table de chevet. Ses doigts rencontrèrent la fourrure tiède du petit chat et, en effet, il était hérissé comme une pelote d'épingles. Quand elle frôla son pelage des sortes d'étincelles crépitèrent. Le chat poussa un miaulement aigu et bondit hors du lit. Sans doute se réfugia-t-il sous un meuble, où il se tint en boule, terrifié. Angélique tâtonnait, cherchant le briquet et la chandelle. Elle ne les trouvait pas. Son cœur continuait de battre la chamade, accentuant sa maladresse. Il y avait quelqu'un dans la chambre, elle en était sûre, mais *qui?* Elle fit tomber un objet, se gourmanda. « Même si c'est le Diable », se dit-elle en claquant des dents, « qu'importe! Je *dois* le voir... »

Elle sentait... Elle sentait... C'était quelque chose qui venait à elle, l'enveloppant comme une vague, lui rappelant elle ne savait quoi.

Une question qu'elle devait poser... Parce qu'elle avait oublié, la clé serait perdue.

Ses doigts s'énervaient à battre le briquet. Elle devait se hâter avant que la vague la suffoquât. Enfin une étincelle jaillit. Elle ne parvint pas à enflammer l'amadou.

Mais, dans la lueur, elle avait vu, elle avait pu voir ce qu'elle savait être là. *Quelqu'un!*

Une silhouette humaine. Au fond de la pièce, près de l'angle à gauche de la porte. Une silhouette noire immobile, comme drapée en de longs voiles de deuil.

Pourquoi cette nausée? Ce parfum insoutenable. En ce parfum résidait toute l'explication, résidait le danger.

Angélique rassembla toute sa volonté, tandis qu'elle sentait une brusque sueur d'angoisse sourdre de tous les pores de sa peau. Lorsque la tige d'amadou commença de brûler, elle s'appliqua à ne pas se retourner, posément l'approcha de la mèche, attendit que la flamme fût bien prise et qu'elle montât haute et claire, dissipant les ombres et les repoussant jusqu'aux limites des murs.

Alors, prenant le bougeoir, elle dirigea la lumière plus sûrement en direction du coin de la pièce où elle avait cru apercevoir une silhouette immobile. Se contraignant au calme, elle scruta la pénombre. Aucun doute ne subsistait. Quelqu'un se tenait là, debout. Une forme obscure, comme celle d'un fantôme drapé de sombre, un être qu'on eût dit enveloppé d'une mante noire, au capuchon tombant et couvrant entièrement le visage incliné, ressemblant à ces statues de moines « pleurant » que l'on place aux quatre coins des tombeaux des rois.

Un instant, elle essaya de se convaincre que c'était une illusion, l'effet de fantasmagorie d'un meuble recouvert de vêtements et qu'abusait son esprit effrayé. Mais à ce moment la forme bougea et fit comme un pas en avant.

Le cœur d'Angélique sauta. Elle réussit cependant à maintenir le bougeoir d'une main qui ne tremblait pas.

— Qui est là? interrogea-t-elle d'une voix aussi ferme que possible.

Rien ne répondit. La colère s'empara soudain d'elle. Elle reposa le bougeoir sur la table et, repoussant les couvertures, s'assit au bord du lit. Du pied elle trouva ses mules de cuir brodé, et se leva. Elle ne quittait pas des yeux l'ombre muette.

Un instant, elle resta ainsi. Puis reprenant la chandelle, elle commença d'avancer en direction du fantôme noir.

Alors, de nouveau la sensation du parfum qui l'avait indisposée l'atteignit et, le reconnaissant soudain, sa terreur fut telle qu'elle crut qu'elle allait défaillir et tomber.

Ambroisine!

Simultanément, son esprit effectua une sorte de rétablissement étrange. Sa panique inconsciente se calma, tandis qu'elle se disait : « Si c'est elle *vraiment*, pourquoi s'effrayer? »

Et elle marcha d'un pas plus sûr. Le parfum recréait la présence devenue presque familière de celle qui avait été quelques jours leur invitée, oiseau au plumage brillant, aux mélancolies insolites, aux incomparables charmes, dévotion, science et naïveté, jeunesse et pouvoir de l'âge mûr de la « bienfaitrice » à la personnalité ambiguë et mystérieuse.

Près d'elle, Angélique la « sentit » sans nul doute et lorsque posant la main sur le front du fantôme elle rabattit le capuchon de drap noir, elle ne s'étonna pas de découvrir les yeux brillants de la duchesse, brûlant d'un feu sombre dans son visage de craie.

— Ambroisine, fit-elle, reprenant son sang-froid avec difficulté, Ambroisine, que faites-vous là?

Les lèvres de la duchesse de Maudribourg tremblèrent. Aucun son ne sortit de sa gorge.

Comme perdant ses forces, elle glissa à genoux, et, jetant ses bras autour de la taille d'Angélique, elle posa son front sur son sein.

— Je ne pouvais pas, s'écria-t-elle enfin avec désespoir, je ne pouvais pas...

— Que ne pouviez-vous donc pas?

— M'éloigner de ces lieux... M'éloigner de vous... A mesure que le rivage s'effaçait je croyais mourir de douleur. Il me semblait que l'espoir d'atteindre je ne sais quel rêve de vie sereine et bonne m'était ôté une suprême fois... Que c'était *là! là!* que j'aurais dû demeurer... Je ne pouvais pas.

Des soupirs convulsifs la secouaient. A travers sa fine chemise de batiste, Angélique sentait les bras de la duchesse l'enserrer comme une liane souple mais à l'emprise irrésistible et brûlante. Le poids de ce front qui pesait contre elle irradiait en elle une indéfinissable impression de malaise et de douceur.

Elle réussit à déposer son bougeoir sur une console proche, et, prenant les mains d'Ambroisine qui s'incrustaient dans ses reins, elle parvint à en dénouer les doigts crispés et à s'écarter.

A ce moment l'appel de la corne de brume, soufflé d'une conque dans la Baie, s'éleva et flotta longuement à travers l'épaisseur ouatée du brouillard.

Ce long gémissement lugubre fit frissonner Angélique et un instant encore elle se demanda dans un éclair si la forme agenouillée là, devant elle, avait quelque parenté avec celle de la femme qui s'était embarquée naguère pour Port-Royal. Était-ce une apparition, un mirage, un cauchemar qu'elle vivait éveillée, sans pouvoir différencier la veille du songe?

Les yeux d'Ambroisine de Maudribourg levés vers elle étaient d'une beauté surprenante. La lumière qui en émanait semblait plonger au tréfonds d'elle-même en un appel silencieux et fasciné.

La sirène de brume beugla à nouveau, prévenant les marins des dangers.

— Le brouillard, dit Angélique, comment avez-vous pu franchir le brouillard? Où sont vos filles? Quand avez-vous débarqué?

— Mes filles sont à Port-Royal sans doute à cette heure, expliqua la duchesse. Tout à coup, une barque de pêche nous a croisés. Elle allait vers Gouldsboro. Je n'ai pu y tenir. J'ai dit aux miens de continuer sans moi et j'ai demandé aux pêcheurs de me prendre à leur bord. Ils m'ont fait aborder non loin d'ici. Malgré les brumes je me suis retrouvée sans trop de peine. Je me suis dirigée vers le fort, le fort où je savais que vous reposiez. Les sentinelles m'ont reconnue.

— Les sentinelles auraient dû m'avertir, interrompit Angélique contrariée.

— Qu'importe! Je savais où était votre chambre. Je suis montée. Votre porte n'était pas fermée.

Angélique se souvint que la veille elle était sortie sur le palier écouter les bruits du fort afin de se rassurer. Elle avait oublié ensuite de pousser à nouveau les verrous. Elle devait à sa nervosité et à sa négligence de s'être offert une belle peur. Elle était trempée de sueur et faible comme après une épuisante chaleur. En même temps, elle avait froid et se retenait de claquer des dents. Cela lui apprendrait à se laisser dominer par des impulsions et des craintes imprécises.

Elle eût volontiers secoué Ambroisine pour lui apprendre à pénétrer ainsi dans l'appartement des personnes endormies et à s'y comporter comme un esprit revenant d'entre les morts. Mais elle se rendait compte que la duchesse de Maudribourg n'était pas dans son état normal. Il semblait qu'elle eût effectué ce retour vers Gouldsboro, sa marche vers le fort à travers les brumes, jusqu'à la chambre d'Angélique, dans une sorte d'état second, sous l'impulsion d'une force désespérée et irraisonnée.

Ses mains que tenait encore Angélique devenaient froides et commençaient de trembler. Elle était toujours agenouillée mais paraissait s'éveiller et prendre conscience de ses folies.

— Pardonnez-moi, murmura-t-elle. Oh! Pardonnez-moi, qu'ai-je fait?... Mais je suis parvenue jusqu'à vous!... Vous ne m'abandonnerez pas, n'est-ce pas?... Sinon je suis perdue.

Elle divaguait.

— Relevez-vous et venez vous étendre, dit Angélique. Vous êtes à bout.

Elle guida les pas chancelants de la duchesse jusqu'au lit.

Comme elle l'aidait à se débarrasser de sa mante noire, une sorte d'éclair rouge jaillit qui parut les envelopper toutes deux. La mante était entièrement doublée de satin cramoisi qui miroita sous l'effet de la lumière. Rejeté sur le lit, c'était comme une grande flaque de sang d'un rouge sombre et somptueux.

« D'où tient-elle ce manteau? » se demanda Angélique.

Mais ce souci la quitta à peine surgi. Elle continuait à ne pas se sentir tout à fait certaine de la réalité.

Elle avait aidé Ambroisine de Maudribourg à s'étendre entre les draps encore tièdes de sa présence.

— J'ai froid, gémit la jeune femme, les yeux clos.

Elle était secouée de tremblements convulsifs.

« D'où tient-elle ce manteau? » songea-t-elle.

Encore en cet instant, comme elle ramenait sur Ambroisine, rigide et presque inconsciente, la couverture du lit, elle doutait de sa présence réelle. Le petit chat bondit, les yeux dilatés, puis, après avoir marqué un temps d'arrêt, traversa le lit comme un éclair, puis la chambre, et courut se tapir à nouveau sous un meuble.

« De quoi a-t-il peur? »

On eût dit que le brouillard, s'infiltrant par tous les interstices, baignait la chambre d'une humidité glacée. Angélique frissonnait et le malaise qui terrassait la duchesse la gagnait.

Elle fit du feu dans la cheminée puis, rapidement, sur un petit réchaud à braises, elle se prépara un café turc très fort. Après quoi elle se sentit mieux et ses idées s'éclaircirent.

« Quelle folie! Être revenue seule par ce temps. Ses filles là-bas, à Port-Royal, elle ici. Tout ce beau monde missionnaire n'a pas les pieds sur terre... L'Amérique est trop dure pour ces femmes exaltées... »

Elle prenait en pitié le destin d'Ambroisine de Maudribourg, destin chaotique au passé chargé d'ombres, de douleurs, de détresses inavouables, qu'elle pressentait en se penchant une fois de plus sur ce corps fragile anéanti. Qu'était-elle revenue chercher près d'elle, que ni sa fortune, ni sa position, ni ses serviteurs ne pouvaient lui garantir?

— Buvez, dit Angélique en soutenant du bras la tête inerte et en approchant la tasse des lèvres d'Ambroisine.

— Ce n'est pas bon, fit celle-ci avec une grimace.

— C'est du café, la meilleure panacée du monde. Dans quelques instants vous vous sentirez mieux. Et maintenant, dites-moi, continua-elle lorsqu'elle vit un peu de rose remonter aux joues de la jeune femme, êtes-vous parvenue seule ici, y a-t-il une de vos suivantes avec vous? Votre secrétaire? Job Simon?

— Non, non, personne, vous dis-je! J'ai décidé cela de moi-même lorsque j'ai vu cette barque acadienne nous croiser en disant qu'ils se rendaient à Gouldsboro. Gouldsboro! Vous! votre amie Abigaël si charmante, tous ces gens plaisants, aimables et courageux, ces journées de gaieté et d'événements, cette liberté, cet air que l'on respire ici... Je ne sais ce qui m'a saisie... Je voulais vous revoir, m'assurer de votre existence, de votre réalité...

— Et ils vous ont laissée les quitter ainsi?...

— Ils criaient tous. Mais cela m'importait peu. Mon impulsion était plus forte que leurs raisonnements. Il a bien fallu qu'on me laissât agir à ma guise et qu'ils continuassent leur route comme je leur en donnais l'ordre.

« Ç'avait dû être un beau tapage! » se dit Angélique.

— Je sais me faire obéir, ajouta Ambroisine avec un éclair de défi soudain dans ses yeux immenses.

— Oui, je sais. Mais vous avez quand même agi follement.

— Ah! ne me grondez pas. Je ne peux plus voir clair en moi. N'est-ce pas aujourd'hui, au contraire, que j'agis dans le sens qui m'est nécessaire et non sous de perpétuelles contraintes qui veulent ma destruction...

Elle parlait en gémissant et ses yeux devenaient brillants comme s'ils s'emplissaient de larmes. Sa tête aux lourds cheveux noirs pesait contre l'épaule d'Angélique comme celle d'une enfant brisée.

— Calmez-vous. Nous reparlerons de tout cela demain. Pour l'instant, il faut réparer vos forces. Nous sommes au cœur de la nuit. Il faut dormir.

— Demain, je me réinstallerai dans la maison là-bas... J'aimais regarder la mer de son seuil. Je ne vous dérangerai pas, vous verrez. Je vivrai, seule, faisant oraison. C'est tout ce que je souhaite...

— Nous verrons. Maintenant, dormez.

Elle se glissa de l'autre côté du lit, à sa place restée tiède, et jouit de pouvoir se réchauffer.

Décidément, la nuit était froide. La fourrure qu'elle avait étendue la veille au soir sur la couche n'était pas inutile.

Elle hésitait à éteindre, encore secouée par la peur qu'elle avait éprouvée tout à l'heure. Elle songea à allumer une veilleuse à huile dans un angle de la pièce. Mais elle n'avait pas le courage de se relever. Où était le petit chat? Viendrait-il se glisser auprès d'elle, rassuré? Avant de souffler la chandelle, elle regarda vers Ambroisine. Celle-ci semblait avoir sombré dans un sommeil profond. Une impression d'apaisement enfantin se lisait sur ses traits délicats.

Angélique secoua la tête. C'était une pauvre créature.

Elle fit l'obscurité, non sans avoir soigneusement préparé à portée de la main son briquet et la tige d'amadou. Pendant quelques instants, son esprit erra indécis et inquiet, puis elle glissa dans le sommeil emportant dans ses songes le parfum léger et pénétrant de la chevelure d'Ambroisine de Maudribourg, à ses côtés.

Elle rêva, et revécut ce rêve horrible qu'elle avait déjà une fois éprouvé. Elle faisait l'amour avec un monstre au rictus effrayant. Une sensation d'oppression l'étouffait et elle se débattait pour échapper à cette étreinte affreuse.

Elle s'éveilla de nouveau, le cœur battant la chamade et, dans l'obscurité profonde, des yeux brillaient au ras du sol, qu'elle considéra avec une terreur sans nom pendant d'interminables minutes. Enfin elle réalisa que ces yeux étaient ceux du petit chat, tapi de l'autre côté de la chambre sous une console. Il ne dormait pas. Il continuait de guetter, curieusement en alerte.

Peu à peu le cœur d'Angélique s'assagit, cessa de faire à ses oreilles le bruit de tambour affolé. Elle récupéra le sens de la réalité. C'était toujours la nuit et aussi le silence et sans doute aussi dehors le même brouillard épais et implacable. Angélique pensa aux maisonnettes de Gouldsboro. Elle essaya de les répertorier une à une, chacune isolée, enveloppée dans ces voiles opaques, ensevelie sans recours. Dans l'une sommeillait Abigaël, à moins qu'elle ne pût dormir, car désormais ses nuits étaient troublées par le fardeau qu'elle portait en elle. Le petit Laurier devait, lui, dormir de bon cœur, ses cheveux sur la figure. Dans une autre cabane il y avait Bertille et l'enfant blond, né sur la terre d'Amérique, qui portait le nom de Charles-Henri; dans une autre, un autre enfant blond, Jérémie, le grand esclave noir couché à ses pieds, tandis que dans la pièce voisine ronflait Manigault près de sa puissante épouse. Dans un autre abri, enfin, il y avait aussi Colin. Elle ne pouvait l'imaginer à cette heure que travaillant encore, méditant indifférent au brouillard, attentif à s'instruire près de la chandelle allumée. Lui veillait, lui était sans crainte. Lui demeurait solide, malgré les maléfices qui rôdaient, cette nuit, dans Gouldsboro.

Elle se souvint tout à coup d'Ambroisine et porta la main à ses côtés.

La place était vide. Cette fois, Angélique dit à haute voix :

« Je suis folle ou quoi! »

Et elle alluma la chandelle comme on décide de trancher un destin. Ambroisine était là. Agenouillée à quelques pas du lit, elle priait, les mains jointes, les yeux levés vers le ciel avec ferveur.

— Que faites-vous? s'écria Angélique presque avec colère. Ce n'est pas l'heure de prier!

— Si, c'est l'heure, répondit la duchesse d'une voix basse et rauque et comme terrifiée, il faut prier. *Le diable rôde!...*

— Trêve de sottises! Venez vous recoucher.

Angélique élevait d'autant plus la voix qu'elle craignait de céder à la panique. Elle sentait un frisson lui hérisser l'échine. Cela lui rappelait une ambiance ancienne, la nuit qu'elle avait passée, enfant, à l'abbaye de Nieul, lorsque le jeune moine relevait ses manches pour lui montrer les traces des coups de Satan. « Regardez ce qu'il m'a fait le Malin, regardez! »

Elle serra les dents et les poings pour maîtriser le tremblement qui la gagnait. Elle eût donné un monde pour que Joffrey apparût à cet instant et qu'elle pût se précipiter dans ses bras sûrs ou pour oser courir jusqu'à la maison de Colin afin d'écarter par sa présence d'homme solide ces imprécises menaces. Mais elle mourrait de peur avant de parvenir jusque-là! Elle répugnait même à quitter son lit, auquel elle se cramponnait comme à un radeau. A peine aurait-elle mis pied à terre, lui semblait-il, que des mains brûlantes et velues lui saisiraient les chevilles...

Pourquoi le petit chat tremblait-il aussi sous la console, avec cette attitude terrorisée?

— Laissez-moi prier encore un peu, supplia Ambroisine de Maudribourg. C'est bientôt matines. Le coq chantera. Le Maudit s'éloignera...

— Il n'y a pas de coq ici, fit Angélique avec rudesse, et si vous attendez qu'il chante, vous tomberez d'épuisement.

— Ah! l'entendez-vous? s'écria la jeune femme tandis qu'une expression de soulagement s'illuminait sur sa physionomie torturée.

En effet, si surprenant que cela fût, Angélique perçut l'appel d'un coq dans la cour du fort, affaibli par le brouillard mais bien réel et qui se répéta à plusieurs reprises. Ce chant familier de toutes les aubes campagnardes apaisa aussi pour elle la tension.

— Il s'éloigne, murmura Ambroisine, Satan s'éloigne. Il a peur du jour, de la lumière.

— Il y a donc des coqs à Gouldsboro, commenta Angélique. Je n'y avais pas pris garde. Mais puisqu'il en est ainsi, je vous en prie, Ambroisine, considérez que nous n'avons plus que quelques heures de sommeil à notre disposition, et venez vous étendre. Je n'en peux plus...

Obéissante, la jeune femme se traîna vers le lit et s'y glissa comme à bout de forces, elle aussi.

— Quel tourment! murmura-t-elle, en ramenant la couverture autour d'elle et en enfouissant son pâle visage avec une sorte de volupté dans l'oreiller. Ah! comme on est bien près de vous! Angélique! Vous demeurez sereine, inaccessible. C'est une force en vous qui me séduit plus que tout. Aucune peur ne vous atteint. Où donc puisez-vous votre courage? Quelque chose que vous avez reçue en héritage, n'est-ce pas? Ah! Pourquoi ne l'ai-je pas reçue, moi? Pourquoi le Maudit s'est-il attaché à mes pas dès ma naissance?

Angélique, cette fois, laissa la lumière allumée. Elle ne souhaitait pas se rendormir malgré sa fatigue. Cette voix plaintive à ses côtés l'émouvait d'une pitié qui prenait sa source dans de lointaines réminiscences. Elle savait ce que c'était l'abandon, la solitude d'une femme, incomprise, inacceptée de tous, rejetée par une sorte de complot inconscient, et c'était cette détresse qu'elle sentait vibrer dans la voix de la duchesse. Une enfant surgissait de cette personnalité déchirée et c'était une enfant qui demandait secours.

Presque malgré elle, Angélique étendit la main et caressa la lourde chevelure aux reflets de nuit et de feu. Les prunelles d'Ambroisine s'adoucirent et la fixèrent avec une sorte d'étonnement puéril.

— Vous êtes bonne, murmura-t-elle d'un ton incertain. Pourquoi êtes-vous bonne pour moi?

— Pourquoi ne le serais-je pas? Vous avez besoin d'aide et vous êtes loin des vôtres. Je voudrais que vous vous ressaisissiez et repreniez courage.

— Quelle merveille de vous contempler et de vous écouter, chuchota Ambroisine comme en songe, vous êtes si belle! Et pourtant votre cœur vit aussi. Le don d'amour, c'est donc cela. Vous le possédez, *vous*. Vous êtes capable d'aimer les autres et de sentir qu'on vous aime. Moi, je ne sens jamais rien... que la peur ou l'éloignement que j'inspire.

Elle avançait la main, et timidement comme éblouie touchait la chevelure d'Angélique, sa joue, sa lèvre.

— Vous êtes si belle et pourtant...

— Sornettes, dit Angélique qui écoutait attentivement, soucieuse de discerner derrière ces paroles décousues la faille qui lui livrerait le secret de ce cœur blessé, que me baillez-vous là? Vous aussi, vous êtes belle. Et vous le savez! Quant à ne pas être aimée, le dévouement de vos suivantes, de tous ceux qui vous accompagnent, prouve assez l'amour que vous leur inspirez...

Soudain la question qu'elle avait voulu déjà plusieurs fois lui poser lui revint en mémoire et elle s'écria :

... Ambroisine, le parfum de vos cheveux... Il est toujours aussi envoûtant et ceux-ci semblent en avoir été oints récemment. Ne m'aviez-vous pas dit que vous en aviez perdu le dernier flacon dans le naufrage?

Ambroisine fit une grimace et eut un faible sourire.

— Eh bien! voyez, cela illustre votre thèse que je suis entourée de gens qui m'aiment fort. Figurez-vous que sachant à quel point je tenais à ce parfum et craignais d'en manquer en Nouvelle-France, mon secrétaire Armand Dacaux en a emporté un flacon en surplus. Comme c'est un homme soigneux et méticuleux il l'avait enveloppé dans de la toile gommée bourrée d'étoffes, et cousu le paquet dans une des basques de son habit. Il a donc pu, m'entendant me désoler de la perte de mon nécessaire, me remettre ce suprême nectar.

— N'est-ce pas lui aussi, d'après ce que j'ai ouï-dire, qui vous a aidée à descendre dans la chaloupe avec l'enfant de Jeanne Michaud... Voyez le dévouement que vous pouvez inspirer même à un plumitif qui ne semblait pas par vocation désigné pour jouer les héros...

Ambroisine souriait aussi, mais son sourire crispé creusait aux deux côtés de sa bouche des plis amers.

— Ce gros lourdaud! murmura-t-elle.

Son regard revint vers Angélique et elle dit avec fièvre :

— Vous, tous les hommes vous aiment, et les plus dignes de ce nom. Un homme comme votre époux, par exemple... hors du commun, tous les dons, toutes les séductions, un enchanteur en vérité, un homme que toutes les femmes voudraient pouvoir charmer et vous n'avez qu'à paraître, le voici fasciné. Il vous suit des yeux, son regard s'adoucit lorsqu'il se pose sur vous, il semble ne sourire qu'à vos boutades... et cet autre, ce blond géant taciturne, qu'y a-t-il entre lui et vous? Cela se sent à fleur de peau... Et même ce Jésuite de grande allure. Là aussi, je sentais cette « aura » d'intimité, de complicité que vous savez créer entre n'importe quel homme et vous, même les plus simples : ce soldat stupide, ce pirate crapuleux, et même cet Indien effrayant... L'Indien aussi vous aime, c'est évident. Il tuerait quiconque toucherait l'un de vos cheveux, j'ai senti cela... Vous n'avez qu'à paraître, aussitôt quelque chose change, on dirait que les gens se sentent plus heureux... Même l'ours, même l'ours vous adore, s'écria-t-elle en se tordant les mains.

Angélique éclata de rire.

— Mais quelle est cette diatribe? Vous exagérez, ma pauvre chère!

— Non, dit Ambroisine avec entêtement. Vous avez le don d'amour, peut-être parce que vous savez recevoir l'amour, l'éprouver. Quelle fortune ne donnerais-je pas pour le posséder!

— Est-ce donc si difficile que d'aimer vivre? interrogea Angélique en l'examinant gravement.

Tout au fond de cette personnalité pleine de charme et de dons, elle commençait à comprendre qu'existait un désespoir mortel.

— Est-ce donc à cela que cela se résume, le don d'amour? répéta Ambroisine songeuse. Non, ce n'est pas si simple...

Elle avança la main et caressa l'épaule et le bras d'Angélique que le vent et le soleil de la mer avaient hâlés.

— Vous, vous avez un corps heureux, fit-elle, voilà le secret. Vous jouissez de tout dans votre cœur mais aussi dans votre chair même, du bonheur et du malheur, du soleil, des oiseaux qui passent, de la couleur de la mer, de ce qui arrivera peut-être demain, d'heureux... et de l'amour qu'on vous porte, et de celui que vous dispensez.

— Qu'est-ce qui vous empêche d'en faire autant?

— Ce qui m'empêche?

Elle avait crié ces mots. Les yeux agrandis d'horreur de la duchesse contemplaient au fond d'elle-même une vision insoutenable. L'amertume de sa bouche s'accentuait jusqu'à la faire paraître laide et ravagée comme une vieille femme.

...Laissez-moi, dit-elle tout à coup en repoussant le bras secourable d'Angélique qui entourait ses épaules. Laissez-moi, je veux en finir avec la vie, comme j'aurais dû en finir cette nuit-là...

— Quelle nuit, Ambroisine?...

— Non, non, dit la duchesse avec de folles dénégations, ne parlez pas de cela. Je vais me tuer, c'est tout.

— Dieu défend cet acte. Vous, si pieuse...

— Pieuse!... Oui, je le suis. Il faut bien que je sois quelque chose, puisque je suis morte de partout. Je n'ai rien trouvé d'autre pour survivre. Prier, être pieuse, m'occuper des choses de religion. Vous vous moquez de moi, n'est-ce pas, avec mes dévotions, vous qui possédez tout. Vous ne pouvez pas comprendre...

— Quoi donc, Ambroisine?

— Non! Non! Jamais je ne pourrai le dire. Vous ne pouvez pas comprendre.

— Qu'en savez-vous?

Angélique retenait contre elle le corps d'Ambroisine de Maudribourg qui était secouée de tremblements convulsifs et semblait prête à se jeter hors du lit pour se livrer à on ne sait quel acte désespéré. Dans son délire, elle ne prenait garde qu'elle se débattait à demi nue. Elle avait un corps d'une jeunesse étrange, parfaite. On eût dit un corps de jeune fille intouchée.

— Croyez-vous que je n'ai pas vécu avant ce jour? demanda Angélique. J'ai traversé bien des vicissitudes, croyez-le, et peu de choses des douleurs humaines m'est inconnu.

— Non! Non! Vous, vous étiez forte... Tandis que moi... Vous ne pouvez savoir ce que c'est que d'être...

— Quoi donc, Ambroisine?...

— D'être une enfant de quinze ans livrée à un vieillard lubrique, cria-t-elle comme si elle eût vomi un poison qui lui arrachait en même temps les entrailles.

Elle se tint courbée en deux, haletant.

...J'ai crié, chuchota-t-elle, j'ai crié... Personne n'est venu à mon secours... J'ai lutté toute une nuit... A la fin, il m'a fait tenir par ses valets!... Et des prêtres pour bénir cela...

Elle se rejeta en arrière, blême, sur l'oreiller. La sueur coulait le long de ses tempes. Un cerne violet s'accusait sous ses paupières closes. Un instant, elle parut morte.

Angélique lui essuya le visage.

— Vous ne le direz pas, n'est-ce pas, balbutia la duchesse d'une voix presque inaudible... Vous ne le direz pas... que j'ai crié... J'étais très orgueilleuse. Une enfant pure, enthousiaste, mais orgueilleuse... Au couvent, je dominais mes compagnes : la plus belle, la plus instruite, la plus aimée. Dès l'enfance, j'avais stupéfié des théologiens, des mathématiciens venus en ces murs à seules fins de m'interroger. Je prenais de haut les religieuses, ces ignorantes... Et puis l'humiliation soudaine... Découvrir que tous ces beaux apprêts ne représentaient rien, ne me défendaient pas du sort commun, que je n'étais qu'une proie que les hommes et leurs lois avaient droit de vendre au plus offrant avec la bénédiction d'un clergé complice... sans pitié pour mon innocence... auprès d'un homme ruiné de vices qui était de cinquante-cinq ans mon aîné.

Elle s'interrompit, à bout de souffle, et parut encore sur le point de vomir. Angélique la soutenait et se taisait. Que dire? Elle se souvenait. Pour elle aussi, mariée par procuration, tout aurait pu être aussi ignoble, aussi affreux. Mais il y avait eu Joffrey de Peyrac qui l'attendait à Toulouse et l'aventure insolite d'un amour passionné naissant entre cette jeune vierge vendue et le grand seigneur qui l'avait achetée.

En un temps, le duc de Maudribourg était venu à Toulouse pour connaître le secret de la transmutation de l'or, et le comte lui avait refusé sa porte à cause de sa réputation de débauché. Or, c'était donc à cet homme méprisable qu'avait été livrée Ambroisine.

L'aube venait. Une lueur trouble remplaçait la nuit, noyant le halo de lumière de la chandelle. Le petit chat se glissa hors de son abri et gagna la porte en miaulant. Angélique se leva pour lui ouvrir.

Elle retira le panneau de bois devant les vitres; le brouillard était toujours là, blanc comme neige. Mais un parfum de feux de bois s'infiltrait. On entendait bouger en bas dans la salle de garde et des bruits de voix, d'allées et venues. Elle souhaita que Piksarett revînt, tout « matachié » de rouge, pour lui dire avec son sourire de belette : « Tu es ma captive. » Cela, c'était la vie, leur vie à eux en terre américaine, loin des ignominies de l'Ancien Monde.

Une nausée continuait à lui serrer la gorge. Elle revint à Ambroisine, lui fit boire un verre d'eau fraîche.

La duchesse paraissait sans forces et gardait les yeux clos. Cependant, elle dit encore d'une voix plus claire et plus nette :

— Je n'ai pas encore pardonné, accepté. Cela me brûle toujours comme un fer rouge. Voilà pourquoi je suis morte au-dedans.

— Calmez-vous, dit Angélique avec bienveillance en lui caressant comme d'une enfant le front moite, vous avez parlé, cela est toujours bon. Maintenant, essayez de ne plus penser et de vous reposer. Ici, vous êtes en paix, loin de toutes obligations et des témoins de votre passé. Si vous désirez vous confier encore, je vous écouterai volontiers, un peu plus tard. Mais pour lors, dormez.

Elle posa sa main sur les yeux meurtris, leur imposant une rafraîchissante quiétude.

— Quel bienfait de vous avoir rencontrée! soupira Ambroisine qui parut sombrer presque aussitôt dans un profond sommeil.

CHAPITRE XXVII

Elle dut avertir Colin Paturel de l'arrivée inopinée de la duchesse.

Le gouverneur de Gouldsboro ne commenta pas le fait. Il hocha plusieurs fois la tête et se borna à inviter les deux femmes à sa table, le soir, pour souper.

L'absence de Joffrey de Peyrac, du marquis d'Urville, de la garde espagnole et de la suite du comte et même du marquis de Ville-d'Avray créait un vide et une atmosphère inhabituels. Il régnait à Gouldsboro, enveloppé dans ses brumes, un silence presque hivernal, n'eût été la lourde touffeur qui parfois semblait sourdre de la forêt invisible, encensant le rivage d'odeurs fauves et balsamiques si intenses qu'elles chassaient celles, amères, des algues et de la marée.

Aucune alliance ne semblait unir les deux groupes humains réunis là.

Les hommes de Colin travaillaient dur à bâtir leur village et leur église. Mais ils étaient silencieux. Barssempuy, son jeune visage de gentilhomme d'aventures, assombri par la tristesse, les dirigeait de quelques ordres laconiques.

Les protestants vaquaient à leur vie quotidienne déjà bien rodée et l'on n'échangeait pas quatre mots d'un groupe à l'autre.

L'entente se faisait à l'échelon supérieur, les notables rochelais semblant trouver agrément à s'entretenir avec Colin. Angélique trouva près de lui Manigault, Berne et le pasteur Beaucaire, en conférence.

Elle s'informa de la santé d'Abigaël. Gabriel Berne parut joyeux.

— Elle s'est sentie mieux ce matin, dit-il, au point qu'elle a entrepris de faire sa lessive. Je crois que nous avons encore quelques jours, ajouta-t-il, content de voir s'éloigner le terme qu'il redoutait encore plus qu'Abigaël elle-même.

Angélique rendit visite à son amie. Celle-ci, en effet, avait repris bonne mine et s'activait avec vaillance, portant les corbeilles de linge à la rivière, où, avec Séverine, Laurier, Bertille et quelques autres voisines, elle entreprit de savonner et de manier le battoir vigoureusement.

— Je n'avais plus la force de me livrer à ce travail et craignais que la maison ne fût pas en ordre pour mon accouchement. Grâce à Dieu, je me sens bien, sans doute à cause de cette vague de froid soudaine et tous ces draps et hardes seront étendus ce soir sur la corde. Demain, le soleil brillera. J'aurai le temps, le soir, de tout plier et ranger dans les armoires. Séverine m'aidera ensuite à repasser. Et voilà. Je pourrai me reposer, l'esprit en paix.

Angélique lui promit de venir l'aider.

En revenant au fort, elle trouva Ambroisine de Maudribourg levée, assise devant le plateau d'un repas qu'elle lui avait fait porter. Ses traits demeuraient creusés. Regrettait-elle ses confidences? Elle demeurait comme frappée d'une sorte de contrainte et resta ainsi plusieurs heures, le regard fixe. De temps en temps, elle prenait un petit morceau de pain et le mangeait machinalement, plongée dans ses méditations. Angélique lui dit qu'elle n'avait pas voulu l'exiler seule, dans la maison à l'écart où elle avait été logée avec les Filles du Roy. Elle s'était entendue avec la tante Anna, cette vieille demoiselle très savante, qui durant l'hiver enseignait les enfants. Elle possédait, attenant à son modeste logis, une salle avec commodités et sortie indépendante qui servait de salle de classe. Désaffectée l'été, Mme de Maudribourg pourrait s'y installer aujourd'hui.

— Tante Anna est très discrète et obligeante. Elle ne vous gênera en rien. Mais si vous vous sentez esseulée vous aurez quelqu'un à qui parler. Elle est certainement plus au fait de discuter mathématiques et théologie avec vous que moi-même, conclut Angélique en riant.

— Oh! vous, vous êtes un ange, murmura Ambroisine. Que puis-je faire pour vous prouver ma reconnaissance?

— Remettez-vous, dit Angélique en passant une main légère sur le front de la pauvre femme, ne songez plus aux choses qui vous font du mal...

Mais la duchesse de Maudribourg était en état de choc. Il faudrait quelques jours avant de pouvoir raisonner avec elle comme avec une personne en pleine possession de ses facultés.

Angélique la laissa après lui avoir prodigué à nouveau des conseils de repos. Elle aida Abigaël une partie de la journée. Elle devisait gaiement en portant de la rivière au séchoir les panerées de linge bien blanc. Abigaël prévoyait qu'après avoir rangé ses armoires elle aurait encore le temps de briquer ses meubles.

Angélique n'osait lui dire que ce programme lui semblait bien chargé pour la semaine à venir. Par expérience, elle reconnaissait dans l'activité d'Abigaël celle qui saisit toute femme près de son terme et qui, fébrile, la pousse à tout mettre en ordre afin de se consacrer, l'esprit en paix, à la tâche qui l'attend de donner la vie.

Vers la fin de la journée les brumes se dissipèrent et le soleil brilla.

— Voyez, n'avais-je pas raison, mon linge sera sec demain, dit Abigaël. J'ai les bras rompus. Quel dommage que Martial n'ait pas pu nous aider! Il est si vigoureux et obligeant.

— Où est-il?

— A patrouiller dans la baie avec votre Cantor et quelques autres jeunes. Il paraît que M. de Peyrac les a chargés d'une mission.

Le souci d'Abigaël et celui qu'elle éprouvait aussi pour Cantor avaient un peu remplacé dans les préoccupations d'Angélique les problèmes de la duchesse de Maudribourg.

— Pourquoi Cantor ne me dit-il jamais rien et disparaît-il ainsi sans m'adresser aucune explication? J'aurais bien aimé l'avoir auprès de moi ces jours-ci. De quelle mission Joffrey l'a-t-il chargé? Doit-il rechercher dans la baie le navire à la flamme orange? Certes, ces gamins qui furètent partout en savent long sur tous les repaires cachés des îles. Mais ne courent-ils eux aucun danger? Ah! le diable de garçon. J'ai hâte de le voir revenu...

Par bonheur, Ambroisine de Maudribourg semblait mieux. Mais encore affaiblie, elle ne se sentait pas la force d'assister au souper auquel les avait conviées Colin. Angélique fit porter à celui-ci un message d'excuses. Elle-même préférait rester chez elle ce soir, après les travaux du jour et sa nuit agitée. Elle se mettrait au lit de bonne heure. Abigaël aurait bientôt besoin de toute sa vigilance.

— Nous sommes bien ici, dit Ambroisine en regardant autour d'elle. Quelle paix émane de ces lieux imprégnés de votre présence! J'ai passé ma journée dans cette pièce à en examiner chaque détail et cela m'a curieusement rassérénée. Je me sens mieux.

— J'en suis heureuse.

— Il semble que dans les lieux que vous habitez les maléfices cessent. Une sorte de trêve au mal qui rôde.

Angélique garnissait de charbon de bois son réchaud de terre cuite afin de se préparer, ainsi qu'à son invitée, un peu de café turc. Aux paroles d'Ambroisine elle regarda celle-ci, intriguée.

— Que voulez-vous dire?

— Ne sentez-vous pas qu'un danger rôde parmi nous? interrogea la duchesse en la considérant de ses yeux élargis un peu fixes, et, je ne sais comment dire, il me semble que ce danger vous menace *vous* particulièrement?...

Angélique souffla sur les braises pour les raviver, avant de poser sur le réchaud la cafetière marocaine. Elle comprenait maintenant ce qui l'avait intriguée, même dérangée, pouvait-elle dire, en la duchesse de Maudribourg; c'était, ne cadrant pas avec ses titres de grande dame bienfaitrice, certaines qualités de devineresse comme on en trouve chez les « Égyptiennes » et qui rejoignaient ses propres talents, à elle, Angélique, dont parfois on l'avait accusée dans sa vie aventureuse. Certains lui reprochaient d'être sorcière ou de jeter le mauvais sort par le seul pouvoir de ses yeux verts. Dispositions naturelles, dont elle n'avait pas l'emploi pour le mal, mais qui, elle le savait, la rapprochait des phénomènes de la vie, des enfants, des bêtes, des sauvages.

— Vous parlez comme Piksarett, dit-elle.

— Le grand chef indien qui est venu vous réclamer comme sa captive?

— Oui... Tout à coup, il m'a dit : « Un danger est sur toi... » Et il s'est littéralement enfui.

— Vous voyez? dit Ambroisine, alarmée... Mon sentiment est juste. Et je me demande aussi si ce danger est en dehors... ou bien... en vous...

— En moi?...

— Oui! Angélique, ne prenez pas en mauvaise part ce que je vais vous dire, mais j'ai quelque expérience de l'être humain, des femmes surtout, pour avoir côtoyé bien des caractères plus ou moins simples... Le vôtre est un des plus extraordinaires que j'aie jamais rencontrés, un des plus attachants, et c'est pourquoi je voudrais vous signaler les écueils que j'y décèle, et qui pourraient causer votre perte. Vous êtes tellement hors du commun que vous croyez que tout le monde vous ressemble, que la droiture de vos sentiments peut être comprise de tous... Il serait facile de vous abuser... car, tout au fond, vous manquez de prudence.

— De prudence, répéta Angélique qui l'avait écoutée attentivement.

— Oui... ou tout au moins, votre vision particulière des choses, des êtres aussi, ne vous fait peut-être pas voir assez les dangers qui peuvent surgir de votre conduite... et c'est cela qui m'inquiète pour vous. Ainsi, par exemple, parlons de ce... Piksarett. Il est entré dans cette chambre qui est la vôtre comme s'il y avait des droits, s'y trouvait maître, il s'est penché sur ce lit où vous étiez censée reposer comme s'il lui était familier de vous y contempler, il a même posé sur mon épaule une main sale et puante et il riait au milieu de tous ses bariolages rouges. Je n'ai jamais eu aussi peur de ma vie. J'ai vraiment cru que c'était le Diable. Mes filles et moi nous avons hurlé comme des possédées.

— Je vous ai dit qu'il fallait se faire aux manières des sauvages, fit Angélique qui se retenait elle-même de rire à l'évocation de cette scène.

— Mais vous auriez pu vous trouver au lit avec votre mari! remarqua la duchesse d'un ton choqué.

— Dans ce cas, et si nous n'avions pas pris la précaution de pousser le verrou la veille au soir, car nous savons à quoi nous en tenir avec les manières de la population qui hante nos rivages, eh bien! nous en aurions ri avec lui sans façons. Les sauvages sont pudiques, voire prudes, mais ils n'ont pas de gêne excessive devant les nécessités naturelles de la vie.

— Vous leur êtes indulgente. Êtes-vous donc vraiment attachée à cet homme?

— Quel homme? demanda Angélique qui ne comprenait pas l'insistance d'Ambroisine sur le sujet.

— Ce... Piksarett! Savez-vous qu'on raconte, à Québec, que vous couchez avec les sauvages.

Angélique réagit vivement.

— A Québec!... cela ne m'étonne pas! ils veulent ma mort. Ils diraient n'importe quoi. Ils vont même jusqu'à dire que je suis une démone. Parce qu'ils sont fanatisés par un homme qui a vu en nous les suppôts du Diable, mettant le pied sur ses territoires pour les pervertir : le Père d'Orgeval.

— J'ai entendu parler de lui, fit Ambroisine, songeuse.

— Nous ne pouvons rien contre sa vindicte. Elle relève de l'idée fixe et préconçue et il ne reculera devant rien pour parvenir à ses fins, même devant les ragots les plus bas.

— Vous pourriez au moins ne pas y donner prise. C'est à cela que je voulais en venir en vous reprochant — oh! seulement du fait de l'affection que je vous porte — de ne pas tenir compte assez de la vilenie du monde. Coucher avec les sauvages, c'est une réputation assez horrible pour une femme blanche et, maintenant que je vous connais, cela me blesse pour vous. Comment votre mari peut-il laisser accréditer une telle légende, en tolérant sa familiarité avec vous? Serait-il un mari facile?...

— Que non pas! rétorqua Angélique songeant à des incidents proches.

— Alors, je ne comprends pas qu'il...

— On ne vous demande pas de tout comprendre de la vie des autres, coupa un peu sèchement Angélique, surtout dans un pays où il faut apprendre à reconsidérer bien des principes. Ici la tolérance est nécessaire.

— Oui... mais la prudence est une vertu.

Cette fois, Angélique se retint de répliquer. Ambroisine commençait à l'exaspérer sérieusement. C'était décidément agaçant ce mélange de dame bienfaitrice du Saint-Sacrement, de puérilité, et d'instinct psychologique profond. Oui, en fait, Angélique était blessée, mais, tout au fond, elle ne pouvait nier qu'il y avait quelque chose de juste dans les paroles de la duchesse, traduisant, concrétisant peut-être, le danger qui pesait, pèserait toujours sur eux. Le danger d'un monde qui, tel qu'il était, ne pourrait jamais les accepter tels qu'ils étaient.

C'était terriblement lourd à porter. Ne vouloir se renier, mais mesurer la distance... infranchissable.

Piksarett... Outtaké... Pourrait-elle expliquer à quiconque ce qui la liait à ces fils des forêts américaines? A Piksarett, elle avait donné un manteau couleur d'aurore pour envelopper les ossements de ses ancêtres et lui, il lui avait donné en échange la vie d'Outtaké, l'Iroquois blessé. Et Outtaké, le dieu des nuages, lui avait envoyé un collier de Wampum, afin de sceller l'alliance, et des haricots et du riz pour les sauver de la famine, à la fin de l'hiver. Ces choses se passaient sur un plan humain et spirituel, mais inaccessible à des cultures anciennes et européennes qui avaient perdu un certain sens de l'humanité et de la spiritualité.

Elle posa la cafetière de côté afin de laisser un peu reposer le breuvage. Puis elle alla d'un mouvement machinal à la fenêtre. La nuit lui parut noire comme l'encre et trop profonde. Le sentiment de la solitude qui les enveloppait elle et Joffrey sur cette terre lui fut presque intolérable. Elle pensa aux menaces qu'ils avaient détectées sans pouvoir les préciser et une peur réelle lui poignit les entrailles. Qui préparait leur perte? C'était tellement habile! Tellement intelligent! Cela dépassait la subtilité de l'être humain.

« Crois-tu à Satan? », lui dit une voix intérieure... Je ne sais pas!... Mais Dieu?... j'y crois. Dieu, protège-nous!...

Elle revint vers Ambroisine qui avait croisé les mains sur ses genoux et ne la quittait pas des yeux.

— Je vous ai peinée! Pardonnez-moi... Je suis souvent maladroite avec vous... peut-être parce que j'ai trop le désir de vous connaître afin de pouvoir vous aider à mon tour. Vous m'avez fait tant de bien.

— Ne vous préoccupez pas de moi, fit Angélique, légèrement.

— Mais alors qui le fera, qui se préoccupera de vous? s'exclama Ambroisine en se tordant les mains. Vous êtes si seule ici. Pourquoi votre mari ne vous a-t-il pas emmenée avec lui? S'il vous aime, il aurait dû sentir que vous courriez des dangers, ne pas vous abandonner ainsi...

— Il souhaitait m'emmener. Mais je ne pouvais quitter Gouldsboro. Je dois attendre qu'Abigaël ait son enfant...

— C'est vrai, vous me l'avez déjà dit... Vous êtes décidément très bonne pour ceux qui vous entourent, même s'ils n'appartiennent pas à votre religion. Elle est huguenote, n'est-ce pas? Elle est venue me trouver un jour. Cela m'a beaucoup intéressée. C'était la première fois que je parlais à une protestante. Elle m'a paru... charmante.

— Oui, elle est charmante, dit Angélique avec un sourire. Que vous voulait-elle?

— Elle voulait savoir si je laisserais mes filles épouser les pirates qui se trouvent ici afin de créer de nouveaux couples de colons à Gouldsboro. J'ai eu l'impression que, personnellement, la question ne la préoccupait guère, mais qu'elle était plutôt chargée d'une mission, de femme à femme, par son mari ou les principaux chefs et pasteurs de leur communauté. Je crois que ces huguenots se considèrent ici comme chez eux, maîtres d'une colonie protestante, et qu'ils n'étaient pas prêts à voir d'un bon œil l'installation de couples catholiques.

» Comme, sur le conseil du Père de Vernon, j'avais déjà pris ma décision pour mes filles, j'ai pu la rassurer. »

Angélique se sentait contrariée d'apprendre cette démarche d'Abigaël.

— Pourquoi Abigaël ne m'a-t-elle pas parlé directement de leurs préoccupations à ce sujet?

— C'est la question que je lui ai posée. Elle m'a avoué qu'il leur était difficile de s'opposer directement à votre mari qui est propriétaire des terres et auquel, j'ai cru le comprendre, ils doivent beaucoup, et même à vous qui étiez attachée à cette idée de colonisation par mariage qui satisfaisait les pirates et leur chef Colin Paturel, récemment nommé gouverneur ici.

— Je ne suis pas particulièrement *attachée* à cette idée, protesta Angélique qui avait de nouveau les nerfs à fleur de peau, mais dans le désordre où nous nous trouvions avec ces combats, ces naufrages, cela conciliait tout.

— C'est, en effet, ce que m'a expliqué Abigaël. Je crois que pour sa part et pour vous plaire elle aurait volontiers accepté cette solution. Mais il semblait en être autrement des hommes de sa communauté... On dirait qu'ils sont plutôt hostiles à leur gouverneur actuel. Il est catholique, n'est-ce pas?...

Angélique négligea de répondre. Les propos d'Ambroisine faisaient lever en elle de nouvelles préoccupations. Ces huguenots! On n'arriverait jamais à se les concilier! Ils étaient vraiment trop particuliers, intraitables.

Elle versa le café dans deux tasses et les posa sur la table, l'une devant Ambroisine, l'autre pour elle. Elle alla prendre dans une cruche un verre d'eau fraîche pour accompagner le café et revint. La duchesse, qui observait son visage soucieux, poussa un soupir.

— Oui, je comprends. C'est un peu difficile ce que vous essayez de mener ici. Concilier les extrêmes! Est-ce raisonnable?

— Nous n'essayons rien, fit Angélique à bout, cela s'est fait comme ça! Le hasard. Des êtres qui demandent secours, qui n'ont pas une pierre pour reposer leur tête... que faire d'autre... que de les sauver et de les accueillir sur un coin de terre...

Elle allait s'asseoir devant Ambroisine lorsqu'on frappa à la porte.

Mme Carrère se présenta, tenant une fois de plus le manteau de robe de satin jaune de la duchesse sur son bras.

— Je vous ai vue passer, Madame, dit-elle en s'adressant à cette dernière. Je me suis dit : « Tiens, la voilà revenue! » Et c'est une chance car le travail est terminé enfin et je peux vous le remettre.

— Mais c'est merveilleux! s'exclama Ambroisine examinant l'étoffe, on ne voit absolument rien. Vous êtes d'une habilité confondante, chère dame.

— Mes filles m'ont aidée, dit la Rochelaise modestement. Elles sont habiles, et c'est bon pour elles de travailler de temps en temps sur quelque chose de délicat.

» C'est du café turc que vous avez là, continua la brave femme en humant avec gourmandise l'arôme qui s'exhalait des deux tasses de porcelaine dans leurs supports de cuivre martelé.

— Oui, aimez-vous également ce breuvage des dieux, madame Carrère?

— Si je l'aime! Bien sûr, j'en buvais parfois dans un petit estancot oriental à La Rochelle.

— Eh bien! buvez cette tasse prête pendant que ce café est encore chaud. J'en prépare une autre pour moi.

Mme Carrère s'assit volontiers et but jusqu'à la dernière goutte. Elle regarda dans le fond de la tasse la boue noirâtre et la versa dans la soucoupe.

— Il y avait parfois une Égyptienne qui lisait l'avenir dans ce marc de café. J'ai un peu appris. On apprend de tout dans les ports. Voulez-vous que je vous dise la bonne aventure? s'enquit-elle.

— Oh! non, je vous en prie. Toutes ces sorcelleries sont des péchés, s'écria la duchesse en lui arrachant la soucoupe.

Angélique fit signe à Mme Carrère de ne pas insister.

— Bon! je vous quitte, dit la Rochelaise en se levant.

— Fera-t-il beau demain? interrogea Angélique qui pensait au linge d'Abigaël.

Mme Carrère alla à la fenêtre et huma l'air.

— Non, dit-elle, le vent a encore sauté. On dirait qu'il nous amène là-bas de beaux nuages, de la pluie et même de l'orage.

Les prédictions en la matière se révélèrent justes.

Peu après, on entendit rouler le tonnerre lointain. La mer devint noire et se gaufra de blanc.

— Je vais vous accompagner chez vous avant que la pluie ne tombe, proposa Angélique. Mettez votre manteau.

Elle aida Ambroisine à poser sur ses épaules la mante noire doublée d'écarlate dans laquelle elle était revenue la veille au soir.

— D'où sortez-vous ce manteau? interrogea-t-elle. Est-ce encore Armand Dacaux qui le cachait dans une de ses basques?

Ambroisine parut s'éveiller d'un songe.

— Oh! c'est encore une histoire à dormir debout, une sorte de miracle comme il en arrive sans cesse dans ce pays. Figurez-vous... C'est le capitaine du bateau qui me l'a donné.

— Quel capitaine? et quel bateau?

— La chaloupe qui m'a amenée hier soir à Gouldsboro. Ils disaient qu'ils avaient pillé récemment un navire espagnol, qu'ils avaient avec eux à bord un coffre rempli de vêtements féminins dont ils ne savaient trouver l'emploi.

— Ne m'avez-vous pas dit que c'étaient des Acadiens?

— Ils se sont présentés ainsi. Pourquoi pas? Les Acadiens français ne sont-ils pas tous un peu pillards et naufrageurs parce que trop pauvres et abandonnés par leurs compagnies et gouvernement, quand le besoin se fait sentir...

Comme Angélique demeurait perplexe, la duchesse ajouta :

— Il me pressait d'accepter son présent. Je ne sais ce qu'il voulait de moi, il me faisait un peu peur. Il est vrai que je grelottais, le brouillard venant de tomber, et ce manteau était bienvenu.

— Comment était-il ce capitaine? Le teint blanc, les yeux froids?...

— Je ne sais exactement... Je n'osais pas le regarder. J'étais troublée, vous dis-je, après mon coup d'audace, de me retrouver seule, sans bagages, parmi ces matelots inconnus. — Elle eut un pâle sourire. — Voyez à quelles extrémités m'avait poussée mon désir impérieux de retourner à Gouldsboro pour vous y retrouver.

— Et l'embarcation. N'avait-elle pas une flamme orange en proue?

— Pas que je me souvienne. Ce n'était qu'une grosse barque, vous dis-je... Mais maintenant que j'y songe... Oui, attendez.

« Au moment où je descendais dans ladite chaloupe, j'ai remarqué un navire qui croisait à quelques encablures. Et lui... lui avait une flamme orange en proue! »

CHAPITRE XXVIII

— DAME ANGÉLIQUE ! DAME ANGÉLIQUE !

Reconnaissant la voix de Séverine, Angélique comprit tout de suite. Elle sauta hors de son lit, accompagnée d'un même bond par le petit chat éveillé. Un fracas indéterminé ébranlait l'alentour. La tempête...

Séverine était sur le seuil, sa première jupe de droguet relevée en capote sur ses cheveux ruisselants.

— Dame Angélique, venez vite!... Abigaël...

— Je viens...

Elle rentra dans la chambre pour se vêtir et prendre son sac, d'ailleurs déjà prêt.

— Entre un instant. Essuie-toi un peu. Il pleut donc si fort...

La porte claqua derrière Séverine, avec violence.

— C'est l'orage, dit Séverine. J'ai cru que je n'arriverais pas à descendre jusqu'ici, il y a de véritables torrents qui dévalent la colline.

— Pourquoi n'a-t-on pas envoyé Martial?

— Il n'est toujours pas là. Père non plus. On est venu le chercher hier soir pour une garde au nouveau fort et le long de la rivière. On avait signalé un parti d'Iroquois.

— C'est complet!

Et Joffrey qui était en mer. Et Martial qui devait bivouaquer sur quelque îlot avec Cantor et les autres. La tempête pourrait les retenir plusieurs jours et en attendant les mères auraient le temps de gagner quelques cheveux blancs. Enfin, pour conclure, on annonçait les Iroquois...

Abigaël, en proie aux premières douleurs, était seule avec le petit Laurier.

— Hâtons-nous... La pluie s'apaise, on dirait...

Le petit chat, queue dressée et tête penchée, avait suivi avec intérêt cet échange de répliques.

— Sois sage, lui dit Angélique en refermant la porte, et surtout ne cherche pas à me rejoindre, tu te ferais noyer dans la tornade.

Il n'y avait qu'une sentinelle au fort. Les autres hommes de garde avaient été requis pour la défense contre les Iroquois, encore qu'une attaque de nuit ne fût pas à prévoir. Mais il valait mieux attendre l'aube sur pied de guerre.

Heureusement, la pluie se calmait.

— Va réveiller Mme Carrère, enjoignit Angélique à Séverine. Et aussi, qu'un de ses garçons, s'il y en a un de disponible, coure au village indien pour ramener la vieille Vatiré.

Elle s'élança dans la nuit vers la demeure d'Abigaël.

Un vent humide et froid faisait courir des nuages énormes, grondants, boursouflés, d'un noir de suie, sur la grise texture d'un firmament lunaire. De temps à autre, des lueurs fuligineuses les traversaient et le bruit du tonnerre se mêlait au fracas de la mer en furie.

Angélique courant, le cœur oppressé d'une angoisse insoutenable, leva les yeux vers ce ciel inhumain. Elle ne savait pas pourquoi la nuit de Gouldsboro, cet été-là, lui semblait tellement effrayante.

— Mon Dieu, dit-elle dans un élan, mon Dieu, je vous en prie... Ayez pitié d'Abigaël.

Comme elle arriva à la cabane, le ciel creva de nouveau, en des trombes diluviennes.

Elle se jeta à l'intérieur.

— Me voici, cria-t-elle dès le seuil afin de rassurer la pauvre esseulée, dans la pièce voisine.

L'âtre était éteint. Le petit Laurier, assis, en chemise sur son lit, paraissait effrayé et grelottait.

— Monte dans le grenier de Séverine et va te mettre au chaud dans son lit, lui dit-elle. Dors de bon cœur. Demain tu auras du travail à courir dans toutes les maisons porter la bonne nouvelle.

Elle entra chez Abigaël et, tout de suite, la vit désemparée, fixant désespérément la porte par laquelle elle apparaissait.

— Ah! vous voici, vous voici, dit la jeune femme d'une voix hachée. Que vais-je devenir?... Gabriel n'est pas là!... Et déjà je souffre tant qu'il me semble que je ne pourrai pas en supporter davantage.

— Mais non, mais non, ne vous mettez pas sitôt martel en tête.

Elle posait son sac et prenait la main d'Abigaël. Celle-ci s'y cramponna comme à une bouée, qu'elle était décidée à ne plus lâcher de peur de se noyer.

Sentant la douleur revenir, elle se crispa toute.

— Ce n'est rien, affirma Angélique de son ton le plus persuasif. Ce n'est qu'une douleur qui va et passe. Gardez votre courage, quelques secondes. Je ne vous demande que quelques secondes, Abigaël... Là c'est bien. Voyez, cela s'éloigne déjà... comme l'orage...

Abigaël sourit faiblement. Elle se détendit et sa physionomie redevint plus calme.

— J'ai moins souffert cette fois, fit-elle, sans doute à cause de votre présence et de votre main guérisseuse.

— Non. C'est surtout parce que vous vous êtes moins effrayée et débattue. Vous voyez, tout est simple. Il suffit de ne pas avoir peur.

Elle voulut s'éloigner pour allumer le feu, car il faisait froid. Mais Abigaël la retint avec force.

— Non, non, je vous en prie, ne me quittez pas.

Elle paraissait prête à s'affoler de nouveau. Angélique comprit que la jeune femme avait besoin de sa présence pour garder le sang-froid nécessaire. Elle l'assura qu'elle ne la quitterait pas un seul instant.

— Est-ce bien vous, ma vaillante Abigaël, que je vois en cet état? la gronda-t-elle doucement, je ne vous reconnais pas. Vous avez des épreuves plus grandes à traverser. Quel est ce sentiment d'effroi qui vous terrasse tout à coup?

— Je suis coupable, dit la pauvre Rochelaise en frissonnant, j'ai trop reçu... des joies trop grandes. J'ai été trop heureuse dans les bras de Gabriel. Maintenant, l'heure est venue, je le sens, de payer ces jouissances coupables. Dieu va me punir...

— Mais non! Mais non! ma chérie! Dieu n'est pas si mauvais bougre...

La boutade tira Abigaël de son anxiété. Quoique saisie à nouveau d'une nouvelle contraction, elle ne put s'empêcher de rire.

— Oh! Angélique, il n'y a que vous pour trouver des réponses pareilles.

— Quoi? Qu'ai-je dit? demanda Angélique, qui, dans son souci, n'avait pas pris garde à ses paroles. Oh! Abigaël, voyez comme tout va à loisir désormais. Vous venez d'avoir une douleur et pourtant vous riez presque...

— Il est vrai que je me sens beaucoup mieux... Mais n'est-ce pas le signe que le travail se fait mal et s'arrête?... interrogea-t-elle, de nouveau effrayée.

— Non, au contraire, vos contractions sont plus amples et plus profondes parce que vous ne vous y opposez plus. Ce sont nos peurs qui grossissent nos difficultés. Pourquoi essayer d'interpréter la justice de Dieu, notre créateur? Dites-moi, mon amie chérie? Si je me fie simplement aux conseils que nous avons reçus à ce sujet de l'Ancien et du Nouveau Testament, « Croissez et multipliez... Aimez-vous les uns les autres. » Je ne vois pas en quoi réside votre culpabilité. Je me souviendrai plutôt que le roi David dansait devant l'Arche et que les choses sacrées doivent se faire dans la joie. Concevoir la vie c'est aussi quelque chose de sacré et aussi la naissance d'un enfant. Alors, écoutez-moi et croyez ce que je vous dis. Vous avez bien servi Dieu en concevant cet enfant dans la joie. Maintenant servez-LE encore en accomplissant avec courage et bonheur ce qu'Il vous demande aujourd'hui : amener à la vie un nouvel être pour LE glorifier...

Abigaël l'avait écoutée avec avidité.

Ses yeux maintenant brillaient doucement et sa physionomie était transformée, retrouvant sa sérénité habituelle.

— Vous êtes merveilleuse, chuchota-t-elle. Vous me dites exactement ce que j'avais envie d'entendre. Mais ne me quittez pas, ajouta-t-elle puérilement en retenant encore la main d'Angélique.

— Il faudrait pourtant que j'allume ce feu...

« Mais que fait donc Mme Carrère », songeait-elle. « Elle n'est pourtant pas femme à craindre de mettre le nez dehors quand il pleut. Que se passe-t-il? Ce n'est pas normal... »

Les minutes comptaient double. Le temps paraissait interminable. Elle n'osait quitter le chevet d'Abigaël. Bien qu'apaisée et désormais pleine de courage, l'accouchée entrait dans une phase plus critique. Les douleurs se faisaient plus longues et rapprochées.

Enfin Angélique perçut avec soulagement un bruit à la porte. Mais Séverine surgit seule transformée en noyée.

— Où est Mme Carrère? jeta Angélique. Elle ne vient pas. Pourquoi?

— On n'arrive pas à la réveiller.

Séverine paraissait complètement désemparée.

— Comment on ne peut pas la réveiller? Qu'est-ce que cela signifie?

— Elle dort! Elle dort! dit Séverine, effarée. On l'a secouée, on a tout essayé. Elle dort, elle ronfle, il n'y a rien à faire.

— Et la vieille Vatiré?

— Un des garçons est parti pour le village.

— Qu'arrive-t-il? interrogea Abigaël, en ouvrant les yeux et en s'agitant de nouveau. Est-ce qu'il y a quelque chose qui ne va pas? Est-ce que l'accouchement se déroule normalement?

— Mais oui. Réellement, ma chérie, je n'ai jamais vu un accouchement se présenter aussi facilement.

— Pourtant l'enfant est en siège.

— Une facilité de plus si vous êtes courageuse. Quand le moment sera venu donnez tout votre effort et ne vous arrêtez pas.

A voix basse elle glissa à Séverine.

— Va chercher la plus proche voisine. Bertille...

La pauvre Séverine se replongea dans l'obscurité, renonçant à ramener sa jupe sur sa tête pour se protéger des trombes d'eau qui déferlaient. Elle revint peu après.

— Bertille ne veut pas venir. Elle dit qu'elle a peur de l'orage. Et puis aussi qu'elle n'a jamais vu d'accouchement... Et puis aussi qu'elle ne peut pas laisser Charles-Henri tout seul. Son mari est à la garde.

— Alors va chercher Rébecca, Mme Manigault, n'importe qui, il faut pourtant que quelqu'un m'aide.

— Moi, je puis vous aider, Dame Angélique.

— Oui, c'est vrai après tout, aide-moi. Nous n'avons plus de temps maintenant. Allume le feu, mets de l'eau à bouillir. Ensuite tu changeras tes vêtements, ma pauvre petite.

— C'est une bonne enfant, dit doucement Abigaël en regardant dans la direction de la fillette.

Son calme maintenant était surprenant. Séverine fit une flambée, accrocha un chaudron, et alla passer une robe sèche, avant de revenir porter à Angélique un escabeau afin qu'elle pût s'asseoir. Elle apporta un autre escabeau pour disposer les instruments dont Angélique eût pu avoir besoin. Angélique lui donna un sachet de simples à faire infuser.

« Pourvu que Vatiré arrive à temps », songeait-elle.

On voyait maintenant que l'enfant était très descendu.

— Je sens une grande force qui m'envahit, dit Abigaël en se redressant soudain et en prenant appui sur ses coudes.

— C'est le moment. Courage! ne vous arrêtez pas...

Angélique se retrouvait tout à coup sans savoir comment tenant par les pieds un petit paquet rougeaud et luisant, et dans son élan, l'élevant comme une offrande.

— Oh! Abigaël, fit-elle, oh! ma chérie! oh! votre enfant!... Regardez! Regardez-le...

Le cri du nouveau-né éclata en fanfare. Angélique, saisie d'un tremblement, ne s'apercevait même pas, dans son émoi, que des larmes coulaient sur ses joues.

— C'est une fille, dit Abigaël d'un ton d'indicible joie.

— Qu'elle est belle! s'exclama Séverine, qui se tenait toute droite, les bras levés, les doigts écarquillés comme un « ravi » de crèche de Noël. Et elle se mit à rire d'un grand rire émerveillé.

« Quelle idiote je fais! » pensa Angélique. « Elles sont là toutes deux, naturelles et heureuses, et c'est moi qui pleure »...

Vivement, elle coupa le cordon et enveloppa le bébé dans un châle.

— Tiens-la, dit-elle à Séverine. Prends-la dans tes bras.

— Quelle belle chose que la naissance d'un enfant! dit Séverine en extase. Pourquoi ne veut-on pas qu'on regarde?...

Elle s'assit sur un escabeau, serrant contre elle le précieux fardeau.

— Qu'elle est belle, cet amour! Elle s'est calmée dès que je l'ai prise.

La délivrance vint sans difficultés. Le bébé était menu. La mère n'avait même pas été déchirée.

La promptitude avec laquelle s'achevait heureusement cette parturition, qu'elles avaient beaucoup appréhendée, les laissait bouleversées.

— Je tremble toute, dit Abigaël, je ne peux pas me retenir de claquer des dents.

— Ce n'est rien. Je vais vous mettre des galets chauds aux pieds et vous vous sentirez mieux.

Elle courut à l'âtre.

— Et maintenant à vous d'admirer votre fille, dit Angélique lorsqu'elle vit son amie réchauffée, bien bordée, appuyée paisiblement à ses oreillers. Elle prit l'enfant des bras de Séverine et la posa dans ceux d'Abigaël. Elle semble sage et belle comme sa mère. Comment la nommerez-vous?

— Élisabeth! En hébreu, cela veut dire Maison de la joie.

— Est-ce que je peux voir? interrogea la petite voix de Laurier du haut de son grenier.

— Oui, mon garçon, et viens nous aider à installer le berceau.

La pluie continuait à crépiter sur le toit, mais dans la petite maison de bois son bruit fracassant ne parvenait pas aux oreilles de ceux qui s'empressaient éblouis autour du nouveau-né.

— Je meurs de faim, s'écria tout à coup Séverine.

— Moi aussi, convint Angélique. Je vais vous faire une chaudrée, et nous la mangerons ensemble avant de retourner au lit.

Maître Berne rentra pour trouver la table mise avec la plus belle nappe, les bougeoirs d'argent et les chandelles blanches de cire d'abeilles, et la vaisselle des grands jours autour d'une soupière fumante. Toute la maison était éclairée, le feu pétilla dans l'âtre.

— Que se passe-t-il? interrogea-t-il en posant son mousquet contre la porte. On se dirait à un repas d'Épiphanie!...

— L'Enfant Jésus est là, cria Laurier. Viens voir, Père!

Le pauvre homme n'en revenait pas. Il n'arrivait pas à se persuader que tout s'était accompli sans dommage, que l'enfant était là, qu'Abigaël était saine et sauve. Son bonheur était tel qu'il ne pouvait parler.

— Et les Iroquois? interrogea Abigaël.

— Pas traces d'Iroquois, ni même de parti de guerre quelconque, abénakis ou autre. Je voudrais bien savoir qui s'est amusé à nous faire courir ainsi par cette nuit d'enfer!...

Un peu plus tard Angélique quitta la famille heureuse et reprit le chemin du fort. L'aube n'était pas loin, mais la nuit demeurait encore profonde à cause des énormes nuages qui s'amoncelaient dans le ciel. Cependant l'averse avait cessé. Un calme surprenant succédait au charivari du vent et du tonnerre. La nature, épuisée, semblait haleter, et sur le bruit de mille ruissellements, le chant des grillons s'éleva soudain, comme un orchestre célébrant la fin de la tempête avec une stridence triomphante.

A mi-chemin, Angélique croisa un jeune garçon trempé qui balançait une lanterne. C'était le fils aîné de Mme Carrère.

— Je viens du village indien, dit-il.

— Tu ne ramènes pas la vieille Vatiré.

— Même sur mon dos je n'aurais pu vous la ramener. Elle avait troqué de l'alcool avec les marins ces temps derniers et je l'ai trouvée saoule à mort...

CHAPITRE XXIX

Que serait-il arrivé si...

L'esprit d'Angélique se heurtait à ce si... et ce qu'elle entrevoyait alors lui communiquait un vertige terrifié au point que la joie et le soulagement éprouvés par le facile accouchement d'Abigaël n'arrivaient pas à l'apaiser. Elle n'eût voulu retenir de ces dernières heures que l'intense bonheur, l'heureuse issue d'une épreuve qu'elle avait redoutée, mais l'ombre demeurait qui l'en empêchait d'en jouir pleinement.

Que serait-il arrivé *si* l'accouchement d'Abigaël n'avait pas été, précisément, facile? L'absence de Maître Berne, juste ce soir-là, lui avait déjà causé grand dommage. Abigaël s'affolait dans la solitude. Angélique était arrivée in extremis pour la défendre d'une dangereuse panique. Et ensuite l'indisposition de Mme Carrère, l'absence de la vieille Indienne guérisseuse, l'orage...!...

Maître Berne avait dit : « Qui a pu s'amuser à nous faire courir aux Iroquois par cette nuit d'enfer! »

Et cela rejoignait étrangement dans l'esprit d'Angélique le souvenir de renseignements erronés qui leur avaient été donnés à elle et à Joffrey afin de les tromper, les séparer, les empêcher de se rejoindre ou de se secourir. Or, comme l'avait dit le comte de Peyrac, les fausses nouvelles comme les fausses alertes étaient rares. De telles forfaitures, trahissant toutes les lois de la mer et du Nouveau Monde, ne pouvaient venir que d'intentions ennemies, décidées et préméditées. Il faudrait qu'elle interroge Berne; qui leur avait porté la nouvelle de l'approche d'un parti iroquois, les obligeant à s'armer et à s'éloigner du village, lui particulièrement, Berne, cette nuit-là contraint de s'éloigner de sa maison, où Abigaël était sur le point d'accoucher...

Et la vieille Vatiré? C'était plausible. L'alcool pouvait avoir tenté la vieille Indienne, pourtant généralement sobre, mais peut-être par manque d'occasion. Elle ne courait plus guère aux navires, pour troquer quelques fourrures pour une ou deux pintes d'eau-de-feu.

Il avait fallu qu'on lui en portât... Mais qui?... Et pourquoi, précisément, criminellement, ce soir-là, cette nuit-là...

Et l'orage! L'orage s'ajoutant à tout cela.

« Mais *qui* peut provoquer un orage rien que pour nous nuire?... Ah! Je deviens folle! Tout cela n'est qu'une série de mauvaises coïncidences que nous avons failli payer fort cher! Il est stupide d'y voir le plan d'une main malintentionnée. Qui voudrait la mort d'Abigaël!... Cela ne tient pas debout... »

Elle regardait le ciel lavé de rose qui émergeait de la nuit sombre et tempétueuse, comme un nénuphar éclatant d'un étang boueux.

Les nuages d'étoupe grise fuyaient à l'horizon laissant la place à une aurore nacrée. Seul un vent acide et coupant rappelait les violences de la nuit.

Angélique n'avait pu fermer l'œil. Elle était restée accoudée à sa fenêtre, guettant les premières lueurs, soliloquant et dialoguant avec le petit chat qui l'écoutait, la tête penchée, assis sur sa queue, se tenant coi, comme s'il eût partagé son inquiétude.

Dès qu'elle vit Gouldsboro s'animer, elle n'y tint plus et se rendit à l'Auberge sous le port, son petit compagnon sur les talons, celui-ci sautant avec entrain les ruisselets qui dévalaient la pente de la plage.

— Quelle est cette histoire que vous n'avez pas pu réveiller votre mère cette nuit? demanda-t-elle à l'une des filles de Mme Carrère, qui seule dans la cuisine accrochait les marmites à la crémaillère, dans l'âtre monumental.

— C'est la vérité vraie. Et elle dort toujours, affirma l'adolescente avec souci. Elle ne paraît pas malade, mais tout de même ce n'est pas normal de dormir comme ça surtout après le charivari qu'on lui a mené cette nuit.

— Vous l'avez secouée! Vous l'avez appelée très fort!

— Mais oui! Un charivari, on vous dit!

— Alors, en effet, c'est inquiétant. Même une personne très fatiguée se réveille quand on la secoue d'importance. Il lui est arrivé quelque chose. Menez-moi vite à elle!...

Mme Carrère ronflait bruyamment, couchée sur le dos, le drap au menton, la bouche entrouverte, le nez dressé vers le plafond. Elle paraissait décidée à dormir ainsi, paisiblement, régulièrement, jusqu'à la fin des temps.

A part cela, son teint était normal, les battements de son cœur bien frappés.

Angélique la secoua derechef, l'appela sans obtenir d'autres résultats que quelques grognements. En désespoir de cause elle lui prépara une tisane très forte pour soutenir le cœur. La bonne femme eut de bons réflexes pour avaler le breuvage qu'on lui ingurgitait mais ne s'en réveilla pas pour autant. Cependant, une heure après elle parut mieux et plongée dans un sommeil plus léger. Angélique après avoir été visiter Abigaël revint à son chevet, surveillant avec inquiétude ce sommeil bizarre dont la pauvre Rochelaise ne sortit que vers une heure de l'après-midi.

Elle paraissait étourdie, et mit un certain temps à comprendre pourquoi sa famille, le voisinage et Angélique étaient rassemblés anxieusement à son chevet.

— C'est votre café aussi, fit-elle avec humeur à cette dernière, je me suis sentie mal presque aussitôt après l'avoir bu chez vous. Je me souviens, mes jambes ne me tenaient plus. J'ai cru que je ne pourrais parvenir jusqu'à l'Auberge et j'ai eu bien du mal à me dévêtir et à passer mes vêtements de nuit. J'avais comme un goût de fer dans la bouche.

— Mon café? Mais j'en ai bu, protesta Angélique. Non, se ravisa-t-elle, je me souviens, je m'en suis préparé après vous avoir offert ma tasse, mais je ne l'ai pas bu! Cependant Mme de Maudribourg en a bu elle aussi et...

Elle s'interrompit, chercha à se rappeler. Avait-on rencontré Ambroisine ce matin? Non... Quelqu'un avait-il vu la duchesse de Maudribourg dans la journée? On secoua la tête. Normalement, elle aurait dû venir prendre ses repas à l'Auberge ou chercher à joindre Angélique. A moins que tante Anna ne l'eût retenue à dîner et à deviser...

Angélique courut jusqu'à la demeure de la vieille demoiselle. Le petit chat, très excité, bondissait sur ses talons.

Elle trouva tante Anna sur le seuil, devisant avec un voisin sur l'heureuse naissance de la petite Élisabeth.

— Avez-vous vu Mme de Maudribourg? lui jeta-t-elle tout essoufflée.

Tante Anna secoua la tête.

— Non, je ne l'ai point entendue bouger, je la pensais même absente, peut-être s'étant levée avant mon réveil pour aller écouter la messe du Jésuite.

Angélique contourna le bâtiment et alla frapper à la porte du hangar où l'on avait dressé un lit pour la duchesse.

Rien ne répondit. Elle souleva le loquet mais la porte était bloquée de l'intérieur.

— Il faut défoncer cette porte, dit-elle au voisin.

— Mais pourquoi? s'étonna-t-il.

— Frappez encore, proposa tante Anna, elle dort sans doute.

— Mais justement, c'est cela qui n'est pas normal, se désespéra Angélique.

— Ho, madame la Duchesse, réveillez-vous, cria le voisin en tambourinant de son gros poing contre le vantail.

— C'est inutile, vous dis-je, il faut faire sauter la serrure.

— Attendez, on dirait qu'on bouge à l'intérieur.

Un léger mouvement se faisait entendre, puis un pas hésitant glissant vers la porte.

En tâtonnant, les loquets furent tirés, et dans l'entrebâillement apparut Ambroisine en chemise, titubante, ensommeillée.

— Que faites-vous là? s'étonna-t-elle. Je viens juste de me réveiller.

Elle regarda vers le soleil et questionna.

— Quelle heure est-il?

— Très tard, dit Angélique. Ambroisine, comment vous sentez-vous?

— Mais... très bien... J'ai seulement la tête lourde et comme un goût de fer dans la bouche.

Les mêmes paroles que Mme Carrère.

Aucun doute ne subsistait. C'était le café. Sans doute, contenait-il une drogue et les deux personnes qui en avaient bu avaient été plongées dans un sommeil pesant pour plusieurs heures.

Et tout à coup elle comprit. Et une sueur froide coulait le long de son échine.

Elle revoyait Mme Carrère entrant et lui disant : « Oh! votre café sent bon! » « Prenez *ma* tasse », avait-elle répondu.

Si Mme Carrère n'était pas venue, c'était donc *elle* qui aurait dû boire ce café, et c'est *elle qui aurait dormi*, à l'heure où Abigaël avait eu besoin de secours. En vain, l'aurait-on secouée, appelée... Abigaël aurait dû faire face seule à l'épreuve et, dans l'état de culpabilité et de tension où elle se trouvait, elle aurait succombé à l'angoisse. Tenaillée de douleurs inhumaines, vainement, elle aurait souffert des heures, parmi l'effarement d'un voisinage incompétent et les fracas de l'orage. Pour le moins, l'enfant serait morte. La mère aussi, peut-être!...

Ainsi c'était donc vrai! « On » avait voulu la mort d'Abigaël! Mais pourquoi? Pour atteindre qui, à travers elle?

— Qu'avez-vous! balbutia Ambroisine, qui continuait à se tenir debout, en chemise devant eux, vous semblez malade? Mais qu'arrive-t-il? Y a-t-il eu un malheur?

— Non! Non! Grâce au ciel. Recouchez-vous, Ambroisine, vous ne tenez pas sur vos jambes.

— J'ai très faim, se plaignit enfantinement la duchesse, en portant la main à son estomac.

— Tante Anna, avez-vous quelque bouillon à lui donner, quelque chose de chaud?

— J'ai de la soupe d'oseille!

Angélique avait besoin de se persuader que la petite Élisabeth, ronde et rose comme un bébé en sucre de Noël, reposait paisiblement dans les bras de sa mère, pour ne pas défaillir. Tout s'était bien passé. Elle avait été au chevet d'Abigaël, elle lui avait procuré toute l'aide dont elle avait besoin, l'enfant et la mère étaient sauves, elle avait, ce tantôt, rendu visite à toute la maisonnée et la joie qui régnait là-bas était paradisiaque. Tout visiteur qui franchissait le seuil se sentait pénétré de bonheur.

Mais songeant à ce qui aurait pu être si... Angélique ne se remettait pas. Jusqu'à cet orage qui avait éclaté pour parachever la catastrophe...

« Mais qui peut provoquer un orage pour nous nuire? » se répéta-t-elle.

Alors lui revint une parole du Père de Vernon : « Quand les choses diaboliques se mettent en route, le sort, le destin, la nature elle-même, semblent être du côté de celui qui veut le mal. »

L'orage! L'orage c'était en plus! Le coup de pouce du Malin.

— Mais qu'avez-vous? insistait Ambroisine. Vous êtes livide... Je vous en prie, dites-moi... Pourquoi me suis-je réveillée si tard? Il est arrivé un malheur, n'est-ce pas?

— Non! Non! Au contraire!... Un grand bonheur. La petite Élisabeth est née... L'enfant d'Abigaël.

Elle ajouta, en regardant, malgré elle avec une sorte de défi, la frêle jeune femme qui se tenait devant elle.

— *Elle n'est pas morte! Vous voyez?*

— Dieu soit loué!

Ambroisine de Maudribourg joignit les mains, inclinant la tête, murmura avec ferveur un acte de reconnaissance. Dans sa chemise fine, soudain, elle parut une sorte d'ange au charme ambigu.

— Mais pourquoi, alors, paraissez-vous si troublée?

— Ce n'est rien! L'émotion, la fatigue de la nuit. Et puis vous m'avez effrayée avec ce sommeil prolongé...

« Je vais aller jeter ce café », songea-t-elle.

Elle se retourna et elle vit le petit chat derrière elle. Il était hérissé, le dos arqué, il soufflait et crachait, fixant alentour on ne savait quoi.

Elle l'attrapa, l'élevant à hauteur de son visage. Elle aurait voulu percer le secret et, plongeant son regard dans les prunelles d'agate dilatées :

— Que vois-tu? lui chuchota-t-elle, que vois-tu? Dis-moi? *Qui* vois-tu?...

CHAPITRE XXX

Un prêtre... Une Robe Noire pour demander conseil.

Angélique en ressentait le besoin tandis qu'elle montait la colline à la recherche du Père Maraicher de Vernon. Il lui semblait que l'homme revêtu d'un caractère sacré, oint de l'huile sainte, marqué du sceau de la séparation qui différencie les serviteurs d'un dieu, du commun des mortels, serait plus apte qu'elle à démêler ce qui lui arrivait. Elle avait envie de tout lui raconter mais elle ne savait si elle le ferait.

Tout au fond, quel sentiment la poussait à cette démarche? Le Père de Vernon était venu, puis il était reparti, mais elle n'avait cessé de le sentir présent à Gouldsboro. En fait, il ne s'était guère éloigné. Et s'il s'enfonçait parfois dans la forêt pour baptiser de village en village, son port d'attache semblait demeurer au rivage.

On disait qu'il s'était édifié sur la falaise, entre le port et la crique des anémones, un confessionnal, une cabane d'écorces et un autel de rondins où il célébrait chaque matin la Sainte Messe.

En fait, il n'était guère vraisemblable qu'il fût là à cette heure du jour. Et que voulait-elle savoir ou obtenir de lui?...

En vérité, elle s'aperçut qu'elle avait seulement envie de le voir. Un prêtre! Qui était un homme dont elle avait partagé l'existence familière. Elle ne lui dirait peut-être rien, mais le vieux réflexe, né de l'enfance religieuse, entremêlée de prières et de processions, jouait et la portait vers lui. Il était « Le » prêtre. Il avait acquis chèrement, par le prix de son ascétisme, de sa chasteté, de son éloignement du monde, le droit d'entrevoir les mystères obscurs qui régissent les actions humaines.

Pourquoi le Père de Vernon avait-il planté la croix en ce lieu, comme s'il comptait y résider longtemps? Voulait-il, par ce signe, se l'approprier? Comme le doigt entre l'écorce et le tronc, son petit campement était là coincé de guingois entre le Gouldsboro catholique, le Gouldsboro protestant, avec échappée sur le camp Champlain et sur le village indien. Et la haute croix de bois se dressait sur fond d'arbres et de ciel. De grands cèdres et quelques ormes et chênes lui faisaient un décor vert sombre, frangé d'épilobes pourpres, un décor pour drame shakespearien, l'enfermant étroitement entre mer et forêt. L'esplanade où se dressaient la croix, la cabane, le confessionnal et l'autel, était parsemée de genévriers, de quelques plantes à l'encens amer.

En débouchant d'entre les arbres on entendait tout de suite le fracas des vagues, et, par instants, lorsqu'elles s'engouffraient plus profondément en contrebas, un panache neigeux dépassait le bord de la falaise. On aurait dit une grosse bête curieuse, cherchant à jeter un coup d'œil furtif sur un monde inconnu d'elle.

Le petit garçon suédois se tenait assis devant la cabane à creuser un pipeau.

Angélique aperçut alors le Père de Vernon à l'extrémité d'un promontoire d'énormes roches.

Sa soutane noire se détachait sur l'horizon redevenu d'un bleu dur moucheté de blanc. Il se tenait solidement arc-bouté sur ses pieds nus, insoucieux des éclaboussures, que les vagues faisaient pleuvoir par intermittences, alentour.

Il avait le visage tourné dans une direction déterminée. Comme Angélique s'approchait de lui, elle sut qu'il regardait vers Gouldsboro. De là, Gouldsboro se découvrait avec sa rade, sa plage, son port sur la gauche, et ses « maisons de bois clair ».

Une attention soutenue figeait le Jésuite. On eût dit qu'il voulait intensément percer le secret de cette image, inscrite là, dans la courbe du rivage.

Il n'entendit pas approcher Angélique et elle sut d'une communication certaine qu'il évoquait la vision de la religieuse de Québec et comparait en lui-même.

Lorsqu'il se tourna vers elle, elle lui dit avec un sourire, un peu désenchanté

— C'est Gouldsboro, n'est-ce pas? Vous pensez que c'est bien Gouldsboro que la Sœur Madeleine a vu dans sa vision!... Gouldsboro qu'elle n'a jamais pu voir autrement qu'en songe?

Il la fixa de son regard volontairement froid et vide. Et parce qu'elle savait — qu'elle avait appris durement à ses dépens — que le siècle qu'ils vivaient était le siècle des sublimités religieuses, de la mortification extérieure et d'une morale sévère, elle se sentait impuissante à lui communiquer la vérité de Gouldsboro, qui était, malgré ses huguenots, comme une entité de tout cela, avec sa volonté de survivre hors des conflits mystiques et de faire sa part au bonheur, à la richesse, à l'amour.

— Pourquoi Gouldsboro? soupira-t-elle.

— Et pourquoi pas Gouldsboro? rétorqua-t-il, sarcastique.

— Et pourquoi pas Gouldsboro?

Il venait à elle et la rencontra à mi-chemin du promontoire. Et devant sa figure altière, son allure hautaine et la froideur de son expression, un doute lui vint. Elle avait pensé naguère : « Toute cette trame qui nous piège, c'est tellement habile! Tellement intelligent!... Quelque chose à l'image de cet homme, de ces hommes en soutane noire, dressés à servir Dieu avec toutes les ressources de leur savoir, de leur pouvoir sur l'esprit humain, jouant de ces désirs et de ces terreurs, pour mener les hommes à leur salut coûte que coûte, ne reculant devant rien pour parvenir à ce but sacré : sauver, préserver l'Église catholique apostolique et romaine, et si possible en implanter par le monde entier la doctrine. »

Et si c'était lui, l'ennemi caché ou plutôt, derrière lui la figure fanatique du Père d'Orgeval! Elle ne pouvait oublier que c'était le Père de Vernon qui était venu la chercher sur le bateau de Barbe d'Or. Instruit par qui? Sur les ordres de qui?

Mais à cette évocation, elle revit Jack Merwin, chiquant son tabac et manœuvrant la voile et son appréhension tomba.

Cet homme qui l'avait sauvée de la noyade et l'avait portée dans ses bras, et lui avait servi une soupe chaude pour la réconforter, ne pouvait être entièrement son ennemi.

Même s'il avait reçu des ordres sévères à son sujet, elle le sentait assez indépendant pour les interpréter à sa façon. Il fallait avoir le courage de l'affronter et de mieux connaître ses intentions.

Elle leva les yeux vers lui.

— Alors quel est votre pressentiment? demanda-t-elle avec bravade. La Démone peut-elle surgir de Gouldsboro?

— Oui! Je le crois, en effet, répondit-il en la regardant dans les yeux.

Angélique se sentit pâlir sous le coup.

— Alors, vous aussi, vous êtes donc notre ennemi?

— Qui a dit cela?

— Vous êtes aux ordres du Père d'Orgeval, n'est-ce pas? Il a juré notre perte. Il vous a envoyé pour nous espionner, pour nous confondre, pour nous détruire, peut-être pour nous achever, pour causer notre mort si l'occasion s'en présentait... Je me souviens...

Elle se recula et lui cria avec une sorte de désespoir.

... Vous me regardiez mourir là-bas! oui! lorsque je me noyais à la pointe de Monégan, vous me regardiez mourir... Je l'ai su. Je l'ai lu dans vos yeux lorsque vous refusiez de me tendre la main pour m'aider... Vous attendiez en croisant les bras que la mer accomplisse son forfait. Mais c'est une chose de décider en soi-même sur ordre :

« Cet être doit mourir... » C'en est une autre que de le regarder se débattre et agoniser. Vous n'avez pas pu.

Il l'écoutait en l'examinant avec acuité, mais demeurait impassible. Lorsqu'elle se tut, haletante, il interrogea d'un ton calme :

— Puis-je vous demander, Madame, quel est l'objet de votre visite à mon campement, aujourd'hui?

— J'ai peur, dit-elle dans un élan.

Et comme elle avait tendu ses deux mains devant elle en jetant ces mots, elle fut surprise de le voir — lui un Jésuite — les saisir et les maintenir un instant avec fermeté dans les deux siennes.

— C'est bien! dit-il. Je suis heureux que vous soyez venue à moi malgré les noirs desseins que vous m'avez prêtés naguère. Je suis à votre disposition pour essayer de vous rendre courage. Que se passe-t-il?

Elle ne savait plus que dire. C'était tellement inattendu ce geste de Merwin... et tellement réconfortant aussi.

Elle le regarda avec anxiété essayant de comprendre ce qui animait cette personnalité insondable et les buts cachés qu'il désirait atteindre.

Une lame éclata dans les profondeurs du promontoire et une gerbe d'écume neigeuse jaillit proche, à une hauteur incroyable. Portée par le vent, une pluie de gouttelettes salées et étincelantes les enveloppa.

Ils firent quelques pas pour s'écarter. Maintenant, Angélique hésitait à parler.

En lui dévoilant ses craintes de voir tramer une action dangereuse au sein de Gouldsboro, n'allait-elle pas achever de jeter le discrédit sur l'établissement, déjà considéré comme hérétique, possédé du diable, chargé de tous les péchés d'Israël.

Elle secoua la tête.

— Je ne sais pas ce qui se passe ici, mais je sens qu'on veut notre perte d'une façon si forte et si profonde que je n'en puis plus. Qui veut notre perte? Si je le savais, je pourrais me défendre. Est-ce le Père d'Orgeval, Merwin? Si vous le savez, je vous en supplie, dites-le-moi. Est-ce lui qui vous a prévenu que j'étais à bord du navire de Barbe d'Or, est-ce sur son ordre que vous êtes venu m'y chercher? Il y avait une corrélation, n'est-ce pas, entre ma capture et ce que vous aviez à faire dans la Baie Française, pour son service?

Il ne nia pas, mais n'acquiesça pas non plus. Elle sentait qu'il essayait de lier en lui-même différents faits dont il avait connaissance, qu'il en savait plus long qu'elle sur les mystères qui l'entouraient, mais qu'il n'était pas décidé à lui communiquer le résultat de ses réflexions. Se méfiait-il d'elle? Travaillait-il pour leurs ennemis? Était-il de leurs ennemis?

— Des Anglais puritains, des Français hérétiques, reprit-il tout à coup, des pirates sans foi ni loi, des gentilshommes d'aventures prêts à tous les coups de main, voici la population de Gouldsboro. Comment un tel nid d'infection pourrait-il vivre paisiblement et n'attirerait-il pas la suspicion du Canada qui, par l'Acadie, en est voisin?

— C'est vite jugé, protesta Angélique, vous avez pu vous-même vous rendre compte que notre population est surtout composée de familles industrieuses de mœurs patriarcales et, malgré l'arrivée récente de ces pirates qui sont d'ailleurs décidés à s'amender, il y règne une atmosphère décente. On s'y amuse à l'occasion, certes, mais vous n'avez pas dédaigné vous-même de nous distraire. Quant aux Anglais puritains, vous savez bien que ce sont des réfugiés de Nouvelle-Angleterre, fuyant les massacres qui se déchaînent là-bas et qui attendent que la tempête se calme pour retourner chez eux. Ces femmes, ces enfants sous notre égide, pourquoi n'auraient-ils pas droit à leur part de vie? Laissez-les vivre, mes Pères! Il n'y en a donc pas assez qui sont morts de l'autre côté de la Baie... Oh! Merwin, fit-elle avec douleur, vous souvenez-vous des petits enfants anglais de l'île Longue qui étaient venus nous chanter une complainte sur les coquillages! Et maintenant ils sont morts... Le bruit a couru que les îles de la baie de Casco étaient tombées aux mains des Abénakis...

— Eh bien! c'est ce qui vous trompe, fit-il avec brusquerie. Ils ne sont pas morts. Les îles attendent encore l'assaut des canots indiens et ces petits enfants anglais sur lesquels vous pleurez continuent, je gage, à chercher des coquillages en chantonnant. D'ici peu, ils retourneront tranquillement dans leurs fermes de Nouvelle-Angleterre. Et tout cela grâce à vous ou par votre faute, c'est selon!

— Que voulez-vous dire? s'écria-t-elle en le regardant avec stupeur.

— Que le départ, la désertion plutôt de Piksarett a dérangé tous les plans, démoralisé les troupes parties à l'assaut des colons de Nouvelle-Angleterre. La guerre indienne s'est éteinte comme un feu de tisons non alimentés. Déjà, après sa disparition sur l'Audroscoggin, les tribus qu'il avait menées du Nord se sont égaillées, remontant sur Québec, emmenant leurs otages.

» Celles qui s'étaient ébranlées au Sud attendant sa venue ne l'ont vu apparaître que de façon épisodique, plus préoccupé de vous suivre, vous, Madame, dans vos pérégrinations que d'emmener ses troupes au combat. Puis il a guetté le passage du *White Bird*. Lorsqu'il a vu que vous étiez à bord il est remonté jusqu'à Pentagouët où il nous attendait. Or, pas de guerre indienne en nos contrées sans le grand guerrier de l'Acadie. Après quelques escarmouches, les Indiens alliés des Français ont renoncé à poursuivre. Et voilà! Êtes-vous satisfaite de votre œuvre!... Oui! il me semble.

Il avait vu son visage s'éclairer.

En effet, la nouvelle que les enfants de l'île Longue avaient été épargnés avait apporté à Angélique un tel soulagement et une telle joie qu'elle sentait une rougeur soudaine se répandre et lui monter au front.

— Quel bonheur! dit-elle les yeux brillants. Ainsi, ils sont vivants. Dieu soit loué!

Le Jésuite se caressait le menton, en la considérant, tandis qu'une lueur d'humour s'allumait dans ses prunelles.

— Avouez, Madame, que le Père d'Orgeval aurait quelques raisons de vous en vouloir d'un pouvoir dont on s'explique mal la genèse ou l'ascendant. Une campagne qui tombe en quenouille, son Grand Baptisé, son fils préféré, se dérobant sans remords à son devoir de chef, de guerre sainte, et tout cela parce qu'il a rencontré la Dame du lac d'Argent. C'est ainsi qu'on vous nomme à Québec où la ville est nettement départagée à votre sujet. Quand on sait les difficultés que l'on a à influencer quelque peu ces Indiens versatiles et capricieux, votre pouvoir sur une personnalité aussi difficile que celle de Piksarett, évidemment, pour qui ne vous connaît pas, peut sembler relever de la sorcellerie. Et il y avait déjà eu certains retournements assez désagréables à entériner pour mon supérieur, comme celui de M. de Loménie-Chambord qui est, vous ne l'ignorez pas, son meilleur ami, et qui, se montrant désormais votre partisan acharné, l'a blessé au plus vif. Comment ne verrait-il pas en vous une dangereuse ennemie, alors que l'installation de M. de Peyrac sur ces rives, déjà semble saper les bases de toute notre œuvre en Acadie, et que votre présence à ses côtés lui a retiré comme magiquement ses meilleures alliances.

— Mais pourquoi s'est-il persuadé que nous lui nuisions! Nous cherchions un coin pour survivre. Le monde est vaste et l'Amérique immense et peu peuplée encore. Nous ne voulons pas le mal. En quoi le gênons-nous?

— Vous offrez un exemple qui ne cadre pas avec ce qu'il veut imposer ici. Notre population canadienne est, certes, fervente. Elle veut bien gagner ce monde à Dieu, mais elle s'y emploie plus volontiers en courant les bois et en troquant la fourrure, qu'en cultivant les champs à l'ombre des églises. Elle se laisse facilement aller à l'impiété de ceux qui peuvent vivre de longs mois éloignés de tous sacrements.

» Votre exemple est déjà pour eux une tentation. Ils viennent à vous car ils trouvent ici quincaille meilleure et possibilité de trafiquer à bons prix avec l'ennemi, sans se salir les mains. Croyez-vous que je suis aveugle et que je n'ai pas rencontré bon nombre de ces « pendables » français dans les wigwams d'alentour? L'homme est pécheur par excellence. Il aime sa propre jouissance au-delà de tout. Les Anglais veulent prier à leur façon hérétique, et ils n'iront jamais assez loin pour conquérir ce droit, les Français veulent courir les bois et s'enrichir par le commerce des pelleteries...

— Et vous, mes Pères, quelle est votre jouissance propre?...

Interrompu, le Jésuite marqua un temps d'arrêt. Puis se décida à répondre.

— Gagner des âmes à l'Église et lui garder celles qu'elle possède déjà, les lui garder envers et contre tous.

Une autre vague éclata et cette fois le panache blanc, qui, avec une sorte de colère grandiose, se déployait sur l'azur du ciel, retomba plus loin, mais une lame déborda et d'un mouvement vif glissa jusqu'à eux et leur couvrit les pieds jusqu'aux chevilles.

— Ne restons pas là, dit le Père de Vernon, la marée monte. Et la mer est traîtresse sur les côtes américaines, nous en savons quelque chose.

Il avança la main, et, lui prenant le bras, il la contraignit à s'éloigner.

Ils marchèrent un instant, en silence, côte à côte, suivant un sentier qui rejoignait l'herbe de l'esplanade. La nappe d'épilobes venait jusqu'à eux, envahissante et fragile, armée rose et mauve.

Angélique sentit la réalité de ce bras d'homme, glissé sous le sien dans un sentiment de protection instinctif. Décidément, il ne se comportait pas comme un Jésuite ordinaire.

C'était une rémission inattendue. Il l'accomplissait comme laissant agir l'autre tendance de sa propre nature, humaine et sensible, comme cette autre fois, à Monégan, lorsqu'elle avait senti fugitivement qu'elle représentait pour lui un être humain qu'il fallait sauver, défendre au prix de sa vie même. C'était l'autre face de ces cœurs d'airain, l'amour qu'ils portaient aux hommes à travers l'amour que leur inspirait le Christ. Mais combien difficile aux profanes de les suivre en leur transmutation mystique des sentiments!

Elle ne s'attendait pas au coup bas qu'il allait lui porter. Il dit soudain :

— Vous ne survivrez pas! Votre œuvre est vouée à l'échec, car si loin qu'on °aille, une vie criminelle porte en elle sa condamnation.

— De qui parlez-vous?

— De vous, Madame, en particulier, de vos crimes passés.

— Mes crimes passés! répéta Angélique.

Son sang ne fit qu'un tour.

— Vous dépassez les bornes, Merwin, s'écria-t-elle en lui arrachant son bras qu'il tenait encore. — Et ses yeux étincelèrent de colère. —

Que savez-vous de mon passé pour oser me traiter ainsi de criminelle? Je ne suis pas une criminelle.

— Vraiment?... fit-il avec ironie. Vous m'en direz tant!... Est-ce donc les femmes vertueuses qu'on marque à la fleur de lys dans le Royaume?... Si imparfaite que soit la justice là-bas, je ne la crois pas encore parvenue à ce degré d'inconséquence...

Angélique sentit le sang se retirer de ses joues.

Avec quelle docilité et naïveté elle s'était précipitée dans ses pièges!... Comment avait-elle pu croire qu'il avait oublié *cela*? Hors le comte de Peyrac, il n'y avait que deux hommes au monde qui savaient qu'elle était marquée à la fleur de lys. Berne, qui avait assisté à son supplice dans la petite chambre de justice de Marennes [1], et lui, ce Jésuite, qui l'avait sauvée de la noyade à Monégan. Elle se souvenait de ses mains nues sur sa chair, lorsqu'il la frictionnait pour la ranimer. Alors *il avait pu voir* sur son dos dénudé la marque infâme de la fleur de lys. Elle comprit que le fait exigeait des explications. Elle était acculée maintenant. Ou tout lui révéler d'elle, ou courir le risque qu'il tablât son opinion sur des suppositions erronées qui accentueraient le malentendu, le désaccord dangereux entre eux et la Nouvelle-France.

Oui! c'était bien un Jésuite comme les autres! Un rude adversaire! Avec « eux », on mésestime toujours ses forces.

Elle devait avoir en cet instant l'air marri de M. Willoagby, frappé traîtreusement par le même Jésuite, et cette pensée la fit sourire malgré elle.

Elle retrouva son aplomb. Si elle voulait lui révéler la vérité, il n'y avait qu'un seul moyen, qu'il l'ait crue sans réticences, qu'il sût tout d'elle, sans douter d'elle.

— Mon père, dit-elle en le regardant franchement en face, malgré le peu d'estime que vous pouvez avoir à mon égard — et je reconnais que vous êtes possesseur d'un secret qui vous met en droit de professer une telle opinion — malgré cela, me croyez-vous capable de commettre un sacrilège?... Je veux dire : d'utiliser les sacrements à des fins nocives, malfaisantes ou mensongères?

— Non. assura-t-il spontanément, je ne vous crois pas capable de cela!

— Alors... Voulez-vous, Père?... Voulez-vous... m'entendre en confession?

1. Cf. *Angélique se révolte.*

CHAPITRE XXXI

L'ENFANT SUÉDOIS S'ÉTAIT ÉLOIGNÉ DU CAMPEMENT. IL CHERCHAIT des noisettes dans les sous-bois.

Ici, on était à l'abri du vent.

Le confessionnal rustique se composait d'une cloison à claire-voie. D'un côté, un siège pour le confesseur; de l'autre, la terre nue pour les genoux du pénitent. Le toit arrondi, les cloisons étaient d'écorce d'ormes assez grossièrement assemblées sur des structures de perches souples, mais il n'y avait pas de portes ni de rideaux. Confesseur et pénitent, presque invisibles l'un à l'autre à travers le paravent de roseaux, pouvaient cependant, chacun de leur côté, regarder la mer s'il leur en prenait envie.

Angélique s'agenouilla.

Le Père de Vernon prit sur l'escabeau un surplis blanc qu'il enfila par-dessus sa soutane et mit à son cou l'étole brodée.

Il s'assit et se pencha.

— Depuis combien de temps ne vous êtes-vous pas confessée?

La question la prit de court. Depuis combien de temps? Cela se perdait dans la nuit des temps dans le chaos d'événements déchirants et multiples qu'elle avait traversés. Tout à coup, elle revit l'abbaye de Nieul, la haute cathèdre, où s'asseyait le Père Abbé et son visage pâle dans l'encadrement du capuchon blanc, l'infinie amitié de ses yeux sombres pour elle.

— Depuis... quatre ou cinq ans, je crois, dit-elle.

Le Jésuite sursauta.

— Et vous avouez cela sans embarras... Mais, ma fille, vous avez donc perdu toute notion de vos devoirs vis-à-vis de Dieu, de l'Église et de vous-même!... Pendant quatre ou cinq années, peut-être plus après tout, vous ne vous êtes pas approchée du tribunal de pénitence, ni de la Sainte Table, évidemment. Ainsi vous vivez constamment en état de péché mortel et cela ne semble guère vous émouvoir.

Pourtant si vous mourriez demain, vous n'ignorez pas que vous seriez livrée à l'Enfer et à Satan pour l'éternité!...

Angélique resta coite.

— Accusez-vous de vos fautes, fit-il, que vous puissiez au moins recevoir le pardon de cette horrible négligence.

— Je veux faire une confession générale, dit-elle.

— Bien, je vous écoute.

Elle eût pu ne s'accuser que des péchés commis depuis sa dernière confession.

Une confession générale, c'était toute sa vie. Il saurait tout d'elle. Mais bien qu'elle se livrât ainsi entièrement, à tout risque, et peut-être à un représentant de leurs pires ennemis, elle savait qu'en s'agenouillant ici, elle marquait un point.

Car le sceau de la confession l'obligerait, lui, au secret le plus total.

Si elle lui avait confié autrement quelques épisodes secrets de sa vie, il restait libre de les communiquer à ses supérieurs, à l'évêque et même, à son gré, de les répandre dans tout Québec.

Mais ce qu'elle allait lui avouer là, devant ce qui était considéré depuis les premiers temps du christianisme comme le tribunal de Dieu, il devrait veiller à ce que, même par allusion, il n'en laissât jamais soupçonner la teneur à quiconque.

Intransigeante loi. Il n'y avait pas d'exemple qu'un ecclésiastique l'eût jamais violée. Au xe siècle, saint Jean Chrysostome appelé saint Jean Bouche d'Or pour le fait, était mort sous la torture plutôt que de révéler à l'Empereur les secrets de confession de l'Impératrice.

Après avoir récité le « Confiteor », et affirmé selon la formule consacrée qu'elle prenait « la résolution de ne plus pécher », Angélique chercha par quel bout commencer.

Sa vie n'était pas simple. Et malgré tout elle voulait l'ordonner de façon à convaincre le Père qu'elle ne contenait pas en germe un athéisme de conviction. Les circonstances avaient fait d'elle une révoltée, non une criminelle, et si elle avait été marquée à la fleur de lys, c'est qu'on l'avait prise pour une réformée. Elle le lui expliqua.

— Pourquoi ne vous êtes-vous pas disculpée refusant de vous laisser assimiler à une hérétique? Ne serait-ce que pour échapper à ce supplice infâme?

Il lui fallut raconter qu'elle se cachait, qu'elle ne pouvait révéler qui elle était, que la police du Roi avait mis sa tête à prix... Il y avait aussi son enfant qui était restée abandonnée dans la forêt, attachée à un arbre... C'était compliqué. Elle avait été chef de guerre : la Révoltée du Poitou.

Il écoutait sans paraître ému et, chose curieuse, il reçut froidement l'aveu qu'elle lui fit d'avoir tué deux fois de sa propre main. Elle avait égorgé le Grand Coerse qui menaçait la vie de son enfant et elle avait fait trancher la tête de Montadour... Il négligea d'un geste de la main. Mais il s'attardait sur la moralité de sa vie : la luxure, l'adultère, maintes fois elle avait trompé son époux...

— Je le croyais mort, Père!...

— Et la vertu de pureté? Vous en faites bien fi, ce me semble, ma fille!...

Elle eut envie de hausser les épaules, de lui dire : « C'est sans importance. »

Elle s'embrouillait... Comme tout cela était loin. Une autre vie, un autre monde!

Elle dégageait de ce fatras une sensation d'horreur et d'impuissance et, par contraste, montait en elle un soulagement inexprimable à l'idée qu'elle se trouvait maintenant libre, aimée, protégée sur la terre d'Amérique.

Elle n'était plus seule à se débattre contre les séculaires oppressions. Un homme l'aimait. Il l'avait emmenée à l'écart de la cruauté des humains, il avait édifié autour d'elle des remparts, que les forces en présence dans le Nouveau Monde n'étaient plus déjà en état de renverser facilement, dans quelques jours il reviendrait...

— Ah! Comprenez, Merwin, nous pouvons enfin vivre heureux, libres de nous-mêmes, de nos convictions et de nos préférences... Je vous en prie... Laissez-nous vivre! Laissez-nous vivre!...

— Ma fille, n'oubliez pas que vous êtes ici pour vous accuser de vos fautes et non pour vous chercher des excuses... et des alliances.

Il conclut.

... Tout au long de votre vie, vous avez voulu ignorer, par faiblesse, étourderie ou découragement, les enseignements de l'Église qui vous recommandaient d'être vertueuse et chaste. Cependant, je vous absoudrai car Jésus fut indulgent à la femme adultère, il fut indulgent à la pécheresse qui vint à lui, par amour, répandre un flacon de parfum sur ses pieds.

» A l'exemple de sainte Marie-Madeleine, sachez pleurer parfois au pied de la croix pour la rémission des péchés du monde. Dans cet esprit, je vous prie de réciter votre acte de contrition. »

Il l'aida à réciter les paroles qu'elle avait oubliées, puis la bénit en l'absolvant.

En sortant du confessionnal, il ôta son étole mais garda le surplis.

Ses pieds nus dans l'herbe rase rappelaient à Angélique qu'elle l'avait connu accomplissant les travaux quotidiens de l'homme :

cuire sa soupe, couper son pain, laver sa chemise, gréer sa barque, chiquer son tabac.

Malgré sa culture, sa science austère et universelle, ses mains calleuses et ses pieds nus le rendaient proche. Par son combat avec l'ours, il avait conquis toute la population de Gouldsboro. Les huguenots avaient pressenti en lui son humanité.

Ils sentaient que c'était *aussi* un homme de la mer, lié aux messages des vents, au secret de la houle et de la tempête, au bruit du ressac dans les anses perdues, un homme des ports et des criques et de la côte d'Amérique. Mais quelle serait sa décision définitive à leur égard?

Malgré l'immense espoir et joie qui l'envahissaient après cette confession — et sans qu'elle sût exactement pourquoi — Angélique se voulait prudente.

Et il y eut un long silence.

Puis il reprit d'un ton volontairement neutre.

— N'allez pas déduire que, parce que j'ai commis à Monégan un acte d'humanité élémentaire à votre endroit, je dois être considéré comme votre allié. Les distances restent les mêmes.

— Non, pas tout à fait, dit Angélique en riant subitement. Vous m'avez traînée par les cheveux sur la plage et moi j'ai vomi sur votre gilet. Qu'on le veuille ou non cela rapproche et crée des liens, même de pénitente à confesseur...

Son humour eut raison de la défense du Jésuite. Tout à coup, il se mit à rire de bon cœur comme il avait ri chez Saint-Castine...

— Soit! Admettons, fit-il, il n'en reste pas moins que si dans votre indépendance, votre... neutralité proclamée, affirmée, vous n'êtes pas expressément aux côtés des ennemis de la Nouvelle-France, vous n'êtes pas non plus de ses amis.

» Reconnaissez qu'il n'est pas facile de vous estimer inoffensifs. Prenons l'exemple de votre gouverneur actuel. Le sieur Colin Paturel. Voici un corsaire qui a reçu ses lettres de courses à Paris et acquis en bonne et due forme les terres de la région, qui s'est engagé en même temps à servir les missions et la Nouvelle-France, et je le retrouve ici, votre allié, votre ami, de votre côté, en somme. Comment l'avez-vous circonvenu, pour que, même spolié, il vous assure une si évidente fidélité? Que lui avez-vous promis?

— Tout d'abord, pourquoi Versailles s'était-il permis de lui vendre des terres qu'on savait appartenir sciemment aux Anglais par le traité de Bréda?...

Le Jésuite eut un geste agacé.

— On pourrait discuter sans fin à savoir à qui sont ces terres d'Acadie. Les Français en ont été les premiers occupants avec de Monts...

— Un huguenot, entre parenthèses... Et peut-être Colin a-t-il compris qu'on avait voulu se servir de lui en l'envoyant conquérir des terres, qu'il avait pourtant payées deniers comptant, à ceux qui avaient autant de droits que lui de les posséder. On l'avait assuré que ce serait pour lui jeu d'enfant que d'expulser ce pirate et sa recrue de protestants qui indûment s'installaient là. Le coup était bien monté, je le reconnais. Mais voilà, les choses ont tourné autrement. Paturel est un homme franc et nous avons pu faire accord avec lui.

— Par quels artifices? répéta le Jésuite.

Il flairait, autour de ces faits étonnants, le mystère. Il dit avec une impulsivité soudaine.

— Il a trop de passion pour vous. Et il place cette passion avant son devoir. Je n'aime pas cet homme.

— Croyez que c'est réciproque. Il me l'a dit. Il vous trouve trop violent pour un prêtre. Il voudrait que les prêtres éclairent les fidèles et non pas les oppressent sans tenir compte de la personnalité de chacun. Sans doute, en tant que corsaire, n'a-t-il pas prisé que vous veniez jusqu'à son bord lui souffler son otage, la comtesse de Peyrac, qu'il avait réussi à capturer... Il avait déjà assez de peine avec la conquête de Gouldsboro. Vous êtes venu lui retirer, sur ordre des Jésuites, son meilleur atout. Mais c'est un homme très croyant et il ne lui plairait pas de se sentir considéré par vous comme un ennemi de Dieu et de l'Église.

Elle eut un soupir et ajouta :

— Voilà! Est-il possible de concilier les choses pour des hommes de bonne volonté? Quel conseil me donnez-vous?...

— Allez à Québec, dit le Père de Vernon. Il faut que l'on vous connaisse là-bas. Lui, votre époux, considéré comme un traître, un ennemi du Royaume. Or, il est Gascon d'origine, ce sera un terrain d'entente avec notre gouverneur Frontenac.

» Et vous surtout, afin de calmer les appréhensions et les doutes à votre égard.

— Mais vous êtes fou! s'écria-t-elle effrayée. Est-ce un piège dans lequel vous voulez nous entraîner?... Québec! Vous savez bien qu'on m'y accueillera à coups de pierres. La Police du Roi risque de nous y appréhender sans recours, de nous y faire emprisonner.

— Allez-y en force. La flotte de votre mari est déjà plus puissante que celle de la Nouvelle-France... qui ne possède qu'un navire... et encore épisodique.

— Étrange conseil de votre part! fit-elle ne pouvant se retenir de sourire. Ainsi donc vous n'êtes pas notre ennemi, Merwin.

Il ne répondit pas. Il ôta son surplis et, le pliant avec soin, le tint sur son bras. Elle comprit qu'il ne voulait pas s'avancer plus loin.

— Resterez-vous encore à Gouldsboro? interrogea-t-elle encore.

— Je ne sais... Allez, maintenant, ma fille. Il se fait tard. C'est l'heure de l'oraison. Quelques fidèles vont peut-être se présenter pour le chapelet.

Docilement, elle inclina la tête pour prendre congé, et commença de descendre le sentier. Puis se ravisa.

— Mon Père, dit-elle en se retournant, vous ne m'avez pas donné de pénitence.

Il était d'usage à la fin d'une confession que le prêtre indiquât diverses prières ou quelques sacrifices ou actes de dévouement à accomplir à titre de réparation des péchés commis.

Le Père de Vernon hésita. Il fronça les sourcils et son visage prit une expression impérieuse.

— Eh bien! allez à Québec! réitéra-t-il. Oui, c'est cela que je vous ordonne comme pénitence. Allez à Québec. Accompagnez votre époux là-bas, si l'occasion s'en présente. Ayez ce courage d'affronter la ville, sans peur, ni honte. Après tout, peut-être sortira-t-il de tout cela quelque chose de bon pour la terre d'Amérique!

CHAPITRE XXXII

Malgré le mutisme du Père de Vernon quant à la question qu'elle lui avait posée : « Vous n'êtes pas notre ennemi, n'est-ce pas?... » Angélique gardait bon espoir. Elle aurait voulu pouvoir communiquer aussitôt son sentiment de confiance à Joffrey. « Je crois que ce Jésuite-là est *pour nous* », lui aurait-elle dit.

Le Père d'Orgeval leur avait déjà envoyé Massérat, — et Massérat les avait aidés à soigner les varioliques à Wapassou et à fabriquer de la bière — puis Guérande sur le Kennébec, puis Merwin. C'était celui-là le plus important. Il était comme le double du Père d'Orgeval. Moins mystique, mais aussi moins vulnérable, donc moins susceptible de se laisser aller au fanatisme. C'était en quelque sorte son homme de main, puisqu'il ne craignait pas plus d'affronter la dialectique des Réformés que la séduction des femmes, les tavernes de la Nouvelle-York, la mer, les pirates, les naufrageurs, les Indiens, les ours...

Il ferait son rapport à son supérieur. Ce serait celui d'un homme qui avait sondé l'ennemi de près. Orgeval se laisserait-il convaincre?...

Angélique se heurta à Cantor qui revenait du port avec sa bande d'amis. Ils portaient des filets sur l'épaule, des poissons, des homards et des coquillages dans des paniers.

L'adolescent embrassa fougueusement sa mère. Il était tanné comme un pirate et jamais la limpidité de son regard d'émeraude n'avait rayonné avec plus d'innocence. Il ne donna pas d'explications sur son absence et elle ne voulut pas lui en demander. Après tout il était capitaine de navire.

Mais sa présence, en dissipant une inquiétude, acheva de la rendre heureuse. Décidément, tout était beau ce soir! Les périls et les angoisses s'éloignaient, semblaient fous.

Elle leva les yeux vers un envol d'oiseaux. L'élan superbe de ces envols, leur densité mouvante qui, soudain, obscurcissaient le ciel, éveillaient sans cesse son admiration. C'était la vie du ciel, un autre monde, drossé par les vents et les courants invisibles des migrations, régi par les lois impérieuses de la nature, un monde harmonieux et actif, qui avait aussi sa place dans leur vie à eux. L'abattement à marée basse de milliers de cormorans, de mouettes et de goélands transformant les roches dénudées en plaine neigeuse, leur apparition bruyante et soudaine, un point noir à l'horizon qui s'enflait, s'enflait comme un orage, ou leur disparition qui laissait tomber sur la nature une sorte de torpeur, de silence inquiet en attente, rythmait leur vie. Les oiseaux!... Gouldsboro, sa baie, ses îles... son mystère caché, Gouldsboro, où la religieuse visionnaire de Québec avait prétendu que se jouerait le drame mystique de la Démone, dont elle avait eu l'apparition.

« ... Ma vision se situait au bord de la mer... Partout dans la Baie, des îles en grand nombre comme des monstres assoupis... J'entendais piailler les mouettes et les cormorans...

« Tout à coup une femme d'une grande beauté s'éleva des eaux et je sus que c'était un démon féminin... Son corps nu se reflétait dans les eaux... elle chevauchait une licorne... »

Fantasmagorie!...

« Il ne se passera rien », s'affirma Angélique en elle-même. « Je veillerai! Si ces choses sont inscrites dans le destin de Gouldsboro, elles ne seront peut-être que symboliques. Elles passeront parmi nous, sans que nous le sachions. L'important, c'est d'en triompher! »

Et elle se retourna. Et elle vit une femme, à quelques pas, qui la regardait, et ses cheveux sombres se tordaient comme des serpents sur la lueur rouge du soleil couchant.

— Vous m'aviez oubliée, je crois? dit la voix d'Ambroisine de Maudribourg, vous regardiez les oiseaux..., et vous aviez oublié mon existence, n'est-ce pas?... vous écoutiez ces cris des mouettes qui passaient. C'était pour vous comme une musique céleste... Je vous ai vue fermer les yeux et sourire. Comment faites-vous pour tant aimer les choses de la vie? Moi, elles ne m'inspirent qu'effroi. Ces oiseaux qui passent! J'entends crier les âmes des morts ou des damnés et je meurs de peur. Mais vous, ils vous enchantent. Vous les aimez, et moi, vous ne m'aimez pas.

— Vous vous trompez, Ambroisine. Je me fais beaucoup de souci pour vous.

Elle s'approcha. Voici que la « bienfaitrice » était reprise de ces crises de puérilité. Mais dans sa susceptibilité ombrageuse, Ambroisine ne se trompait guère. Pendant quelques minutes Angélique l'avait oubliée. Elle était hantée par l'absence de Joffrey de Peyrac. Elle ne cessait de regarder vers l'horizon, essayant d'y deviner les voiles de la petite flotte, revenant de son expédition guerrière. Entre l'accouchement d'Abigaël et son entretien avec le Père de Vernon, elle devait s'avouer que les problèmes de la duchesse de Maudribourg étaient passés à l'arrière-plan. Elle dit avec gentillesse :

— Ne vous croyez pas abandonnée pour autant. Ici, à Gouldsboro, tous ceux qui l'habitent ont droit à mon intérêt et à mon affection. Quand vous le souhaiterez, nous examinerons ensemble la décision à prendre. Soit que vous fassiez revenir vos filles ici, soit que vous les rejoigniez à Port-Royal... ce qui n'empêchera pas que nous restions en bonne amitié, au contraire... si vous aimez Gouldsboro...

— Mais je ne veux pas partir! s'écria Ambroisine en se tordant les mains... Je veux rester ici, seule, avec vous...

— Mais pourtant vous êtes leur « bienfaitrice », protesta Angélique, ces jeunes femmes ont besoin de vous. Allons, Ambroisine, ressaisissez-vous!... Vous n'êtes pas une enfant...

— Si! Je suis une enfant perdue! s'écria la duchesse d'un ton désespéré.

Elle ne paraissait pas en état d'être raisonnée. La femme impérative, hardie, sûre d'elle-même, qui avait mené jusqu'ici son existence de veuve, riche, noble et pieuse, dévouée aux bonnes œuvres et versée dans les sciences, sans défaillance et même avec bonheur et réussite, semblait avoir disparu. Quelque chose, en ces derniers temps, sur ces rivages, l'avait brisée. Le naufrage sans doute, l'existence nouvelle aussi.

Elle s'éveillait de ces années de vie conventuelle et studieuse comme d'un songe, se retrouvait à trente-cinq ans, comme l'enfant de quinze ans, livrée au monstre, cherchant son âme perdue dans ce désastre.

Angélique soupçonna la chose. L'âme d'Ambroisine de Maudribourg errait à travers des espaces déserts ainsi que l'oiseau égaré, qui, s'étant laissé distancer par les autres, doit recourir à ses propres forces pour retrouver la direction à suivre. Souvent, c'est un oiseau très jeune sans expérience. Angélique les avait observés maintes fois. Montant, redescendant, tournant dans le soleil, poussant dans l'espace un cri sans écho, et elle avait partagé alors l'anxiété de l'être, séparé des siens, sans recours, voué à la mort s'il ne puise en lui-même, et en lui seul, l'instinct de survie...

« Ils croient toujours que la mère reviendra les chercher », disait Cantor qui lui aussi aimait observer les oiseaux, le soir, assis près d'elle, « mais ce n'est pas vrai, la mère ne revient jamais... »

Angélique posa sa main sur les cheveux d'Ambroisine et les caressa comme elle l'eût fait d'une enfant.

— C'est bien, dit-elle d'un ton apaisant, prenez patience! Ici, vous êtes en sécurité, et personne ne vous fera de mal. Quand vous aurez retrouvé vos forces, nous parlerons. En attendant, vivez en paix. Tenez, je vais de ce pas chez Abigaël lui porter quelques présents que mon mari et moi avions préparés à son intention. Accompagnez-moi, voulez-vous? La vue de ce beau petit bébé vous réconfortera...

Pour Abigaël il y avait une Bible couverte d'un drap d'or garni d'argent et de deux plaques de métal repoussé, décrivant l'Exode d'Égypte, et Esther devant Assuérus; une layette de soie écarlate brodée d'or, l'enveloppe pour l'oreiller, ainsi que le haut du drap.

Angélique y joignait, pour la famille, une boîte de bonbons d'Angleterre et deux pots, l'un de gingembre vert, l'autre de fleurs d'oranger.

Cantor, Martial et les autres jeunes garçons étaient présents, venus bruyamment porter leurs vœux à l'accouchée et à son bébé.

Angélique craignit qu'à la longue tant de visites ne fatiguassent la jeune mère. Abigaël s'inquiétait. Son lait ne montait pas et elle avait un peu de fièvre. Angélique lui promit de lui préparer une tisane qu'elle lui porterait le lendemain matin. Elle fit ses recommandations à Séverine, à Rébecca et à tante Anna qui devaient se relayer à son chevet, ainsi qu'à Gabriel Berne, très attentif à tout ce qui concernait sa petite famille.

Elle vaqua encore à quelques occupations accompagnée d'Ambroisine. Lorsqu'elle put se retrouver seule, le soir, ses soucis reprirent. Elle se reprocha de n'avoir pas parlé au Père de Vernon de ses appréhensions à propos d'une atmosphère diabolique qui semblait se glisser parmi eux. Puisqu'il ne semblait pas hostile, pourquoi ne pas s'ouvrir à lui avec plus de confiance? Mais presque aussitôt sa conscience la ramenait à un sentiment de prudence. Tout d'abord, les Indiens, les faits qui étayaient son angoisse étaient minces. Dès qu'elle essayait en face d'elle-même de les ranger selon un certain ordre, une certaine logique, elle n'en trouvait pas le premier bout. Un navire inconnu, monté par des inconnus qui avaient semblé leur donner, avec intention, de mauvais renseignements, une femme, deux femmes qui avaient trop dormi, certainement sous l'effet d'une drogue. Mais pour s'en ouvrir à un confesseur, qui se trouvait lui-même légèrement sur la défensive à son égard, ce n'était pas facile. Il lui fallait plus de certitudes avant de pouvoir décider seulement de quel côté venait le danger. Son esprit erra, cherchant, s'arrêta sur une idée soudaine. Quelqu'un qui voulait se venger! Oui, se venger... oui. La ténacité et l'illogisme des actions qui faisait flèche de tout bois correspondaient plus à l'idée fixe d'un maniaque attaché à leurs pas, cherchant à les pousser à bout par de perpétuelles tracasseries, plutôt qu'au déroulement d'un plan d'attaque conçu pour des fins politiques. Certes, « on » leur avait envoyé Barbe d'Or, mais l'on pouvait assez bien concevoir, précisément, l'idée de « derrière la tête » des responsables coloniaux français, décidant d'adjuger à un corsaire en veine de batailles un territoire déjà occupé par un indésirable. Ce qui ne cadrait pas avec les plans ourdis par ces messieurs de Paris, c'était l'enlèvement de Barbe d'Or, son transport dans une île où elle devait le retrouver, c'était le billet glissé à Peyrac : *Votre femme est dans l'îlot du Vieux Navire avec Barbe d'Or...*

Une si machiavélique opération, montée à un détail près, pour précipiter leurs trois personnes dans une tragédie irrémédiable, révélait la présence d'un esprit minutieux, au fait de leur existence quotidienne, de leurs habitudes, et même de leurs caractères personnels, de leurs réactions communes, et décidé à en jouer dans un but destructeur. Chaque fois qu'elle y pensait, Angélique sentait un frisson la parcourir. Non, elle ne pouvait se leurrer. Tout cela n'avait pas été le fruit du hasard ou des coïncidences malheureuses comme elle voulait par instants s'en persuader.

Il y avait *quelqu'un d'autre*. Quelqu'un poursuivant une vengeance contre eux. Mais qui pouvait les haïr à ce point? Quelqu'un qui en voulait à mort à Peyrac, jusqu'au point de vouloir lui enlever sa femme... le pousser à la tuer, ou bien vengeance contre elle? Mais qui avait-elle offensé jusqu'à le pousser à de telles vilenies? Elle pensa à Clovis qui — précisément — *avait disparu.*

Elle savait pourquoi Joffrey avait voulu que Cantor le ramenât. Parce qu'il voulait l'interroger afin de remonter à l'origine du faux ordre qui avait envoyé Angélique au village anglais, pour la précipiter dans le piège des Canadiens. On savait que Cantor l'avait reçu des Maupertuis. Mais ceux-ci étaient aujourd'hui au Canada et pour savoir qui le leur avait transmis, le comte avait dû interroger, mais en vain, tous ses hommes présents, ce jour-là, à Houssnock. Seul manquait le témoignage de Clovis. Or, celui-ci avait disparu.

Pendant quelques instants, Angélique eut l'impression qu'elle tenait un bout de piste très important mais, à la réflexion, cela ne lui parut pas plausible.

Elle ne voyait pas le pauvre bougnat se livrant à tant de fignolages et de subtilités psychologiques, encore qu'on ne sût jamais avec ces êtres primitifs et renfermés, lorsqu'ils s'attachaient à la façon des dogues, à un but unique. Mais, de toute façon, Clovis n'eûtpu rôder aux alentours sans être immédiatement reconnu et amené au comte de Peyrac.

Il restait à éclaircir l'affaire du café drogué, car sans aucun doute le somnifère qui avait plongé Mme de Maudribourg et Mme Carrère dans une torpeur si prolongée n'avait pu se trouver que dans ce café qu'elles avaient été seules à boire toutes deux.

Angélique examina avec attention la poudre de café torréfié qui lui restait. Il paraissait tout à fait normal et son arôme était délicieux.

Si Joffrey avait été là il aurait pu en faire l'analyse et déceler ce qui y avait été mêlé.

Elle pensa à demander son avis à l'homme aux épices. Peut-être avec son nez subtil et l'habitude qu'il avait de toutes sortes de produits coloniaux saurait-il reconnaître ce qu'il y avait dans celui-là. Elle renonça à mêler ce pirate, qui n'était même pas un homme de Gouldsboro, à ces histoires, et pour éviter que quelque accident n'arrive, ne serait-ce qu'avec le chat qui flairait sans cesse le café et pourrait bien s'empoisonner à son tour, elle décida non sans regrets de s'en débarrasser.

Elle alla elle-même jeter le contenu de la boîte dans la mer, et revint chez elle, toujours suivie de son chat qui ne la quittait pas d'une semelle.

Heureusement qu'il était là, ce petit! C'était peu de chose mais sa présence vivante calmait son angoisse. Elle le prit contre son épaule et le caressa, tout en regardant par la fenêtre la nuit de Gouldsboro toute hantée d'éclairs lointains.

CHAPITRE XXXIII

LE LENDEMAIN FUT UN JOUR PARTICULIÈREMENT CHAUD, LE VENT était tombé, la mer était languissante, la forêt et la terre suaient une brume blanchâtre à travers laquelle le soleil paraissait rayonner comme derrière une translucide porcelaine.

De bon matin, profitant de ce qu'Ambroisine de Maudribourg dormait encore, Angélique remonta jusqu'à la maison des Berne porter la tisane promise. Elle en fit boire une première tasse à son amie et posa le cruchon au bord de l'âtre, près des braises. Il faudrait en absorber deux ou trois tasses au cours de la journée. Du reste, elle reviendrait dans l'après-midi. La petite Élisabeth était un délicieux poupon qui, déjà, semblait sourire. Du moins Séverine en était persuadée.

Angélique rejoignit la duchesse, qui, debout sur le seuil de sa maison, regardait la mer.

— Venez vous promener avec moi. Je veux chercher des améthystes et des agates, afin de les ramener à Honorine, ma petite fille. On dit qu'on en trouve ici de fort belles sur les plages...

Elle tenait en main un panier dans lequel elle avait mis une bouteille de limonade et des galettes de maïs.

Elles trouvèrent quelques pierres et beaucoup de coquillages. Angélique parlait d'Honorine qui ne manquerait pas d'être ravie de toutes ces trouvailles. Lorsqu'elles s'assirent un peu plus tard, elles éprouvaient une soif ardente.

— Je fabrique cette limonade avec du sumac rouge, expliqua-t-elle. Le sumac blanc est vénéneux. Il tue même le chêne et l'if qui poussent en ses parages. Mais, par contre, les baies du sumac rouge mélangées avec du sucre d'érable fermenté donnent une boisson délicieuse.

Elle mit la bouteille à rafraîchir dans un creux de roche et elles attendirent avec patience pour s'en délecter qu'elle fût bien froide. Ambroisine poussa un soupir de satisfaction enfantine. Elle s'étendit sur le sable et posa sa tête sur les genoux d'Angélique.

— Et si c'était du sumac blanc?... Peut-être allons-nous mourir?

— Non, ne craignez rien.

— Le poison, dit la duchesse d'un ton rêveur et comme lointain, le poison... c'est un mot qui a hanté ma pensée pendant des années. L'empoisonner... lui, le monstre... vous comprenez, l'empoisonner!... J'aurais voulu avoir la force de le faire. Je ne songeais qu'à cela, ma seule consolation, mon seul soulagement c'était d'imaginer sa mort de ma main... Mais jamais je ne parvenais à mettre mes projets à exécution. J'avais peur de l'enfer... Finalement il est mort... de vieillesse, de débauche... Et moi, je reçois ma punition de ces pensées coupables, en traînant ma misère, en ne trouvant nulle part le repos, même dans la prière, même dans l'acte de contrition...

— Pourquoi ne vous êtes-vous pas remariée? Les demandes n'ont pas dû vous manquer et des plus flatteuses, j'en suis certaine.

Ambroisine se redressa d'un bond.

— Me remarier!... Comment pouvez-vous poser de telles questions? Ah! vous êtes cruelle dans votre sérénité de femme heureuse!... Me remarier? Être à nouveau la proie d'un homme? Non, je ne pourrais jamais... Cette seule pensée me rend malade : supporter qu'un homme me touche!...

Elle inclina la tête, et sa chevelure coula, voilant à demi son fin profil de Tanagra que la chaleur et l'émotion empourpraient. Sur son bras nu le soleil mettait une teinte dorée. Elle y passa un doigt lentement en une caresse mélancolique.

— Et pourtant je suis belle... n'est-ce pas? Qui pourra me guérir d'une infirmité si profonde : l'horreur de l'amour...

Le masque mondain craquait, l'attitude savamment édifiée à l'usage des relations de cour et de science s'écroulait. Le mal serait difficile à guérir. Comment aider à rassembler les morceaux de cette personnalité soudain éparse, et sans but, rassurer cette féminité mutilée? Il aurait fallu le savoir d'un prêtre mais, devant ce prêtre, Ambroisine, sans doute par habitude acquise, aurait encore joué la comédie et ne se serait pas montrée sincère.

Il semblait qu'elle n'eût dévoilé qu'à Angélique ces blessures profondes.

Angélique se contenta de lui parler longuement, cherchant à lui rendre goût et confiance en l'existence, à réveiller son intérêt pour les buts élevés qu'elle s'était choisis, à lui rappeler à bout d'arguments la miséricorde de Dieu et son amour pour toutes ses créatures. Ambroisine demeurait muette et paraissait insensible, mais Angélique eut enfin l'impression de l'avoir un peu réconfortée.

— Vous êtes bonne, murmura la duchesse en l'entourant de ses bras en un geste puéril et instinctif, jamais je n'ai rencontré personne d'aussi humain que vous.

Elle ferma les yeux et parut s'endormir dans une détente subite et bienfaisante. Angélique la laissa se reposer. Les confidences reçues l'attristaient. Elle regardait vers l'horizon, rêvant d'y découvrir la voile du bateau qui ramènerait Joffrey. Et elle songeait à lui avec passion : « Toi, mon amour. Toi, tu ne m'as pas déçue. Tu ne m'as pas fait de mal. Toi, tu m'as donné aussitôt les clés du Royaume. »

Les souvenirs l'assaillaient de ce temps lointain de Toulouse. Elle n'avait que dix-sept ans, et les trente années du grand seigneur toulousain lui étaient apparues comme le sommet de la vieillesse et terrifiante l'expérience qui se devinait derrière ce visage sardonique et balafré. Il avait déjà approché toutes les flammes et, peut-être, pour ses anciennes maîtresses, avait-il brûlé d'un feu libertin, dénué de sentiment. Mais pour elle, qu'il aima tout de suite d'un amour de choix, il avait eu toutes les délicatesses. Elle, livrée innocente à son bon plaisir, il ne l'avait pas trompée sur l'amour. Comment remercier le Ciel d'un tel don?

— A quoi pensez-vous? interrogea brusquement Ambroisine d'une voix hachée, ou plutôt *à qui* pensez-vous? A *lui*, naturellement, à *lui*... L'homme que vous aimez... Vous êtes heureuse et moi je n'ai rien, rien...

Elle secoua sa chevelure en tous sens avec frénésie, puis, s'apaisant soudain, s'excusa d'être si nerveuse.

Elles revinrent comme la chaleur commençait de tomber. Mais le vent ne se levait pas encore. L'air demeurait lourd, opaque, collant à la peau. Quelqu'un vint dire à Angélique que le Père de Vernon l'avait demandée et l'attendait près du fort. La duchesse de Maudribourg salua de loin l'ecclésiastique et se dirigea vers la maison de tante Anna.

Le Père Jésuite parut surpris et presque contrarié.

— Je croyais que Mme de Maudribourg avait quitté Gouldsboro...

Angélique donna quelques explications assez confuses.

— Et les Filles du Roy, où sont-elles?

— A Port-Royal.

— Ne reviendront-elles pas, elles aussi? Je croyais qu'elles devaient se marier avec certains habitants de Gouldsboro?

— N'avez-vous pas fortement déconseillé ces mariages? demanda Angélique, étonnée.

— Moi, fit-il en fronçant les sourcils et en prenant son air hautain. Pourquoi me serais-je mêlé de cette affaire?...

— Mais je croyais... Mme de Maudribourg m'a dit... Après tout, peut-être a-t-elle mal compris votre opinion à ce sujet?...

— Peut-être!

Il lui jeta un regard pénétrant et parut sur le point de parler. Mais il se tut.

— Vous aviez demandé à me voir? interrogea Angélique.

Il se secoua, comme jugeant inopportunes les pensées qui le tourmentaient.

— Oui... je voulais vous présenter mes civilités. Je quitte cette région demain à l'aube.

— Vous partez?...

Elle s'étonnait d'en être affectée. La peur à nouveau, la peur irraisonnée dressait en elle sa tête vipérine.

— Joindrez-vous le Père d'Orgeval?

— Pas avant plusieurs semaines. Mais je dois lui faire porter plus directement un message.

— Parlerez-vous pour nous?

Il eut un sourire légèrement ironique.

— C'est donc cela qui vous intéresse?

Puis il redevint grave, et même sombre.

... Ne comptez pas trop sur mon intervention, fit-il franchement. Je hais ces hérétiques que vous protégez, j'exècre cette engeance orgueilleuse qui a osé altérer les paroles du Christ pour mieux écarter l'homme de son salut et l'égarer dans des chemins pervers.

— Mais nous, Merwin, vous ne nous haïssez point?

Elle le regardait de ses prunelles ferventes qui voulaient provoquer son indulgence.

« Moi... vous ne me haïssez pas?... », suppliait ce regard.

Il consentit à sourire de nouveau, mais secoua la tête.

— Sachez que je ne saurais soutenir, vraiment, ceux qui soutiennent les suppôts de Satan.

— Mais vous pouvez suggérer au Père d'Orgeval de nous épargner.

— C'est un homme entier et qui ne connaît que des buts précis et définis.

— Vous essaierez...

Elle eût voulu qu'il faiblît. Garder au moins l'espoir d'une semi-promesse, la quasi-certitude d'avoir touché ce cœur d'airain. Mais il ne bronchait pas.

— Alors, au moins, quand vous le verrez, demandez-lui quelque chose de ma part, décida-t-elle. Cela, il ne peut me le refuser, même si je suis sa pire ennemie.

— Quoi donc?

— Le secret de fabrication de ses bougies vertes! Personne n'a pu encore me renseigner.

Le Père de Vernon éclata de rire.

— Vous êtes désarmante, dit-il. Soit! Je lui présenterai votre requête.

Et il lui tendit la main comme pour sceller une alliance. Là, encore, il n'agit pas comme un Jésuite ordinaire. Mais en homme de mer, en franc compagnon, qui ne veut pas parler, mais traduit dans un geste son sentiment profond.

Et elle aussi serra avec ferveur cette main aristocratique, que le maniement des voiles avait rendue calleuse et brune. Une pensée l'effleura « Il ne faut pas qu'il parte, s'il part, jamais... jamais je ne le reverrai... »

Un vol d'oiseaux criards répandit une ombre sur la plage et la même ombre parut voiler le cœur d'Angélique et l'oppressait. Il lui sembla qu'il allait se passer quelque chose d'épouvantable. Le Destin était là et s'apprêtait à frapper. Le Destin! Il lui sembla le découvrir tout à coup derrière Jack Merwin. L'effroi qu'il lut dans ses yeux le fit se retrouver vivement. Derrière lui, à quelques pas, le Révérend Thomas Patridge se tenait immobile.

Il avait la pesanteur d'un monument de pierre. Seuls ses yeux injectés de sang bougeaient, roulant et jetant des éclairs.

Le Père de Vernon eut une petite grimace.

— Bienvenue, Pasteur, fit-il en anglais.

Le Révérend ne parut pas l'entendre. Il avait dépassé de beaucoup les frontières de la hargne chronique qui formait la base de son caractère. Sa face balafrée, couleur pourpre, aubergine, trahissait une fureur telle qu'elle ne pouvait plus s'exprimer par des mots.

— Suppôt du Diable! gronda-t-il enfin en s'approchant du Jésuite. Ainsi vous êtes arrivé à vos fins. Vous trahissez l'asile sacré, l'honneur de l'hospitalité.

— Que grommelez-vous là, vieux fou! Suppôt du Diable vous-même!

— Hypocrite! Ne croyez pas qu'il sera si facile de nous livrer à Québec. Je me suis battu contre les Indiens pour défendre mes ouailles. Je me battrai contre vous.

Son poing massif se détendit. Il frappa Merwin en pleine face.

...Meurs, Satan! hurla-t-il.

Le sang jaillit, coula du nez sur la bouche, puis sur le rabat blanc du prêtre. Patridge le frappa encore à l'estomac. Il allait frapper une troisième fois lorsque le Jésuite réagit et, sautant en arrière, lui envoya son pied dans le menton. Les dents du furieux s'entrechoquèrent.

— Toi aussi, meurs, Satan! cria-t-il.

Et ils s'empoignèrent avec une fureur démente. L'un frappait des poings, l'autre évitait les coups par des prises qui risquaient de briser les os.

En un clin d'œil, un cercle se forma autour d'eux. Les spectateurs demeuraient bouche bée, pétrifiés, incapables d'intervenir, tant la violence meurtrière et la haine flambaient.

Si promptement avait éclaté leur querelle qu'Angélique comprenait à peine ce qui se passait. Les piaillements assourdissants des oiseaux qui les survolaient soudain dans un tourbillon infernal, couvrant du bruit de leurs ailes battantes et de leurs cris celui des coups et des insultes échangés, des gémissements et des souffles haletants, embrouillaient le sentiment des spectateurs accourus, donnant à cette lutte de mort l'aspect irréel d'un cauchemar.

Lorsqu'ils tombèrent, enlacés dans une étreinte infernale, quelques-uns s'approchèrent mais s'arrêtèrent frappés d'impuissance, devant cette volonté farouche de s'exterminer qui animait ces deux êtres d'une force trop hors du commun pour que quiconque pût s'interposer. Angélique enfin se jeta vers eux, les adjurant de se calmer, de se séparer. Elle faillit être renversée par un brusque soubresaut du pasteur qui, se dégageant d'une prise mortelle, envoya un terrible coup de genoux à son adversaire. Le Jésuite reçut le coup dans la région du foie et poussa un cri rauque.

Son bras, comme une tenaille, saisit aux épaules l'Anglais dont la face était presque noire sous l'effet de la congestion, tandis que son autre main levée s'abattait du tranchant, comme une faux, à la naissance de la nuque.

Angélique criait de toutes ses forces pour essayer de dominer le bruit infernal des oiseaux.

— Allez chercher Colin Paturel! Lui seul peut les séparer! Vite! Vite! Ils s'entre-tuent!

Elle se jeta au-devant de Colin Paturel qui arrivait à grands pas.

— Vite, Colin, je t'en supplie! Ils se battent à mort!

— Qui cela?

— Le pasteur et le jésuite!

Colin s'élança et un peu rudement fendit le cercle des badauds. Mais un silence brutal régnait tout à coup.

Un peu plus loin la troupe bruyante des mouettes et des cormorans venait de s'abattre sur les rochers, marchant à pas comptés. Et dans ce silence, une vague languide se déploya avec un bruit de soie.

Horrifiés, les hommes contemplaient sans pouvoir souffler mot les deux corps affalés, comme des pantins brisés, sur le sable.

— Il lui a cassé la nuque, dit quelqu'un.

— Il lui a fait éclater l'intérieur, dit un autre.

Les yeux fixes et exorbités, le pasteur était mort. Son ennemi bougeait encore. Angélique se laissa tomber à genoux près du Père de Vernon. Elle souleva les paupières cireuses. La voyait-il encore?

Les prunelles devenaient pâles, elles avaient un reflet métallique et aveugle.

— Père! Mon Père! dit-elle, me voyez-vous? m'entendez-vous?

Il la fixa aveuglément, puis dit d'une voix éteinte :

— La lettre... pour Orgeval... Il ne faut pas qu'elle...

Un hoquet l'interrompit. Un râle s'échappa quelques instants de sa gorge et il succomba.

Un long moment s'écoula avant que Colin ne se penchât à nouveau vers les deux corps terrassés.

Angélique essayait d'expliquer d'une voix tremblante et hachée.

— Je n'ai rien compris à ce qui est arrivé. Tout à coup le Pasteur était là, hors de lui, et il a frappé le Père... Certes ils ont toujours été ennemis... Sans cesse, quand nous voyagions du côté de Casco, ils étaient sur le point d'en venir aux mains...

— C'est un affreux malheur! dit Colin.

Il sépara les deux corps, les étendit l'un près de l'autre, tous deux grands et puissants dans leurs noirs vêtements ecclésiastiques. Il leur ferma les yeux et réclama deux mouchoirs. Des femmes dénouèrent leurs foulards et il en voila les faces tuméfiées.

— Qui peut dire les prières des morts pour celui-là? interrogea-t-il en désignant le Révérend.

Le pasteur Beaucaire, très pâle, s'avança. Il récita les quelques paroles importantes de l'office des morts auxquelles les protestants présents répondirent à mi-voix.

— Et pour celui-ci?

— Moi, balbutia le jeune Père capucin, le frère Marc, qui se trouvait encore à Gouldsboro.

Fort ému, il s'embrouilla dans son latin, ses formules et ses signes de croix. Le grand Jésuite Merwin eût souri de pitié.

— Des hommes pour les porter!

Quatre hommes s'avancèrent, mais il insista.

— Plus, ils sont lourds!...

Il fallut huit hommes aux épaules robustes pour les mener vers leur dernière demeure, au sommet de la falaise.

— Vous les mettrez dans la même tombe, dit Colin.

Elle est toujours là cette tombe, sous les pins, parmi les épilobes. On ne le sait pas. On ne le sait plus. Mais si l'on écartait la mousse on trouverait la dalle grise, à demi brisée, où peuvent se lire encore, usés, les mots qu'y fit graver le gouverneur du lieu, en cette lointaine époque :

Ci-gisent deux hommes de Dieu qui
se sont entre-tués au cri de :
« Meurs Satan! »
Qu'ils reposent en paix [1].

1. Ce combat d'un prêtre catholique et d'un pasteur protestant est un fait authentique de l'histoire américaine, ainsi que la formule qui fut gravée sur leur tombe commune.

CHAPITRE XXXIV

— Où est l'enfant ? réclamait Angélique. Ce petit « donné » du Père de Vernon?... Abbal Neals!

Elle avait couru au campement abandonné du Jésuite, puis, n'ayant pas trouvé l'enfant, avait cherché partout. Le bagage du Père de Vernon devait être avec lui. Les dernières paroles de Jack Merwin la hantaient. « La lettre pour d'Orgeval... Il ne faut pas qu'elle... » Cette lettre était d'une extrême importance, elle le sentait. Dans l'état de surexcitation où elle se trouvait elle éprouvait même la certitude que *tout* était expliqué dans cette lettre.

Oui, maintenant elle en était certaine, le Jésuite avait tout compris, il avait levé le voile sur tous les mystères. Si elle pouvait trouver cette lettre, elle connaîtrait le visage de ses ennemis, elle pourrait se garer, elle et les siens, de leurs pièges.

Il avait voulu lui dire quelque chose de ce genre lorsqu'il avait rassemblé ses dernières paroles transcendantes pour lui souffler :

« La lettre pour le Père d'Orgeval... Il ne faut pas qu'elle... »

Qu'avait-il voulu dire exactement : Il ne faut pas qu'elle lui parvienne... ou au contraire il ne faut pas qu'elle s'égare...

Elle demanda à Colin de faire une battue afin de retrouver l'enfant.

Mais, à la nuit tombante, il fallut y renoncer.

Il était vain d'épiloguer sur ce drame brutal. Par deux réfugiés anglais venus du camp Champlain, on avait démêlé vaguement la genèse de l'affaire. Le bruit avait couru parmi eux que le Jésuite, en accord avec les papistes du lieu, Mme de Peyrac, Colin Paturel, allait les emmener prisonniers à Québec. L'impulsivité native du pasteur puritain avait fait le reste.

Dans le crépuscule, Gouldsboro accablé faisait silence. Les grillons et les cigales, maîtres du terrain, s'en donnaient à cœur joie, avec une exubérance innocente qui semblait insulter à la tristesse des hommes.

Portée par cette stridence de l'été, la nuit venait chargée de maléfices et d'angoisses.

Finalement, Angélique regagna le fort. Elle appréhendait de se retrouver seule. Quand Joffrey reviendrait-il?

Un souci mineur ajoutait à sa peine et à ses appréhensions. De tout le jour elle n'avait pas vu son petit chat. Elle ne le trouva pas non plus dans son appartement. Vide de cette présence folâtre, la chambre avait quelque chose de lugubre, de glacé. La disparition du petit animal parut à Angélique aussi définitive que celle de Merwin, le Jésuite, à jamais rayé en ce jour du nombre des vivants. Et cette absence lui fut intolérable, s'ajoutant au deuil qui accablait son cœur.

Elle redescendit, décidée à le trouver coûte que coûte. Elle n'osa pas demander aux hommes de garde s'ils avaient vu l'animal. Après ce qui s'était passé aujourd'hui, sa préoccupation au sujet d'un chat eût pu paraître futile. Pourtant, pour elle, cela prenait des proportions déraisonnables. Si elle ne le retrouvait pas, s'il était perdu, disparu, mort, elle y verrait le signe que le malheur les avait tous saisis à la gorge et ne les lâcherait plus. Il fallait qu'elle le retrouvât. Comme elle avait cherché l'enfant plus tôt.

Elle alla à sa recherche, par les rues du hameau, l'appelant à mi-voix. « Où es-tu, mon petit? », disait-elle, « viens! viens! » Elle s'arrêtait près des barrières des jardinets, fouillant l'ombre des haies et des feuillages. Elle redescendit vers la grève, chercha parmi les barques, échouées, les paniers des pêcheurs, les rochers que la marée basse découvrait. « Où es-tu, mon petit! Viens, je t'en prie... »

La lune irisée, élargie d'un halo de brume dorée, éclairait suffisamment le paysage pour guider ses pas.

Aux rares passants qu'elle rencontra, Angélique ne pouvait confier son tourment. Mais elle pensait que, si Honorine avait été là, elle l'aurait comprise. Tenant dans sa main la main de l'enfant, elles auraient marché ensemble, habitées du même sentiment primitif et ardent de retrouver l'ami perdu, l'être innocent qui partageait leur vie et qui, les ayant choisies, les aimait sans condition. Il fallait absolument qu'il revînt. Ce n'était pas possible qu'il eût disparu à jamais, lui aussi, et particulièrement ce soir-là.

En désespoir de cause, elle regagna le port et le contourna une fois de plus, fouillant la lisière d'ombre au pied de la muraille. Tout à coup, elle s'arrêta. Était-ce des lucioles?... Il lui avait semblé voir briller là, tout contre la palissade, dans un fouillis d'herbes, comme deux prunelles dorées.

— Est-ce toi, mon petit? chuchota-t-elle.

Rien ne parut bouger. Mais elle eut la prescience d'un mouvement imperceptible et son cœur bondit d'espoir et de joie. C'était lui, elle en était certaine. Mais pourquoi ne bougeait-il pas? Elle s'approcha plus près et se pencha. Cette fois, il n'y avait aucun doute. Deux prunelles dilatées la dévisageaient fixement.

— C'est toi, fit-elle. Mais qu'as-tu? Tu ne me reconnais pas?

Elle avança la main et, comme elle effleurait le corps de l'animal, il poussa un cri sauvage. Elle retira vivement sa main.

— Qu'as-tu? Qu'as-tu? Que t'est-il arrivé?

Elle se précipita jusqu'au poste de garde.

... S'il vous plaît, donnez-moi de la lumière!

Un homme décrocha une lanterne et proposa de l'accompagner. Mais elle refusa. Elle revint à l'emplacement, priant le ciel que dans un sursaut la bête ne se fût pas enfuie. Par chance, elle était encore là, recroquevillée dans les fourrés. Et c'était bien lui. Il se tenait immobile, roulé en boule, baissant la tête, comme contrit, mais à la lueur de la lampe elle vit son petit museau maculé de sang.

— Qu'as-tu? Que t'est-il arrivé? Que t'a-t-on fait?

Elle essayait de le saisir mais chaque fois qu'elle le touchait il poussait un miaulement déchirant. Elle réussit enfin à l'envelopper dans son châle et à le maintenir contre elle. Il tremblait et gémissait sourdement.

Elle le ramena dans ses appartements. Lorsqu'elle le posa sur la table pour l'examiner, d'un bond fou, il lui échappa, cherchant à se terrer en quelque coin, dans le suprême instinct des bêtes qui se cachent pour mourir. Cependant il ne put aller loin. De nouveau, il se recroquevilla sur le sol, sa petite tête penchée, comme rassemblant ses forces. Elle s'agenouilla près de lui.

— C'est moi, lui disait-elle avec douceur, c'est moi, ne crains rien, je te guérirai.

Évitant de le toucher, elle essaya de discerner ses blessures. Le sang coulait de ses narines. Il avait comme des plaques de poils arrachées par endroits et le sang aussi suintait là. Une chute, des coups...

Elle prit délicatement une petite patte qu'il ne pouvait replier sous lui et il lui sembla qu'elle portait des traces de brûlures.

— Aurait-il marché dans le feu? Mais les chats peuvent effleurer les braises sans dommage...

Un soupçon affreux montait en elle, gonflait comme une houle, comme une vague noirâtre prête à éclater.

... On l'a frappé!... On l'a frappé volontairement, on l'a torturé...

Son cœur se dérobait sous l'effet de l'angoisse et de l'horreur.

— Qui a fait cela?... Qui?

Et elle regarda autour d'elle avec terreur cherchant à deviner dans la pénombre une présence, à discerner la face du monstre qui rôdait, invisible, semant parmi eux la panique, le désespoir et la mort.

CHAPITRE XXXV

ALORS, PRESQUE FURTIVEMENT ANGÉLIQUE RESSORTIT DU FORT. Serrant contre son sein la misérable petite créature mourante, elle se dirigea vers la maison des Berne. Elle marchait vite, dans la nuit, craignant jusqu'à la clarté de la lune qui eût pu la dénoncer. Par chance, la porte de la demeure des Berne était ouverte. La famille soupait à la lueur des chandelles.

Angélique parut sur le seuil. Elle devait être décomposée et avoir une expression inhabituelle car Gabriel Berne se dressa d'un bond et s'écria, comme il l'eût fait à La Rochelle lorsqu'il lui parlait de maître à servante.

— Mon enfant, qu'avez-vous? Êtes-vous souffrante?

— « Ils » ont voulu tuer mon chat, fit Angélique d'une voix qui chevrota malgré elle. « Ils » l'ont frappé et torturé. Il va mourir.

— Mais qui « ils »?...

— Les Démons!... Les Démons qui veulent notre perte.

Ils la considérèrent atterrés.

— Angélique, appela la voix d'Abigaël, venez près de moi.

De son lit, elle pouvait voir ce qui se passait dans la pièce voisine.

— Angélique, venez, insista-t-elle, impérative et douce, posez ce chat sur le lit. Les enfants vont le soigner... Et venez vous asseoir ici. Vous êtes à bout.

Elle tendait la main persuasive, amicale. Angélique obéit à cette injonction maternelle. Elle posa le chat, s'assit près du lit et s'abandonna sans force contre l'épaule d'Abigaël,

— Nous ne survivrons pas, gémit-elle. Cette fois, je le sens. Le Mal sera le plus fort. « Ils » vaincront à la fin. *Il* ne reviendra pas et j'en mourrai...

— Ne parlez pas ainsi!

Abigaël la serrait contre son cœur. C'était elle, ce soir, qui la rassurait.

— Mais si, *il* reviendra, la gourmandait-elle à mi-voix. Vous le savez bien. *Il* survit à tout. Vous-même me l'avez dit un jour : qui peut avoir raison de lui? Il n'est pas de combat dont il ne sorte victorieux. Dans quelques jours, qui sait demain peut-être, il sera là, ayant réglé ses comptes au mieux, les affaires de la Baie Française. Et vous rirez de vos frayeurs.

— Mais qu'a-t-on fait à mon chat?...

— Un accident... Une charrette qui l'aura heurté, un matelot impatient qui l'aura écarté un peu trop brutalement...

— Il vient de boire un peu d'eau, dirent les enfants.

C'était bon signe.

— Lui aussi survivra, affirma Abigaël. N'oubliez pas que les chats ont sept âmes. Et la tradition populaire n'affirme-t-elle pas qu'ils sont plus forts que les démons?

Devant tant de chaleureuse amitié, Angélique retrouvait son assise.

— Pardonnez-moi.

Elle se redressa, passa les mains sur son front comme pour écarter tant de pensées désastreuses et secoua la tête.

— Décidément, je suis stupide... C'est la mort de ce Jésuite qui m'a bouleversée. Certes, c'était un homme dur mais je l'aimais bien, malgré tout. Et il serait devenu notre allié...

— Restez avec nous cette nuit, décida Me Berne. Vous avez trop présumé de vos forces et nous sommes coupables de vous avoir laissée dans la solitude, après l'affreux spectacle dont vous aviez été le témoin ce tantôt. Deux hommes de Dieu! marmonna-t-il en hochant la tête. Est-ce possible? Jamais l'on ne vit plus atroce combat sous les cieux... Restez, Madame, et reposez près d'Abigaël. Pour moi, je vais dormir dans le wigwam de Martial.

ELLE borda Laurier comme autrefois à La Rochelle, alla embrasser Séverine dans son grenier, couvrit le feu de l'âtre, jeta quelques feuilles de citronnelle sur un brûleur afin d'éloigner les moustiques et les maringouins.

Puis elle tira à demi la porte entre les deux pièces, ne gardant qu'une chandelle dans la chambre d'Abigaël, et elle donna ses soins au bébé.

L'asile était plein de quiétude, de chaleur humaine, de tendresse. L'étau qui oppressait le cœur d'Angélique se desserrait. Elle était en sûreté, ici parmi ses amis.

— Puisque nous parlions de Martial, sauriez-vous me dire où se trouve mon Cantor avec lequel il semble associé pour je ne sais quels mystérieux travaux?

— La jeunesse aime le mystère et à se donner de l'importance, répondit Abigaël en souriant. Martial m'a laissé entendre qu'ils avaient reçu de M. de Peyrac une mission à mener à bien en son absence et qui les entraîne à naviguer à travers les îles. Il ne m'en a pas dit plus, mais je sais qu'ils font leur rapport au gouverneur et prennent ses directives chaque fois qu'ils reviennent au fort.

Angélique dit : « Bien! » et soupira. Il valait bien mieux ne pas se mettre martel en tête pour Cantor.

La bonté et la sérénité d'Abigaël, l'affection, ce lien amical était précieux. En l'absence de son mari, elle en estimait mieux la valeur. Loin de les séparer et d'accentuer leur différence de culture et de religion, la terre d'Amérique les avait rapprochées. Elles avaient des souvenirs communs, des buts communs. Appuyée à son oreiller de soie écarlate, Abigaël était très belle. Ses longues tresses blondes encadrant son fin visage de porcelaine.

Le bébé paraissait sage et patient, mais suçait son poing avec frénésie.

— L'ai-je assez nourrie? s'inquiéta Abigaël.

— Avez-vous bu toute la tisane que je vous avais préparée?

— Séverine a oublié de me la donner, avoua la jeune mère confuse.

— Je l'avais pourtant placée bien en vue, quel dommage!

Elle retrouva le pot dans le coin du foyer où elle l'avait posé, mais le petit Laurier l'avait masqué avec son panier de coquillages quand il était revenu de la pêche, ce qui excusait l'étourderie de Séverine.

— La tisane est encore tiède. Je vais vous en faire boire une tasse, dit Angélique en revenant près de son amie.

Elle commença de verser le breuvage, mais elle était nerveuse et lasse et ses mouvements s'en ressentaient. Quelques gouttes tombèrent sur l'oreiller écarlate, ce qui accentua sa contrariété.

... Tant pis. Je préfère vous préparer une décoction fraîche. Ce sont des feuilles très fragiles et je vois que le liquide a pris une vilaine couleur foncée.

Elle alla à la fenêtre et jeta le contenu du pot au-dehors. Puis elle maintint le vantail grand ouvert et respira avec délices l'air de la nuit. En lisière de la forêt, la maison était tout environnée de senteurs délicates.

Angélique rinça le pot et, tandis qu'il séchait, retourné, sur le caillebotis de bois, elle prépara la potion dans un autre récipient. Abigaël but sagement. Angélique avait ôté la taie de soie rouge souillée et l'avait remplacée par du linge propre. Elle approcha la bercelonnette du lit de la mère, alla encore jeter un coup d'œil à son pauvre petit chat tapi dans un coin et luttant avec une ténacité muette contre la douleur et la mort. Tant bien que mal elle avait oint ses plaies d'un baume, essayé de lui donner à boire. Mais il s'y refusait. Pourtant lorsqu'elle lui parla, il répondit par un roucoulement léger et doux, ce qui prouvait qu'il demeurait lucide et attentif. Elle se prépara pour la nuit. Elle laisserait la fenêtre grande ouverte car il faisait très chaud. Elle souffla la bougie, ne gardant dans un coin de la pièce qu'une petite veilleuse à huile dans un verre de couleur. Elle ôta son corsage et sa première jupe et alla s'étendre près d'Abigaël.

De leur lit elles pouvaient contempler la nuit d'un bleu voilé aux tremblantes étoiles. Un vent léger faisait remuer des feuillages proches et tout au loin parvenait l'appel des loups-marins dans le golfe.

— Abigaël, dit brusquement Angélique, vous ne souhaitiez pas voir se réaliser le projet de mariage entre l'équipage de Colin et les Filles du Roy, n'est-ce pas?

Abigaël tressaillit légèrement.

— Certes, cela posait des difficultés, mais tout compte fait... cela ne me regarde pas, dit-elle, hésitante.

— Mais votre mari, Manigault, les autres, étaient contre?

— Oui, avoua Abigaël franchement.

Angélique resta silencieuse un moment.

— Pourquoi êtes-vous allée en entretenir la duchesse de Maudribourg et non moi-même?

La jeune femme tressaillit derechef.

— La duchesse désirait avoir mon opinion, balbutia-t-elle.

Mais Angélique eut l'impression qu'elle rougissait dans l'ombre. Pourquoi Abigaël voulait-elle dissimuler ce fait qu'elle avait été chargée par les protestants de sonder les intentions de la « bienfaitrice »? Parce que, sans doute, elle n'approuvait pas l'attitude de ses coreligionnaires, de son mari, et ayant de l'amitié pour Angélique elle essayait de minimiser la sourde opposition que les huguenots ne cesseraient jamais d'élever contre Joffrey de Peyrac. Elle savait qu'Angélique en souffrait. Et Angélique, en effet, se sentait le cœur lourd, mesurant combien il était vain d'espérer que les hommes puissent faire fi de leurs vieilles querelles pour bâtir une vie nouvelle.

L'autre jour, pendant sa visite chez les Berne, elle avait comme éprouvé la sensation que même ce miracle était possible sur la terre d'Amérique. Mais elle savait qu'elle accordait trop à la bonne volonté de l'être humain. Un instant, l'effleura la pensée que c'était peut-être parmi les huguenots qu'il lui faudrait chercher le fomenteur de ce complot qui tendait à les dissocier, à les démoraliser, elle et son mari, ainsi qu'à détruire l'atmosphère de Gouldsboro. A leurs yeux jaloux, le port était envahi par trop d'indésirables qu'y admettait Peyrac. Elle voyait assez bien l'un d'eux aller exciter l'irascible Patridge contre le Jésuite dont la présence chez eux leur était aussi intolérable que celle de Satan lui-même. Mais le piège dans l'île du Vieux Navire... le petit chat?... Non... Il y avait quelque chose de vicieux, d'inhumain dans de tels actes... Certes, on pouvait dire des huguenots que, d'une certaine façon, ils étaient féroces pour eux-mêmes et pour les autres, mais surtout dans leur jugement... Certes, leur révolte sur le navire *Gouldsboro* pendant leur voyage commun [1] avait prouvé qu'ils n'hésitaient pas à passer aux actes et que leur sens de justice et de la reconnaissance était assez singulier...

Mais il y avait en eux des qualités de droiture intransigeante, d'honnêteté presque naïve, presque puérile, qui était proche de sa propre conception de vivre... et elle ne pouvait s'empêcher... de les aimer. Oui, de les aimer! Et c'était affreusement pénible de sentir que peut-être ils continuaient à tramer contre elle, et surtout contre Joffrey, l'homme qu'elle aimait, ces pièges destinés à le faire trébucher... La vie lui apparut soudain sans recours, accablante...

Elle sentit la main d'Abigaël prendre la sienne.

— Mon amie, murmura la jeune accouchée, ne soyez pas triste, tout s'arrangera. Je suis là et vous m'êtes si chère. Pendant l'hiver, combien de fois avec Gabriel avons-nous parlé de vous, et de M. de Peyrac, de vos fils et d'Honorine que nous aimons tant. Combien de fois nous éveillant la nuit, écoutant passer ces rafales terrifiantes, chargées de neige, avons-nous pensé à vous, si loin, perdus au sein de cette forêt sauvage, si seuls, avec vos jeunes enfants, quelques fidèles... Nous avons compris à ces instants-là ce que vous représentiez pour nous... Quand j'avais le cœur trop étreint d'angoisse, Gabriel me disait : « Ne crains rien, ces êtres-là ne peuvent pas périr!... Ils sont marqués au front par le destin, ils triompheront de tout! » Et il avait raison. Vous êtes là, apportant à tous la force de surmonter les écueils. Il me parlait de vous. Il m'a raconté comment, à votre première rencontre, dans le Poitou, il vous avait assommée à coups de bâton... Il en a encore des remords. C'était *vous*... Mais ce n'était pas la première rencontre... Il m'a aussi raconté le passé.

— Alors vous savez donc tout... sur ce jeune protestant qui a pris en croupe une femme misérable pour l'aider à sauver son enfant [2].

— Oui... et il me disait souvent... C'est le destin. De tels liens, il faut s'incliner, comprendre que nous avons quelque chose à faire ensemble avec eux sur cette terre malgré nos divergences d'état et de religion...

Abigaël rit légèrement.

— Vous le connaissez, Me Berne. Il oublie parfois ses bonnes résolutions sous le coup de la colère... mais il se reprend vite. Je crois pouvoir dire qu'il a pour M. de Peyrac une estime sincère, plus, une

1. Cf. *Angélique et son amour.*
2. Cf. *Angélique : Le chemin de Versailles*, t. II.

grande admiration... Oui, l'inquiétude que vous nous avez inspirée nous révélait la profondeur de nos sentiments. Lorsque, à l'automne, nous avons vu le coureur de bois Maupertuis revenir avec les chevaux, que nous avons appris comment vous aviez affronté les Iroquois, sacrifié votre fort de Katarunk et une partie de vos vivres pour échapper à leur vengeance, comment vous vous étiez enfoncés encore plus avant dans les bois, nous avons frémi d'anxiété. « Jamais nous ne les reverrons », disaient les uns... Oui, je peux affirmer que nous nous sommes fait plus de soucis pour vous que pour notre sort propre...

— Pourtant, pour vous aussi l'hiver fut rude, je gage.

— Rude... certes! Il a neigé. Le rivage était blanc, la mer noire et violente mais libre sous les yeux. Nous pouvions garder contact avec nos voisins. Nous avons eu de bons échanges avec les Français de Port-Royal, les Anglais de Salem ou de Portland. On a continué à commercer malgré les tempêtes... N'empêche! L'homme se sent seul et faible lorsque souffle la bise sur les côtes d'Amérique. Mais voici l'été et nous recevons le fruit de nos efforts et de nos luttes... Goûter le bienfait de cette liberté que vous nous avez acquise si généreusement.

Chaque parole d'Abigaël avait été un baume sur le cœur d'Angélique. Elle ne pouvait douter de la sincérité d'une si chaleureuse amitié et elle chassa toute pensée amère pour ne garder que la douceur de l'heure présente et trouver en devisant avec Abigaël le réconfort dont elle avait besoin. Elle parla de Joffrey, l'évoqua devant les Iroquois et, plus tard, au fort Wapassou, aidant chacun à vivre.

— Un tel homme! Comment ne pas l'aimer!

Elles s'endormirent enfin comme deux enfants.

Vers le milieu de la nuit la petite Élisabeth pleura. Angélique se leva et la mit au sein de sa mère. Tandis que l'enfant tétait, Angélique, maîtrisant son appréhension, alla voir si le petit chat n'était pas mort. Elle ne le trouva pas. Il avait changé de place. Elle le découvrit, hissé sur le fauteuil capitonné d'un épais coussin. Sans doute avait-il estimé qu'un grand malade avait droit à quelque chose de plus confortable qu'un misérable coin de carrelage.

Il lapa avec avidité le lait qu'elle lui présenta.

— Je crois qu'il en réchappera, chuchota-t-elle tout heureuse à Abigaël.

— Quel bonheur! Et je me réjouis de vous voir sourire à nouveau.

Avant de se recoucher, Angélique garda un peu la petite Élisabeth dans ses bras. Elle la berçait, allant et venant dans la pièce, fredonnant tout bas.

Elle s'arrêta près de la fenêtre ouverte. La lune, plus basse à l'horizon, continuait de répandre sa clarté laiteuse, irréelle, et une grande paix émanait de ce paysage en camaïeu, gris perle sur fond de cendres.

Angélique contemplait en souriant avec tendresse le petit visage de l'enfant endormie dans le creux de son bras. L'innocence de ce visage s'accordait avec la sérénité de la nuit.

Regardant vers la mer, Angélique songeait.

« J'aimerais avoir encore un enfant de lui... Quelle folie! Mais c'est ainsi!... »

Elle posa ses lèvres à plusieurs reprises sur le front pur du bébé. Les feuillages touffus et noirs murmuraient en contrebas. C'était une chanson douce.

Mais de cette paix nocturne jaillit soudain une sorte de sanglot lugubre qui se termina en un cri, terrible et prolongé.

Le cri! Comme l'autre fois. C'était tout proche. Angélique s'était rejetée en arrière, serrant l'enfant contre elle. Un frisson glacé l'ébranla.

— Qu'est-ce? interrogeait Abigaël redressée dans son lit, qui a crié ainsi?

— Je ne sais pas.

— Je n'ai jamais entendu un cri pareil.

— Moi si, une fois... C'est peut-être une bête sauvage.

— Fermez la fenêtre, supplia Abigaël.

Angélique lui remit sa fille et revint tirer le volet, sans avoir le courage de sonder l'obscurité. Elle mit la barre de fer en travers.

— Qui peut avoir crié ainsi? répétait Abigaël. On dirait une âme en peine qui se plaint...

Toutes les vieilles superstitions de leur enfance dont les provinces françaises ne sont pas chiches, leur revenaient en mémoire : le loup-garou, le diable aux pieds fourchus, le dragon, la chimère, les âmes damnées, inconsolables.

Angélique décida que la terre d'Amérique était neuve et qu'il fallait se dépouiller de ces frayeurs ancestrales.

Par contre, des menaces plus tangibles pouvaient peser sur eux. Mais Angélique ne voulut pas faire part à son amie des appréhensions, de certains faits inexplicables, de sa certitude qu'il y avait des inconnus qui cherchaient à leur nuire de façon mystérieuse.

Quand elles s'éveillèrent de nouveau, le soleil devait être déjà haut vers l'horizon. Il faisait très chaud dans la chambre trop close.

Il semblait à Angélique que des voix se disputaient, toutes proches, derrière le volet.

On eût dit qu'il y avait une foule de gens assemblés, dans le jardin d'Abigaël, juste derrière la fenêtre.

Elle se leva, assez titubante et mal éveillée, alla tirer le volet et se trouva nez à nez avec un homme en bonnet de coton, un autre en bonnet de fourrure, des femmes, dont la jeune Bertille, la voisine.

— Que faites-vous tous là dans le jardin de Mme Berne? interrogea-t-elle. Vous semblez fort agités...

CHAPITRE XXXVI

— Il y a de quoi, s'écria Bertille aigrement. Vous avez tué mon porc avec vos saletés... Un porc qui nous avait coûté une fortune. Et parce que c'est vous, madame de Peyrac, personne ne dira rien! Nous n'aurons qu'à accepter notre perte...

— Ne soyez pas si agressive, Bertille, et expliquez-vous. Quel dommage vous ai-je causé?

— Vous avez tué mon porc, répéta la jeune femme.

Tous, ils regardaient à terre quelque chose qui semblait se trouver au pied de la fenêtre. En se penchant, Angélique distingua une masse rosâtre affalée : le porc vagabond des Rambert et qui paraissait en effet figé dans l'immobilité définitive de la mort.

— Que lui est-il arrivé?

— Aussi, votre porc rafle tout, fit remarquer à Bertille Hervé Le Gall. Il aura avalé quelques pointes.

— Non, fit Bertille, têtue et acariâtre, je sais ce que je dis. Hier soir, j'ai vu Mme de Peyrac jeter quelque chose dehors par cette fenêtre, et voici qu'on le retrouve crevé juste à cette place.

— C'était de la tisane, répéta Angélique. Il n'a pas pu la boire.

— Il a pu avaler les détritus sur lesquels elle était tombée.

— C'était une tisane tout à fait inoffensive, vous dis-je.

— Alors pourquoi l'avez-vous jetée?

— Parce qu'elle n'était plus assez fraîche mais, en aucune façon, elle ne pouvait causer du tort à quiconque.

— Et pourquoi votre porc est-il toujours fourré dans les jardins du voisinage, fit remarquer le voisin en bonnet de coton, pas plus tard qu'hier, il est encore venu farfouiller dans mes plants de maïs.

— Croyez-vous que nous pouvons le tenir en laisse? rétorqua l'homme au bonnet de fourrure.

C'était le mari de Bertille, l'ex-époux de la pauvre Jenny Manigault : Germain Rambert. Angélique ne l'eût pas reconnu. Il avait l'allure d'un coureur de bois au visage durci et mal rasé.

Poliment, mais énergiquement, elle les pria d'aller se disputer ailleurs et de quitter le jardin des Berne, après avoir nettoyé la place. Germain Rambert demanda aux autres de l'aider à faire un brancard afin de transporter la bête qui pesait au moins deux cents livres.

— Quelle catastrophe pour eux! soupira Abigaël quand elle sut la chose. Ils avaient acheté ce porc aux Acadiens de Port-Royal, contre un lot de fourrures et les quelques louis d'or que Germain avait emportés de La Rochelle. Cela leur faisait des provisions assurées pour l'hiver, sans être obligés de demander l'aide à la communauté. C'est un ménage qui vit à part et ne veut pas frayer avec les autres. Germain court les bois. Il préfère s'occuper de la traite avec les sauvages que de travailler pour l'établissement. Les Manigault ne le voient plus...

VERS le milieu de la matinée, Bertille se présenta de nouveau, le petit Charles-Henri sur le bras. On voyait qu'elle n'effectuait pas cette démarche de bonne grâce mais qu'elle s'y trouvait contrainte. Avec humeur, elle demanda à Angélique si celle-ci pouvait lui affirmer que la tisane jetée ne contenait pas de poison. Dans ce cas, bien que le porc fût décédé de façon suspecte, on pourrait peut-être essayer de récupérer les jambons et de les fumer, bien qu'il fût trop tard pour saigner la bête convenablement et en tirer boudins et saucisses.

Angélique achevait de prodiguer ses soins à Abigaël, au bébé et au petit chat qui semblait se remettre peu à peu de ses blessures. La maison rangée, l'âtre balayé, elle s'apprêtait à se rendre au camp Champlain.

L'idée lui était soudain venue du chagrin que devait éprouver la pauvre Miss Pidgeon, après la mort brutale du pasteur, et elle se reprochait d'avoir songé si tardivement à la pauvre demoiselle anglaise, l'une des rares rescapées du massacre de Brunswik-Falls.

Au mot de poison, elle commença par hausser les épaules, puis elle éprouva une sorte de choc comme si ses paupières s'étaient subitement dessillées et qu'elle eût discerné l'épouvantable vérité. Et elle sentit une sueur froide lui venir au front.

— Du poison?

— Alors, c'était bien du poison! s'écria Bertille, alarmée devant son visage. Ah! Quelle malchance! nous ne pourrons même pas récupérer un petit bout de lard... Vous nous devez des dédommagements, cria-t-elle en secouant le bébé en tous sens, dans sa colère.

— Cessez de vous agiter ainsi! lui intima Angélique, et de récriminer, alors que vous n'avez qu'à vous en prendre à votre négligence. Je vous réitère l'assurance qu'il n'y avait pas de poison dans le liquide que j'ai jeté hier soir mais, de toute façon, je ne vous conseillerai pas de manger la chair d'un animal qui n'a pas été saigné et qui est mort sans qu'on puisse expliquer pourquoi. Vous n'aviez qu'à le nourrir aux frais de votre potager et non à ceux de vos voisins.

Bertille s'en alla furieuse, en disant très haut qu'elle se plaindrait à M. de Peyrac quand il reviendrait. Lui, au moins, se montrerait généreux, elle en était certaine.

Angélique eût voulu chasser l'affreux soupçon et n'y parvenait pas. Elle essayait de se rappeler comment les choses s'étaient passées hier à propos de cette tisane que Bertille incriminait. Elle en avait préparé une certaine quantité, en avait fait boire une tasse à Abigaël qui ne semblait pas en avoir été incommodée. Puis le pot était resté toute la journée près de l'âtre, Séverine ayant oublié les recommandations d'Angélique. Quand celle-ci avait voulu réparer l'oubli, elle avait eu un geste maladroit et quelques gouttes étaient tombées sur la taie écarlate. Agacée, elle s'était alors avisée de la vilaine couleur qu'avait prise le remède au cours de la journée. Elle l'avait jeté par la fenêtre, lavé pot et bol. C'était de la faïence de Nevers, lisse, bien cuite, miroitante. Une fois rincée, aucune trace ne pouvait subsister sur elle du produit qu'elle avait contenu. Angélique examina cependant les deux récipients. Elle sortit de la maison et la contourna pour aller regarder sous la fenêtre. On avait enlevé l'animal et, obéissant aux injonctions d'Angélique, on avait nettoyé la place. Hors les traces de piétinements il ne restait pas de reliefs d'aliments permettant de déterminer ce qui avait provoqué la mort de l'animal.

« Mais pourquoi se fixer sur cette tisane comme cause du décès? C'est Bertille qui avance la chose. Elle a toujours fait histoires de tout. Cette boisson même altérée par la chaleur ou l'attente ne peut causer grand dommage. Je l'ai vu utiliser maintes fois par des nourrices... »

De retour à la maison elle aperçut, jetée en boule dans un coin, la taie qu'elle avait ôtée de l'oreiller d'Abigaël.

Mue par une impulsion subite, elle la ramassa et la déplia.

Aux places qui avaient reçu les éclaboussures du liquide, de vilaines taches blanchâtres s'élargissaient, tranchant sur l'écarlate lumineux de la soie. Elle se sentit pâlir. De telles altérations ne pouvaient être le fait que d'un produit vénéneux, corrodant la teinture et trouant même l'étoffe.

Angélique restait silencieuse, tenant la taie ouverte devant elle. Cette tisane préparée par elle pour Abigaël, fallait-il penser qu'une main criminelle y avait intentionnellement versé un poison mortel? Alors, si par la suite d'un geste de Laurier posant son panier devant le pichet et si, le masquant ainsi, Séverine n'avait pas oublié d'en présenter à Abigaël au cours de l'après-midi, la jeune mère eût connu une mort aussi épouvantable que subite. Et hier soir, si elle ne s'était pas ravisée brusquement, fallait-il comprendre qu'elle avait été sur le point d'administrer de sa propre main un breuvage empoisonné à sa meilleure amie. Non, elle devenait folle! Qui donc pouvait vouloir la mort d'Abigaël?

— Avez-vous reçu beaucoup de visites hier dans la journée? interrogea-t-elle tournée vers Abigaël qui ne la quittait pas du regard mais se taisait.

— Oh! oui beaucoup. Cela a été encore un vrai défilé.

— Mais qui? Donnez-moi des noms.

— Je ne puis me souvenir de tous. Par instants, j'étais très fatiguée et je somnolais un peu. En tout cas, il y a eu M. Paturel et son lieutenant M. de Barssempuy. Et aussi le quartier-maître Vanneau. Il m'a apporté un petit objet façonné dans de l'écume de mer. Et puis, ah! oui, je me souviens maintenant, le mousse, vous savez le mousse naufragé de *La Licorne*. Lui aussi voulait m'offrir quelque chose : sa cuillère en bois sculpté. J'ai refusé. C'est tout le bien qui lui reste, pauvre garçon! Ah! J'oubliais, Julienne est venue, cette Fille du Roy qui a épousé un des pirates. Elle est restée assez longtemps. Elle voulait me rendre quelque service et s'est offerte pour filer ma quenouille que j'ai laissée en souffrance. Elle s'en est tirée fort diligemment. Au fond, c'est une très bonne fille.

— Et qui donc encore?

Angélique repliait la taie, l'enfermait dans un pan de toile avant de la glisser dans sa poche.

— Je ne sais plus. Cela m'échappe. Mais je vous avertirai s'il me revient le souvenir d'un nom ou d'un visage. Pourquoi tant de questions? Et pourquoi Bertille est-elle venue criailler ainsi? Il y a quelque chose qui vous tourmente?

— Non. Bertille pense que son porc est mort parce qu'il aurait mangé quelque chose de mauvais dans votre jardin et vous la connaissez, il faut qu'elle fasse des embarras.

— Après tout, elle a peut-être raison. Sur les conseils du chef Etchemine, le père de Mme d'Urville, j'ai planté dans mon jardin de ces plantes dont on mange les racines et qu'on appelle pommes de terre. Mais on dit aussi que leurs fruits qui ressemblent à de petites tomates contiennent du poison. J'ai même averti les enfants de prendre garde et de ne pas en cueillir inconsidérément.

— Ah! c'est sûrement cela, dit Angélique, soulagée. Pourtant il restait à expliquer les taches sur la taie.

Mais son esprit ne se détournait pas de l'image entrevue par son imagination surexcitée : une main criminelle, versant la mort dans le remède destiné à Abigaël. Si folle et inexplicable que fût cette expectative, la tension, les accidents, les mauvais hasards de ces derniers jours, faisaient qu'Angélique la recevait comme une certitude. Donc un fou rôdait parmi eux, cherchant à semer le malheur, s'attaquant, au gré de ses fantasmes, à n'importe qui : un chat, une femme en couches, un enfant. Et ce somnifère dans le café? Et la mort du jésuite et du pasteur? Mais là, qui pouvait-on accuser, hors la violence native de leurs tempéraments qui avait jeté l'un contre l'autre ces deux hommes?

Angélique se prenait la tête à deux mains. Qu'étaient devenus l'enfant suédois et la lettre?

Elle se pencha vers le petit chat immobile sur le coussin du fauteuil. Il ne se reposait pas encore sur le flanc, comme les animaux bien portants, continuait à se tenir dans son attitude patiente et courageuse, ses petites pattes repliées sous lui, le cou droit, mais la tête penchée, les yeux mi-clos; il semblait à peine respirer.

— Dis-moi toi, *qui* as-tu vu? lui murmura-t-elle. Toi tu *sais*, tu sais tout. Ah! si tu pouvais parler!

Si Joffrey avait été là, il eût tôt fait de déterminer quel élément chimique ou naturel avait pu être assez virulent pour effacer l'écarlate de la taie d'oreiller et même la percer par endroits.

Il lui semblait que son mari avait quitté Gouldsboro depuis une éternité. Mais, en comptant sur ses doigts, cela ne faisait que cinq jours.

Si tout se passait bien à la rivière Saint-Jean avec les Anglais, il ne fallait pas cependant l'espérer avant une semaine.

D'ici là, quelle attitude adopter? Devait-elle parler à Colin? Et qui pourrait lui donner un avis sur ces taches suspectes? Un produit non toxique pouvait-il causer de tels dommages?

Elle pensa tout à coup à l'homme aux épices, qui avait appartenu à l'équipage du corsaire dunkerquois Van Eireick et qui était resté à Gouldsboro avec son esclave caraïbe, après le départ du *Sans-Peur*.

Après avoir recommandé à Séverine de surveiller chaque personne qui viendrait visiter leur mère et leur petite sœur, elle alla s'enquérir du personnage. Mais, comme par hasard, il avait quitté l'endroit depuis deux ou trois jours. On ne savait pas si c'était par mer ou s'il avait pris le chemin de la forêt. Tant de gens de tout acabit débarquaient ici.

Angélique se souvint que Colin avait parlé au Conseil, de l'institution d'un registre pour y inscrire tout individu séjournant plus de deux jours à Gouldsboro, chaque visiteur étant tenu de signaler ensuite son départ et dans quelle direction. Sage mesure!

Elle aurait souhaité parler à Colin. Mais si son intuition féminine lui affirmait la réalité d'un danger suspendu sur leurs têtes, les indices qu'elle avait en sa possession étaient minces, voire fallacieux; elle craignait de passer pour une femme hyper-nerveuse, cherchant prétexte à affoler son entourage, qui sait, prétexte à parler en tête à tête avec Colin, le gouverneur. Elle avait l'impression, peut-être pour la première fois de sa vie, qu'elle ne savait pas exactement ce qu'elle devait faire, même ce qu'elle devait penser, décider. Sans cesse, son opinion basculait : tantôt elle était persuadée jusqu'au vertige de la menace redoutable et pressante, tantôt ses craintes se dissolvaient et la situation lui apparaissait sous un jour bénin.

Que s'était-il passé au fond de tellement anormal?

Deux hommes s'étaient battus et étaient morts des coups qu'ils s'étaient portés, un chaton facétieux s'était fait rabrouer par un matelot brutal, un porc vorace s'était empoisonné avec les fruits vénéneux de la pomme de terre, une vieille Indienne s'enivrait avec de l'alcool de traite... incidents et accidents de la vie quotidienne.

La chaleur pesante que brassait vers le soir un vent capricieux achevait de lui mettre les nerfs à fleur de peau.

Si Joffrey avait été là... Jamais elle n'avait si clairement éprouvé qu'il était son pôle, sa certitude. De ses expériences multiples, des embûches qu'il avait déjouées, de toutes les turpitudes qu'il avait traversées, il retirait l'acquis d'une intuition sûre, un instinct presque animal de la réalité. S'il disait : « ce n'est rien », on pourrait être rassuré. S'il disait : « prenons garde », il faudrait se montrer vigilant. L'ennemi n'était pas loin. Il ne se laisserait pas abuser par les apparences anodines, embrouiller par la chaleur ou le vent.

Il était loin. Au même instant, à quels ennemis se heurtait-il?... Quelque part là-bas vers l'est, au fond de la Baie Française?... Où était-il?... Comme elle avait hâte de le revoir!

Angélique se rendit au camp Champlain. Elle découvrit Miss Pidgeon, à l'écart, assise sur un tronc d'arbre, les mains jointes sur ses genoux.

Elle alla à elle, s'assit à ses côtés, lui mit un bras autour des épaules et lui dit doucement en anglais : *My poor dear*, Ma pauvre chère...

Miss Pidgeon se mit à pleurer.

Quelles rêveries, quelles sources de tendresse et de dévouement se cachaient derrière le fin visage fané d'une vieille enfant des rivages américains, grandie entre la forêt sauvage et la mer, dans le dur corset des disciplines puritaines. Mais tout être humain a droit à ses rêves secrets.

— Pourquoi l'a-t-on excité à ce point? put-elle dire enfin. Il était si sensible! Un rien le mettait hors de lui...

Angélique savait qu'elle parlait du Révérend Patridge et, au fond, elle n'avait pas tout à fait tort. C'était un homme sensible à sa manière, et comme tous les gens trop instruits, souffrant de l'obscurantisme des ignorants et de la bêtise du genre humain.

— Il craignait tant pour nous, ses ouailles, pour le sort de nos âmes au contact des Français. Il nous exhortait sans cesse à la prière. Pourquoi être venu lui dire qu'on allait nous emmener à Québec, sous l'escorte du Jésuite et qu'on nous contraindrait au baptême catholique. Ce n'est pas vrai, n'est-ce pas?

— Certes non! Ne vous ai-je pas répété maintes fois, Anglais entêtés que vous êtes, qu'ici, sous la protection du comte de Peyrac, vous étiez en sécurité! Pourquoi Patridge ne m'a-t-il pas fait confiance au lieu de s'emballer ainsi une fois de plus!

— C'est vrai! Mais, vous savez, depuis tous ces coups qu'il avait reçus des Indiens, sur la tête, pauvre garçon, il était d'une sensibilité extrême...

On voyait que cela faisait du bien à la vieille demoiselle de parler de l'irascible pasteur, avec une tendresse et une familiarité qu'elle ne se fût pas permises de son vivant. Ayant avec elle des souvenirs communs, par ce voyage qu'ils avaient fait de Brunswik-Falls à Gouldsboro, après le massacre, Angélique la soutint de sa sympathie.

— Je reconnais que je n'ai jamais vu quelqu'un supporter avec autant de vaillance une blessure aussi horrible. Il était d'un courage exceptionnel.

— N'est-ce pas?

Elles devisèrent ainsi quelque temps, et Miss Pidgeon se réconforta peu à peu. Angélique, la voyant mieux, songeait à prendre le chemin du retour, lorsqu'elle entendit le galop d'un cheval. De loin, elle reconnut Colin. Celui-ci, après avoir pénétré dans le camp, se fit désigner l'endroit où elles se trouvaient.

A cheval, il se tint devant elles, les saluant d'un signe de tête courtois, et s'adressant à Angélique :

— Il se fait tard, Madame. Il n'est pas prudent que vous rentriez sans escorte à Gouldsboro. Vous avez déjà eu tort de vous rendre ici seule. Je suis venu vous chercher.

Puis, à Miss Pidgeon, en anglais :

— Demain, Miss, s'il vous plaît, voulez-vous être présente au Conseil, je voudrais vous demander de prendre chaque matin nos petits huguenots pour leur enseigner l'anglais. On vous les amènera en carriole et vous recevrez pour vos services vivres, aide et salaire.

— Alors, c'est donc bien vrai qu'on ne va pas nous livrer aux Canadiens? s'exclama Miss Pidgeon définitivement rassurée.

— Certes pas. D'où tenez-vous ce mauvais bruit? Je viens d'assurer une fois encore vos compatriotes qu'il était sans fondement. Dès que l'agitation se sera calmée dans la baie du Massachusetts, vous pourrez regagner la Nouvelle-Angleterre sans encombre. En attendant, réfléchissez à ma proposition.

CHAPITRE XXXVII

Angélique revenait à Gouldsboro en croupe sur le cheval de Colin.

Elle devait se tenir des deux mains à sa ceinture, mais elle se disait qu'il n'y avait rien d'autre à faire que d'accepter sa protection. S'il était venu la chercher, bravant la délicatesse de leur situation, après le drame récent qui avait failli détruire l'amour qui unissait Angélique et le comte de Peyrac, c'est qu'il savait, lui aussi, que le danger qui rôdait n'était pas un leurre et qu'il était de son devoir, coûte que coûte de la défendre.

— Quelle imprudence! grommela-t-il enfin, je comprends que, par instants, votre époux perde patience et se montre intraitable. Cette idée de vous aventurer seule sur cette route encore dangereuse!

Ils passaient précisément devant le nouveau fort presque terminé autour duquel les hommes de garde commençaient d'allumer des feux.

— Mais que devrais-je craindre? interrogea Angélique, surprise, la route entre Gouldsboro et le camp Champlain me semble désormais sûre. Une incursion subite des Iroquois n'est plus à redouter comme l'an dernier.

— Il n'y a pas que les Iroquois à redouter.

— Ainsi, toi aussi, tu as peur, Colin! De quoi as-tu peur?

Il hésita.

— Est-ce qu'on sait? De mauvaises choses rôdent.

— Ne sois pas superstitieux! Dis-moi... Dis-moi, parle-moi franchement.

— Je ne peux rien dire de plus que ce que je t'ai dit sur le bateau quand le Jésuite est venu te chercher. « Prends garde, on te veut du mal. »

— Pourtant le Jésuite s'est montré amical. Il aurait soutenu notre cause, j'en suis certaine. Et maintenant cet homme est mort, oh! mon Dieu. Et on ne trouve plus l'enfant. Oui, tu as raison, de mauvaises choses rôdent.

Pêle-mêle elle lui raconta ce qui l'avait effrayée : le sommeil inexplicable de Mme Carrère et de Mme de Maudribourg au moment de l'accouchement d'Abigaël, sommeil dû sans doute au café qu'elles avaient bu toutes deux, la mort suspecte du porc de Bertille, ces faux messages aussi dont Joffrey et elle-même et lui-même, Colin, avaient été victimes.

— On ne peut rien lier et pourtant on dirait qu'il y a quelqu'un qui mène le jeu.

Ils arrivaient à Gouldsboro. Angélique se laissa glisser à terre. Colin descendit aussi et, tenant le cheval par la bride, ils revinrent ensemble jusqu'à la place centrale de l'établissement.

— Parle, Colin, insista Angélique, parle. Il me semble que tu as quelque chose derrière la tête que tu ne veux pas dire.

— Parce que cela n'a peut-être aucun lien avec ce qui arrive ici. Une idée comme ça qui m'est venue lorsqu'on m'a parlé du naufrage de *La Licorne*, de tous ces morts au crâne fracassé. Et Job Simon qui répétait toujours : « Les naufrageurs! Ils m'ont frappé. » Alors je me suis souvenu... Il y avait un homme dans les ports qu'on appelait « l'homme au gourdin de plomb ». Parfois, il avait un navire, parfois il n'en avait pas, mais il n'a jamais traîné misère. Il avait toute une bande armée comme lui et quand ils rôdaient dans une ville, personne n'était tranquille, surtout les autres équipages. Il louait ses services aussi bien pour razzier un navire mal gardé que pour rafler des jeunes gens à embarquer par le service de recrutement, toutes sortes de coups de main, le long des côtes dans le domaine de la mer... Plus facile peut-être que d'être un bandit de grand chemin. Un drôle d'homme... Il eût pu faire autre chose. Mais il aimait ça... Le crime, frapper dans l'ombre. Je ne l'ai rencontré qu'une fois dans un estancot d'Honfleur.

— Comment était-il? interrogea Angélique, haletante.

— Difficile de le décrire. Il y avait du démon en lui. C'était un homme pâle et froid...

— C'est lui! s'écria Angélique, cette fois je suis sûre que c'est lui. C'est lui qui rôde dans nos îles. Je suis sûre que derrière le prétexte d'aller libérer les officiels de Québec c'est à sa poursuite que Joffrey s'est lancé et c'est pour cela que j'ai si peur pour lui. Phips, l'Anglais, est moins dangereux que ces « invisibles ». Mais pourquoi, si c'est l'homme dont tu parles, serait-il venu en Amérique? Pourquoi s'attaquer à nous? Pourquoi aurait-il attiré *La Licorne* sur les récifs? Massacré son équipage?

— Pour le Mal peut-être. Lorsqu'un démon a trouvé son expression pour frapper, il ne s'en lasse point.

— Non! nous nous égarons. Quel lien avec ce que je te racontais tout à l'heure? Une drogue dans le café, le porc empoisonné... Tu contrôles tout, les navires ou barques qui se présentent et des inconnus n'entreraient pas dans nos maisons sans se faire remarquer. Et pourtant... Imagine, Colin, cette chose horrible si j'avais fait boire à Abigaël une drogue mortelle et qu'elle eût succombé devant moi, j'en serais devenue folle.

— *C'est peut-être ce qu'on veut,* dit Colin.

Angélique regarda fixement le rude visage de l'ancien Barbe d'Or. Il avait toujours eu le sens des buts cachés de ses ennemis. Le Roi, Ismaël le Rusé, l'accusait du don de double vue.

— Si c'est cela, dit-elle, ne crains rien. Quoi qu'il arrive je ne deviendrai pas folle.

Colin poussa un profond soupir.

— Je voudrais pouvoir te protéger, comme je le faisais jadis.

— Tu le fais déjà en étant là, en veillant sur Gouldsboro. Quelle sécurité de te savoir ici! C'est inexprimable. Joffrey peut pourchasser l'ennemi et moi... me préparer à l'affronter.

Elle secoua ses cheveux avec défi.

— Ne crains rien, répéta-t-elle. S' « ils » veulent me dévorer, ils se casseront les dents, je suis coriace...

— Tu n'as pas changé, dit-il.

— Le principal, c'est que je sois prévenue. Cela m'a fait du bien de parler avec toi, vois-tu. De savoir que tu es là. Après tout s' « ils » sont forts, nous aussi nous le sommes.

Il inclina la tête et prit congé d'elle. Elle savait que toute la nuit il veillerait dans l'établissement avec vigilance, visitant tous les postes de garde, interrogeant, vérifiant les identités des matelots sur la grève, se rendant même une fois encore à bord des navires à l'ancre dans la rade, plaçant ses hommes les plus sûrs aux endroits à protéger. Elle ne doutait pas qu'elle en trouverait non loin de la maison des Berne.

CHAPITRE XXXVIII

Pourtant, quand Angélique posa la main sur la poignée de la porte de sa chambre et commença à l'entrouvrir, elle sut d'un instinct sûr qu'il y avait comme l'autre nuit quelqu'un qui l'attendait.

Cette fois, elle n'eut pas le courage d'affronter seule le danger et elle appela un des hommes du poste de garde, en bas.

Il pénétra devant elle, dans la pièce, la lanterne haut levée.

Ils découvrirent un enfant apeuré qui serrait contre lui un sac. La lumière fit miroiter ses cheveux blonds. C'était Abbal Neals, l'orphelin que le Père de Vernon avait recueilli sur les quais de la Nouvelle-York.

Elle éprouva un sursaut de joie, de soulagement et aussi, sans savoir pourquoi, d'appréhension.

— Vous pouvez me laisser, dit Angélique à l'homme qui l'avait accompagnée. Merci.

La porte refermée elle s'adressa en anglais au mousse du *White Bird*. Il ne répondit pas, se contentant de lui tendre d'un geste impulsif le sac qu'il tenait. C'était un havresac de peau de cerf non tanné. En l'ouvrant, elle vit qu'il contenait tout le bagage du Jésuite mort. Un bréviaire, une étole, un rosaire de buis, un surplis et, dans une enveloppe de velours finement brodée d'argent et d'or et capitonnée, les objets du culte indispensables au sacrifice de la Messe : la patène, un petit calice, un ciboire, deux burettes, le tout de vermeil, plus un crucifix à pied d'argent et le corporal de satin contenant quelques hosties. Ne sachant si elles étaient consacrées, Angélique s'arrêtait, frappée de respect, n'osant toucher à ces reliques saintes.

L'enfant, d'un geste impatient, prenait le bréviaire et le lui tendait.

Il s'ouvrit de lui-même sur un pli de parchemin. En le déployant elle vit que c'était une missive inachevée.

« Mon très cher frère en Jésus-Christ... »

Dès les premiers mots elle comprit.

« La lettre pour le Père d'Orgeval... »

C'était cette lettre qu'elle tenait entre ses mains, la lettre que le coadjuteur du Père d'Orgeval avait commencé de rédiger pour son supérieur quelques heures avant de mourir.

La peur la prit. Qu'allait-elle apprendre de terrible?... Cette lettre! Avait-elle le droit de la lire?... Avait-elle le droit de violer la pensée d'un mort... de contraindre en quelque sorte cet homme secret et fermé à lui avouer ce qu'il avait voulu lui cacher de son vivant?

Malgré tout, si urgente lui apparaissait la nécessité de voir clair dans cette situation tendue et menaçante que presque machinalement elle dépliait la missive et y jetait les yeux.

Elle lut.

« Mon très cher frère en Jésus-Christ. Je vous écris de Gouldsboro où je me suis rendu pour achever l'enquête dont vous m'aviez chargé. Et puisque, nonobstant la confiance que vous accordez à mes jugements, vous m'avez assuré que mes opinions seraient reçues par vous comme l'expression de la vérité, avec autant de créance en mes paroles que si vous aviez pu vous-même juger sur place, je parlerai sans équivoque, sans craindre ou de vous flatter ou de vous déplaire.

» Un but sacré, plus important que nos propres susceptibilités qu'en tant qu'homme pécheur nous sommes souvent portés à éprouver, nous oblige tous deux à faire fi de nos passions ou de nos désirs pour ne rechercher que la vérité, afin de protéger les âmes si nombreuses et si menacées qui dépendent de notre ministère.

» Aussi je vous dirai sans ambages dès l'abord que vous aviez raison, mon très cher Père, et que les visions que Dieu dans sa bonté a eu la grâce de vous accorder, corroborant celle de la très sainte religieuse de Québec, ne vous ont pas trompé. Oui, vous aviez raison : la Démone *est* à Gouldsboro... »

Angélique s'arrêta stupéfaite. Elle ne pouvait en croire ses yeux. Était-ce le Père de Vernon qui portait une telle accusation? Alors il ne l'avait pas crue! Il n'avait rien compris... Il avait continué, malgré sa franchise à elle, à la considérer à travers le faux aspect de cette légende stupide. Les lettres se mirent à danser devant ses yeux.

« ... Oui, vous aviez raison : la Démone est à Gouldsboro et ce n'est pas sans frémir que j'écris de tels mots. Si préparés que nous soyons à affronter au cours de notre vie ecclésiastique des êtres sataniques, l'épreuve n'en est pas moins rude à traverser, lorsqu'elle se présente réellement. Et c'est avec l'humilité d'un homme qui, par instants, s'est senti bien faible devant une aussi terrible rencontre que je viens vous en conter les détails. Le *Grand-Albert* [1] nous enseigne que l'esprit de Lucifer a ceci de redoutable qu'il allie la beauté de

1. Traité de magie blanche

l'ange à la séduction du caractère féminin, devant lequel tout homme de chair se sent particulièrement vulnérable, non seulement à cause des charmes de son corps, mais je le crois aussi par cette tentation de tendresse et d'abandon, que laisse en nous le souvenir ineffaçable de nos mères et des bonheurs que nous en avons reçus. Mais fort de vos conseils et de nos enseignements, il m'a été relativement facile de démasquer la nature réelle de celle que je n'hésite pas désormais à appeler la Démone, esprit du mal à corps de femme, à l'intelligence vive, luxurieuse, criminelle, sacrilège, n'hésitant pas à me séduire ou à user du sacrement de pénitence pour mieux me circonvenir et obtenir de moi une alliance dans ses infâmes projets... »

« Oh! non, non! » s'écria Angélique, presque à voix haute, « non, Père, ce n'est pas vrai. Je n'ai pas essayé de vous séduire, ce n'est pas vrai. Oh! Jack Merwin, est-ce possible! Je croyais que vous étiez mon ami... »

Son cœur battait à se rompre. Un sentiment de désastre l'envahit jusqu'au vertige. Elle dut poser la lettre sur la table, afin d'y prendre appui pour ne pas tomber.

L'enfant blond la regardait. Son expression de frayeur reflétait sans doute celle qu'elle avait sur le visage. Il se mit à répéter d'une voix faible.

— *Misstress. They pursue me. For god's sake! Do help me!* [1]... Mais elle ne l'entendait pas.

Quelqu'un frappa à la porte, puis, ne recevant pas de réponse :

— Que se passe-t-il? Que veut cet enfant? Est-ce que je vous dérange? La douce voix d'Ambroisine.

Angélique retrouvait son sang-froid.

— Ce n'est rien. Bonsoir, Ambroisine. Que désirez-vous?

— Mais vous voir, s'exclama la duchesse d'un ton tragique. « De tout le jour, je ne vous ai même pas entr'aperçue, et vous vous étonnez qu'à la nuitée je vienne m'informer de vous?

— C'est vrai, je vous ai négligée... Pardonnez-moi. Nous avons eu mille soucis.

— Vous semblez tourmentée encore.

— En effet. Je viens d'éprouver une terrible déception à l'égard de quelqu'un en qui j'avais placé ma confiance.

— C'est une épreuve bien amère. On croit au cours de la vie se résigner à l'imperfection des êtres qui nous entourent mais l'on s'aperçoit que le cœur reste toujours vulnérable.

Elle posa la main sur le bras d'Angélique et dit avec gravité :

... Je crois que l'absence de M. de Peyrac vous est intolérable. J'ai

1. Madame. Ils me poursuivent. Pour l'amour de Dieu, aidez-moi!

réfléchi à quelque chose : accompagnez-moi à Port-Royal! Avec vous j'aurais le courage de repartir et de reprendre ma charge, tout au moins de l'envisager et de chercher la meilleure solution pour mes protégées et, pour cela, j'ai aussi un besoin pressant de vos conseils. Ce voyage vous permettra de retrouver M. de Peyrac deux ou trois jours plus tôt que si vous l'attendiez à Gouldsboro.

Et comme Angélique hésitait, surprise.

— Ne savez-vous pas qu'il doit passer par Port-Royal avant de revenir ici?

— Non, pas que je sache.

— En tout cas, il me l'a dit à moi, affirma Ambroisine d'un air contrarié, c'est-à-dire...

Elle parut se rappeler quelque chose et se raviser avec l'expression confuse de quelqu'un qui a commis un impair.

— Il l'a dit aussi à Monsieur le gouverneur. J'étais présente lorsqu'il lui communiquait cet avis... Venez, insista-t-elle. Partons demain pour Port-Royal, c'est préférable que d'attendre ici en s'impatientant, et moi, cela m'aidera infiniment à reprendre courage.

— Je vais réfléchir, dit Angélique.

Elle continuait à se sentir comme sous l'effet d'un choc violent. La découverte de la trahison — oui. C'était une trahison — du Père Maraicher de Vernon la laissait dans un état de stupeur effrayée. Ambroisine avait raison. Elle avait besoin de bouger, de faire quelque chose, et surtout de revoir Joffrey le plus tôt possible.

Elle pensait qu'elle devait continuer à lire cette lettre jusqu'au bout. Elle ouvrit la bouche pour demander à Ambroisine, avec le plus de tact possible, de la laisser seule, mais comme elle jetait un coup d'œil sur la table, elle s'aperçut que la lettre qu'elle y avait posée avait disparu.

Ses yeux firent le tour de la pièce. L'enfant aussi n'était plus là.

— Où est l'enfant? s'écria-t-elle.

— Il s'en est allé, dit Ambroisine. Je l'ai vu prendre son sac, mettre dedans un papier qui était sur la table et courir vers la porte avec légèreté, sans bruit. Il est étrange cet enfant. On dirait un farfadet.

— Mais il faut le rattraper.

Elle voulut s'élancer vers la porte, mais Ambroisine la retint avec force, se cramponnant à elle avec un visage soudain pâli d'effroi.

— N'y allez pas, Angélique! N'y allez pas! Cela sent le démon par ici. Il anime peut-être l'esprit de cet enfant...

— Trêve de ces sornettes! s'écria Angélique. Je dois le rattraper.

— Non, pas ce soir. Quand il fera jour, supplia Ambroisine. Angélique, je vous en prie, laissez-moi faire quelque chose pour vous, partez avec moi pour Port-Royal. Je sens qu'il rôde ici un esprit funeste. J'en ai parlé au Père de Vernon. Je lui ai dit que Gouldsboro était une place qu'il fallait exorciser. Il n'a pas ri de moi. Je crois qu'il partageait mon opinion.

— Les opinions des gens de sa sorte cherchent surtout à faire cadrer les faits avec des idées préconçues, dit Angélique avec amertume.

Elle se sentait soudain très lasse.

Faire chercher l'enfant! A quoi bon? Pour se donner le plaisir de déchiffrer encore quelques insanités qui ne pourraient que la convaincre, une fois de plus, de l'impossibilité de communiquer, de se faire comprendre.

— Angélique, répéta Ambroisine, partez avec moi, je vous en prie. Ne sentez-vous pas combien l'atmosphère est lourde ici? Comme un danger suspendu sur nos têtes. C'est un peu pour cela que je suis revenue. Je ne pouvais supporter l'idée que vous étiez seule ici, entourée peut-être de gens préparant votre perte... Je ne peux pas grand-chose pour vous mais au moins je me trouverai à vos côtés.

« C'est aussi pourquoi j'ai eu hâte de soustraire mes filles à ces influences néfastes. Je ne peux parvenir à détecter d'où vient cette tension... Peut-être de ces Anglais... Le mal est en eux. Ce sont des hérétiques.

— On les voit à peine. Ils ne quittent pas le camp Champlain.

— Mais ne pourraient-ils pas être chargés d'une mission de destruction près de vous... Et ces pirates!... Ces trognes inquiétantes. Je comprends que vos amis protestants ne se sentent pas en sécurité avec un tel gouverneur. Pourquoi votre mari lui accorde-t-il une telle confiance? Jusqu'à partir en lui laissant toute la responsabilité du poste...

Elle hésita.

... Je ne sais si cela a beaucoup d'importance, mais j'ai surpris une conversation entre deux de ses hommes qui a éveillé ma suspicion. L'un d'eux disait à l'autre : « Patiente un peu, mon gars. Encore un peu de temps et tout ce beau monde sera à nous... Barbe d'Or nous l'a affirmé. » Ils ont ajouté différentes considérations comme quoi quand on a perdu la bataille il faut savoir ruser, que Barbe d'Or avait toujours été fort là-dessus. Et qu'il avait des complices dans la Baie qui l'aideraient le moment venu.

— Colin! dit Angélique en secouant la tête. Non, c'est impossible.

— Êtes-vous sûre de cet homme? interrogea Ambroisine en la regardant avec sévérité.

Oui, elle en était sûre. Et puis, tout à coup, elle se souvenait. Tant d'années écoulées depuis Ceuta... Un homme peut changer profondément, du tout au tout, surtout s'il se laisse aller au désespoir et à la rancune comme le lui avait avoué Colin. Colin!... Son cœur fondait sous le nouveau coup d'une angoisse insupportable. Si c'était Colin, tout s'expliquait ! Mais non, impossible. Joffrey n'aurait pu se tromper aussi totalement à son sujet. A moins qu'il n'y eût encore calcul de sa part. Quel calcul !

Elle ne pouvait réfléchir, sinon elle allait perdre la tête.

Quoi qu'il en fût, il lui faudrait revoir Joffrey au plus tôt, le mettre au courant des nouveaux dangers, des nouveaux soupçons et le sonder, essayer de comprendre ce qu'il avait derrière la tête.

Maintenant qu'Abigaël avait eu son enfant, elle pouvait partir. Et si d'aller à Port-Royal lui gagnait quelques jours sur ce revoir tant désiré, elle s'en féliciterait.

— Soit, dit-elle à Ambroisine, je vous accompagnerai. Nous allons partir demain.

FIN DE LA PREMIÈRE PARTIE.

Achevé d'imprimer
le 8–8–1979
par Mohndruck Gütersloh
N° d'éditeur 4304
dépôt legal 3e trimestre 1979
Imprimé en Allemagne